Jet

Biblioteca de

V.C. Andrews™

PLAZA & JANES

Jet

V.C. Andrews™

Fulgor oculto

Traducción de
Elisa Cerdán

PLAZA & JANES EDITORES, S. A.

Desde la muerte de Virginia Andrews, la familia
Andrews ha trabajado con un escritor cuidadosamente seleccionado para organizar y completar las
narraciones de la autora y para escribir nuevas no-
velas, de las cuales ésta es una, inspiradas en su mundo literario.

Título original: *All that Glitters*
Diseño de la portada: Método, S. L.
Ilustración de la portada: © Royo

Segunda edición en esta colección: febrero, 1997

© 1995, Virginia C. Andrews Trust
Publicado por acuerdo con Pocket Books, Nueva York
© de la traducción, Elisa Cerdán
© 1996, Plaza & Janés Editores, S. A.
Enric Granados, 86-88. 08008 Barcelona

Printed in Spain – Impreso en España

ISBN: 84-01-49182-7 (col. Jet)
ISBN: 84-01-49797-3 (vol. 182/19)
Depósito legal: B. 7.421 - 1997

Fotocomposición: Alfonso Lozano

Impreso en Romanyà Valls, S. A.
Verdaguer, 1. Capellades (Barcelona)

L 497973

PRÓLOGO

Al atardecer, poco después de que el sol se oculte tras las copas de los cipreses en la zona occidental del *bayou*, me siento en la vieja mecedora de roble de *grandmère* Catherine con Pearl en los brazos y canturreo una antigua melodía cajun que solía tararear *grandmère* para dormirme, incluso cuando era ya una muchachita cuyas coletas ondeaban al viento mientras atravesaba el campo desde la orilla del pantano corriendo hacia nuestra chabola montada sobre pilotes. Cierro los ojos y aún oigo su llamada.

«Ruby, mi niña, es hora de cenar. Ruby...»

No obstante, su voz se disuelve en mi memoria como el humo de una vieja chimenea en el aire.

Tengo casi diecinueve años y hace unos tres meses que nació Pearl, durante uno de los más violentos huracanes que han asolado el *bayou*. Los árboles que quedaron cruzados en los caminos han sido apartados, pero aún yacen junto al macadán como soldados heridos que esperasen ser curados y rehabilitados.

Supongo que también yo espero lo mismo. En un sentido muy real ésa fue la auténtica razón de mi regreso al *bayou* desde Nueva Orleans. Después de que mi padre, quien se sentía terriblemente culpable por lo que le había hecho a su hermano, a tío Jean, muriese de un ataque cardíaco, Daphne, mi madrastra, llevó las riendas de nuestra vida con mano inflexible. Daphne me había tomado inquina el mismo día en que pisé el umbral de su hogar como una hijastra hasta entonces desconocida, la niña cuya existencia *grandmère* Catherine había guardado en secreto para que *grandpère* Jack no me arrancase de su lado vendiéndome igual que a Gisselle, mi hermana gemela.

Hasta que llegué yo, Daphne y mi padre, Pierre Dumas, habían conseguido sepultar los hechos bajo una montaña de embustes, pero después de mi aparición tuvieron que urdir una nueva patraña: proclamar que me habían robado de la cuna el día en que nacimos Gisselle y yo.

La verdad era que mi padre se había enamorado de Gabrielle, mi madre, durante una de las frecuentes expediciones de caza de su padre y él por los pantanos. *Grandpère* era su guía, y tan pronto mi padre posó los ojos en mi bellísima madre, una mujer a quien la abuela describía como un espíritu libre e inocente, se enamoró perdidamente. Ella le correspondió. Daphne no podía concebir, así que cuando mi madre quedó embarazada de Gisselle y de mí *grandpère* Jack aceptó el trato que le propuso mi abuelo Dumas. Le vendió a Gisselle, y Daphne fingió que era hija suya.

Grandmère Catherine le expulsó de nuestra casa y nunca le perdonó. El abuelo se fue a vivir a la ciénaga como una alimaña de los pantanos y se ganó el sustento cazando ratones almizcleros y recogiendo ostras, además de acompañar a los turistas cuando estaba lo bastante sobrio. Antes de que muriese *grandmère* Catherine, que era *traiteur*, o curandera espiritual, me hizo prometerle que viajaría a Nueva Orleans en busca de mi padre y mi hermana.

Sin embargo, mi nueva vida me resultó todavía más insoportable. A Gisselle le caí mal desde el comienzo, y me amargó la existencia tanto en Nueva Orleans como en Greenwood, el internado de Baton Rouge donde cursamos estudios. La irritó especialmente la facilidad con la que su antiguo novio, Beau Andreas, se enamoró de mí, y yo de él. Más tarde, cuando Beau me dejó embarazada, Daphne me envió a la sórdida consulta de un médico para abortar, pero logré escapar y me refugié en el único hogar que había conocido: el *bayou*.

Grandpère Jack se ahogó en el pantano en uno de sus delirios etílicos, y me habría quedado sola en mi apurada situación de no haber sido por Paul, mi hermanastro secreto. Antes de conocer nuestros verdaderos vínculos, Paul y yo habíamos tenido un idilio adolescente. A él le partió el corazón descubrir que su padre había seducido a mi madre en su primera juventud, y hasta la fecha se ha negado a aceptar la realidad.

Desde que he vuelto al *bayou* Paul no me ha dejado ni a sol ni a sombra, y me ha propuesto matrimonio casi diariamente. Su padre posee una de las más prósperas industrias conserveras de gambas de la región, pero gracias a una herencia Paul se ha convertido en uno de los hombres más ricos de nuestra comunidad, ya que en sus tierras se ha descubierto petróleo.

Ahora está construyendo una lujosa casa en la que espera vivir algún día con Pearl y conmigo. Sabe que en nuestra relación habrá ciertas limitaciones, que nunca podremos ser amantes, pero está dispuesto a sacrificarse por tenerme a su lado. Su ofrecimiento me tienta, ya que he perdido a Beau, mi gran pasión, y me he quedado sola con mi hija. A duras penas salgo adelante con los mismos trabajos que hacíamos con *grandmère* cuando vivía: tejer mantas y cestas, cocinar quingombós y venderlo todo a los turistas en nuestro puesto de la carretera. No es una vida agradable ni encierra promesas de futuro para mi preciosa niña.

Cada noche me siento en la mecedora, como ahora mismo, y arrullo a Pearl en su sueño mientras medito sobre lo que debo hacer. Contemplo esperanzada el retrato de *grandmère* Catherine que pinté antes de su muerte. En él aparece sentada en esta misma mecedora, en la galería de nuestra casita. A su espalda, en la ventana, esbocé la cara angelical de mi madre. Ambas me miran fijamente, como si me instaran desde el lienzo a tomar la decisión correcta.

¡Qué no daría yo por que siguieran vivas, conmigo, y pudieran aconsejarme! En menos de un año y medio tendré dinero, porque cobraré la herencia que me pertenece como miembro de la familia Dumas; pero siento una honda repulsa por el mundo de Nueva Orleans en el que hube de desenvolverme, a pesar de la bonita mansión en el Garden District y todo el oropel que entraña. La mera idea de volver a enfrentarme con Daphne, una intrigante que incluso intentó confinarme en una institución mental, una criatura cuya belleza física no condice con su frialdad interior, me produce escalofríos. Además, si algo aprendí durante mi estancia en la mansión Dumas, rodeada de criados y objetos valiosos, fue que el dinero y las riquezas no proporcionan la felicidad cuando falta el amor.

No había amor en aquel hogar una vez muerto mi padre, que en vida sufrió tremendamente bajo el peso de sus propios errores. Yo intenté llevar la dicha a su mundo, pero Daphne y Gisselle fueron demasiado pertinaces y egoístas para dejarme triunfar. Ahora ambas se sienten satisfechas de que me haya ido, que fuera prisionera de mis pasiones, quedase encinta y demostrase ser lo que ellas siempre habían afirmado: una cajun sin principios. La familia de Beau le envió a Europa, y mi hermana me escribe sádicas cartas en las que menciona sus aventuras galantes y la vida desenfadada que lleva allí.

Quizá debería casarme con Paul. Sólo sus padres conocen la verdad de nuestro origen, y lo han mantenido en secreto. Además, todas las antiguas amistades de *grandmère* Catherine creen que Pearl es hija de Paul. Tiene su mismo cabello *chatlin*, una mezcla de rubio y castaño, y los ojos de ambos son de un azul cerúleo. Posee una tez tan delicada, pálida y a un tiempo rica y brillante, que me recordó a una perla la primera vez que la vi.

Paul insiste en que nos casemos siempre que surge la oportunidad, y yo no tengo valor para hacerle callar, porque ha sido mi perpetuo aliado. Estuvo conmigo cuando nació Pearl, protegiéndonos a las dos del huracán. Nos trae comida y regalos todos los días y pasa sus horas libres reparando desperfectos en mi inestable chabola.

¿Sería un pecado nuestro enlace si no consumamos el acto físico? El matrimonio es algo más que una simple legalización moral del sexo. Las personas se casan para amarse y obsequiarse de múltiples maneras. Se casan para tener a alguien que les apoye en la enfermedad y en las penurias, para gozar de un mutuo compañerismo y proteger al otro hasta la muerte. Y Paul sería un magnífico padre adoptivo. Quiere a Pearl como si realmente fuese suya. Algunas veces se diría que cree que lo es, que ya ha asumido su paternidad.

Por otra parte, ¿sería justo negarle lo que todo hombre ansía y necesita de una mujer? Él asegura que hará gustoso ese sacrificio porque me quiere, y señala que nuestros sacerdotes católicos hacen una renuncia similar por un amor más alto. ¿Por qué no imitarlos? Incluso me ha amenazado con tomar el hábito si le rechazo.

¡Ay, *grandmère*! ¿No podrías mandarme una señal?

Cuando vivías tenías unos poderes portentosos. Ahuyentabas a los espíritus maléficos, sanabas a enfermos incurables, dabas esperanza a la gente y levantabas su ánimo. ¿Dónde voy a buscar las respuestas?

Percibiendo tal vez mi zozobra, Pearl se mueve y rompe a llorar. Beso sus tiernas mejillas, y como me ocurre tan a menudo cuando observo esa carita adorable me pongo a pensar en Beau y en su bonita sonrisa, los cálidos ojos, los labios seductores. Todavía no conoce a su hija. Me pregunto si llegará a verla alguna vez.

Pearl es enteramente responsabilidad mía. Yo elegí tenerla, quererla, criarla y educarla. Las decisiones que he tomado desde su nacimiento nos afectarán a ambas. Ya no puedo pensar tan sólo en lo que es bueno para mí, en lo que más me conviene. Debo preocuparme también de su bienestar. La alternativa que escoja en mi actual dilema podría resultarme dolorosa, pero en cambio beneficiar a mi hija.

Ahora vuelve a sosegarse. Cierra los ojos y cae de nuevo en un plácido sueño, confiada, cómoda, ajena a la tormenta de adversidades que ruge en derredor. ¿Qué nos reservará el destino?

Es una lástima que todo esto no haya ocurrido dentro de unos años. Beau y yo nos casaríamos y tendríamos una elegante casa en el Garden District. Pearl crecería en un hogar lleno de amor y en un entorno tan maravilloso como los de nuestros sueños. Si hubiéramos sido más precavidos y...

De pronto comprendo que los «si...» no tienen cabida en la realidad, en un mundo donde los sueños suelen desvanecerse en las sombras. «No divagues más, Ruby», me digo.

Continúo meciéndome y cantando. El sol ha desaparecido y la oscuridad se adensa, la luz de las estrellas se refleja en los ojos de las lechuzas. Me levanto, acuesto a Pearl en su cuna, comprada por Paul, y luego vuelvo a la ventana y espío la noche. Los caimanes se deslizan por las márgenes del canal. Oigo sus coletazos en el agua. Los murciélagos vuelan entre el musgo colgante o se lanzan en picado para atrapar los insectos que han de servirles de cena, y los mapaches empiezan a gritar.

¡Qué solitario es este rincón! Pero la soledad nunca me había asustado hasta ahora, cuando tengo una persona a quien atender y guardar: mi idolatrada Pearl, dormida, sumergida en sus sueños infantiles, iniciando su vida.

Es cometido mío procurar que esos inicios sean luminosos, llenos de esperanza y no de temor. ¿Cómo lo lograré? Las soluciones fluctúan en la penumbra, invitándome a descubrirlas. ¿Quién las puso allí, los ángeles del bien o los espíritus demoníacos?

PRIMERA PARTE

1

DECISIONES DIFÍCILES

El ronroneo ya próximo de la lancha motora de Paul perturbó a una arrogante pareja de garzas picudas posadas en la gruesa rama de un ciprés, y ambas extendieron sus alas en la brisa del golfo para derivar hacia el interior de los pantanos. También los somorgujos planearon sobre las aguas para desaparecer en la ciénaga.

Era una calurosa y húmeda tarde de jueves de finales de marzo, pero Pearl estaba muy alerta y activa, retorciéndose para deshacerse de mi abrazo y gatear hacia las secas cúpulas herbáceas que albergaban los hogares de los ratones almizcleros y las nutrias. El cabello le había crecido muy deprisa el último mes, y le caía ya por encima de las orejas hasta la base del cuello. Ahora tendía más al rubio que al castaño. Le había puesto un vestido de color marfil con cintas rosas de pasamanería en el escote y las mangas. Llevaba unas botitas de algodón en rama que había hilado la semana anterior.

Al acercarse la barca de Paul, Pearl alzó la vista. Aunque acababa de cumplir los ocho meses parecía tener la vivacidad y la conciencia de una niña de un año. Quería mucho a Paul y le recibía siempre con efusividad, iluminados los ojos, agitando los brazos y pataleando para apartarse de mí e ir rauda a su encuentro.

La lancha dobló el recodo y Paul nos hizo señas tan pronto divisó nuestras figuras en el embarcadero. Yo había accedido finalmente a visitar su flamante casa, que estaba casi terminada. Hasta ahora lo había rehuido porque temía que en cuanto plantara el pie en la mansión me sentiría tentada de aceptar sus proposiciones.

Quizá era sólo una impresión mía, pero desde mi regreso al *bayou* veía a Paul más flaco y más maduro. Algunas veces aún brillaba en sus ojos azules aquel destello juvenil, pero ahora se mostraba casi siempre serio y pensativo. Sus nuevas obligaciones profesionales y la supervisión de las obras de la casa, combinadas con las constantes atenciones a Pearl y a mí, habían proyectado una sombra sobre su rostro, una sombra que me inquietaba, porque temía estar arrastrándole en mi infortunio. Naturalmente, él no escatimaba esfuerzos en convencerme de que no era así. Cada vez que sugería algo parecido se reía y replicaba: «¿Acaso no sabes que cuando volviste al *bayou* trajiste de nuevo a mi vida la luz del sol?»

Ahora mismo su faz era toda jovialidad al arrimarse al embarcadero.

–¡Tengo novedades! –exclamó excitado–. Ya han colgado las lámparas y las han conectado. ¡Espera a verlas! Son todo un espectáculo. Las hice importar desde Francia, ¿sabes? Y la piscina está llena y a punto para darse un chapuzón. ¿Sabías que los cristales emplomados de la ventana palladiana de abanico proceden de Italia? Me han costado una fortuna –añadió sin detenerse a respirar.

–Hola, Paul –dije, echándome a reír.

—¿Cómo…? Vaya, perdona. —Se inclinó para besarme en la mejilla—. Esa casa nuestra me tiene un poco exaltado.

Bajé la mirada. No podía evitar que el corazón me diese un vuelco cada vez que se refería a la casa como «nuestra».

—Paul…

—No digas nada —me interrumpió—. No debes llegar a conclusiones precipitadas. Dejemos que la mansión y sus terrenos hablen por sí mismos.

Meneé la cabeza. ¿Nunca iba a aceptar un «no»? Imaginé que aunque me casara con otro y viviera más de cien años, Paul llamaría incesantemente a mi puerta con la esperanza de hacerme cambiar de opinión.

Embarcamos y Paul puso el motor en marcha. Pearl rió mientras virábamos y buscábamos la estela del viento, con el agua salpicando nuestros brazos y rostros. La temprana primavera había sacado a los caimanes de su larga hibernación. Ahora dormitaban en los montículos y las aguas superficiales, sin que sus ojos somnolientos dieran la menor muestra de curiosidad a nuestro paso. Aquí y allá un amasijo de serpientes verdes se deshacía y volvía a enroscarse como hilos que se ovillasen debajo del agua. Las ranas toro saltaban entre colonias de nenúfares y las nutrias se escabullían buscando refugio en las sombras y las pequeñas oquedades. El pantano, cual un animal gigantesco, parecía desperezarse, bostezar y cobrar forma a medida que la primavera emprendía su decisiva marcha hacia el calor del estío.

—El pozo número tres ha saltado esta mañana —gritó Paul, imponiéndose al rugido del motor—. Me han augurado que producirá cuatro o cinco veces más de lo que calculé en un principio.

—Es una noticia estupenda, Paul.

—El futuro no puede presentarse más halagüeño, querida Ruby. Tendremos y haremos cuanto deseemos, iremos adonde nos venga en gana… Pearl será una auténtica princesa.

—No quiero que sea una princesa, Paul. Quiero que sea una muchacha cabal, capaz de apreciar el valor de las cosas importantes —le atajé—. He conocido ya a muchas personas que confundían la opulencia con la felicidad.

—Eso no nos ocurrirá a nosotros —me aseguró.

Las prósperas hectáreas petrolíferas y la vecina hacienda se encontraban al sudoeste de mi casucha. Trazamos un rumbo zigzagueante, atravesando canales tan estrechos que en algunos tramos podíamos estirar los brazos y tocar la orilla a ambos lados de la lancha; surcamos varias charcas salinas y un nuevo laberinto de vías acuáticas antes de girar hacia el sur y entrar en la heredad. No había estado en aquellos parajes desde que me mudé a Nueva Orleans, así que cuando vi el tejado de la regia casa asomando por encima de los sicómoros y los cipreses quedé sobrecogida. Me sentía como una Alicia de carne y hueso transportada a su País de las Maravillas particular.

Paul ya había hecho construir el embarcadero, y un camino de grava conducía del pantano hasta los límites de la finca. Vi los camiones de transporte y algunos vehículos pertenecientes a los operarios, que trabajaban con gran ahínco, pues Paul les había ofrecido una paga suplementaria si terminaban la casa antes del plazo convenido. Al este distinguí las torres petrolíferas en funcionamiento.

—Seguramente nunca soñaste que el niñito cajun que se paseaba por el pueblo en patinete sería el propietario de todo esto —declaró Paul orgulloso, con los brazos en jarras y una sonrisa de oreja a oreja—. ¿Te imaginas lo que diría tu abuela Catherine?

—Es probable que mi abuela ya lo intuyese —respondí.

—Tal vez —dijo Paul, y se rió—. Siempre que me miraba tenía la sensación de que no sólo leía mis pensamientos, sino mis sueños más íntimos.

Acto seguido nos ayudó a bajar de la barca.

—Yo llevaré a la niña —propuso. Pearl estaba deslumbrada por la vastedad del edificio que se desplegaba ante nosotros—. Me gustaría llamar a la casa Cypress Woods —comentó ahora Paul—. ¿Qué opinas?

—Es un bonito nombre. Y la encuentro fascinante, Paul. Ese efecto que produce de elevarse desde la nada… es pura magia.

En sus labios se dibujó una amplia sonrisa de satisfacción.

—Le dije al arquitecto que debía evocar un templo griego. Hace que la residencia Dumas de Garden District parezca un simple bungalow.

—¿Era eso lo que perseguías, Paul, eclipsar la casa de mi padre? Ya te advertí que…

—No me regañes antes de tiempo, Ruby. ¿De qué me sirve todo lo que tengo si no puedo usarlo para complacerte e impresionarte? —Su mirada se endureció al clavarse en mí.

—¡Oh, Paul! —Moví la cabeza y respiré hondo. ¿Qué podía decir para contrarrestar su entusiasmo y sus anhelos?

Conforme nos aproximábamos a la vivienda pareció crecer más y más. En la galería superior había una barandilla de forja con diseños romboidales. A ambos lados las alas de la casa reproducían los elementos predominantes del cuerpo principal.

—Aquí es donde vivirá la servidumbre —me indicó—. A mi juicio esta distribución da más intimidad a todos. La mayoría de los muros tienen un grosor de sesenta centímetros. Ya verás lo fresco que se está en el interior, incluso sin ventiladores ni aire acondicionado.

Una corta escalinata de mármol nos llevó al pórtico y a la galería inferior. Avanzamos entre sus majestuosas columnas hasta la entrada misma, un zaguán con el suelo de azulejos árabes destinado a dejar boquiabierto al visitante, pues no sólo era inmenso y profundo, sino que el techo tenía una altura tal que oímos el eco de nuestras pisadas.

—Piensa en todas las obras de arte que podrás colgar de estas paredes vacías, Ruby —dijo Paul.

Cruzamos una serie de estancias espaciosas, aireadas, abiertas todas al vestíbulo central. Encima de nosotros se hallaban suspendidas las lámparas de araña que Paul había descrito tan eufórico. Eran de verdad deslumbrantes, con unas lágrimas de cristal que parecían diamantes a punto de caer sobre nuestras cabezas. La escalera elíptica doblaba en anchura y en ornamentación la de la casa de Dumas.

—La cocina está en la parte trasera —me informó Paul—. La he equipado con todos los adelantos modernos; cualquier cocinero se sentirá en el cielo trabajando allí. Quizá puedas averiguar qué ha sido de Nina Jackson y convencerla para que venga a vivir a esta casa —sugirió como un aliciente adicional. Sabía cuánto me había encariñado con Nina, la cocinera de mi padre. Practicaba el vudú y me había tomado un gran afecto desde el día mismo en que llegué a la ciudad..., es decir, después de comprobar que no era una especie de zombi hecho a imagen y semejanza de Gisselle.

—Dudo mucho que haya nadie capaz de arrancar a Nina de Nueva Orleans —dije.

—Ella se lo pierde —repuso Paul con tono despectivo. Era muy susceptible en el controvertido tema de los criollos, e interpretaba cualquier comparación como una crítica de nuestro ámbito cajun.

—Quiero decir que está muy apegada al mundo del vudú —me expliqué. Él asintió.

—Déjame enseñarte el primer piso.

Subimos la escalera y recorrimos cuatro amplios

dormitorios, cada uno con su vestidor y cuarto de baño. En lugar de un aposento conyugal, había dos, gemelos, que sin duda Paul había diseñado teniendo en mente sus proyectos respecto a mí. Desde ambos se dominaba el pantano, y se comunicaban por una puerta accesoria.

–¿Y bien? –Paul esperó ansioso el veredicto, escudriñando mi rostro.

–Es una preciosidad, Paul.

–He guardado lo mejor para el final –replicó con un pícaro centelleo en los ojos–. Sígueme.

Me guió hasta una puerta que daba a una escalera exterior. Como estábamos en la parte posterior de la casa no había podido verla al acercarnos.

La escalera nos llevó a un desván de increíbles proporciones, con unas vigas estructurales de madera de ciprés talladas a mano. Había tres grandes ventanas desde donde se divisaban campos y canales, pero no habían abierto ninguna en el lado de los pozos petrolíferos. Unas altas claraboyas procuraban iluminación y hacían la sala alegre y ventilada.

–¿Sabes lo que es esto? –preguntó Paul, y me dedicó una sonrisa breve y divertida–. Es tu futuro estudio –dijo, extendiendo ambos brazos.

Ensanché los ojos, abrumada.

–Como puedes observar, he buscado las mejores vistas. Mira, Ruby –agregó, yendo hacia una ventana–, fíjate en lo que puedes pintar. Fíjate en el mundo que ambos amamos, en nuestro mundo, un mundo que te inspirará para que vuelvas a desarrollar tu inigualable talento artístico y crees obras maestras que tus amigos criollos se disputarán.

Erguido junto al ventanal, sostuvo a Pearl en sus brazos. La niña estaba intrigada y maravillada por el panorama. A nuestros pies, los albañiles habían empezado a recoger. Sus voces y sus risas llegaron hasta nosotros en alas del viento. En lontananza, el entretejido de canales que hendía los pantanos en dirección a Houma y a mi mísero habitáculo parecía algo irreal, de juguete. Vi los pájaros que saltaban de un árbol a otro y, a la derecha, un pescador de ostras que bogaba rumbo al hogar tras un día de faena. Había en aquellas aguas todo un vivero de imágenes y de ideas para que el pintor escogiese y recreara.

—¿Podrías ser feliz aquí, Ruby? —preguntó Paul con ojos suplicantes.

—¿Y quién no? No existen palabras para expresarlo... Pero sabes muy bien lo que me hace titubear —dije amablemente.

—Y tú sabes que lo he meditado a conciencia y que te he propuesto un modo honesto de vivir juntos. ¡Ruby, nosotros no tenemos la culpa de que nuestros padres nos engendrasen con ese estigma! Lo único que quiero es ocuparme de Pearl y de ti y proporcionaros contento y seguridad para siempre.

—Pero ¿qué pasará con...? Paul, hay una faceta de la vida a la que deberías renunciar —le recordé—. Eres un hombre, un joven viril y apuesto...

—Estoy preparado para esa renuncia —me cortó enseguida.

Agaché la cabeza. Tenía que confesar mis verdaderos sentimientos.

—No sé si yo comparto esa predisposición, Paul. Como te conté en su día, he estado enamorada, me he entregado apasionadamente y he saboreado el éxtasis que causa tocar a alguien a quien quieres y que te corresponde.

—No lo he olvidado —dijo él con tristeza—. Pero no te pido que te prives de ese éxtasis.

Levanté bruscamente los ojos.

—¿Qué quieres decir?

—Hagamos un pacto por el que, si uno de los dos encuentra a una persona con quien pueda alcanzar la plenitud, el otro no se interpondrá en su camino aunque entrañe…, aunque entrañe una separación.

»Mientras tanto, Ruby, vuelca toda tu pasión en la pintura. Yo invertiré la mía en el trabajo y en labrar una buena convivencia para los tres. Déjame darte lo que en otras circunstancias sería una vida perfecta, una vida en la que tú tendrás amor y Pearl la protección y las comodidades que le permitirán no sufrir los sinsabores que hemos visto padecer a tantas personas en las mal llamadas «familias normales».

Mi pequeña me miró como si se sumara a su ruego, con los zafiros de sus ojos dulces y serenos.

–Paul, estoy hecha un lío.

–Podemos respaldarnos mutuamente. Podemos darnos calor, cuidarnos, hasta el fin de nuestros días. Has soportado más tragedias y penalidades que ninguna joven de tu edad. Por ese motivo eres muy madura para tus años. Hagamos que la sabiduría sustituya a los impulsos. Transformemos la lealtad, la devoción y la bondad en los cimientos de nuestras vidas. Juntos erigiremos nuestro monasterio privado.

Miré sus ojos y hallé sinceridad. Todo en él era avasallador: la entrega, la bellísima casa, la promesa de una vida segura y dichosa tras soportar los reveses que había mencionado.

–¿Y qué me dices de tus padres, Paul? –inquirí, sintiéndome cada vez más próxima a darle el sí.

–¿Qué pasa con ellos? –respondió, tajante–. Me educaron en el engaño. Mi padre aceptará lo que yo decida, y si no ¿qué importa? Ahora tengo mi propia fortuna –añadió, entornando los ojos.

Sacudí la cabeza y recordé la severa advertencia que me había hecho *grandmère* Catherine de no distanciar nunca a un cajun de su familia. Paul pareció adivinar mis pensamientos y se dulcificó.

–Mira, hablaré con mi padre y le haré ver que este

arreglo es conveniente para ambos. Una vez que comprenda lo acertado de nuestra decisión no pondrá ningún reparo.

Me mordí el labio inferior y empecé a negar con la cabeza.

—No me digas ni que sí ni que no —se apresuró a exclamar—. Dime sólo que lo pensarás mejor. Te asediaré sin descanso, Ruby Dumas, hasta que te conviertas en Ruby Tate —declaró, y dio media vuelta para mostrarle el paisaje a Pearl.

Retrocedí unos pasos y los observé. Una vez más, me dije que Paul sería un padre ideal. Quizá era el momento de tomar una determinación exclusivamente por el bien de mi hija y no por el mío. Examiné también lo que podía ser un estudio fabuloso, imaginando dónde pondría mis mesas, caballetes y anaqueles. Cuando volví la cabeza, tanto Paul como Pearl estaban pendientes de mí.

—¿Pronunciarás por fin el sí? —preguntó Paul al ver la expresión de mi rostro.

Asentí, y él inundó de besos la cara de Pearl hasta provocar su risa.

El crepúsculo había empezado a caer sobre el *bayou* cuando emprendimos el regreso. El musgo, o barba española, que envolvía con su manto cipreses y enredaderas tenía una textura sinuosa. Pasamos entre las sombras proyectadas por los colgantes ramajes de los sauces, y el movimiento ondulante de la barca indujo a Pearl al sueño. Admiré la belleza que me rodeaba. Pertenecíamos a aquel lugar, y si eso significaba vivir junto a Paul según nuestro singular convenio quizá era lo que el destino nos tenía reservado a mi niña y a mí.

—Tengo que ir a cenar a casa —anunció Paul después de ayudarnos a bajar de la lancha—. Tío John, el hermano de mi madre, ha venido desde Clearwater, en Florida, y prometí no faltar.

—No te apures. Esta noche estoy muy cansada y quiero acostarme temprano.

—Mañana pasaré por aquí lo antes que pueda. Hoy mismo, si puedo hacer un aparte con mi padre, le comunicaré nuestros planes —dijo. Mi corazón empezó a acelerarse. No era lo mismo discutir el asunto entre nosotros que desencadenar la serie de acontecimientos que culminarían en nuestra unión.

—Espero que hayamos tomado la decisión más acertada, Paul —balbuceé.

—Por supuesto que sí. Deja ya de preocuparte; seremos muy felices —afirmó, y se inclinó para besarme en la mejilla—. Además, Dios nos debe un poco de bienestar y de éxito —añadió con una sonrisa.

Le despedí con la mano mientras se alejaba en su motora. Después alimenté a Pearl y la metí en la cama, comí un plato de quingombó, leí un rato junto a la lamparilla de butano y luego me acosté, rezando para que la prudencia me acompañara en todas mis resoluciones.

Mis mañanas solían comenzar exactamente del mismo modo que cuando había vivido en la casucha con *grandmère* Catherine. Tras exponer las mantas, las cestas y los sombreros de hojas de palma que había confeccionado en el telar, colocaba el cochecito de Pearl a la sombra junto al puesto de la carretera y mataba el tiempo cosiendo mientras esperaba que llegasen los turistas. Aquélla fue una mañana tranquila, pero conseguí que parasen media docena de coches y a la hora de comer ya había vendido casi todo. Tuve sólo unos pocos clientes para el quingombó. Después discurrió sobre el *bayou* una tarde larga, bochornosa. Cuando los insectos empezaron a agobiar a Pearl decidí hacerle dormir la siesta dentro de la casa. Esperaba que Paul apareciese durante el almuerzo, pero no fue así, y a media tarde todavía no había dado señales de vida.

Me preparé una limonada fresca y, sentada en la galería, rememoré el pasado. Tenía doblada en el bolsillo la carta más reciente de Gisselle, mi hermana gemela. Cursaba estudios en un insigne colegio preparatorio de Nueva Orleans, que más parecía ser un centro de recogida de «niñatos» ricos y consentidos que una auténtica institución de enseñanza superior. Sus profesores, por lo que me escribía, permitían alegremente que no realizara los trabajos asignados ni atendiera durante las clases. Incluso se vanagloriaba de las muchas clases que se había saltado sin recibir ninguna reprimenda.

En todas sus cartas a mi hermana le gustaba incluir noticias de Beau, que aunque me dolieran leía repetidas veces. Desdoblé la última carta y busqué aquellos párrafos.

> Quizá te interese saber —decía Gisselle, consciente de cuánto lo ansiaba— que Beau sale en serio con esa chica europea. Los señores Andreas le han contado a Daphne que él y su damisela francesa están a punto de anunciar el compromiso formal. Se deshacen en elogios de su futura nuera, lo guapa que es, lo ilustre, lo culta. Dicen que lo mejor que han podido hacer por su hijo ha sido mandarlo a Europa y mantenerlo allí.
>
> Y ahora déjame que te hable de los chicos que hay aquí en Gallier…

Estrujé la carta y volví a meterla en el bolsillo. Se diría que los recuerdos de Beau cobraban mayor fuerza ahora que estaba pensando en casarme con Paul y escoger una vida pacífica y estable. Pero también prometía ser una vida sin pasión, y siempre que me asaltaba esa idea me acordaba de Beau Andreas. Evoqué su cordial sonrisa y la mañana en que Gisselle y yo nos trasladamos a Greenwood, el elitista pensionado de Baton Rouge. Aunque Beau llegó con el tiempo justo y sólo dispusimos de unos minutos para despedirnos, me sorprendió regalándome el medallón que aún llevaba oculto debajo de la blusa.

Lo saqué y abrí el relicario para mirar su efigie y la mía. «¡Ay, Beau! –pensé–. Creo que nunca amaré a otro hombre tan ardientemente como a ti, y si no puedo tenerte tal vez una vida apacible y segura junto a Paul sea la mejor opción.» Me sobresalté al notar en mis mejillas la tibieza de las lágrimas. Las enjugué rápidamente y me arrellané en mi asiento mientras un automóvil grande y familiar aparcaba en la explanada. Era Octavious Tate, el padre de Paul. Cerré el medallón y me lo metí debajo de la blusa, donde quedó posado entre mis senos.

El señor Tate, un hombre alto y de porte distinguido que siempre iba muy atildado, se apeó del coche. Paul había heredado una buena parte de su atractivo del padre, que exhibía una boca y una mandíbula recias, con la nariz recta, ni muy larga ni muy estrecha. Pero me asombró constatar cuánto había envejecido el señor Tate desde la última vez que le había visto. Tenía los hombros caídos como los de un anciano marchito y sus ojos denotaban fatiga.

–Buenas tardes, Ruby –dijo desde el pie de la escalera–. Si no es molestia, desearía hablar contigo confidencialmente.

Mi corazón se disparó. No recordaba haber cruzado con aquel hombre más de una docena de palabras, en su mayoría saludos formales cuando coincidíamos en la iglesia.

–No faltaría más –respondí, poniéndome en pie–. Pero pasemos adentro. ¿Le apetece un poco de limonada? Acabo de preparar una jarra.

—Con mucho gusto —dijo, y me siguió al interior de la casa.

—Tome asiento, por favor —le rogué, señalando el único mueble decente que poseía: la mecedora.

Fui a la cocina, vertí limonada fresca en un vaso y volví a la sala de estar.

—Gracias —musitó el señor Tate, asiendo el vaso.

Me senté frente a él en un canapé marrón, gastado y descolorido que tenía el entramado tan fino en los extremos de los brazos que el relleno de barba española empezaba a sobresalir.

—Está buenísima —me dijo tras beber un sorbo de limonada. Dio una rápida, inquieta ojeada a la sala y sonrió—. No tienes grandes cosas, Ruby, pero has sabido crear un ambiente muy acogedor.

—Más acogedor era en tiempos de *grandmère* Catherine —contesté.

—Tu abuela era toda una mujer. Debo confesar que nunca concedí demasiada importancia a las curaciones religiosas y las hierbas medicinales que administraba, pero conozco a un sinfín de personas que le tenían una fe ciega. Y nadie salvo ella hubiera podido enfrentarse a tu *grandpère*.

—La echo mucho de menos —admití. Él asintió con la cabeza y sorbió más limonada. Luego inhaló una bocanada de aire.

—Me temo que estoy un poco nervioso. Resulta extraño cómo, algunas veces, el pasado encuentra el medio de revolverse contra uno y asestarle un golpe en la boca del estómago —comentó, y se encorvó hacia adelante para fijar en mí una mirada incisiva, penetrante—. Eres la nieta de Catherine Landry y has vivido lances terribles. Percibo en tu rostro que eres mucho más adulta y más sabia que la linda muchachita que siempre veía en la iglesia de la mano de su *grandmère*.

—También a mí el pasado me ha golpeado —dije. Los

ojos de mi interlocutor destellaron con un nuevo interés.

–Sí. Bien, en ese caso entenderás por qué prefiero no andarme con rodeos. Sabes ya más o menos lo que sucedió hace veintiún años, y posiblemente no me tengas en muy buen concepto. Yo soy el primero en reprocharme mi conducta. Entonces era lo que podríamos llamar un joven inexperto, dispuesto a comerme el mundo. Pero no estoy aquí para justificarme ni para buscar excusas –aclaró–. Cometí un desliz y de un modo u otro he pagado las consecuencias el resto de mi vida.

»Tu madre…, Gabrielle…, era una muchacha muy especial. –Movió la cabeza y sonrió–. Siendo además hija de tu *grandmère*, todos la tomaban por una de esas diosas de los pantanos sobre las que disertaban los viejos del lugar y en las que creían incluso algunos cristianos, a pesar de sus dogmas. No podías tropezar con ella sin encontrarla hermosísima, tan bella que era… casi espiritual. Sé que te resultará difícil comprenderme no habiendo tenido ocasión de conocerla, pero es la verdad.

En el fondo del alma sentí una oleada de pánico. ¿Por qué me estaba relatando ahora aquella historia?

–Cada vez que posaba la vista en Gabrielle –continuó Octavious Tate– mi corazón dejaba de latir y sentía el impulso de pasar por su lado de puntillas. Cuando me miraba era como…, como si hubiera descendido sobre nosotros esa criatura griega, el querubín con el arco y la flecha.

–¿Cupido?

–Exacto, Cupido. Yo estaba casado, aunque todavía no teníamos hijos. Intenté amar a mi mujer. Me esforcé al máximo –dijo, alzando la mano–, pero Gabrielle parecía haberme hechizado. Un día remaba solo por la ciénaga, de regreso tras una jornada de pesca, y al doblar un meandro la encontré nadando sin una hebra de ropa. Pensé que se había detenido el tiempo. Me quedé paralizado y contuve el aliento. No podía dejar de contemplarla. Tenía unos ojos vívidos, chispeantes, y al verme se echó a reír. Fui incapaz de dominarme. Me desnudé atropelladamente y me zambullí en las aguas. Nadamos, nos salpicamos y nos torturamos uno a otro abrazándonos y volviéndonos a soltar. La seguí por la orilla hasta su piragua, y una vez allí…

»En fin, el resto ya lo sabes. Reconocí mi pecado tan pronto fue revelado. Tu abuelo Jack comenzó a perseguirme con demandas económicas.

»Gladys, como es natural, quedó desolada. Yo me derrumbé, lloré e imploré su perdón. No lo conseguí, pero su comportamiento fue más generoso de lo que había creído posible. Resolvió fingir que el niño era suyo, y abordó de inmediato la complicada estratagema simulando un embarazo.

»Tu *grandpère* no quedó satisfecho con el pago inicial. Fue a verme una y otra vez, exigiendo más dinero, hasta que al fin le paré los pies. Para entonces Paul era ya todo un muchacho, y caí en la cuenta de que nadie daría crédito a ninguna historia que difundiera Jack Landry. Dejó de acosarme y zanjamos el asunto.

»Lógicamente, a partir de aquel momento he pasado la mayor parte de mi vida tratando de resarcir a mi esposa. Gladys nunca dejó traslucir ante Paul que ella no era su madre, y hasta que se enteró de la verdad el chico le profesó un sincero amor. De eso estoy seguro. De hecho, me atrevería a decir que aún hoy conserva intactos sus sentimientos hacia Gladys, aunque a veces parece estar terriblemente desorientado. Hemos tenido nuestras discusiones al respecto, y yo creía que lo había entendido, asimilado y perdonado de una vez por todas.

El señor Tate hizo una pausa y ansiosamente, ceñudo, esperó que dirigiese su relato.

–Que te perdonen algo así es mucho pedir en cualquier caso, y especialmente en el de Paul –dije. Él apretó los labios unos segundos y luego asintió, como si confirmase un pensamiento sobre mí.

–Debo decirte –prosiguió– que cuando huiste a Nueva Orleans me alegré. Supuse que mi hijo buscaría a alguna joven de buenas cualidades para hacerla su esposa y que así se calmaría el tornado, pero regresaste, y anoche…, anoche nos reunimos a solas y me informó de vuestros propósitos. Desde que acometió la construcción de esa casa sospeché que había gato encerrado, pero confiaba en haberme equivocado. –Se apoyó en el respaldo de su silla, momentáneamente agotado.

–Nuestro plan es tan sólo vivir juntos, cada uno en su alcoba –dije con voz conciliadora–. Además, casi toda la gente del lugar cree que Pearl es hija de Paul.

–Lo sé. Incluso Gladys receló durante un tiempo, hasta que Paul nos lo explicó. Ahora sufre una honda depresión. Verás –agregó, adelantando el cuerpo en la mecedora–, los dos queremos únicamente lo mejor para Paul. Queremos que lleve una vida normal, que tenga lo que cualquier hombre merece por principio, sobre todo hijos propios. No creo que se percate del alcance de lo que se propone hacer.

»Resumiendo, Ruby, vengo a abogar por mi hijo. Vengo a pedirte que rehúses casarte con él. Él no tiene por qué expiar los pecados de su padre. Ojalá que esta vez el hijo no cargue con los errores y las penas de su progenitor. Podemos cambiar el porvenir, impedir que eso ocurra, si tú le rechazas. En cuanto lo hayas liberado, sentará la cabeza y se casará con alguna muchacha encantadora…

–Lo último que deseo en el mundo, señor Tate, es perjudicar a Paul –afirmé con un torrente de lágrimas en las mejillas. No hice ningún intento de secarlas, y gotearon por el mentón.

–También te hago esta súplica por mi mujer. Me horroriza volver a lastimarla. Parece que la falta que cometí no morirá nunca, que ha alzado nuevamente su horrenda cabeza para atormentarme al cabo de veintiún años. –Octavious Tate envaró la espalda–. Por descontado, será un placer ofrecerte una pequeña compensación, Ruby. Puedo darte cuanto necesites hasta que encuentres a otro joven y…

–¡No siga! –le interrumpí–. No trate de sobornarme, señor Tate. Por lo que veo, en este mundo nuestro todos se empeñan en comprar la solución a sus problemas; todos, ya sean criollos ricos o cajun aún más ricos, creen que el dinero tiene el poder de remediar cualquier mal. De momento me apaño bastante bien, y pronto heredaré mi parte del legado de mi padre.

–Lo lamento –susurró–. Sólo pretendía…

–No quiero nada.

Desvié el rostro y cayó entre ambos un tenso silencio.

–Te lo ruego en nombre de mi hijo –insistió al fin con voz muy tenue.

Cerré los ojos y quise tragar saliva, pero mi garganta no respondió. Se diría que había engullido una roca y se me había atascado en el esófago.

–Le diré a Paul que no puedo ser su esposa –prometí–, pero no sé si entiende lo mucho que él lo desea.

–Lo entiendo. Estoy resuelto a hacer todo lo que pueda para ayudarle a superarlo.

–No intente envolverle en dinero –le advertí, con unos ojos que despedían fuego. El señor Tate pareció empequeñecerse en la mecedora–. Su hijo no es *grandpère* Jack.

–Por supuesto. –Pasados unos segundos, añadió–: Tengo que pedirte otro favor.

–¿De qué se trata? –inquirí, furiosa como la leche que hierve en su cazo.

—No le cuentes que he estado aquí. Le envié a hacer unos encargos que le tuvieran alejado de la zona para poder visitarte. Si lo averiguase…

—Por mí no va a saberlo —declaré.

—Gracias, Ruby. Eres una chica extraordinaria, además de muy guapa. Estoy convencido de que algún día alcanzarás la felicidad, y si entretanto necesitas ayuda, si puedo serte útil en algo…

—No lo creo, señor Tate —repuse con tono tajante. Vio la ira que había en mis ojos y su media sonrisa se desvaneció.

—Será mejor que me vaya —dijo, poniéndose en pie. No le acompañé. Permanecí con la mirada fija en el suelo mientras le oía salir al patio, arrancar el coche y perderse en la distancia. Entonces me arrojé en el canapé y estuve llorando hasta que se me secaron las lágrimas.

2

UNA TAREA INCONCLUSA

Cuando Pearl despertó de su siesta, le di un biberón y volví con ella al puestecillo, atenta a las ventas vespertinas. Hubo una actividad febril durante una hora y después la carretera quedó callada y vacía, con un sol languideciente que proyectaba largas sombras en el macadán y bajaba el telón de una jornada más.

El corazón me pesaba como una losa. La visita del señor Tate había extendido un negro nubarrón sobre todas las cosas. De alguna manera Pearl y yo nos habíamos quedado sin hogar. No pertenecíamos al *bayou* ni tampoco a Nueva Orleans, aunque pensé que sería aún peor vivir en los pantanos después de comunicar mi negativa a Paul. Cada vez que fuese a visitarnos, si es que quería volver a verme, se cernería sobre nosotros aquella tormenta de melancolía.

Pensé que quizá el señor Tate tenía razón. Quizá tras mi rechazo Paul encontraría a una mujer hecha a su medida, pero sabía que era mucho más fácil que eso ocurriera si Pearl y yo estábamos físicamente lejos y fuera de su vida. Una vez que comprendiera que nuestro matrimonio era inviable buscaría la felicidad en otra persona.

Sin embargo, ¿adónde iríamos mi hija y yo? ¿Qué debíamos hacer? No tenía parientes a quienes recurrir. Llevé a Pearl hasta la casa y luego recogí lo que quedaba en el puesto, intentando desesperadamente proyectar un futuro para ambas. Al fin se me ocurrió una idea. Decidí tragarme el orgullo, sentarme a la mesa y escribir una carta a mi madrastra.

Querida Daphne:

No te he escrito en todo este tiempo porque supuse que no te interesaría saber nada de mí. Sé lo mucho que te trastornó descubrir que esperaba un hijo de Beau. Soy ya lo bastante mayor para comprender que contraje una grave responsabilidad, pero aun así no pude someterme al aborto que me habías tramitado, y ahora que tengo a mi niña, a quien he puesto el nombre de Pearl, me alegro de no haberlo hecho, por arduas que hayan de ser nuestras vidas.

Pensé que si regresaba al *bayou*, al entorno en el que me había criado y había sido feliz, todo se solventaría y dejaría de ser un problema para los demás, particularmente para ti. Nunca nos llevamos bien cuando mi padre vivía, y no creo que vayamos a congeniar nunca.

No obstante, las circunstancias aquí son diferentes de lo que había previsto, y he llegado a la conclusión de que no puedo quedarme. Pero no te asustes; no voy a pedirte que me acojas de nuevo bajo tu techo. Sólo te ruego que me entregues una parte de mi herencia para que pueda labrarme una existencia nueva en otro lugar, en un sitio que no sea ni el *bayou* ni Nueva Orleans. No me darás nada que no haya de ser mío; simplemente, me lo darás un poco antes. Sin duda convendrás conmigo en que mi padre hubiera deseado que lo hicieras.

Por favor, estudia mi petición y mándame noticias lo antes posible. Puedo asegurarte que si tu respuesta es favorable no volveremos a tener ningún contacto.

Con mis mejores deseos,

RUBY.

Mientras ponía las señas en el sobre oí frenar un coche en la explanada. Dejé de escribir y escondí prestamente la carta en el bolsillo del vestido.

–Hola –dijo Paul, entrando sin más–. Perdona que no haya venido antes, pero he tenido que hacer unos recados en Breaux Bridge. ¿Cómo has pasado el día? ¿Qué tal el negocio?

–Bien –contesté. Entorné un poco los ojos, pero era demasiado tarde.

–Algo va mal. ¿Qué es?

–Paul –dije, tras infundirme valor–, no podemos hacerlo. No podemos casarnos y vivir en Cypress Woods. Le he estado dando vueltas, y ahora veo que sería una equivocación.

Él me escuchó con una mueca de sorpresa y desencanto.

–¿Qué te ha hecho cambiar? –me interrogó–. Ayer en casa estabas muy ilusionada. Era como si hubieran quitado de tu rostro un velo de pesar.

–Es verdad lo que me habías dicho sobre Cypress Woods. La mansión y sus aledaños obran un raro encantamiento. Sentí que había penetrado en un reino de fantasía, y por unos minutos me dejé arrastrar. Allí era sencillo desechar la realidad.

–¡Pues claro! Así será nuestro mundo. Puedo hacerlo tan hermoso como un cuento de hadas. Y mientras no lastimemos a nadie…

–Ésa es la cuestión, Paul. Nos lastimaríamos el uno al otro –recalqué dolorosamente.

–No… –quiso protestar, pero yo sabía que debía hablar claro y deprisa o prorrumpiría en llanto.

–Sí que lo haríamos. Podemos disimular. Podemos formularnos promesas. Podemos llegar a acuerdos especiales, pero el resultado será el mismo: nos habremos condenado a una vida antinatural.

–¿Consideras antinatural estar con alguien a quien amas, a quien quieres proteger y…?

–¿Y a quien no abrazarás nunca ardorosamente? ¿Con quien no podrás tener hijos, ni revelar ciertas verdades sobre ella? Ni siquiera podremos decírselo a Pearl por miedo a dañar su sensibilidad. Es una locura.

–Por supuesto que se lo diremos a Pearl –me corrigió–, cuando tenga edad suficiente para entenderlo. Y se hará cargo de la situación. Ruby, escucha…

–No, Paul. No me veo con ánimos de hacer esos sacrificios que tú das por sentados –concluí.

Me escrutó unos momentos con escepticismo.

–No te creo. Ha pasado algo más, alguien ha hablado contigo. ¿Quién ha sido, una de las amigas de *grandmère* Catherine, el cura de Houma? ¿Quién?

–No he hablado con nadie –mentí–, salvo con mi conciencia. –Tuve que eludir sus ojos. No podía resistir la angustia que irradiaban.

–Pero… Ayer por la noche tuve una conversación con mi padre, y una vez que se lo hube explicado todo se avino y me dio su beneplácito. Mis hermanas no conocen el pasado, así que se pusieron contentísimas al saber que ibas a ser mi mujer e ingresar en la familia. Y respecto a mi madre…

–Sí, ¿qué piensa tu madre, Paul? –le apremié. Él cerró los ojos y enseguida volvió a abrirlos.

–Lo aceptará.

–Aceptar no es aprobar. –Meneé la cabeza y escupí las palabras como si fueran balas–. Si consiente será tan sólo por temor a perderte. Y en cualquier caso, la última palabra la tengo yo, no ella –dije, con más severidad de la que habría querido. Paul palideció.

–Ruby, la mansión… todo lo que poseo es únicamente para ti. Me tiene sin cuidado lo que pueda pasarme. Es para ti y para Pearl.

–Debes amarte más a ti mismo, Paul, pensar en tus necesidades. Sería de un egoísmo feroz por mi parte permitir que te niegues la oportunidad de vivir como un marido y un padre corriente.

–Eso debería decidirlo yo –replicó.

–Estás demasiado ofuscado para tomar decisiones ecuánimes –dije, y aparté la vista.

–Piénsatelo con más calma –me exhortó–. Vendré mañana y lo hablaremos de nuevo.

–No, Paul. Esto es definitivo. No tiene ningún sentido estar discutiéndolo continuamente. No podría adaptarme, sé que no podría. –Me eché a llorar y le di la espalda. Pearl, captando nuestras desavenencias, empezó también a sollozar–. Más vale que te vayas. Noto a la niña muy alterada.

–Ruby…

–Vamos, Paul. No me lo pongas aún más difícil.

Fue hasta la puerta, pero se quedó frente a ella con la mirada ausente.

–Durante todo el día –murmuró muy quedamente– he creído viajar en una nube. Nada podía hacerme desgraciado.

Aunque estaba realmente descompuesta, encontré un hilo de voz para decir:

–Volverás a sentirte así, Paul, ya lo verás.

–Lo dudo mucho –respondió, mirándome con ojos llenos de despecho y de rabia. Tenía la cara tan congestionada que parecía un turista norteño con insolación–. Juro que jamás miraré a otra mujer. Jamás besaré otra piel. Jamás abrazaré otro cuerpo. –Alzó la mano derecha–. Haré los mismos votos de castidad que nuestro cura párroco y transformaré mi residencia en un santuario. Viviré allí solo por los siglos de los siglos, y moriré sin nadie a mi cabecera, sin más compañía que tu recuerdo. –Abrió la puerta con un golpe seco y salió a la carrera.

–¡Paul! –le llamé. No podía sufrir verle tan enfadado y herido. ¿Acaso había nacido para causar dolor a cuantos me querían? Retuve las lágrimas por Pearl, pero me sentía como un islote solitario azotado por el oleaje. Ahora ya no tenía absolutamente a nadie.

Cuando mi corazón dejó de martillear como un pájaro carpintero, comencé a preparar la cena. Mi hija intuyó mi congoja a pesar de mis intentos de sepultarla bajo el frenesí del trabajo. Si hablaba la detectaba en mi voz, y si la miraba vislumbraba el oscuro pozo que se había abierto en mis ojos.

Mientras se cocía el *roux*, me senté con Pearl en la mecedora de *grandmère* Catherine y miré mi pintura de la sala. Los semblantes de la abuela y de mi madre transmitían tristeza y compasión. El vívido recuerdo de la cara desencajada de Paul bailaba en el aire circundante como un heraldo de tempestad. Cada vez que miraba hacia la puerta le veía allí plantado, iracundo, recitando votos y amenazas. ¿Por qué estaba destruyendo a la única persona que quería amarnos y agasajarnos? ¿En quién volvería a hallar un afecto semejante?

–¿He hecho lo que debía, *grandmère*? –susurré. No escuché sino silencio, y un chasquido en los labios de Pearl.

Le di de cenar, pero se le había cortado el apetito lo mismo que a mí. Sólo succionó unos pequeños sorbos del biberón, y al hacerlo no cesó de parpadear. Era como si estuviera moralmente exhausta, como si cada sentimiento, cada emoción, viajara de mi ser al suyo a través del hilo invisible que une siempre a madres e hijos. Decidí llevarla arriba para acostarla, y acababa de incorporarme cuando oí acercarse un vehículo. Los faros delanteros barrieron la casa antes de que el coche se detuviera, y oí que abrían la portezuela y luego la cerraban bruscamente. ¿Había vuelto Paul con nuevas porfías? Aunque así fuera, pensé, no debilitaría mi resolución.

Sin embargo, la contundencia de las pisadas en el suelo de la galería me indicaron que se trataba de otra persona. Sonaron unos golpes atronadores en la puerta, que hicieron que toda la casucha se tambaleara sobre sus débiles pilotes. Recorrí la sala despacio, con el corazón golpeando casi tan fuerte como aquellos puñetazos.

–¿Quién es? –pregunté.

Pearl también miró la puerta llena de curiosidad. En vez de contestar, el visitante abrió tan bestialmente que casi arrancó la hoja de sus goznes. Vi entrar a un individuo descomunal con el cabello oscuro, largo y desgreñado cayendo en mechas ralas hasta el sucio y seboso cuello. Tenía las manos tan grandes como porras y los rollizos dedos embadurnados de grasa y de mugre. Cuando se situó bajo la luz de la lámpara de butano lancé una exclamación.

Aunque sólo le había hablado una vez y le había visto en contadas ocasiones la cara de Buster Trahaw pervivía en mi memoria junto a mis peores pesadillas. Me parecía todavía más repulsivo que el día en que *grandpère* Jack le había invitado a casa para consolidar su pacto de que me casaría con él si ingresaba en sus arcas nada menos que mil dólares. Peor aún, *grandpère* iba a dejarle que se acostara conmigo anticipadamente, que probase mi cuerpo como si fuera una mercadería.

Yo le recordaba de aquella época como un hombre

en la treintena, alto y corpulento, con un cinturón adi-
poso en el estómago y los costados que le daba la apariencia de llevar un flotador debajo de la camisa. Ahora su circunferencia era tres veces mayor y su cara
estaba tan abotargada que más parecía un cruce entre
cerdo y hombre. Por añadidura lucía una barba
filamentosa, sin atusar en el mentón, a la que se suma-
ba la pelambre rizada del cuello para conferirle una
imagen simiesca.

Cuando Buster sonrió, sus gruesos labios desapare-
cieron prácticamente debajo del mostacho y las cerdas
de la barbilla, revelando la pérdida de casi todos los
dientes anteriores. Los pocos que quedaban estaban
manchados de nicotina, de tal manera que su boca se
asemejaba a un horno cavernoso y socarrado. La piel de
las zonas expuestas de sus mejillas se veía escamosa y
ajada, recordándome la muda de la serpiente. De las
enormes ventanas nasales emergía un vello recio, igual
que alambres, y las cejas se juntaban para formar una
línea hirsuta y negruzca sobre los abultados y mortecinos ojos marrones.

–Así que es verdad –dijo–. Has vuelto. Me lo co-
mentaron los Slater cuando llevé la furgoneta a reparar.

Volvió la cabeza y escupió a través de la puerta una
pelota de tabaco de mascar. Luego volvió a examinar-
me con una sonrisa aprobatoria.

–¿Qué quieres? –demandé. Pearl estaba agarrada a
mí. Había empezado a gemir como un cachorrito ante
tamaña visión.

–¿Cómo que qué quiero? –La sonrisa del hombre se
evaporó prontamente–. ¿Acaso no me reconoces? Soy
Buster Trahaw y he venido por lo que me corresponde, ¿me oyes? –dijo, y se adelantó unos pasos. Yo retrocedí–. ¿Es ésta tu hija? Pero ¡qué ricura! Así que ahora
te dedicas a fabricar niños sin mí, ¿eh? –Se carcajeó–.
Pues bien, eso se acabó.

Sentí que se me helaba la sangre en las venas.

—¿De qué estás hablando? Sal de aquí. No te he invitado a mi casa. Lárgate o…

—¡Eh, para el carro! ¿Te has olvidado de mi pago?

—No sé a qué te refieres.

—Me refiero al trato que hice con tu abuelo Jack, al dinero que le di la noche antes de que te fugaras. No le obligué a reembolsarlo porque me prometió que volverías. Desde luego sabía que era un viejo embustero, pero me dije que mis cuartos estaban bien gastados. «Ya llegará tu hora, Buster», pensé; y por fin ha llegado.

—Ni hablar —repliqué—. Yo no participé en vuestros chanchullos. Y ahora, vete.

—No me moveré de aquí hasta tomar lo que es mío. ¿A ti qué más te da? Igualmente pares niños sin un marido al lado, ¿no? —Me dirigió de nuevo su sonrisa desdentada.

—¡Fuera! —vociferé. Pearl rompió a llorar. Quise alejarme, pero Buster aferró mi muñeca con un movimiento brusco.

—Cuidado, no se te vaya a caer la niña —dijo con voz amenazadora. Intenté mantener el rostro apartado de él. Su aliento y la pestilencia de su ropa y su cuerpo me revolvían las tripas. De pronto, intentó arrancarme a Pearl de los brazos.

—¡No! —grité, pero no quería que la pequeña sufriera ningún daño. Estaba berreando histéricamente cuando Buster le estrechó la cintura con sus roñosas manazas.

—Déjame sostenerla un momento, mujer. Tengo hijos, sé lo que hay que hacer.

Antes que forcejear preferí soltar a la niña.

—No la lastimes —supliqué. La niña lloró y agitó los brazos para volver conmigo.

—Vamos, chiquita, cálmate… Soy tu tío Buster —dijo Trahaw—. Es realmente mona. ¡Que me aspen si no rompe muchos corazones cuando sea mayor!

—¿Podrías devolvérmela?

—Por supuesto. Buster Trahaw no se come a los niños; Buster hace niños —contestó, y se rió de su ocurrencia.

Recuperé a Pearl y me alejé.

—Métela en la cama —ordenó Buster—. Tenemos un negocio que saldar.

—Por favor, déjanos en paz… te lo ruego…

—No me marcharé hasta que haya conseguido lo que busco. ¿Lo haremos por las buenas o por las malas? Ambos métodos me sirven. La cuestión es —dijo, sonriendo de nuevo— que me gustaría más por las malas. —Avanzó hacia mí y di un respingo—. Acuesta a tu niña si no quieres que reciba una educación precoz, ¿entendido?

Tragué saliva. Me costaba respirar.

—Puedes dejarla en este mismo sofá —dijo Trahaw—. Llorará hasta caer dormida, como casi todos los niños de su edad. ¿A qué esperas?

Miré el canapé y la puerta, pero a pesar de su estulticia Buster reculó, interceptando la posible fuga. A regañadientes deposité a Pearl donde me había ordenado. Sus berridos fueron en aumento.

Buster Trahaw me cogió por la muñeca y me atrajo hacia él. Traté de resistirme, pero fue como contener la marea. Me rodeó con sus obesos brazos, aplastándome contra el estómago y el pecho, y luego atenazó mi mentón entre sus poderosos dedos y me forzó a levantar la cara para poder aplicar a mi boca las ventosas de sus labios. Su húmeda presión me provocó náuseas, y tuve que aguantar la respiración y hacer acopio de voluntad o habría perdido el conocimiento. Me aterraba pensar que si me desmayaba me desgarraría el vestido y se desahogaría a placer.

Movió la mano derecha por debajo de mi talle hasta abarcar una nalga y me alzó del suelo como si pesara poco más que Pearl.

–¡Vaya, qué mercancía tan buena tenemos aquí! *Grandpère* Jack no me mintió. Prosigamos.

–Por favor, no lo hagamos tan cerca de la niña. Es lo único que te pido.

–Claro que no, cariño. Además quiero disfrutar de una verdadera cama. Abre tú el camino al piso de arriba.

Me giró rudamente y me empujó hacia la cocina y la escalera posterior. Le eché una ojeada a Pearl. Lloraba a lágrima viva y todo su cuerpo se convulsionaba.

–Adelante –me urgió Buster.

Eché a andar tratando de hallar una tabla de salvación. Mi mirada se posó en el *roux* que había puesto en el fuego. Estaba en plena ebullición.

–Espera –dije–. Tengo que apagar la lumbre.

–Eso es lo que yo llamo una cajun de cuerpo entero –comentó él–, siempre pensando en sus guisos. Quizá después saboree unos bocados del quingombó. Hacer el amor suele darme un apetito de lobo.

Se arrimó a mi espalda. Sabía que disponía apenas de unos segundos, y que si no los aprovechaba estaba condenada a subir aquella escalera. Una vez arriba, quedaría a su merced. Aunque pudiera saltar por una ventana no lo haría, porque eso habría significado dejarle solo con Pearl. Cerré los ojos, me encomendé a todos los santos y así firmemente el asa de la cazuela. Acto seguido me di la vuelta lo más deprisa que pude y arrojé su abrasador contenido a la cara de Buster.

Lanzó un alarido; me zafé de sus brazos y salí como un relámpago de la cocina. Recogí a Pearl y abandoné la casucha cruzando la galería a grandes zancadas. Bajé los peldaños del porche y corrí hacia la oscura noche sin volver la vista atrás. Oí los aullidos y reniegos de Trahaw, seguidos del ruido de sillas volcadas y platos rotos; luego hizo añicos el cristal de una ventana. Pero no me detuve. Me fundí con la penumbra.

Pearl estaba tan estupefacta por mi actuación que

cesó de llorar. Temblaba de miedo, no obstante, porque sentía el estremecimiento de mi cuerpo. Me inquietaba que Buster saliera en nuestra persecución, pero cuando no lo hizo me espantó más aún pensar que tal vez quisiera valerse del coche para cazarnos, así que caminé junto a las zanjas laterales de la carretera, presta a esconderme en los arbustos en cuanto divisara los faros.

Ignoro cómo me las arreglé para no tropezar y caer con Pearl en los brazos, aunque por suerte una tímida luna iba y venía entre las nubes, iluminando suficientemente el terreno. Gracias al cielo, no vi rastro de su coche. Llegué a casa de la señora Thibodeau y aporreé la puerta.

—¡Ruby! —exclamó—. ¿Qué ha ocurrido?

—¡Tiene usted que ayudarme, señora Thibodeau! Hace unos minutos Buster Trahaw ha intentado violarme en mi casa —le resumí. Ella abrió la puerta, nos apremió a entrar y echó el cerrojo.

—Siéntate en la sala de estar —me ofreció, con la tez blanca por el susto—. Te traeré un poco de agua y llamaré a la policía. ¡Menos mal que hice instalar un teléfono el año pasado!

Fue a la cocina en busca del agua, me la dio y tomó a Pearl en sus brazos. Yo sorbí el refrescante líquido y me recliné en el respaldo del asiento, con los ojos cerrados y el corazón aún tan desbocado que pensé que la señora Thibodeau lo veía pulsar por debajo de la blusa.

—Pobrecita niña, ¡pobre bebé! ¡Ay, Señor! ¿Y dices que ha sido Buster Trahaw? ¡Qué horror!

Pearl se fue apaciguando. Lloriqueó un poco más, y al fin entornó los párpados y se quedó dormida. La arrullé mientras la señora Thibodeau volvía a la cocina para avisar a la policía. No mucho después apareció un coche patrulla, y cuando entraron los dos agentes les narré todo lo acaecido.

—Ya hemos tenido más de una escaramuza con ese

indeseable –dijo uno de ellos–. Quédese aquí hasta que regresemos.

No estaba en mis planes moverme ni un centímetro. Al cabo de una hora los policías vinieron a comunicarme que lo habían encontrado todavía en la chabola. Había causado un buen estropicio, y luego había sacado de su coche una botella de whisky «matarratas» y se lo había bebido esperando mi regreso. Por lo que contaron, habían tenido que recabar la ayuda de otra pareja de agentes para reducirlo.

–Lo hemos metido en chirona, que es donde debe estar –dijo el de mayor graduación–. Pero usted habrá de pasar por la comisaría y firmar una denuncia. Puede hacerlo ahora mismo o mañana a primera hora.

–Está extenuada –intercedió la señora Thibodeau.

–Entonces, dejémoslo para mañana –propuso el policía–. Le aconsejo que no vuelva a casa esta noche –añadió, mirando de soslayo a la señora Thibodeau–. Necesita algunos retoques.

–¡Oh, señora Thibodeau! –me lamenté–. Ese hombre ha destrozado el único hogar que tengo.

–Serénate, niña. Ya sabes que entre todos te ayudaremos a recomponerlo. No te atormentes más. Descansa un rato, y así tendrás buena cara para atender a tu hija.

Mi amable anfitriona me dio una manta y dormí en el sofá, abrazada a Pearl. No creía que pudiera conciliar el sueño, pero cuando cerré los ojos el agotamiento se adueñó de mí, y mi siguiente sensación fue la de la luz matutina calentando mi rostro. Pearl gimió cuando rebullí. Sus pequeños párpados se entreabrieron y me miró. Al saberse a salvo, en mis brazos, esbozó una sonrisa. La besé y di gracias a Dios por haber podido huir.

Después de dar cuenta del desayuno que nos preparó la señora Thibodeau, dejé a la niña a su cuidado y me acerqué a la ciudad para personarme en el cuartel de la policía. Se deshicieron en atenciones, procurando por todos los medios que estuviera cómoda. Una secretaria me sirvió café.

—No tendrá que molestarse en aportar pruebas —dijo el agente que estaba de servicio tras el mostrador—. Buster no niega lo que ha hecho, aunque se queja sin cesar de que le han estafado cierto dinero. ¿De qué se trata?

Tuve que referirle los tejemanejes de *grandpère* Jack. Me daba vergüenza, pero no había otra opción. Todos los policías que escucharon la historia dieron muestras de solidaridad y censuraron al abuelo. Algunos de ellos lo recordaban muy bien.

—Buster y Jack Landry estaban cortados por un mismo patrón —afirmó el funcionario del mostrador.

Luego me tomó declaración y dijo que no me preocupase, que Buster Trahaw no volvería a importunarme. Ellos se ocuparían de enjaularle en un sitio apartado y perder la llave. Le agradecí su interés y volví a casa de la señora Thibodeau.

Creo que el auténtico motivo de que algunos habitantes del *bayou* no tuvieran teléfono ni televisor en sus viviendas era que por aquellos pagos las noticias corrían muy velozmente. Cuando, después de recoger a Pearl, llegué a casa había ya una docena de vecinos trabajando en ella. En su arranque de cólera, Buster había desgajado la puerta principal y roto casi todas las ventanas.

Milagrosamente, la mecedora de *grandmère* Catherine sobrevivió al desastre, aunque era obvio que le habían dado unos cuantos golpes. Un par de sillas de la cocina no salieron tan bien libradas: ambas tenían las patas hechas astillas. Por fortuna Trahaw había empezado a beber antes de decidirse a subir a los dormitorios, de tal suerte que estaban intactos. Pero había hecho estragos en mi cocina y en la sala. Tan pronto conocieron el suceso los vecinos habían acudido.

Al llegar a la casa vi al señor Rodríguez arreglando la puerta de entrada. Recordé la noche en que *grandmère* Catherine había sido requerida por su familia para conjurar un *couchemal*, un espíritu maligno que se yergue al acecho cuando muere un niño sin bautizar. Había quedado muy agradecido, y a partir de aquel día toda gentileza le parecía poca.

En el interior la señora Rodríguez y las otras mujeres hacían limpieza. Se había realizado ya una colecta destinada a reemplazar los platos y los vasos rotos. Hacia el mediodía aquello parecía una «asamblea de las tejas», las tradicionales reuniones de vecinos para terminar comunitariamente las cubiertas de los edificios, tras la cual había una fiesta en la que cada uno contribuía con algo. La bondad de aquellas gentes llenó mis ojos de lágrimas.

—No llores, Ruby —dijo la señora Livaudis—. Todas estas personas se acuerdan aún de lo bien que se portó con ellas tu *grandmère*, y ahora se alegran de poder ayudarte.

—Gracias, señora Livaudis —dije. Ella me dio un abrazo, al igual que todas las mujeres antes de irse.

—No me gusta dejarte sola —declaró la señora Thibodeau—. ¿Por qué no vuelves a mi casa?

—Ahora ya no hay peligro, señora Thibodeau. Agradezco mucho su ayuda.

—Los cajun no se maltratan entre ellos —recalcó la buena mujer—. Ese Buster fue una oveja descarriada desde el día en que lo concibieron.

—Lo sé.

—Aun así, pequeña, no está bien que una joven como tú viva sola en el pantano con un bebé —sentenció la señora Thibodeau. Movió la cabeza con desaprobación y frunció los labios–. El hombre que compartió el placer de engendrar a Pearl debería asumir también las responsabilidades.

–Estoy perfectamente, se lo aseguro.

–Espero no haberte ofendido diciendo lo que pienso, Ruby, pero tu *grandmère* hubiera querido que velase por ti, y eso es lo que intento hacer.

Asentí en silencio.

–En fin, me callo. Ya he expresado mi parecer. Ahora hay que dar paso a las jóvenes generaciones. Los tiempos han cambiado, los tiempos y las personas. Adiós, querida. –Nos abrazamos y se marchó.

Hacia el anochecer todo el mundo se había ido y se reinstauró la calma. Acosté a Pearl, le canturreé un rato y bajé a la planta inferior para tomar una taza de café y sentarme en la galería. Las palabras de la señora Thibodeau resonaban en mi mente. Sabía que no sólo reflejaban el pensamiento de muchos de sus paisanos, sino que era lo que cuchicheaban a mis espaldas. Y el incidente con Buster Trahaw no haría más que atizar el fuego.

Al cambiarme de ropa encontré en mi bolsillo la carta que le había escrito a Daphne y pensé que tenía más motivos que nunca para enviarla. Entré de nuevo en la sala de estar, terminé de escribir la dirección y fui a echarla al buzón para que el cartero la recogiese por la mañana. Luego me senté nuevamente en la galería, relajándome por fin.

Pero unos momentos más tarde un agudo hormigueo en la nuca me indicó que había alguien cerca, vigilándome. Se me contrajo el corazón. Contuve el aliento y al girarme vi una silueta en las sombras. Emití un grito ahogado, pero el aparecido se adelantó prontamente. Era Paul. Había venido en su lancha.

–No era mi intención asustarte –dijo–. Me he retrasado porque esperé a que se fuesen todos. ¿Te encuentras bien?

—Ahora sí.

—Ayer —me preguntó, internándose aún más en el círculo luminoso de la galería—, cuando Buster te atacó, ¿hacía mucho que yo me había marchado?

—Un buen rato —contesté—. Era casi la hora de cenar.

—Si hubiera estado aquí...

—Podría haberte herido gravemente, Paul. Yo misma escapé por los pelos.

—Me habría herido o le hubiera abatido yo a él —replicó con petulancia—. O tal vez... no se hubiera atrevido a entrar. —Se sentó en un escalón del porche y se apoyó en la columna. Al cabo de un instante agregó—: Una madre joven y su bebé no deberían vivir solas. —Era como si hubiese oído el discurso de la señora Thibodeau.

—Paul...

—No, Ruby —me cortó. Pese a la tenue luz vi arder en sus ojos la llama de la determinación—. Quiero protegeros a ti y a la niña. En ese mundo que tú misma has tildado de «reino de fantasía» no tendrías que enfrentarte a ningún Buster Trahaw, te lo garantizo... Ni Pearl tampoco.

—Pero Paul, no puedo hacerte esa injusticia —repuse con voz débil, cansada. Toda mi resistencia se estaba diluyendo.

Él escrutó mis facciones unos segundos y movió la cabeza en un gesto de asentimiento.

—Mi padre ha pasado por aquí, ¿verdad? No es necesario que respondas. Sé que vino, ayer lo leí en sus ojos durante la cena. Lo único que le preocupa es el peso de su propia conciencia. ¡Yo no tengo por qué pagar sus pecados!

—Es eso justamente lo que trata de impedir, Paul. Si te casas conmigo...

—Seré el hombre más feliz de la tierra. ¿Acaso no tengo derecho a decidir mi propio futuro? Y no me hables de la fatalidad ni del destino, Ruby. Llegas a una bifurcación de canales y escoges una vía u otra; sólo después de que hayas hecho tu elección toma el mando el destino, y no siempre. Quiero ser yo quien salve ese primer escollo, y no temo adentrarme en un ramal si Pearl y tú estáis a mi lado.

Suspiré y recosté la cabeza en el respaldo de la silla.

—¿No puedes ser dichosa conmigo, Ruby, ni siquiera en las condiciones que hemos establecido? ¿De veras que no puedes? Antes creías que sí. ¿Por qué no nos damos al menos una oportunidad? ¿Por qué no me dejas intentarlo? Olvídate de ti, y también de mí. Hagámoslo por el bien de Pearl —me incitó.

Sonreí y le reprendí con un gesto.

—Eso es un golpe bajo, Paul Marcus Tate.

—Todo vale en el amor y en la guerra —dijo él, devolviéndome la sonrisa.

Respiré profundamente. De las tinieblas podían resurgir todos los demonios que habían poblado mis sueños infantiles cuando cada noche, al hundir la cabeza en la almohada, me preguntaba quién merodeaba en la penumbra alrededor de la chabola. La ansiedad hacía fuertes a las personas, pero no por ello cedía el acoso del enemigo. No era tan ingenua como para pensar que no habría nuevos Busters Trahaw esperando, acechándome, y por eso había dejado la carta a Daphne en el buzón.

Por otra parte, ¿en qué ambiente quería que creciera Pearl, entre los criollos ricos, en los pantanos cajun o en el mundo de ensoñación que Paul había forjado para nosotras? Vivir en aquella casa castillo donde podría pasar el tiempo pintando en el gran estudio del desván, sintiéndome y estando materialmente por encima de todo cuanto había de arduo, ruin y penoso en la vida, se me antojaba una promesa de oro hecha realidad. ¿Debía refugiarme en mi País de las Maravillas? Quizá Paul no andaba tan desencaminado, quizá su padre sólo pretendía tranquilizar su conciencia atribulada y había llegado el momento de pensar en nosotros, de pensar en Pearl.

–De acuerdo –susurré.

–¿Cómo? No te he oído bien.

–He dicho que de acuerdo. Me casaré contigo y viviremos en nuestro paraíso, lejos de las miserias y los dramas que enturbian el pasado. Obedeceremos nuestros propios estatutos y haremos un juramento exclusivo. Navegaremos juntos por ese canal tuyo.

–¡Qué contento estoy, Ruby! –exclamó Paul. Se puso de pie y cogió mis manos–. Tienes razón –dijo, con los ojos brillantes–. Debemos celebrar nuestra ceremonia privada antes de proceder públicamente. Levántate.

–¿Cómo?

–Venga, Ruby. No existe mejor iglesia que la galería frontal de la cabaña de Catherine Landry –declaró.

–¿Qué vamos a hacer? –inquirí, riéndome.

–Dame la mano. –Me ayudó a alzarme–. Eso es. Ahora, colócate de frente a ese gajo de luna que brilla en lo alto. Vamos, hazme caso. ¿Preparada? Repite conmigo: Yo, Ruby Dumas… No dudes más y dilo –me azuzó.

–Yo, Ruby Dumas…

–Juro ser la mejor amiga y compañera que Paul Marcus Tate pueda tener o desear.

Repetí la frase afirmando con la cabeza.

–Y prometo consagrarme a mi arte y hacerme lo más famosa posible.

Repetí aquello gustosamente.

–Es mi única aspiración respecto a ti, Ruby –musitó cuando hube terminado–. Pero conmigo mismo voy a ser más exigente –añadió, y miró el fragmento de luna–. Yo, Paul Marcus Tate, juro amar y proteger a Ruby y a Pearl Dumas, introducirlas en mi universo especial y hacerlas más felices que nadie en este planeta. Juro trabajar con denuedo para expulsar de nuestro umbral aquello que nos resulte hostil y desagradable, y me comprometo a ser honesto, sincero y comprensivo con todas las necesidades de Ruby, al margen de mis sentimientos personales.

Como colofón, me besó fugazmente en la mejilla.

—Bienvenida al país de la magia —dijo. Ambos nos reímos, pero a mí me palpitaba el corazón como si acabase de participar en algún rito sagrado y trascendente—. Deberíamos regar esto con un brindis por nuestra felicidad.

—He encontrado una jarra con un resto del licor de moras de *grandmère* Catherine en un rincón del armario —le informé.

Entramos y vertí en las copas las preciosas gotas. Entre risas, entrechocamos el cristal y apuramos el licor. Me pareció muy oportuno sellar nuestras promesas con un néctar destilado por *grandmère*.

—Ningún ritual, nada de lo que pueda decir un sacerdote ni un juez superará esto —proclamó Paul—, porque brota del fondo de nuestros corazones.

Sonreí. No había imaginado que pudiera sentirme tan pletórica sólo unas horas después de mi odisea con Buster Trahaw.

—¿Cómo va a ser nuestra boda? —pregunté, y pensé una vez más en los padres de Paul.

—Una ceremonia sencilla… ¡Fuguémonos! —me sugirió—. Mañana pasaré a buscarte en el coche e iremos a Breaux Bridge. Allí hay un cura retirado que nos casará formal y legalmente. Es un viejo amigo de la familia.

—Pero querrá saber por qué no nos acompañan tus padres, Paul, ¿no crees?

—Déjalo todo en mis manos. Voy a cuidar de ti desde ahora hasta el día de mi muerte… O mientras tú toleres mi proximidad —puntualizó—. Procura estar lista a las siete. Será un alivio hacer callar definitivamente a todas las viejas comadres que han estado cotilleando a nuestra costa.

Paul alargó la velada charlando sobre la casa, sobre todo lo que tenía que comprar y hacer después de nuestro traslado. Estaba tan exaltado que apenas intercalé una palabra. Habló hasta que, rendida de cansancio, comencé a dar cabezadas.

—Será mejor que me retire y te deje dormir. Mañana será un día de grandes emociones. —Me besó, y luego le vi adentrarse en el canal con su motora.

Antes de volver a la salita, fui hasta el buzón y recuperé la carta a Daphne. No pensaba enviarla, pero tampoco me animé a romperla. Si algo había aprendido en mi corta existencia era que nada perduraba, que no había certidumbres. No podía cerrarme todas las puertas… Todavía no.

Pensé que al menos por una noche iría a dormir tranquila, y soñaría con aquel amplio desván, con mi formidable estudio y todos los cuadros interesantes que pintaría. «¡Es el lugar perfecto para criar a Pearl!», me dije mientras la arropaba. La besé en las dos mejillas y me fui a la cama en pos de mis sueños.

3

EL AUTÉNTICO
PAÍS DE LAS MARAVILLAS

Me despertaron los gorgoritos infantiles de Pearl. Había amanecido un día muy nublado, así que la tibieza de los rayos solares no se filtró entre las cortinas ni acarició mis párpados cerrados hasta despegarlos. Tan pronto me despabilé volvió a ponerse de relieve la significación de lo que me aprestaba a hacer. «Voy a fugarme con un hombre», pensé. Me asaltaron las preguntas. ¿Cuándo nos mudaríamos Pearl y yo a Cypress Woods? ¿Cómo anunciaríamos nuestro enlace a la comunidad? ¿Y Paul se lo había notificado ya a su familia? ¿Qué querría conservar de la casucha, si es que había algo? ¿En qué consistiría la boda?

Me levanté, pero tuve la extraña sensación de estar atrapada en un ensueño. Incluso Pearl tenía una mirada abstraída y se mostraba más paciente que de costumbre, sin llorar reclamando el desayuno ni exigir que la sacara de la cuna y la meciera en mis brazos.

–Hoy será un gran día para ti, preciosa mía –le dije–. Voy a proporcionarte una nueva vida, un apellido y un futuro completamente distinto, lleno de dicha.

»Te pondré tu vestido más bonito. Primero desayunarás, y luego ayudarás a mamá a elegir su traje de boda.

»Mi traje de boda —mascullé, con los ojos súbitamente anegados en llanto. Era en aquella casa, en aquella misma habitación, donde *grandmère* Catherine y yo habíamos hablado de mi hipotético matrimonio.

»Siempre soñé —me había dicho la abuela, sentada a mi lado y alisándome el cabello— que tú tendrías un casamiento mágico, el mismo que se describe en la leyenda cajun de las arañas. ¿Recuerdas? Un francés rico importó estos animales para los esponsales de su hija y los soltó por robles y pinos, donde tejieron un palio con sus telas. El hombre esparció sobre él polvo de oro y de plata, e iniciaron el cortejo nupcial a la luz de las velas. La noche rutilaba alrededor de ellos, prometiéndoles un vida de amor y prosperidad.

»Algún día te casarás con un hombre guapo que te parecerá un príncipe, y celebrarás tu boda entre las estrellas», pronosticó *grandmère*.

¡Cuánto le habría entristecido verme ahora! También yo me compadecía de mí. El corazón de una muchacha debería rebosar tanto entusiasmo la mañana de su casamiento, me dije, como para temer que estallara en pedazos. Los colores deberían ser más brillantes que nunca, los sonidos más dulces. Debería creer que toda criatura viviente en derredor experimentaba el mismo placer. Debería estar rodeada de voces enfáticas, excitadas, y dondequiera que mirase vería preparativos, actividades relacionadas con el acontecimiento que la uniría al hombre amado.

Sí, el amor debería henchirla y abrumarla. Incluso se detendría un momento para preguntarse si sería posible volver a sentirse tan feliz y exultante. ¿Podría algún nuevo acontecimiento producirle aquel mismo júbilo?

Deberían circundarla docenas de amigos, todos ellos electrizados, emocionados, agrupados en corros parlanchines donde todo serían risitas, carcajadas, chillidos y exclamaciones.

Entretanto la cocina vibraría con los ruidos de los peroles, habría cocineras agobiadas, aromas de deliciosos platos de pescado o de pollo, de pasteles y tartas. Se impartirían órdenes a través de las estancias mientras los coches iban y venían sin tregua, tras asignarse a los chóferes múltiples recados. Los niños, cargados con toda esta electricidad, harían mil travesuras y serían despachados de un sitio a otro. Las mujeres maduras tal vez fingirían hastío y enfado, pero de vez en cuando lo dejarían de lado para evocar su propio día de gloria, su propia exaltación, encantadas de tomar parte en la ajena, absorbiéndola como absorbe la abeja el polen de una flor y transformando aquel frenesí en melosos recuerdos. Y la novia lo adivinaría todo en sus rostros entrañables cuando finalmente pudiesen admirarla vestida de blanco.

Continué imaginando mi boda soñada. La limusina me aguardaría en el exterior, con el motor en marcha, como un caballo impaciente por lanzarse al galope. Se abriría la puerta de par en par. Todos los presentes me aclamarían y me aplaudirían al descender los escalones del porche hacia el vehículo. Después el cortejo de amigos y parientes me seguiría en mi ruta hasta el pórtico de la iglesia, en cuyo interior mi amantísimo e inefable esposo se erguiría descargando nerviosamente el peso de su cuerpo en una y otra pierna, dirigiendo sonrisas beatíficas a sus padres y familiares, pero espiando el portalón, atento a mi llegada.

De pronto la música empezaría a sonar y todos los asistentes se sentarían en actitud solemne, aunque pendientes de verme avanzar hacia el altar donde me esperaba el sagrado sacramento. Mis pies ni siquiera tocarían el suelo. Caminaría sobre una bolsa de aire y me deslizaría lentamente hasta el tabernáculo.

Cuando cerré los ojos y pensé en todo ello, las imágenes fueron casi tan reales como mis pinturas, pero me sorprendí en la secuencia nupcial que había creado porque, al levantar los ojos, no vi a Paul esperándome, sino a Beau, mi querido amor… Beau por fin.

Suspiré largamente. No era Beau quien pasaría a recogerme al cabo de un rato. Tuve otro pensamiento estremecedor: probablemente ni siquiera estaba en su mente aquel día, el día en que debía hacer los votos que me separarían de él para siempre. No obstante, un sollozo de Pearl me recordó que no daba aquel paso por mí, sino por mi hija, por la seguridad y el porvenir halagüeño que debía ofrecerle.

Escogí un sencillo vestido de algodón rosa claro, con el escote cuadrado y una maxifalda que llegaba hasta un par de centímetros del tobillo. Todavía ceñía mi cuello el medallón que me había regalado Beau hacía ya una eternidad, la mañana en que me había desplazado a la escuela Greenwood de Baton Rouge, pero era incorrecto lucirlo ahora. Me lo quité y lo sepulté junto a mis otros tesoros en el arca de roble de *grandmère* Catherine.

Saqué para Pearl un primoroso conjunto, también rosa, que tenía un lazo blanco en el cuello. Después de darle el desayuno y vestirla, la deposité en la cuna, me arreglé y por último me senté a cepillarme el cabello, decidiendo que lo sujetaría simplemente con una cinta para que se derramase en una melena lisa sobre los hombros y la espalda. Me lo había dejado crecer, y bien desenredado me llegaba hasta los omóplatos. Me apliqué un pintalabios discreto, encontré un sombrerito que había pertenecido a *grandmère*, ya que necesitaba sentirla a mi lado, y bajé con Pearl a la galería para esperar a Paul.

Oí su inconfundible bocinazo antes de que girase por el camino de acceso. El coche estaba limpio y reluciente, y él llevaba un traje azul muy nuevo y la corbata algo floja alrededor del cuello. Su pelo *chatlin* resplandeció al apearse del automóvil, ya que tenía algunas mechas aún húmedas tras haberlo repeinado.

—Buenos días —me saludó. Estábamos los dos tan nerviosos que parecía que íbamos a embarcarnos en nuestra primera cita romántica—. Vamos. El padre Antoine nos aguarda en Breaux Bridge. —Abrió la portezuela del coche—. Estás muy guapa.

—Gracias, pero yo me siento como un adefesio. Estoy hecha un flan.

—Así tiene que ser —me dijo. Aspiró con fuerza, arrancó el motor y no fuimos.

Empezó a caer una ligera llovizna y los limpiaparabrisas oscilaron de un lado a otro, similares a dedos índices que emitieran advertencias y anunciaran descrédito. Lo noté en su ritmo: deshonra, vergüenza, deshonra...

—La casa ya está a punto para ser ocupada. Como es natural, tengo solamente el mobiliario básico. He pensado que dentro de dos o tres días tú y yo haremos una escapada a Nueva Orleans.

—¿A Nueva Orleans? ¿Por qué?

—Porque allí hay más variedad y podrás comprar en las mejores tiendas. No debes apurarte por los precios. Tu único objetivo será convertir Cypress Woods en un lugar de ensueño, una casa solariega que envidien incluso los criollos adinerados de la ciudad.

»Has de montar tu estudio sin tardanza —prosiguió muy sonriente—. En cuanto volvamos de Nueva Orleans, entrevistaremos a las aspirantes a niñera para que tengas una ayuda con Pearl y puedas dedicar a tu trabajo el tiempo que requiere.

—No creo que vaya a necesitar ninguna niñera, Paul.

—Por supuesto que sí. La señora de Cypress Woods tendrá sirvientes de toda índole. Ya he contratado al mayordomo. Es un cuarterón llamado James Humble, un hombre de unos cincuenta años que ha trabajado en las casas más importantes de la región.

—¿Un mayordomo? —Me parecía que hacía sólo unos días que Paul y yo remábamos por el pantano en su piragua y fantaseábamos sobre todo lo que íbamos a vivir.

—Y no olvides a Holly Mixon, la doncella. Es una joven veinteañera mitad haitiana, mitad india choctaw. La conseguí a través de una agencia. Pero creo que quien más te gustará va a ser la cocinera —declaró, y sus ojos chispearon con picardía.

—¿Y eso por qué?

—Su nombre completo es Letitia Brown, pero prefiere que la llamemos Letty. Te recordará a tu estimada Nina Jackson. Se niega a confesar su edad, pero deduzco que debe de rondar los sesenta. Practica el vudú —dijo, bajando la voz.

—¿Ya has hecho todas esas gestiones? —pregunté, perpleja. Él se sonrojó como si le hubiera pillado en falta.

—He estado planeando el día de hoy desde el momento en que regresaste al *bayou*, Ruby. Sabía que ocurriría.

—¿Y tu familia, Paul? ¿Has hablado con tus padres esta mañana?

Guardó silencio un instante.

—Todavía no —respondió—. He creído mejor dejarlo para después. Una vez que les presente los hechos consumados los aceptarán sin mayores problemas. Todo irá bien. No pasará nada —me aseguró, pero no logró sosegar mi agitado corazón.

Aunque para cuando llegamos a Breaux Bridge la lluvia había cesado completamente, el cielo permaneció encapotado y siniestro. El padre Antoine vivía en la rectoría anexa a su iglesia atendido por la señorita Mulrooney, el ama de llaves. Era un hombre de unos sesenta y cinco años, con el fino cabello gris tan corto que se erizaba alrededor de su cabeza, pero tenía los ojos azules, afables, y una sonrisa acogedora que invitaba a la gente a relajarse y sentirse a gusto en su presencia. La señorita Mulrooney, una mujer alta y flaca de pelo canoso, nos miró con actitud severa y reprobatoria. Yo sabía por qué.

Paul le había contado al padre Antoine que Pearl era hija suya y que quería casarse conmigo por mor de la decencia, pero que deseaba que la boda fuera íntima, lejos de los ojos censuradores de los vecinos y los amigos de su familia. El clérigo lo comprendió y se alegró de que Paul hubiera decidido contraer matrimonio y cumplir así con su deber de cristiano.

La ceremonia fue breve para tratarse de un acto religioso. Cuando me tocó el turno de pronunciar mis votos, hice algo que podría haberse considerado inmoral: invoqué a Beau y me dije a mí misma que le entregaba el corazón y el alma.

Casarme fue más fácil y más rápido de lo que había imaginado. No me sentí diferente, aunque supe por la radiante sonrisa que animaba el rostro de Paul cada vez que me miraba que todo había cambiado. Para bien o para mal, habíamos dado el gran salto y unido nuestros destinos.

—Bien, ya se ha terminado —dijo—. ¿Qué tal estás, señora Tate?

—Aterrorizada —repuse, y él se echó a reír.

—No hay razón para tener miedo, al menos mientras yo esté contigo. ¿Hay algo en la casita del pantano que desees recoger?

—Mi ropa y la de Pearl, el retrato de *grandmère* Catherine y su mecedora —enumeré—. Quizá podamos aprovechar también el viejo arcón y la cómoda que le hizo su padre. ¡Les tenía tanto apego!

—Conforme. Esta misma tarde mandaré a algunos de mis empleados en un camión para que trasladen los muebles. Veo que el tiempo comienza a despejar. Puedes seguirlos en tu coche —añadió con desenfado.

—¿En mi coche? ¿Qué coche?

—¡Vaya! ¿No te lo había dicho? Te he comprado un pequeño descapotable para tus desplazamientos… Ya sabes, por si has de hacer algún recado. —Intuí que era algo más que «un pequeño descapotable» y, en efecto, cuando entramos en los terrenos de Cypress Woods vi un Mercedes de color rojo aparcado en la senda con una cinta atada al portaequipajes.

—¿Eso es mío? —exclamé.

—Sí, es tu primer regalo de boda. Disfrútalo.

—¡Te has excedido, Paul! —exclamé, estallando en lágrimas de emoción.

Allí estaba nuestra fastuosa casa con la servidumbre esperando, el vasto jardín, al fondo los yacimientos de petróleo y mi nuevo estudio presto a ser utilizado. ¿Habíamos desafiado al destino? ¿Bastaría la fortuna recién amasada de Paul para mantener alejados de los vientos huracanados y las frías lluvias de la desdicha? De momento no pude por menos que sumarme a su optimismo.

«Tal vez sí que eres una nueva Alicia en el País de las Maravillas», pensé. Tal vez el azar me había adjudicado todo aquello desde el comienzo y no tenía nada que hacer entre los criollos ricos de Nueva Orleans, y por eso me habían sucedido allí tantas cosas terribles, cosas que me habían empujado a volver al *bayou* y a mis orígenes.

Paul alzó a Pearl.

—En vez de atravesar el umbral contigo en brazos, lo haré con Pearl —dijo—. Al fin y al cabo ella será la princesa del cuento.

Advertí que había unos polvos blancos desparramados por la escalinata central. Paul también reparó en ellos.

–Supongo que son obra de Letty –apuntó.

La monumental puerta de entrada fue abierta por James Humble, el mayordomo. Medía al menos un metro ochenta y cinco y tenía el cuerpo enjuto, el cabello oscuro y crespo, la tez tostada y unos ojos vivarachos de color avellana. Era el prototipo del buen mayordomo, con su postura perfecta y a nuestra entera disposición.

–Éste es James –anunció Paul–. James, te presento a madame Tate.

–Bienvenida, madame –dijo el criado, con una leve inclinación de cabeza. Tenía la voz grave, con una culta pronunciación francesa.

–Gracias, James.

Al pasar al vestíbulo encontré a Holly Mixon en posición marcial, esperándonos. Era una mujer de esqueleto grande, con los hombros y los brazos muy rotundos.

–Aquí tenemos a Holly –dijo Paul–. Holly, madame Tate.

La doncella me hizo una reverencia.

–Hola, Holly.

–Es un honor conocerla, señora.

–¿Dónde está Letty? –inquirió Paul.

–En la cocina, monsieur, preparando la cena de esta noche. No nos permite entrar en sus dominios mientras trabaja –explicó Holly.

–Entiendo –dijo Paul, guiñándome el ojo–. ¿Por qué no acomodas a Pearl en su habitación, Ruby? Quiero ir a ver a mis padres y darles la noticia personalmente… si estás de acuerdo, claro.

–Lo estoy, Paul –contesté. El temor a su reacción me cerraba el pecho como una roca.

–Cuando vuelva nos ocuparemos de traer tus pertenencias, ¿conforme?

–Sí –dije, y cogí a Pearl de sus brazos.

Inclinó la espalda, me dio un beso superficial en el pómulo y se fue a toda prisa.

–Y bien –dije, girándome hacia Holly–, ¿quieres mostrarme el cuarto de la niña para que veamos cómo acondicionarlo?

–Sí, madame.

Si no hubiera vivido en la casa de Dumas con su cohorte de criados me habría sentido violenta por tener doncella, mayordomo y cocinera. No estaba en mi carácter adoptar aires de grandeza ni actuar como una señorona, pero Paul había construido todo un palacete que hacía indispensable el servicio doméstico. No me quedaba otro remedio que ponerme en mi sitio y convertirme en el ama de Cypress Woods.

Como había previsto Paul, Letty me recordó a Nina Jackson. Cubría su cabeza la misma clase de pañuelo colorado con siete nudos acabados en otras tantas puntas tiesas, o *tignon*, pero era mucho más alta y espigada, de una delgadez sorprendente en una cocinera, y en el dorso de sus esbeltas manos las venas se abultaban bajo la piel chocolate. Tenía la cara estirada, con la boca escueta y la nariz fina. Me dijo que era un poco ojijunta porque su madre había sido perseguida por una serpiente de cascabel el día que quedó embarazada. Vi que llevaba una bola de alcanfor colgada del cuello, que por lo que yo sabía servía para ahuyentar a los gérmenes.

Letty era una cocinera más formal que Nina, ya que había aprendido el oficio con *chefs* académicos. La primera comida que nos preparó así lo demostraba. Debíamos empezar por un entrante de ostras Bienville, seguidas de sopa de tortuga. El plato fuerte sería *filet de boeuf aux champignons*, aderezado con chayote amarillo y guisantes. De postre había preparado naranjas flameadas a la crema.

—He notado al llegar que habías espolvoreado la escalera —le comenté después de las presentaciones y de conversar un rato. Sus ojillos negros se encogieron aún más.

—No trabajaría en ninguna casa sin ellos —replicó con firmeza.

—A mí me da igual, Letty. Mi abuela era *traiteur* —dije. Su rostro se iluminó, impresionada por la revelación.

—En ese caso, usted es una niña santa.

—Tan sólo su nieta —la corregí. No creía que hubiera ninguna santidad en mí.

Oí volver a Paul y salí a recibirle. Sonrió, pero vi la aflicción en sus ojos.

—¿Se han disgustado mucho? —pregunté.

—Sí —admitió—. Mi madre se ha puesto a llorar y papá se ha encerrado en el mutismo… Pero dentro de poco lo aceptarán, no te quepa la menor duda. Naturalmente, mis hermanas se han alegrado —añadió enseguida—. Mañana vendrán todos a cenar. No los he invitado hoy porque he pensado que sería mejor pasar la primera noche a solas. Ahí fuera tengo a un par de hombres con el camión para acompañarte a la cabaña y cargar tus cosas.

—Pearl todavía duerme —dije. La crónica familiar de Paul había extinguido drásticamente mi excitación y regocijo.

—Podrías guiarlos en tu nuevo coche. Yo atenderé a la niña cuando se despierte. Y no sufras, mujer. Tengo a Holly para que me ayude.

—Pearl se asustará al abrir los ojos y encontrarse en un sitio extraño.

—Pero no está con ningún desconocido, Ruby —replicó confiadamente–. Me tiene a mí. –Vi cuánto deseaba afianzarse como su padre desde el comienzo.

–Está bien –accedí–. No tardaré.

En la chabola señalé a los operarios los muebles que quería. Les dije que llevaría el cuadro yo misma. Tras colocarlo en el coche con sumo cuidado volví a entrar y me planté en la sala de estar, mirándolo todo. ¡Qué vacía y desolada quedaba sin su humilde mobiliario! Era como perder nuevamente a *grandmère* Catherine, cortar los nexos espirituales que aún nos ligaban. Su alma no podía acompañarme. Pertenecía a aquellos rincones y sombras, a aquella casucha erigida sobre endebles pilotes que durante tantos años había sido su mansión, su hogar y también el mío. No todos nuestros días fueron felices, pero tampoco las penas duraron.

Allí *grandmère* me había consolado en los momentos de temor y angustia. Allí había urdido historias y había fraguado mis esperanzas. Allí, en fin, habíamos trabajado codo con codo para ganarnos la vida. Juntas habíamos reído y llorado, nos habíamos derrumbado de fatiga en el desvencijado canapé que *grandpère* Jack había herido literalmente de muerte en sus furores alcohólicos. Aquellas paredes se habían impregnado de las risas y los quebrantos, de los sugerentes olores que emanaban de los guisos de la abuela. Por las noches, desde aquellas ventanas, había elevado los ojos hacia la luna o las estrellas, había soñado con príncipes y princesas y entretejido mis propios cuentos de hadas.

«Adiós», dije interiormente. Adiós a la infancia y a la preciada inocencia que me había impedido creer que existiera la crueldad en el mundo. Pensaba que me había mudado al País de las Maravillas al instalarme en Cypress Woods; todo en ella era demasiado esplendoroso para ser real. Pero la casa del pantano era mi auténtico reino encantado. Allí era donde había sentido el poder de la magia y donde había realizado mis mejores cuadros.

Las lágrimas fluyeron por mis mejillas. Las enjugué con premura, inspiré y salí rauda de la casa, bajando de un salto los escalones del porche y metiéndome en el coche. Sin mirar atrás, dejé el pasado a mi espalda por segunda y quizá última vez.

Ahora fue Paul quien vio el pesar en mi rostro cuando regresé a la mansión. Mandó a Holly y a James que subieran los bultos de ropa a mi habitación y la de Pearl, y después me condujo de nuevo al exterior, a la zona donde se hallaban la piscina y sus dependencias. Me explicó sus planes de jardinería, me habló de los árboles, macizos de flores, senderos y fuentes que había proyectado, de las fiestas que organizaríamos, de música y de menús. Yo sabía que estaba charlando por los codos para que no me ensimismara y me pusiera melancólica.

—Queda mucho trabajo por hacer —concluyó—. De ahora en adelante ya no tendremos tiempo para la autocompasión.

—Espero que sea verdad, Paul.

—¡Desde luego que lo es! —insistió. Oímos unas voces y vimos que acababan de llegar sus hermanas.

Jeanne y yo habíamos sido compañeras de clase en la escuela del *bayou*. Siempre nos habíamos llevado estupendamente. Me sacaba dos o tres centímetros y tenía el cabello negro azabache y los ojos almendrados. Se parecía mucho a su madre, de quien había heredado la tez rica, oscura, la barbilla prominente y una nariz casi griega. La recordaba como un niña risueña e inteligente.

Toby era dos años menor, y aunque no se asemejaba tanto a la madre tenía su misma expresión de seriedad. Era un poco más baja que Jeanne, con las caderas algo anchas y el pecho más desarrollado. Le gustaba llevar su pelo negro pulcramente cortado. Sus ojos eran sagaces, analíticos, inquisitivos. Tenía la costumbre de torcer hacia abajo las comisuras de los labios cuando algo le inspiraba desconfianza o rechazo.

—Les había pedido que esperasen hasta mañana –dijo Paul con enfado.

—No importa. Me alegro de que hayan venido –repuse, y fui a reunirme con ellas. Intercambiamos besos y abrazos y luego me siguieron hasta la habitación infantil, donde Jeanne no paró de corretear mientras le cambiaba los pañales a Pearl.

—Como es lógico, todo esto ha sido una conmoción –declaró. Las palabras manaban de su boca en un chorro imparable–. ¡Resulta tan insólito en Paul, el Hombrecito Perfecto!

—¿Por qué habéis tardado tanto? –preguntó Toby–. ¿Por qué no os casasteis en cuanto supiste que estabas encinta?

No la miré al contestar, temiendo que viera la mentira reflejada en mis facciones.

—Paul me lo propuso, pero yo no quería arruinarle la vida.

—¿Y qué hubiera sido de la tuya? –me rebatió Toby.

—Lo habría sobrellevado.

—¿Viviendo sola con un bebé en aquella choza?

—Vamos, Toby, ¿por qué sacas a relucir el pasado? Ahora todo se ha resuelto, ¡y fíjate en dónde estamos! –exclamó Jeanne con los brazos extendidos–. Esta casa y la buena estrella de Paul son la envidia de la localidad.

Toby se acercó a mí y observó a Pearl.

—¿Cuándo la… la hicisteis? –inquirió.

—¡Toby! –la riñó Jeanne.

—Sólo era una pregunta. No tiene que decírnoslo si no le apetece, pero ahora somos hermanas. No debería haber secretos entre nosotras, ¿verdad?

—Secretos, no –dije–, pero toda persona guarda en su corazón una parcela de intimidad, asuntos privados que no quiere ventilar. Quizá seas demasiado joven para entenderlo, Toby; el tiempo te enseñará. –Era una negativa enérgica. Ella pestañeó y tensó los labios mientras reflexionaba sobre mis palabras.

–Tienes razón, Ruby. Perdóname.

–Ya está olvidado –repuse sonriendo–. Y ahora seamos las mejores hermanas del mundo.

–¡Sí, seámoslo! –se sumó Jeanne–. Le echaremos una mano con la niña, ¿eh, Toby? Seremos unas tías abnegadas.

–Por supuesto –dijo Toby. Estudió a Pearl–. He hecho de niñera suficientes veces para saber cómo se cuida a un bebé.

–Pearl tendrá más cariño y más atenciones de los que pueda soportar –prometió Jeanne.

–Ése es mi mayor deseo –dije–, mi única aspiración. Y también que formemos una familia unida.

–Mamá todavía no ha salido de su estupor –comentó Jeanne.

–Y papá tampoco es que dé saltos de alegría –señaló la pequeña Toby.

–Quizá a nuestro padre le fastidia que le hagan abuelo tan joven –bromeó Jeanne–. ¿No crees que ésa sea la causa de su malhumor, Ruby?

La miré fijamente un instante, y al fin sonreí.

–Es probable –repuse. Me resultaba muy embarazoso vivir hundida hasta el cuello en embustes y medias verdades, pero de momento no tenía alternativa.

Jeanne intentó arrancarle a Paul una invitación para cenar, pero él insistió en que se fuesen y volvieran al día siguiente con sus padres.

–Mañana tendremos una celebración en toda regla –dijo–. Pero ahora Ruby y yo estamos cansados y necesitamos soledad, un poco de reposo.

Toby hizo una mueca displicente, pero Jeanne, tras vencer el desencanto inicial, rompió a reír y exclamó:

–Es lo más natural. ¡Estáis de luna de miel!

Paul desvió la mirada hacia mí y se ruborizó.

—Como siempre, la buena de Jeanne ha hablado con los pies —dijo Toby—. Vamos, querida hermana, volvamos a casa.

—¿Qué he dicho?

—Nada grave, Jeanne —le respondí. Nos abrazamos de nuevo y se marcharon.

—Ha sido un episodio lamentable —dijo Paul, encendido aún—. Debería haberte avisado respecto a mis hermanas. Las han consentido demasiado y creen que pueden decir y hacer lo que les plazca. No transijas con sus niñerías; indícales cuál es su lugar y todo irá bien. ¿De acuerdo?

—De acuerdo —mascullé, pero era más un anhelo que una respuesta.

Aquella noche nos sirvieron la suculenta cena inaugural. Paul habló de sus yacimientos petrolíferos y me expuso algunas ideas relacionadas con el negocio. Luego dijo que había hecho reservas en Nueva Orleans y que iríamos dos días más tarde.

—¿Tan pronto?

—Sería absurdo retrasar los trabajos de la casa. Y recuerda que quiero verte cuanto antes con los pinceles.

Sí, pensé, ya era hora de reencontrarme con mi segundo gran amor: la pintura. Después de cenar, Paul y yo recorrimos nuestra enorme casa y discutimos cómo íbamos a completar el mobiliario y la decoración. Finalmente comprendí la magnitud de la labor y me pregunté en voz alta si estaba capacitada para llevarla a cabo.

—Desde luego que lo estás —me alentó él—, pero quizá deberíamos pedirle asesoramiento a mamá. Le encanta el interiorismo. ¿Sabes?, podrías aprender mucho de mi madre. Es una mujer de gustos refinados. No insinúo que tú no los tengas también —añadió rápidamente—. Es sólo que ella lleva más tiempo manejando objetos caros.

—¿Cuánto dinero tenemos, Paul? —pregunté. ¿Acaso las posibilidades eran ilimitadas? Él sonrió.

—Con el alza de los precios del crudo y los pozos produciendo más de un quinientos por ciento sobre las previsiones iniciales… somos varias veces millonarios, Ruby. Tu madrastra y tu hermana gemela son unas menesterosas a nuestro lado.

—No dejes que se enteren —dije—, sería un duro golpe para su sensibilidad.

Paul se rió del sarcasmo. Le confesé que estaba fatigada. Sin embargo, la palabra justa era «exhausta». Emocionalmente el día había sido una montaña rusa, con un instante marcado por la depresión y la tristeza y el siguiente sintiéndome catapultada a la cumbre de la felicidad. Subí y me preparé para pasar la primera noche en mi aristocrático nuevo hogar. Una vez más Paul me dejó boquiabierta. Hallé un lindo juego de camisón, bata y zapatillas desplegado sobre la cama. Holly fue cómplice en la sorpresa. Cuando le di las gracias a Paul, simuló no saber una palabra al respecto.

—Habrá sido tu hada madrina —dijo.

Le hice una visita a Pearl. Dormía plácidamente en su cuna recién estrenada. Me incliné, la besé en la frente y de vuelta en mi dormitorio me deslicé entre las sábanas de mi enorme cama con sus mullidas almohadas y el blando colchón.

La borrasca y la llovizna se habían desplazado hacia el sudeste y la capa de nubes se resquebrajó para dejar que el claro de luna cayese sobre la mansión y se colara por mis ventanales. Me acomodé en el lecho, muy confortable, pero con el espíritu aún trepidante por el mañana. De súbito oí un suave golpeteo en la puerta interior.

—¿Sí?

Paul abrió y se asomó.

—¿Cómo va todo?

—No podría ir mejor, Paul.

—¿Estás cómoda? —insistió, perfilada su figura en el vano de la puerta.

—Mucho.

—¿Puedo darte un bcso de buenas noches? —preguntó, con un balbuceo.

Callé unos instantes.

—Sí —dije.

Se aproximó, inclinó la cabeza y aplicó los labios a mi mejilla. Creí que eso sería todo, pero acto seguido los deslizó hacia mi boca, así que le esquivé. Pude notar su decepción. Permaneció encorvado a escasos milímetros de mí y al fin se enderezó.

—Buenas noches, Ruby —susurró—. Te amo muchísimo.

—Lo sé, Paul. Buenas noches.

—Que duermas bien —dijo con una voz tímida, tierna, como si hubiese retrocedido a la niñez.

Cerró la puerta y en ese mismo momento una nube cubrió la luna que iluminaba las ventanas de mi nuevo mundo. Durante un tiempo la oscuridad fue lúgubre.

Pese a estar en el extremo opuesto de la casa y a cierta distancia de ellas, oí las bombas de perforación escarbando las entrañas de la tierra para extraer el negro líquido que había de salvaguardar nuestro futuro y levantar murallas de riquezas alrededor de nosotros, desterrando a los diablos. Paul había abierto un foso de petróleo entre nuestras vidas y las calamidades que tan a menudo devastaban el mundo exterior.

Ahora podía acurrucarme bajo mi lujosa colcha, cerrar los ojos y descartar mis miedos, pensar únicamente en las buenas perspectivas que se me ofrecían. Podía imaginar a Pearl hecha ya una señorita montando en su poni. Podía imaginar meriendas en el césped, fiestas de cumpleaños y cenas de gala, y también mi estudio rebosante de sol y de nuevos cuadros.

«¿Qué más cabe desear?», me pregunté.

«Un soplo de amor —susurró una vocecita dentro de mí—. Te falta el amor.»

4

OTRA NUEVA FAMILIA

A primera hora de la mañana oí entreabrirse la puerta intermedia y vi que Paul sacaba la cabeza por la rendija para comprobar si aún dormía. Iba a retirarse cuando le llamé.

—Siento de veras haberte despertado —se disculpó.

—¿Qué hora es?

—Muy temprano, pero hoy quiero inspeccionar los pozos antes de ir a la conservera. Comeré en casa. ¿Has descansado bien?

—Sí. La cama es comodísima. ¡Y qué almohadas! Es como dormir en una tina de mantequilla. —Él sonrió.

—Fantástico. Hasta luego entonces.

Cerró la puerta, y yo me levanté y me vestí antes de que Pearl me reclamase. Por el modo en que reía y jugaba en la cuna deduje que también ella había gozado de su primera noche en Cypress Woods. Procedí a asearla y luego la llevé a la planta baja. Después de desayunar fuimos juntas al desván para planificar mi futuro estudio y hacer una lista de todo lo que debía comprar en Nueva Orleans. Mientras Pearl dormía su siesta de media mañana salí a un patio lateral con la intención de ver trabajar al equipo de jardineros que había contratado Paul.

Flotaba en el aire el perfume del bambú fresco, y más allá, en lontananza, una pareja de airones de níveo penacho levantaron el vuelo hacia el cielo azul. Suspiré con embeleso, extasiada. Tan absorta estaba en la contemplación de prados ondulantes, caminos de losetas, parterres de flores y rocallas que no oí avanzar un coche por la avenida de grava ni el musical timbre de la puerta.

James fue hasta el patio para informarme de que tenía una visita. Antes de que pudiera entrar en el edificio apareció el padre de Paul. Octavious Tate me abordó en cuanto hubo desaparecido el mayordomo. Un escalofrío sacudió mi espina dorsal.

—Le dije a Paul que almorzaría con vosotros y luego le acompañaría al yacimiento, pero me he adelantado porque quería tener la oportunidad de hablar contigo a solas —me explicó francamente.

—Señor Tate...

—Tendrás que acostumbrarte a llamarme Octavious o... o papá —dijo sin hosquedad, aunque tampoco de buen grado.

—Octavious, sé que el otro día abandonaste mi casa convencido de que esta situación no llegaría a producirse, pero Paul quedó tan consternado, y encima fui atacada por Buster Trahaw...

—No me des explicaciones —me interrumpió. Exhaló un largo suspiro y paseó la mirada por el pantano—. A lo hecho, pecho. Dejé de creer tiempo atrás que el destino o la vida estuvieran en deuda conmigo. Cualquier golpe de fortuna que tenga, cualquier bendición que reciba, son inmerecidos. Mi única ambición es ver a mi mujer y a mis hijos felices y contentos.

—Paul es feliz —dije.

—Lo sé. Pero mi esposa... —Bajó la vista un momento, y después clavó en mí una mirada sombría, afligida–. La desespera pensar que tal vez, a causa de este matrimonio, la verdad mostrará su feo rostro a nuestra pequeña comunidad y toda la fábula que ha edificado en torno a Paul se desmoronará de la noche a la mañana. La gente cree que por ser una familia acomodada y próspera somos duros como piedras, pero detrás de la puerta nuestras lágrimas tienen el mismo sabor salado.

–Lo comprendo.

–¿En serio? –Su cara se animó–. Porque he venido temprano para suplicarte que me hagas un favor.

–Claro que sí.

–Quiero que mantengas viva la… digamos la «ilusión», a falta de una palabra mejor, siempre que os veáis. Olvida que conoces la verdad y que Gladys lo sabe.

–No necesitabas pedírmelo. Lo haré por Paul tanto como por la señora Tate.

–Gracias –murmuró aliviado Octavious, y pasó revista a su entorno–. ¡Vaya palacio el que ha levantado Paul! Es un chico excelente; se ha ganado a pulso la felicidad. Me he sentido orgulloso de él desde que era pequeño, y sé que vuestra madre lo habría adorado tanto como yo. –Retrocedió unos metros–. Bien, t-tengo que hablar con uno de los operarios de la fachada –balbuceó–. Esperaré a Paul allí. Gracias de nuevo. –Giró en redondo y se dirigió a la casa.

Mi alterado ritmo cardíaco se estabilizó, pero la vacuidad de mi estómago, la sensación de haberme comido una docena de mariposas vivas, persistió aún unos minutos. Costaría mucho tiempo, barrunté, y quizá ni siquiera el tiempo limaría las asperezas de mis relaciones con los padres de Paul, pero tenía que intentarlo por él. Cada día de aquel matrimonio tan singularmente concertado sería un cúmulo de pruebas e interrogantes, por lo menos al principio. A pesar de todas nuestras posesiones presentes y venideras me cuestioné mi capacidad de llevarlo a buen puerto.

James volvió para interrumpir mis lóbregos pensamientos.

—El señor Tate la llama por teléfono, madame —anunció.

—Gracias, James. —Hice ademán de entrar en la mansión, pero caí en la cuenta de que no sabía dónde estaba el aparato más próximo.

—Puede contestar aquí mismo, en el patio —me dijo el mayordomo, y señaló la mesa y las sillas. Había un teléfono sobre un taburete de bambú.

—Gracias, James. —Me reí para mis adentros: los criados estaban más familiarizados que yo con la disposición de las cosas en mi nuevo hogar—. Hola, Paul.

—Ruby, estaré en casa dentro de nada, pero tenía que contarte la suerte que hemos tenido. Al menos a mí me lo parece —dijo muy excitado.

—¿De qué se trata?

—El encargado de la conservera conoce a una típica «ancianita adorable» que acaba de perder su empleo de niñera porque la familia a la que servía va a trasladarse. Se llama Flemming. Le he telefoneado y dice que puede ir esta misma tarde a Cypress Woods para una entrevista. He hablado con la familia y se han deshecho en alabanzas sobre ella.

—¿Qué edad tiene?

—Poco más de sesenta. Es viuda desde hace tiempo, y tiene una hija casada que vive en Inglaterra. Extraña a su familia y busca trabajos en los que pueda rodearse de niños. Si la encontramos competente, tal vez podamos contratarla inmediatamente y dejarla con Pearl durante nuestro viaje a Nueva Orleans.

—No creo que pueda confiársela tan pronto, Paul.

—Bueno, ya lo dilucidaremos después de hablar con ella. ¿Le digo que pase por casa a las dos?

–Sí, es una buena hora.

–¿Qué ocurre, Ruby? ¿Es que no te alegra la noticia? –Incluso a través del hilo telefónico Paul captaba si estaba angustiada, nostálgica o satisfecha.

–Sí, pero te mueves a tal velocidad que no me he recobrado de una novedad asombrosa cuando ya me has presentado otra. –Él se echó a reír.

–Ése es mi propósito. Quiero aturdirte con cosas buenas, ahogarte en felicidad, para que nunca te arrepientas de lo que has hecho. Por cierto, mi padre comerá hoy con nosotros. Puede que llegue antes que yo, así que...

–No te preocupes –dije.

–Llamaré a la señora Flemming y saldré lo antes que pueda. ¿Con qué va a obsequiarnos Letty?

–No me he atrevido a preguntárselo –repuse, y Paul volvió a reírse.

–Dile que le echarás el mal de ojo si no se comporta –bromeó.

Colgué y me recliné en el asiento. Me sentía como si navegara en piragua por unos rápidos, saltando de uno a otro sin aliento.

–La pequeñita se ha despertado, señora Tate –me avisó Holly desde una ventana del piso superior.

–Ya voy. –Ahora no tenía tiempo de pensarlo con detenimiento, pero quizá Paul estaba en lo cierto. Quizá la suya era la táctica ideal.

Durante el almuerzo ni Octavious Tate ni yo dijimos nada que delatase nuestra plática anterior, pero ambos estuvimos tensos. Paul llevó la voz cantante. Era tal su estado de euforia que hubiera sido preciso un huracán para apaciguarle. Finalmente la conversación con su padre se centró en cuestiones profesionales.

A las dos en punto la señora Flemming llegó en un taxi. Octavious se había ido, pero en vez de volver a los campos de petróleo Paul se quedó en casa para que la recibiéramos juntos. Lo primero que me llamó la atención de ella fue su semejanza física con *grandmère* Catherine. De aproximadamente un metro sesenta, la señora Flemming tenía rasgos faciales diminutos, como una muñeca: la nariz achatada, la boca pequeña, delicada, y unos vivaces ojos de color azul grisáceo. Su cabello plateado estaba surcado por mechas de un rubio pajizo. Lo llevaba recogido en un moño zorongo, con el flequillo recortado.

Nos entregó sus referencias y fuimos todos al salón. No obstante, ninguna experiencia previa ni un pliego interminable de recomendaciones le valdrían de nada si no despertaba las simpatías de Pearl. Un bebé se apoya plenamente en sus instintos, en sus emociones, y casi nunca se equivoca. En el instante en que la señora Flemming vio a mi hija y en que Pearl posó la mirada en ella, mi decisión quedó sellada. La niña sonrió de manera espontánea y no protestó cuando la buena señora la tomó en sus brazos. Era como si se conocieran desde el día en que nació mi pequeña.

—Pero ¡qué divinidad de niña! —exclamó la señora Flemming—. Eres preciosa, ¿sabes? Tan preciosa como una perla. Ven conmigo, mi sol.

Pearl emitió una risita, volvió los ojos hacia mí como para constatar si tenía celos y luego observó el rostro cariñoso de la recién llegada.

—Apenas tuve oportunidad de conocer a mi propia nieta cuando era un bebé —dijo la señora Flemming—. Mi hija se ha afincado en Europa, en Inglaterra. Nos carteamos con frecuencia y voy a visitarla una vez al año, pero no es lo mismo.

—¿Por qué no se fue a vivir con ella? —indagué. Era una pregunta muy personal, y quizá no debería haber sido tan directa, pero tenía necesidad de saber hasta los más ínfimos detalles sobre la persona que iba a pasar junto a Pearl tantas horas como yo, si no más.

A la señora Flemming se le nublaron los ojos.

–Ahora tiene su propia vida –dijo–. No deseo inmiscuirme. –Acto seguido añadió–: La madre de su marido está con ellos.

No tenía que explicarme nada más. Como solía decir *grandmère* Catherine: «Juntar pacíficamente a dos *grandmères* bajo el mismo techo es peor que tener un caimán en la bañera.»

–¿Dónde reside ahora? –preguntó Paul.

–En una casa de huéspedes.

Paul me consultó con la mirada mientras la señora Flemming acariciaba los minúsculos deditos de Pearl.

–En ese caso no veo ninguna razón para que no se incorpore enseguida –dije–. Si las condiciones le parecen aceptables, naturalmente.

Ella alzó la vista y recuperó la jovialidad.

–Ya lo creo, querida. Sí. Mil gracias.

–Ordenaré a uno de mis hombres que la acompañe a la pensión, espere que haga su equipaje y la traiga de vuelta –propuso Paul.

–Antes querría enseñarle su habitación, señora Flemming –dije, mirando incisivamente a Paul. Ya estaba otra vez con su juego, avanzando tan deprisa que no me daba tiempo a respirar–. Es la habitación contigua a la de la niña.

Pearl no lloró ni se quejó porque fuese la señora Flemming quien la subiera en brazos al dormitorio. No podía borrar de mi mente la idea de que había algo espiritual en la prontitud con que ambas se habían compenetrado, y además descubrí que la señora Flemming era zurda. Entre los cajun eso significaba que tenía poderes. Quizá los suyos eran más sutiles: el don del amor en lugar de las facultades curativas de un *traiteur*.

–¿Y bien? –inquirió Paul después de que la nueva niñera se fuera a la ciudad a recoger sus bártulos.

–Es la perfección personificada, Paul.

–¿Ya no te horroriza dejarla sola con Pearl durante nuestra ausencia? No pasaremos fuera más de dos días. –Titubeé, y él soltó una carcajada–. Está bien, tengo la solución. Algunas veces me olvido de lo rico que soy… Debería decir que somos.

–¿A qué te refieres?

–Nos llevaremos a Pearl y reservaremos una habitación individual equipada con una cuna. ¿Por qué iba a importarme el precio siempre que te haga feliz?

–¡Oh, Paul! –exclamé. Al parecer su nueva opulencia podía resolver cualquier complicación. Le eché los brazos al cuello y le besé en la mejilla. Sus párpados se ensancharon con emocionado asombro; y yo, como si hubiera cruzado una frontera prohibida, me retraje. Me había dejado arrastrar por el júbilo, por el impulso del momento. Una extraña expresión pensativa invadió sus ojos.

–No has hecho nada malo, Ruby –me dijo con acento sincero–. Podemos amarnos siempre que no faltemos a la pureza. Sólo somos medio hermanos, ¿recuerdas? Queda la otra mitad.

–Es esa mitad la que me preocupa –confesé quedamente.

–Quiero que sepas –afirmó, estrujando mis manos con las suyas– que mi único objetivo en la vida es tu felicidad. –Su rostro se volvió serio, insondable, mientras nos estudiábamos mutuamente.

–Lo sé, Paul –dije al fin–. Y algunas veces me espanta.

–¿Por qué? –preguntó sorprendido.

–No lo sé… Pero es así.

–Ya veo. Pero no hablemos de cosas tristes. Tenemos que hacer las maletas y planear bien el viaje. Ahora debo despachar algunos asuntos con el capataz del equipo de perforación, y luego trabajaré unas horas en la conservera. Tú entretanto confecciona la lista de las compras sin escatimar ni una coma, ¿me oyes? Mi familia vendrá hacia las seis y media.

Ya no me acordaba de nuestra cita. Si algo me producía verdadero pavor, era la confrontación con Gladys Tate. A pesar de la promesa que le había hecho a Octavious, no se me daba muy bien mirar a la gente a la cara y fingir. La especialista en el disimulo era Gisselle, mi hermana gemela, no yo. Pero de un modo u otro tenía que conseguirlo.

Me cambié cinco veces de vestido antes de escoger el más apropiado para cenar con mi nueva familia. No lograba decidirme entre recogerme el cabello o llevarlo suelto. De pronto los detalles más nimios adquirieron una importancia capital; quería causarles una impresión inmejorable. Al final opté por el pelo recogido, y bajé a la planta en el momento mismo en que llegaban los Tate. Paul ya estaba esperando en el vestíbulo.

Las primeras en entrar fueron Toby y Jeanne, esta última de un humor desbordante y ansiosa por describirnos cómo había reaccionado la comunidad ante nuestra fuga. Les siguieron Octavious y Gladys Tate; ella aferraba el brazo de su marido como si temiera no poder sostenerse. Besó a Paul y elevó la vista hacia mí mientras descendía la gran escalera.

Gladys Tate, una mujer alta y esbelta a quien su esposo sólo sobrepasaba en tres o cuatro centímetros, solía irradiar una regia aureola. Procedía de una acaudalada familia cajun de Beaumont, Texas; había asistido a una escuela de señoritas y a un centro universitario donde había conocido a Octavious Tate. Algunas veces me asombraba que la gente no hubiera sospechado nunca de su maternidad con respecto a Paul, ya que sus facciones eran mucho más marcadas, más angulosas. Su rostro tenía una dureza, un aire de superioridad y altivez, además de indiferencia, que la diferenciaban de las otras mujeres de nuestra sociedad cajun, incluidas aquéllas de su misma posición.

Habitualmente lucía peinados vanguardistas y vestía diseños de última moda, pero aquella noche estaba tan opaca y deprimida que ni el atuendo más elegante ni el mejor peluquero podrían haber ocultado su abatimiento. Todo en ella incitaba a pensar que estaba asistiendo a un velatorio en lugar de una cena familiar. Sus ojos me escrutaron angustiosamente al acercarse.

—Hola —dije, con una risita forzada. Eché una mirada a Paul y añadí—: Supongo que debería empezar a llamaros papá y mamá.

Octavious sonrió azorado y miró a Gladys, que sólo porque se hallaban presentes las hermanas de Paul dejó que se dibujara en sus labios una efímera sonrisa. Recobró inmediatamente su expresión más formal.

—¿Dónde está el bebé? —inquirió con una voz fría, imperiosa, dirigiendo su pregunta a Paul más que a mí.

—Hoy mismo hemos contratado a una niñera, mamá, la señora Flemming. Pearl y ella están arriba, en la habitación de la niña. Ya le ha dado su papilla de la noche, pero la bajará un momento cuando hayamos cenado.

—¿Una niñera? —repitió Gladys, obviamente impresionada.

—Es una persona muy agradable —intervine. La mueca de Gladys Tate apenas se suavizó al observarme. Podía cortarse el aire con un cuchillo, tan densa era la atmósfera entre ambas.

—Voy a ver si la cena está lista —dije—. Paul, ¿por qué no acompañas a tu familia al comedor?

—La verdad es que todavía no conozco tu casa, hijo —protestó Gladys.

—¡Vaya, qué despistado soy! Antes de acomodarnos, Ruby, deja que le enseñe todo esto a mi madre.

—Muy bien —repuse, contenta por tener un pequeño

respiro. Desde luego, el asunto iba a ser más espinoso de lo que había imaginado.

Como si conociera de un modo intuitivo nuestros secretos más ocultos, más funestos, Betty preparó una cena exquisita. Octavious no dejó de decir lo envidioso que estaba porque su hijo tenía una cocinera mejor que la suya. Gladys, por su parte, lo elogió todo educadamente, pero cada vez que hablaba yo percibía en su tono un autodominio tan esforzado que en cualquier momento podía quebrarse y convertirse en histeria. Daba la sensación de que iba a explotar con chillidos dementes por cualquier nimiedad. Aquel temor nos mantuvo sobre ascuas a Paul, a su padre y a mí. Suspiré aliviada cuando terminamos el postre, un *soufflé* de chocolate al ron que, según Octavious, rivalizaba con todos los que había probado anteriormente.

Mientras Holly nos servía la segunda ronda de cafés, apareció la señora Flemming con Pearl en sus brazos.

–¿Verdad que es una monería, mamá? exclamó Jeanne–. Tiene los mismos ojos que Paul.

Gladys Tate me examinó un instante y luego miró a Pearl.

–Es una criatura muy hermosa –dijo, con un tono totalmente aséptico.

–¿Quiere sostenerla, madame? –ofreció la niñera. Aguanté la respiración. La señora Flemming era una *grandmère*, y sabía por propia experiencia cuánto anhelaba cualquier abuela poder tocar y besar a sus nietos.

–Por supuesto que sí –dijo Gladys con una sonrisa postiza.

La señora Flemming le entregó a Pearl, que se revolvió incómodamente en sus brazos, pero no lloró. Gladys Tate estudió unos segundos el rostro de la pequeña y le dio un rápido beso en la frente. Acto seguido miró a la niñera y le hizo una señal para indicarle que podía recogerla de nuevo. La señora Flemming frunció el entrecejo y obedeció con presteza.

–¿Qué se experimenta al ser abuela, mamá? –preguntó Jeanne.

Gladys sonrió gélidamente.

–Si lo que quieres insinuar es que quizá me sienta más vieja por ese motivo, Jeanne, la respuesta es no. –Se giró para clavar la mirada en mí a través de la mesa, y Paul propuso que pasáramos a la biblioteca.

–No es gran cosa aún. Todas las salas están medio vacías, pero cuando Ruby y yo volvamos de Nueva Orleans este lugar parecerá un escaparate.

–¿Por qué no le hablas a tu madre de vuestros proyectos de decoración? –sugirió Octavious. Se volvió hacia mí–. Gladys ha montado casi toda nuestra casa.

–Me encantaría que me dieras algunas ideas –dije, dirigiéndome a ella.

–No soy decoradora –me espetó.

–No me vengas con falsas modestias, Gladys –replicó Octavious impertérrito. Me miró–. Tu suegra es una autoridad en todo lo referente a amueblar y decorar mansiones. Me apuesto lo que quieras a que podría recorrer la casa contigo y darte sugerencias, así, sobre la marcha.

–¡Octavious!

–Puedes hacerlo –insistió él.

–Adelante, intentadlo –nos animó Paul–. Nosotros iremos a la biblioteca.

Gladys estaba furiosa, pero después de mirar a sus hijas, atónitas por aquella renuencia, dijo:

–Bien, si Ruby lo desea de veras…

–Te lo ruego –contesté con un temblor en los labios.

–Asunto resuelto –concluyó Paul, y se levantó.

–¿Por dónde empezamos? –le pregunté a Gladys Tate.

–Yo lo haría por el dormitorio –apuntó Jeanne–.

Duermen en dos habitaciones separadas con una puerta interior. ¿No viven así las parejas reales, mamá?

Hubo un silencio breve, sepulcral. Al fin Gladys sonrió y dijo:

—En efecto, cariño. Es una costumbre de reyes.

Ascendimos la escalera y enfilamos el pasillo, Gladys caminando siempre unos centímetros detrás de mí. No despegó los labios. El corazón me saltaba en el pecho mientras buscaba frenéticamente un tema banal de conversación que no me hiciera parecer demasiado tonta o demasiado nerviosa. Comencé a hablar de los colores que habíamos barajado, parloteando sin tiento sobre las mejores combinaciones, el diseño de los muebles y las piezas de realce. Cuando nos detuvimos ante la puerta de mi habitación, finalmente se dignó mirarme.

—¿Por qué lo hiciste? —inquirió con un ronco susurro—. ¿Por qué, sabiendo la verdad?

—Paul y yo siempre hemos estado muy unidos, mamá. Ya una vez me vi obligada a romper nuestra relación para no tener que desenterrar el pasado. Sabes bien cuánto le afectó enterarse de lo ocurrido.

—¿Y cómo crees que me sentí yo? Llevábamos muy poco tiempo casados cuando Octavious... cuando me traicionó. Naturalmente, tu madre lo tenía embrujado. Estoy segura de que la hija de Catherine Landry no carecía de poderes místicos —declaró.

Tragué saliva. Deseaba ardientemente defender a la madre a quien no había conocido, pero comprendía que la madre de Paul había desarrollado aquella teoría para asimilar la infidelidad de su marido, y no me pareció bien echarle un jarro de agua fría.

—¿Y qué fue lo que hice? —continuó diciendo—. Aceptar y encubrir, de tal manera que nosotros conservásemos la respetabilidad y Paul creciera bien arropado. Y ahora vosotros dos lo tiráis todo por la borda y... ¡Es un pecado! –gritó, sacudiendo la cabeza–. Un pecado mortal.

–No cohabitamos de esa manera, mamá. Por eso tenemos alcobas separadas.

Gladys hizo un gesto de reprobación y me miró con acerados ojos. Al fin suspiró largamente y adoptó un aire de autocompasión.

–Ahora tengo que volver a fingir, tragarme el orgullo una vez más y hacer lo que es menester para que mis hijos no sean desgraciados. No es justo –se lamentó–. No, no es justo.

–Nadie sabrá una palabra de mis labios –prometí. Ella emitió una risita disonante.

–¿Y por qué ibas a decir nada? Mira todo lo que tienes –dijo desabridamente, y levantó los brazos–. Eres dueña de esta mansión, de los jardines, de la opulencia que nos rodea... Y has encontrado un padre para tu hija. –Fijó en mí unos ojos acusadores.

–Mamá... te aseguro...

–Ahórrate palabrería. ¡Ja! Sé de sobra que has atrapado a Paul con el mismo sortilegio que Gabrielle utilizó con Octavious. Es una herencia, y siempre soy yo la que paga, no mi querido marido ni mi estimado hijo adoptivo. Es curioso –dijo de pronto, haciendo una pausa–. Nunca, jamás en mi vida, había utilizado esa expresión; pero ahora, aquí contigo, no puedo decir nada más que la verdad: «mi hijo adoptivo».

–Una falsa verdad –le atajé–. En el fondo de tu corazón amas a Paul tanto como si hubiera nacido de tus entrañas, y él te quiere de idéntico modo. Voy a hacerte una promesa, mamá, nunca trataré de interferir en ese amor. Nunca –recalqué, mirándola fijamente.

Gladys sonrió con frialdad, como diciendo que tampoco lo hubiera logrado aunque pusiera todo mi afán en el empeño.

–Sin embargo, debes saber que Paul quiere a Pearl

como si la hubiera engendrado él mismo –la previne–. Espero que llegues a entenderlo y que le des el cariño propio de una *grandmère*.

–Cariño –repitió–. El mundo lo necesita tanto que no me extraña que estemos todos exhaustos. –Volvió a suspirar y pasó somera revista a mi dormitorio, endurecidos los rasgos en actitud crítica–. En estas ventanas se podrían hacer milagros con unos buenos cortinajes. Veamos: el sol se pone por la izquierda. En cuanto a los colores que pensabas conjugar… ¿Y tú eres una artista? Usarás tonos beige con un toque rosado aquí y allá. En cuanto llegues a Nueva Orleans –prosiguió, sin dejar de moverse–, irás a un sitio que conozco en Canal Street…

Seguí sus pasos, agradecida de que se hubiera producido una tregua entre ambas, aunque fuese ella quien establecía las condiciones.

A la mañana siguiente nos levantamos temprano para emprender el viaje a Nueva Orleans. Afortunadamente, la espesa nubosidad matutina se fue despejando y unos luminosos claros azules hicieron el trayecto más ameno. Aborrecía recorrer distancias largas bajo la lluvia. No obstante, mientras avanzábamos por la familiar autopista no pude evitar sentirme como quien revive una antigua pesadilla. Recordé mi primer viaje, cuando huí de las garras de *grandpère* Jack. Había llegado a Nueva Orleans en pleno Mardi Gras, y casi me violó un enmascarado so pretexto de ayudarme a encontrar la dirección que buscaba.

De todas maneras, aquélla fue también la noche en la que conocí a Beau Andreas. En el instante en que me disponía a arriar velas y alejarme de la casa de mi padre, Beau se presentó ante mí como un apuesto galán escapado de una pantalla de cine. Supe desde que le puse los ojos encima que era alguien muy especial y, a juzgar por su modo de mirarme una vez que se hubo convencido de que no era mi hermana gemela, comprendí que él pensaba lo mismo de mí. Al dibujarse en el panorama el lago Pontchartrain, con sus aguas verde oscuro y el suave oleaje, evoqué vivamente nuestra primera salida y lo apasionados que estuvimos ya entonces.

Tan ensimismada estaba en mis recuerdos que no advertí que Paul había entrado en la ciudad hasta que paró el coche delante del hotel Fairmont. Pearl había dormido durante la mayor parte del trayecto, pero al apearnos quedó fascinada por el tráfico, los transeúntes y toda la actividad que bullía alrededor mientras nos registrábamos en el mostrador de recepción. Paul había reservado una habitación con dos camas dobles para nosotros, y otra anexa que ocuparon la señora Flemming y Pearl.

Después de tomar un almuerzo ligero en el hotel, la niñera llevó a Pearl a dormir la siesta y Paul y yo iniciamos nuestra expedición comercial. Había olvidado cuánto adoraba aquella ciudad. Tenía su ritmo particular, que cambiaba a medida que transcurría el día. Por la mañana podía ser un remanso de paz. Los comercios tenían las persianas echadas y las contraventanas y las puertas de los balcones estaban cerradas, especialmente en el famoso Barrio Francés, el Vieux Carré. Las sombras eran aún compactas y en la calle hacía fresco.

Después del mediodía las tiendas estaban todas abiertas y las avenidas se habían llenado de gente. Los balconajes de forja ornamentada eran un vergel. Los vendedores callejeros pregonaban sus mercancías; la música había empezado a atraer a los turistas hacia restaurantes y bares. Más tarde, conforme discurría la tarde, el compás se aceleró. Los artistas ambulantes tomaron posiciones en las esquinas, bailando claqué, haciendo juegos malabares o tocando la guitarra.

Paul llevaba una lista de los lugares adonde debíamos ir, lista que, como él mismo me reveló, había elaborado su madre.

—Sabe mucho más de estas cuestiones que ninguno de nosotros —afirmó, y me enseñó una exhaustiva relación de objetos que Gladys le había mandado adquirir—. ¿Qué opinas?

—Me parece bien —dije, aunque muchos de los artículos que allí figuraban no eran precisamente los que yo habría escogido.

Fuimos de tienda en tienda comprando muebles, apliques, lámparas y mesas auxiliares, así como complementos varios que había sugerido Gladys Tate. Empezaba a sentirme como un recadero.

—Mi madre tiene un gusto sensacional, ¿no crees? —declaró Paul antes de que tuviera la oportunidad de comentárselo.

—Sí —respondí. Era como si ella estuviera presente.

A media tarde hicimos un alto y fuimos al Café du Monde para tomar un café y sus célebres buñuelos. Observamos a los pintores atareados en sus lienzos y a los forasteros que desfilaban junto a ellos con los ojos muy abiertos y las cámaras colgando del cuello. Se elevaba del río una brisa refrescante y las flores de magnolio que se balanceaban en el aire tenían un esplendor singular.

—He hecho una reserva para cenar en el Arnaud —me anunció Paul.

—¿El Arnaud?

—Sí. Me lo ha recomendado mi madre. ¿No te parece una elección acertada?

—Sí, claro, es un restaurante estupendo —contesté, instándome a sonreír. ¿Cómo iba a saber él que era allí donde me había llevado Beau en nuestra primera cita formal? Parecía que la ciudad estuviera conspirando para reverdecer todos los recuerdos de mi anterior estancia, ya fuesen buenos o malos.

La cena fue excelente y Pearl se portó muy bien.

Después Paul quiso sentarse en el vestíbulo del hotel para escuchar a un grupo de jazz. Así lo hicimos durante un rato, pero el viaje y las compras del día, sumados a la carga emocional, me habían agotado. Muy a mi pesar se me cerraban los ojos. Paul se echó a reír y subimos a la habitación.

Aquélla era la primera noche que dormíamos en la misma alcoba, y aunque cada uno tenía su cama se suscitó un clima de intimidad que al principio me violentó un poco. Mientras estaba frente al tocador, cubierta sólo con la enagua, para quitarme el maquillaje, vi a Paul a través del espejo erguido detrás de mí, contemplándome, tan intenso el azul de sus ojos que me sentí desnuda. En cuanto vio que mi mirada volaba hacia él, se apartó prestamente.

Fui al cuarto de baño y me puse la ropa de dormir. Paul ya llevaba la suya cuando apagué la luz y me metí entre las sábanas.

—Buenas noches, Ruby —musitó dulcemente.

—Buenas noches.

El silencio y la oscuridad parecieron agrandarse entre ambos. Compartiríamos todo lo que suelen compartir un hombre y una mujer que se casan y se convierten en una unidad, excepto una cosa: nuestros cuerpos. Aquel pensamiento flotó en la negrura circundante corrosivo, atormentador. Me volví de lado y, al cerrar los ojos, mi mente viajó de nuevo hacia Beau y nuestros ardientes amores. De momento, aquellas remembranzas eran lo único que tenía.

Al día siguiente Paul y yo continuamos nuestro safari de tiendas, obedientes a la lista que había escrito mamá Tate. Fui asimismo a una casa de artículos de bellas artes y les hice mi propio encargo. Todo debía sernos enviado a Cypress Woods. Después de comer dimos una vuelta por el Barrio Francés, en busca de regalos para los padres y hermanas de Paul.

–No me lo has mencionado –dijo Paul–. ¿Tienes intención de ir a ver a tu madrastra? Todavía no sabe lo nuestro.

–Sí, pensaba acercarme –dije–, aunque no me seduce demasiado.

–Te acompañaré.

–No. Al menos de momento, creo que es mejor que vaya sola.

–Como gustes. ¿Quieres que te pida un taxi?

–Si no te importa, preferiría tomar el tranvía.

Me había desplazado frecuentemente en tranvía cuando vivía en la señorial residencia de mi padre en Garden District. También ahora fue un recorrido grato y pintoresco, pero tan pronto como me apeé del vehículo y eché a andar hacia la mansión mi corazón se disparó.

¿Sería capaz de hacerlo, de regresar a aquella casa y enfrentarme a mi madrastra después de haberme fugado? Sabía que Gisselle tenía sus clases, así que a ella no habría de lidiarla, pero entrar en semejante caserón sabiendo que mi padre había muerto, que Nina ya no estaba y Beau seguía en Europa, liado con otra mujer, era una especie de suplicio.

Me detuve en la acera de enfrente y ojeé el marfileño edificio. No había cambiado, parecía haberse congelado en el tiempo. Quizá, pensé, si atravesaba aquella calle todo lo que había sucedido desde el día de mi llegada se desvanecería y podría comenzar de nuevo. Mi padre aún estaría vivo, guapo y vibrante. Nina Jackson seguiría en su cocina, farfullando ante una montaña de ingredientes y quejándose porque ciertos espíritus maléficos habían tomado posesión de los armarios, y Otis no se habría movido de la puerta, esperando para recibirme. Oiría a Gisselle bramar protestas en el descansillo de la primera planta.

Me aprestaba a cruzar la calzada cuando el familiar

Rolls-Royce de los Dumas se adentró en la avenida de acceso. Se detuvo delante del portalón y Daphne emergió de su interior. Si algo o alguien perduraba inmutable, era ella. Como una reina de hielo, mi madrastra irguió su escultural figura e impartió órdenes al chófer. El automóvil arrancó y Daphne ascendió la escalinata. Un nuevo mayordomo, un hombre bajito con el cabello entrecano, abrió al punto la puerta. Cualquiera diría que se había apostado en la entrada para aguardar su retorno. Sin ni siquiera saludarle mi madrastra entró en el vestíbulo con paso marcial. El hombre le hizo una reverencia y dio una breve ojeada al exterior, como si lo que veía fuese la libertad. Unos segundos más tarde la puerta se había cerrado y yo retrocedí de nuevo hasta la acera.

De repente nada se me antojó más desagradable y terrorífico que una confrontación con aquella mujer. Giré rauda sobre mis talones y me alejé, tan deprisa como una proscrita. Y es que a fin de cuentas estaba huyendo. Huía del horrible recuerdo de las iniquidades de Daphne: su intentona de tenerme recluida y aislada, sus celos del amor que me prodigaba mi padre, su empeño en desacreditarme ante la familia de Beau. Huía del vacío de aquella inmensa casa tras la muerte de papá, de las sombras que se condensaban en sus rincones.

Anduve varias manzanas antes de volver a tomar el tranvía, y cuando llegué al hotel y Paul me abrió la puerta de la habitación parecía una enloquecida, con el pelo desgreñado y la agonía reflejada en el semblante.

–¿Qué ha pasado? –preguntó–. ¿Qué te ha hecho?

–Nada –respondí, echándome en la cama–. No he hablado con ella; me ha faltado valor. Le escribiré. Más vale así. Paul, ¡volvamos a casa ahora mismo!

Él negó con la cabeza.

–Nos faltan todavía algunas cosas. Mi madre dice que deberíamos tener…

—¡Oh, vamos! —supliqué, y le agarré la mano—. Llévame a casa. Por favor, no me obligues a estar aquí más tiempo. ¿No puedes encargarte del resto tú solo?

—Como quieras —cedió—. Saldremos de inmediato.

No volví a tener sosiego hasta que me encontré en el *bayou* y doblamos por el camino que conducía a Cypress Woods. La suntuosa casona se delineó ante mis ojos y comprendí que aquél era mi hogar, aunque lo decorase mi suegra. Ahora más que nunca me alegraba de haber tomado la decisión de casarme con Paul y vivir allí. Estaba lo bastante solitario y apartado del mundo como para conjurar los fantasmas de mi sórdido pasado.

Ardía de impaciencia por instalar mi nuevo estudio y volver a pintar. Los pantanos, nuestras vastas tierras y los pozos de petróleo conformarían la tapia que había de repeler a los demonios. En Cypress Woods estaba a salvo… Sí, a salvo.

5

NOTICIAS TRISTES

Cada día de mis primeros seis meses como señora de Cypress Woods estuvo tan repleto de responsabilidades y de actividad que apenas tuve tiempo de meditar sobre la vida que había elegido para mi hija y para mí. Ni siquiera reparé en el invierno hasta que vi levantar el vuelo a los gansos migratorios y supe que había terminado. Los primeros capullos de la primavera se abrieron en una explosión de belleza floral que no tenían parangón en mi experiencia pasada. El mobiliario y los adornos de la casa habían empezado a llegar poco después de nuestro viaje a Nueva Orleans. Por nuestras dependencias transitaban diariamente pintores y decoradores, especialistas en baldosas y alfombras, instaladores de cortinas y espejos, así como una interminable procesión de artesanos.

Gladys Tate pasaba casi todas las mañanas para supervisar las obras. Siempre que yo le hacía algún comentario, Paul no comprendía su significado o lo pasaba por alto.

–¿No es fantástico el interés que se toma por nosotros? –me respondía–. Y mientras ella está aquí yendo de una estancia a otra, subiendo, bajando y resolviendo dudas, tú puedes trabajar más libremente en el estudio.

De hecho, si volqué mi atención en él fue porque era el único sitio en el que Gladys se había negado a poner los pies. Paul también vivía inmerso en una tremenda vorágine. Sus días se dividían entre el trabajo en la conservera y la supervisión del yacimiento. Dos semanas después de nuestro regreso de Nueva Orleans perforaron un nuevo pozo de petróleo. Lo llamó Pearl's Well, y decidió que todas las ganancias que devengase se depositarían en un fideicomiso a nombre de la niña. Antes de cumplir un año mi hija era más rica que muchísima gente al término de su etapa productiva.

Los fines de semana organizábamos cenas de postín para la gente con quien trataba Paul en el negocio petrolífero. Todos nuestros invitados se maravillaban al ver la casa y el parque adyacente, en especial quienes procedían de Baton Rouge, Houston o Dallas. Obviamente esperaban algo mucho más sencillo en el *bayou* cajun. Paul se deshacía en elogios sobre mí, presumiendo sin pudor ninguno de mi talento artístico y mis éxitos.

Escribí la dichosa carta a Daphne, aunque fue casi un mes después de la visita frustrada en Nueva Orleans. Paul preguntaba de vez en cuando si ya lo había hecho, y yo siempre decía: «Es cosa de días. Tengo que ordenar mis pensamientos.» Él sabía que lo estaba posponiendo, pero no me agobió. Finalmente una tarde, mientras disfrutaba de un corto descanso, me senté en el patio con papel y pluma y empecé a redactarla.

Querida Daphne:
No nos hemos escrito ni hemos hablado desde hace más de un año. Sé que te importa poco qué ha sido de mi vida ni dónde estoy ahora,

pero, en homenaje a mi padre, he resuelto mandarte estas líneas.

Después de mi traumática experiencia en aquella infame consulta médica adonde me enviaste para abortar, lo abandoné todo y volví a mis raíces, al *bayou*. Durante unos meses viví en la vieja chabola de mi *grandmère*, realizando las mismas tareas que antes habíamos hecho juntas y ganándome así el sustento. Alumbré a una preciosa niña a quien le he puesto el nombre de Pearl, y luché como una leona para salir adelante.

Pronto tomé conciencia de que mi mayor obligación era procurar el bienestar de mi hija, y por eso acepté la propuesta de matrimonio de Paul Tate. No espero que lo entiendas, pero juntos llevamos una vida muy gratificante. Somos más bien dos camaradas, dedicados a hacernos felices mutuamente, a apoyarnos y a proporcionarle un futuro estable a Pearl. La tierra que heredó Paul ha resultado ser rica en petróleo. Tenemos una magnífica casa llamada Cypress Woods.

No voy a pedirte nada, y menos aún que me perdones, ni tampoco tú interpretarás esta carta como mi perdón por todo el daño que intentaste hacerme en el pasado. Para ser sincera me inspiras más pena que ira. Espero, sin embargo, que lo que mi padre decidió legarme me sea entregado en su momento. Mi cariño hacia él no ha disminuido un ápice. Le echo mucho de menos.

Por favor, da mis nuevas señas al apoderado que administra la herencia.

Ruby.

No recibí respuesta, pero no me sorprendió. Al menos había dado señales de vida, y Daphne ya no podría aducir que había desaparecido, cortado cualquier contacto o renunciado al patrimonio que me correspondía. Lo cierto era que jamás la había aceptado como madre ni como pariente. Había sido una perfecta extraña mientras viví en la casa de Dumas, y después el abismo se había ensanchado todavía más.

Jeanne venía más a menudo que Toby a visitarnos y a jugar con Pearl. Después de mi boda me había acogido sin reservas como una hermana más y, algunas veces, incluso me confiaba a mí sus intimidades y no a su hermana de sangre o a su madre. Una tarde estábamos las dos sentadas en el patio, bebiendo limonada fresca, mientras la señora Flemming llevaba a Pearl a dar un paseo por los jardines. Jeanne había ido a Cypress Woods expresamente para hablarme de su novio, James Pitot, un joven abogado. Pitot era un hombre alto, moreno y bien plantado cuya educación y encanto me recordaban un poco a mi padre.

—Creo que vamos a prometernos —me reveló Jeanne. Supuse por su tono confidencial que era la primera en enterarme.

—¿Sólo lo crees?

—¡Es que me aterra la idea de dar el gran sí! —exclamó. Solté una carcajada—. No tiene gracia, Ruby. Me paso noches enteras en vela recapacitando y torturándome.

—Es verdad, no tiene gracia. No debería haberme reído.

—¿Qué te impulsó definitivamente a casarte con Paul? —inquirió.

Pensé que de conocer mis motivos Jeanne no sería tan fraternal conmigo.

—Lo que quiero decir es que no sé qué es el amor, qué se siente en realidad. Me he encaprichado de muchos chicos, y quizá te acuerdes de que salí unos meses con Danny Morgan.

—Sí, me acuerdo.

—Pero se portó como… como un idiota. James es diferente, él es…

—¿Cómo es? Cuéntamelo.

—Solícito, considerado, cariñoso y amable. Todavía no nos hemos acostado —dijo, ruborizándose—. Él lo desea, naturalmente, y yo también, pero no puedo hacerlo sin estar casados. Se lo expliqué y lo entendió muy bien. No se enfadó conmigo.

—Porque se preocupa sinceramente por ti y por tu felicidad. Eso es amor, o al menos una parte fundamental. Los otros aspectos también son importantes, claro, pero no tiene que sonar música de violines cada vez que os beséis. La vida me ha enseñado que la lealtad es el suelo donde arraigan los amores auténticos e imperecederos, Jeanne.

—Pero Paul y tú tuvisteis que oír forzosamente esos violines. ¡Hacía tanto tiempo que estabais enamorados! Aún recuerdo con qué ansiedad esperaba que acabásemos de cenar para montarse en la motora e ir a verte, aunque fuera sólo unos minutos. Era como si el sol saliese y se pusiera en tus ojos.

»Yo no tengo esos sentimientos tan fervientes —admitió—, así que temo cometer un trágico error si le digo que sí a James.

—Algunas personas aman demasiado murmuré, meditabunda.

—Por ejemplo, Adán a Eva. Él se comió el fruto prohibido que le ofrecía Eva únicamente para no perderla. Así me lo explicó una vez el padre Rush.

—No es mala comparación, Jeanne —dije sonriente.

—Eso hizo que encontrase la historia aún más romántica. Yo quiero que mi matrimonio sea un perpetuo idilio, igual que el vuestro. Porque el vuestro lo es, ¿no, Ruby?

La estudié con atención. ¿Era su juventud lo que le

impedía leer la verdad en mis ojos, o mi habilidad para enmascarar los hechos? Esbocé una tenue sonrisa.

–Sí, mi querida Jeanne, pero no es algo que ocurra de la noche a la mañana, y por tu manera de hablar de James y todo lo que me has contado sobre él presiento que seréis muy dichosos juntos.

–¡Qué alegría me da oírtelo decir! –exclamó–. Debes saber que valoro tu opinión más que la de ninguna otra persona, incluso más que la de mi madre... y no hablemos ya de Toby.

–De todas formas, me gustaría que lo discutieras con tu madre antes de dar el paso. No quiero ser yo quien te empuje a hacer nada. Tienes que convencerte tú misma. –Pensé en Gladys Tate resentida conmigo por haber dado consejos íntimos a su hija.

–No te apures, boba. Ya estoy convencida. Sólo quería asegurarme. Me figuro que en alguna ocasión tú también habrás tenido indecisiones.

–Sí –confesé.

–Nunca hablas de tu vida en Nueva Orleans. ¿Tuviste muchos pretendientes allí o cuando estuviste en el internado?

–No, no muchos –respondí, y desvié enseguida la mirada. No obstante, Jeanne estaba lo bastante alerta como para captar mi vacilación.

–Pero sí hubo uno.

–Nadie que fuese significativo –mentí, volviéndome hacia ella con una sonrisa–. Ya sabes cómo son esos criollos ricos. Te hacen promesas para tentarte y llevarte al catre y luego salen despepitados detrás de otra conquista.

–¿Y tú? –indagó en tono misterioso.

–Yo ¿qué?

–¿Te acostaste con alguien?

–¡Jeanne!

–Disculpa. No he querido ofenderte con mi pregunta. Creía que podíamos tratarnos como hermanas, unas hermanas mejores que tú y tu gemela.

–Eso no será difícil –comenté, riéndome. La escudriñé un instante–. No, no lo hice.

Sabía que si le contaba la verdad me echaría a llorar y todo aquel mundo de ensoñación que Paul había creado para Pearl y para mí se derrumbaría. Mis palabras parecieron reconfortarla.

–Entonces ¿hago bien al esperar hasta después de la boda?

–Si tú lo crees justo, justo es –dictaminé. Quedó satisfecha por el momento. A mí, en cambio, me trastornaba aconsejar a alguien en lo referente a amoríos y matrimonio. ¿Cómo osaba abrir la boca?

Al día siguiente Jeanne se presentó en la mansión para anunciarnos oficialmente su compromiso con James Pitot. Ya habían fijado la fecha. Paul proclamó que si lo deseaba la boda podía celebrarse en Cypress Woods. Ella me miró con cara de conspiradora y aceptó entusiasmada.

–Ruby me ayudará a planearlo todo, ¿verdad, Ruby?

–Será un placer –accedí.

–Paul –dijo Jeanne–, hiciste algo más que casarte con la mujer a quien siempre has amado y darnos una monada de sobrina. Gracias a ti tengo una hermana maravillosa.

Nos besamos tiernamente y deseé en mi fuero interno haber atinado en mi juicio y que el destino le deparase a Jeanne un feliz matrimonio. En cualquier caso, teníamos que organizar una digna celebración. Paul no había errado en sus pronósticos: nuestras vidas eran un continuo ajetreo, sin un segundo de monotonía.

Aquella noche Paul llamó a la puerta intermedia y entró en mi dormitorio cuando estaba sentada frente al tocador, cepillándome el cabello. Ya me había puesto el camisón. Él llevaba su pijama de seda azul claro, un regalo mío de cumpleaños.

–Acabo de hablar por teléfono con papá. Dice que su casa parece un puesto de mando del ejército. Ya han escrito unas largas listas de invitados y planificado los movimientos preliminares. Afirma que es como prepararse para una batalla.

Me eché a reír.

–Lamento que nuestra boda fuera tan gris –me dijo–. Merecías recibir como mínimo el tratamiento de una princesa cajun.

–Y lo tengo, Paul.

–Sí, pero… –Sus ojos se clavaron en los míos a través del espejo–. ¿Cómo te ha ido hasta ahora? Dicho de otro modo, ¿eres realmente feliz?

–Lo soy

Él asintió y una sonrisa dulce y cordial borró su mirada pensativa.

–Te agradezco mucho que te hayas encariñado tan pronto con mis hermanas. Ambas te idolatran, y mi madre… Mi madre ha superado la etapa de la aceptación. Me consta que ahora te respeta.

Me pregunté cómo podía emitir semejante afirmación. ¿Estaba ciego a la opaca frialdad de los ojos de Gladys siempre que los posaba en mí, o era tal su afán de ser feliz que hacía caso omiso y vivía en una ilusión?

–Así lo espero, Paul –dije, aunque con escasa convicción.

–Es la verdad –insistió–. En fin, buenas noches.

Se acercó a mí y me dio un cálido beso en el cuello. No me había besado de aquel modo desde que estábamos casados. El calor de sus labios se propagó en oleadas por mis hombros y bajó hasta los pechos. Cerré los ojos, y al volver a abrirlos le vi inclinado en el mismo sitio, a sólo unos milímetros de mi piel.

–Buenas noches –respondí con un susurro ahogado.

—Que descanses.

Dio media vuelta y abandonó con premura la habitación. Me quedé como hipnotizada; luego inhalé fuerte y me dispuse a acostarme.

Aquella noche me revolví en el lecho durante horas antes de ceder por fin al cansancio y al sueño.

Tres días después la burbuja protectora que había circundado Cypress Woods reventó con la llegada de Gisselle. Junto a dos amigos de su selecta escuela preparatoria mi gemela recorrió velozmente nuestra avenida de acceso haciendo sonar la bocina de su Cadillac descapotable. El servicio y yo nos apiñamos en el ventanal delantero. Creímos que era alguna urgencia. James, el mayordomo, me miró sorprendido.

—Sólo es mi hermana gemela —le dije—. No te molestes, James, yo misma le haré los honores.

—Muy bien, madame —repuso, y se retiró alegremente. Fui a la galería para recibir al trío.

Había transcurrido largo tiempo desde la última vez que viera a Gisselle. Los dos muchachos que la acompañaban eran enjutos y bien parecidos, uno moreno y el otro rubio, con los ojos azules y la tez muy blanca, que era quien conducía. Ambos vestían *blazers* azul marino y lucían, bordado en oro en el bolsillo del pecho, el emblema de su club estudiantil. El chico de cabello negro fue el primero en apearse y le sujetó la puerta a Gisselle, con una reverencia de rancio sabor, como si mi hermana fuera un miembro de la realeza europea. Las sonrisas desvaídas de los tres sugerían que habían estado bebiendo o quizá fumando hierba. No tenía razones para pensar que Gisselle hubiese cambiado o madurado en aquel lapso, pero siempre esperaba que se produjera una metamorfosis milagrosa.

—¡Aquí la tenéis! —gritó al reparar en mí—. Mi queridísima, ilustre gemela, ama y señora de Cypress Woods. Debo admitir, hermanita –agregó, estudiando el entorno con gesto aprobatorio– que te lo has montado bastante bien para ser una cajun.

Los dos chicos se carcajearon, y el que estaba al volante se apeó.

–¿Es que no vas a saludarme? –dijo Gisselle con los brazos en jarras–. Hacía una eternidad que no nos veíamos las caras. Al menos podrías fingir que te alegras.

–Hola, Gisselle –dije secamente.

–¿Cómo, no me das un beso y un buen apretón de hermana? –Se acercó. Yo meneé la cabeza y la abracé–. Eso ya está mejor. Además, deberías sentirte halagada. Hemos venido desde muy lejos sólo para visitarte, y el trayecto no puede ser más aburrido. No se ve otro panorama que un rosario de casuchas sobre pilotes, las viejas barcas pesqueras pudriéndose en los canales y unos niños miserables y mugrientos jugando con herramientas cubiertas de óxido en los roñosos patios de sus chozas. ¿No es cierto, Darby? –preguntó al joven moreno. Él asintió, sin quitarme los ojos de encima.

–¿Por qué no nos presentas adecuadamente, Gisselle? –le indiqué. Ella esbozó una mueca pedante.

–¡No faltaría más! Lo haré según las enseñanzas que nos dieron en Greenwood. –Retrocedió e imitó a nuestro profesor de urbanidad del pensionado, hablando con voz gangosa–. Éste es Darby Hennessey, de los Hennessey asquerosamente ricos del Bank of New Orleans. –Darby se rió e inclinó la cabeza–. Y el chico tímido y rubito de mi izquierda se llama Henry Howard. Su padre es uno de los arquitectos más sobresalientes de Luisiana. Cualquiera de estos muchachos gastaría su herencia en mí sin un pestañeo, ¿me equivoco, caballeros?

–Yo me guardaría unas monedas para poder costearme el champán –bromeó Darby, y los otros le rieron la gracia.

–¡Vaya casa! Debo confesar, Ruby –dijo Gisselle–, que no tenía idea de que nadases ya en la abundancia antes de cobrar tu parte del legado. ¿Te imaginas la fortuna que habrá amasado mi hermana dentro de unos años, Henry?

El aludido examinó el entorno con muestras de aquiescencia.

–Pues eso, una fortuna.

–Muy agudo. Henry está haciendo un doctorado en cirugía cerebral –dijo mi gemela, y Darby soltó una risotada–. Bueno, ¿piensas enseñarnos el interior o tendremos que cocernos un rato más al sol de los pantanos?

–Os enseñaré todo lo que queráis.

–¿Dejo el coche aquí mismo? –me preguntó Henry.

–¿Y dónde ibas a meterlo? –le espetó Gisselle sin darme opción a hablar–. ¿Crees que tienen aparcamiento subterráneo? –Se rió una vez más y se colgó con coquetería del brazo de Darby–. Madame, cuando queráis podemos empezar el *tour*.

–Siempre serás la misma, Gisselle –comenté con un gesto de impotencia.

–¿Y por qué iba a cambiar? Yo soy la perfección hecha mujer. ¿No estás de acuerdo, Darby?

–Lo estoy –confirmó el otro sumisamente.

Abrí la puerta y les precedí.

–A nuestra madrastra le daría un patatús si viera lo bien que has sabido arreglártelas, querida hermana –dijo Gisselle al contemplar el lujoso vestíbulo, mis pinturas y estatuillas, los amplios suelos de mármol y la imponente escalera.

El elegante mobiliario de la sala de estar y el gabinete le arrancaron repetidos silbidos, pero su cinismo se diluyó en una callada admiración a medida que los guiaba por el resto de la planta baja y veían los cuadros de firma, las carísimas lámparas, la gigantesca cocina y el comedor, que albergaba una mesa donde podían sentarse cómodamente veinte comensales.

—Esto supera a cualquier mansión de Garden District —comentó Henry.

—No las conoces todas —cortó Gisselle, y él enmudeció—. ¿Y los dormitorios? —inquirió mi hermana.

—Venid por aquí.

Primero les mostré las habitaciones para invitados y a continuación mi dormitorio y el de Paul, saltándome la habitación de Pearl, porque estaba durmiendo.

—Alcobas separadas pero colindantes —señaló Gisselle, y sonrió licenciosamente—. ¿Con cuánta frecuencia usan esa puerta? —musitó. Palidecí de rabia, aunque no contesté. Ella siguió sonriendo mientras echaba un vistazo—. Veo que ya no tienes estudio —dijo con tono sibilino.

—Está en el desván —repuse con despreocupación.

—¿En el desván?

—Os lo enseñaré —dije, y los llevé arriba.

—¡Es increíble! —exclamó Darby, ahora francamente impresionado—. Este lugar es un palacio. Fíjate en las vistas —le dijo a Gisselle. A mi gemela se le había torcido el humor.

—No hay más que pantanos —refunfuñó.

—Quizá, pero el paisaje es… es soberbio. ¡Qué combinación de agua y de flores!

—Sí, bien —admitió Gisselle con patente frustración—, pero ¿no tienes nada para beber? Estoy sedienta.

—Desde luego que sí. Bajemos al patio y Holly nos servirá unos refrescos.

—¡Qué sosería! —se quejó mi gemela—. Me apetecería más algo con un poco de chispa.

—Tú misma, Gisselle. Pídele lo que quieras a mi doncella.

—Su doncella. ¿Habéis oído cómo habla mi hermana cajun? «Pídeselo a mi doncella.»

Iniciamos el descenso, nosotras dos delante y los muchachos en retaguardia. Gisselle me tocó el brazo.

—¿Dónde está la hija de Beau? —preguntó.

—Pearl duerme, pero aquí nadie la conoce como la hija de Beau —le advertí.

—Desde luego. —Mi gemela sonrió con satisfacción—. ¿Y nuestro hermano, ahora tu marido?

—Está trabajando en los pozos de petróleo —repuse, y noté que aumentaban mis palpitaciones—. Si has venido para crearme conflictos...

—¿Qué motivos podría tener? No me importa lo que has hecho, aunque sé que has actuado así sólo para fastidiar a Beau.

—Eso no es verdad, Gisselle.

—¿No quieres que te dé noticias suyas? —me aguijoneó. Yo no respondí—. Ha roto con su novia en Europa; así que ya ves, si no te hubieras precipitado haciendo apaños inmorales todavía podrías haberlo reconquistado —declaró muy ufana de sí. Sentí que la sangre se agolpaba en mis mejillas dejándome las piernas exangües. Gisselle se echó a reír y enlazó su brazo con el mío—. Pero no hablemos de antiguos amoríos. Antes hay que ponerse al día. Tengo un montón de cosas que contarte, cosas que te divertirán... y otras que no tanto —insinuó con una mueca traviesa.

Me arrastró hacia el patio con su obediente escolta a las espaldas, presta a atender su menor capricho.

—La boda de Daphne —empezó a contar Gisselle una vez que tuvo en la mano su julepe de menta— fue un acontecimiento memorable. Bruce y ella no escatimaron gastos. Hubo cientos de invitados, y en la iglesia no cabía un alfiler. La mayoría de la gente acudió por curiosidad o porque quería formar parte del gran acontecimiento de la temporada. Como sabes, Daphne nunca ha tenido auténticos amigos, sólo conocidos del negocio. Pero tampoco los necesita.

–¿Y cómo le va con Bruce? ¿Son felices juntos? –inquirí.

–¿Felices? Difícilmente podrían serlo –contestó con sorna.

–¿A qué te refieres?

–Bruce continúa siendo su lacayo. ¿Recuerdas cómo le tomábamos el pelo: «Bruce, tráeme esto, Bruce, ve a por lo otro»? ¿Sabes qué descubrí una noche escuchando a hurtadillas sus conversaciones financieras? Que ella le había hecho firmar un acuerdo prematrimonial. Bruce no heredará nada de nada si a Daphne le ocurre una desgracia. Y no puede divorciarse y reclamarle después sus propiedades.

–¿Por qué se casó con él?

–¿Por qué? –Gisselle alzó los ojos al cielo y sonrió con afectación–. ¿A ti qué te parece? Para mantenerle la boca cerrada, evidentemente. Habían estafado entre los dos al pobre y cándido papá. Pero Daphne fue astuta. Siempre lo controló todo e hizo que Bruce dependiera de ella.

»Quería tener un acompañante, nada más. Ni siquiera duermen juntos. Han hecho un montaje similar al vuestro –dijo, señalando las ventanas de los dormitorios–, dos habitaciones separadas… Aunque en las suyas no hay ni siquiera una puerta de comunicación. –Se rió una vez más. Luego miró a Darby y Henry, que arrellanados en sus butacas degustaban sus bebidas y la miraban con una sonrisita boba como dos lechuguinos encandilados–. ¿Por qué no vais a inspeccionar los pozos de petróleo o dar un paseo por el jardín? Ruby y yo queremos cotillear a solas.

Los muchachos se levantaron dócilmente y se alejaron.

–Beben los vientos por mí –comentó mi gemela–,

pero son un par de muermos sin ninguna imaginación.

–¿Y por qué sales con ellos?

–Para pasar el rato. –Aproximó su silla a la mía y bajó la voz–. Un día, Bruce entró en mi cuarto de baño cuando me estaba duchando.

–¿Qué ocurrió? –pregunté, anonadada.

–Adivínalo.

No sabía si creerla o no, pero me acordaba muy bien de cómo solía mirarme Bruce, desnudándome con los ojos, y de cómo me retraía yo si me tocaba.

Mi hermana echó los hombros atrás y alardeó:

–Me han pretendido muchos hombres mayores. Incluso me he acostado con un profesor de mi actual colegio.

–¡Gisselle!

–¿De qué te escandalizas? ¿Acaso no es peor lo que estás haciendo tú, tener relaciones incestuosas?

–No las tengo. Paul y yo no dormimos juntos. Nos hemos casado, pero no somos marido y mujer en ese sentido. Lo decidimos de mutuo acuerdo.

–No lo entiendo –dijo, haciendo una mueca–. ¿A qué viene entonces tu matrimonio?

–Paul me ama desde niño, y antes de conocer nuestro parentesco yo también sentía algo especial por él. Quiere a Pearl tanto como si fuera su propia hija. Mantenemos una relación muy particular.

–Quizá, pero sosa. Supongo que al menos tendrás un amante, un cajun de los pantanos alto, fibroso y de piel cetrina que se cuela en tu alcoba por las noches.

–Desde luego que no.

–Claro, había olvidado que eres Doña Santurrona. –Gisselle se apoyó en el respaldo y dejó la mano suspendida sobre el brazo de la silla–. Le he escrito a Beau para informarle de tu boda y tu nueva posición.

–No te lo has pensado dos veces.

–A fin de cuentas fuiste tú quien se marchó. Deberías haber abortado y permanecido en Nueva Orleans. Aunque seas millonaria sigues metida en el pantano.

—El pantano es un lugar hermoso. No hay nada feo en la naturaleza.

Mi gemela dio un largo trago a su julepe.

—¿Te he contado lo de tío Jean? —preguntó inesperadamente.

—No, ¿es que le ha pasado algo?

—¿De veras no lo sabes?

—¿De qué se trata, Gisselle?

—El tío se ha suicidado —dijo con voz imperturbable.

—¿C-cómo? —balbuceé. Quedé anonadada.

—Un día robó una de esas navajitas que utilizan para la arcilla en la sala de recreo y se abrió las venas. Murió desangrado antes de que nadie descubriera lo que había hecho. Daphne armó la marimorena, por descontado, amenazando con demandar judicialmente a la institución. Creo que llegaron a algún pacto. No se puede jugar con mi madrastra. Si hay un medio de ganar dinero en cualquier circunstancia, ella siempre lo encuentra.

—¡El tío Jean, muerto! ¿Cuándo fue?

—Hace unos meses —respondió mi gemela, encogiéndose de hombros.

Conmocionada, me recliné en la silla. Le había visto por última vez cuando le había visitado con Beau para comunicarle el fallecimiento de mi padre.

—¿Por qué no me escribió nadie para avisarme, Gisselle? ¿Por qué no me pusiste cuatro letras?

—Daphne dijo que habías renunciado a la familia al fugarte de casa. Y sabes lo mucho que me cuesta escribir cartas, sobre todo para dar malas noticias. A menos que las malas noticias afecten a otras personas —añadió con una leve risita.

—Pobre tío Jean. Hice mal al informarle de la muerte de papá. Deberíamos haberle dejado en la creencia de que simplemente había interrumpido sus visitas.

–Sí, quizá sea culpa tuya –dijo mi hermana, gozando con mi pesar. Luego volvió a encogerse de hombros y dio un sorbo a su bebida–. Aunque tal vez habría que felicitarte. Ahora está mucho mejor.

–¿Cómo puedes decir esa monstruosidad? Nadie está mejor muerto, ni siquiera tío Jean –le repliqué con voz quebrada.

–Lo único que sé es que yo preferiría morirme antes que vivir siempre encerrada en ese manicomio asfixiante.

Mis ojos se llenaron de lágrimas al pensar en el infortunado tío Jean, solo y perdido.

–¡Mira quién nos honra con su presencia! –oímos decir, y al girarnos vimos a Paul saliendo del edificio.

–¡Caramba, si es mi pudiente hermano! ¿O debo decir mi cuñado? –atacó Gisselle.

Paul se puso como la grana y desvió la mirada hacia mí.

–¿Qué sucede, Ruby? –preguntó.

–Acabo de enterarme de que mi tío Jean se suicidó en el sanatorio.

–Lo siento mucho.

–¿No me das un beso de bienvenida? –dijo Gisselle.

–Por supuesto. –Paul se inclinó para besarla en la mejilla, pero ella volvió bruscamente la cara, de tal modo que sus labios se encontraron. Perplejo, Paul se apartó. Gisselle lanzó una carcajada burlona.

–¿Cuándo ocurrió ese suicidio? –indagó Paul.

–Olvida el asunto. No me gusta extenderme en las noticias fúnebres –dijo mi hermana, y echó el hombro hacia atrás–. Ruby me estaba explicando vuestro extraño arreglo conyugal. –Su sonrisa procaz nos hizo sentir culpables.

–Gisselle, no empecemos.

–No seas tan suspicaz, hermanita. Además, ¿a mí qué más me da lo que hagáis? –Sus ojos vagaron por los campos vecinos–. Paul, ¿has visto a dos criollos finos y ricachones curioseando en tus pozos petrolíferos?

–¿A quién…?

–Unos amigos de Gisselle –le aclaré.

–¡Ah! No, no los he visto.

–Quizá se han ahogado en la ciénaga –dijo mi gemela con tono jocoso. Acto seguido se levantó y cogió el
brazo de Paul–. ¿Por qué no me enseñas los jardines y
tu próspero yacimiento?

–Ahora mismo.

–¿Cenarás con nosotros, Gisselle? –pregunté.

–¿Cómo saberlo? Si me aburro, me iré. Si no, tal vez
me quede –dijo, guiñando el ojo–. Vámonos, Señor
Magnate del Petróleo.

Paul me miró con resignación y luego dijo:

–Creo que lo que verdaderamente te gustaría, Gisselle, sería navegar un rato por los canales. Así tendrás
una perspectiva general de todo el complejo. ¿Verdad,
Ruby?

–¿Cómo? ¡Ah, sí! –repuse, ausente. Aún tenía fijo el
pensamiento en el malogrado tío Jean.

–No cuentes conmigo, no me adentraría en el pantano por nada del mundo. ¿Dónde están esos idiotas?
–dijo mi hermana, oteando el horizonte. Al fin los dis-
tinguió volviendo de la piscina–. ¡Darby, Henry! –les
gritó–. Venid aquí de inmediato.

Ellos acudieron trotando, como si Gisselle los tuviera sujetos con una correa invisible. Cuando llegaron
mi hermana se los presentó a Paul y los tres hombres
empezaron a hablar de los pozos petrolíferos, Paul explicando cómo se perforaban y se extraía el crudo.
Gisselle se hastió enseguida.

–¿No hay ningún sitio al que podamos ir? Ya me
entiendes, un baile o un centro de diversión.

–Cerca de casa han abierto un local con una formidable orquesta de *country* –dijo Paul–. Ruby y yo vamos muy a menudo.

—No creo que sea para nosotros —se quejó Gisselle—. ¿Qué tal un restaurante limpio y bueno?

—Tenemos una cocinera fuera de serie. Nos encantaría que os quedaseis a cenar, y no lo digo por cumplido.

—No veo inconveniente —respondió Henry.

—Ni yo —dijo Darby.

—Pues yo sí —saltó mi gemela—. Quiero llegar pronto a Nueva Orleans para ir a alguna discoteca. Estos parajes son demasiado tranquilos, y tengo su olor acre metido en la nariz.

—¿Olor acre?

—Las emanaciones del pantano —repuso Gisselle.

—Yo no huelo nada —dijo Darby.

—Tú no detectarías una mofeta ni aunque se encaramase a tu cama —le espetó mi hermana.

Henry se rió y dijo:

—No lo creas. Ya ha dormido con varias de esa especie.

Gisselle se sumó a la risa, y soltó el brazo de Paul para agarrarse al de Henry.

—Vamos al coche. Ya he visitado a mi hermana y he sido testigo de su riqueza. No sufras —me dijo—, lo centuplicaré todo cuando se lo describa a Daphne.

—Me tiene sin cuidado lo que le digas, Gisselle. Hace tiempo que dejó de importarme.

Chasqueada, Gisselle arrastró a sus amigos, seguida por Paul y por mí. En la puerta del patio, mi gemela se detuvo bruscamente.

—Querría ver... ¿Cómo se llama...? Querría ver a Pearl antes de irme.

—Podemos asomarnos sin hacer ruido. Está descansando —le advertí. La llevé al piso de arriba. En la habitación de la niña la señora Flemming dormitaba en una poltrona al lado de la cuna. Abrió los ojos muy sobresaltada al topar con nuestras caras.

—Ésta es Gisselle, mi hermana gemela —susurré—. Gisselle, la señora Flemming.

—Mucho gusto, querida —dijo la niñera, puesta en pie—. Desde luego, juntas son como una imagen reflejada en el espejo. Supongo que las confunden con frecuencia.

—Menos de lo que cree —repuso Gisselle lacónicamente.

La señora Flemming se disculpó y se dirigió al lavabo. Mi hermana avanzó hasta la cuna y estudió a Pearl, que dormía con la manita doblada debajo de la barbilla.

—Tiene la boca y la nariz de Beau —dijo—. Y su mismo color de pelo, por descontado. Me he estado planteando la posibilidad de pasar el verano en Europa. Allí vería a Beau y saldríamos de vez en cuando. Ahora ya puedo contarle cómo es su hija —agregó con una risita malsana.

Su expresión satisfecha me caló hasta el alma. Reprimí mi congoja mientras Gisselle salía muy oronda de la habitación. Me quedé atrás un instante, mirando a Pearl y pensando en Beau, con el pecho como un tambor. Los latidos del corazón retumbaban en lo más recóndito de mi mente.

Al cabo de un rato una brisa fresca y tonificante pareció inundar el *bayou* cuando Gisselle y sus dos caballeretes se metieron en el Cadillac y enfilaron estruendosamente la avenida. Todavía se oían los ecos de la chillona risa de mi hermana después de que desaparecieran tras una curva.

Subí las escaleras como un tornado y fui hasta mi alcoba para arrojarme en la cama, y sollocé desconsoladamente durante unos minutos, tanto me habían deprimido la trágica muerte de tío Jean y la conversación sobre Beau. Paul llamó a la puerta con mucha suavidad y corrió a mi lado al verme llorar. Noté su mano en mi hombro.

–Ruby –me dijo con ternura, y yo me giré y le eché los brazos al cuello.

Desde el día de nuestro casamiento habíamos tenido miedo de tocarnos, miedo de lo que un beso, un abrazo o incluso las manos unidas podían entrañar; pero nos olvidábamos de que necesitaríamos alguna vez el contacto íntimo con el otro.

Yo ahora necesitaba sentir la tibieza de su abrazo; necesitaba saberle cerca y dejar que calmara mi pena acariciándome el pelo, besándome la frente y los pómulos, secándome las lágrimas con esos besos y musitando palabras de consuelo. Mi llanto arreció, y mis hombros se sacudían mientras Paul me alisaba el cabello y me acunaba amorosamente.

–Ya pasó el mal trago –dijo–. Ahora todo irá bien.

–Paul, ¿por qué ha tenido que venir y escupirme todas esas malas noticias? La odio. Te juro que la odio.

–Está celosa de ti. Por mucho que vilipendie el *bayou* y el ámbito cajun, en el fondo la corroe la envidia. Es una mujer que nunca logrará la felicidad. No debes odiarla, sino compadecerla.

Me senté en el lecho y enjugué mis lágrimas.

–Tienes razón, Paul. Es digna de lástima, y jamás será feliz, aunque pongan el mundo a sus pies. Pero lo de tío Jean me ha trastornado mucho. Pensaba ir a verle un día de éstos, llevar a Pearl conmigo y… buscar un medio de sacarle de la institución, alojarle incluso en nuestra casa.

–De verdad que lo siento. Pero no tienes nada que reprocharte. Lo que ocurrió es el resultado de acontecimientos y decisiones muy anteriores a tu tiempo, Ruby. –Me acarició la mejilla–. Me desquicia verte angustiada, aunque sea de un modo pasajero. No puedo evitar quererte tanto.

Cerré los ojos, intuyendo lo que iba a hacer. Cuando sus labios rozaron los míos, no me sorprendí. Dejé que me besara y volví a apoyar la cabeza en la almohada.

—Estoy extenuada —mascullé, con el corazón palpi-
tante.

—Descansa un rato. Luego veré cómo puedo ani-
marte. —Se levantó y sus pasos se alejaron. Entonces di
media vuelta y me abracé a la almohada.

Beau había roto su noviazgo. Gisselle le iba a ver y
le hablaría de mí. ¿Qué pensaría? ¿Cómo reaccionaría?
Lejos, al otro lado del océano, su mente viajaría hasta
América y evocaría el gran amor que había perdido…
Que yo había perdido.

Sentía el corazón como una cinta de goma retorci-
da y a punto de partirse. Tragué la tristeza como si fuera
aceite de ricino. «Soy una mujer —pensé—, una joven
sana y vigorosa, y mis necesidades son mayores de lo
que había previsto.»

Por primera vez desde que había pronunciado mis
votos nupciales me arrepentí de lo que había hecho y me
pregunté si no habría acumulado una determinación ne-
fasta sobre otra. A pesar de la belleza y la magnificencia
de nuestra finca sentí que sus paredes formaban un cer-
co alrededor de mí, obstruyendo la luz del sol y cubriéndome con un manto lóbrego y opresivo del que temí no
escapar ya nunca.

6

LA MASCARADA

Después de que Paul me dejara permanecí acostada condoliéndome de mis desdichas. El sol de la tarde había empezado a ponerse detrás de los sauces y los cipreses, de tal suerte que las sombras del aposento se hicieron más densas. Cuando miré por los cristales superiores de las ventanas advertí que el cielo se había teñido de un rico azul turquesa y que las diseminadas nubes tenían el color de las antiguas monedas de plata. En la casa reinaba la paz. Estaba tan bien construida que los ruidos de la planta baja o incluso de las habitaciones situadas al otro lado del pasillo quedaban neutralizados al cerrar las puertas. ¡Qué diferente era aquello del cuchitril de *grandmère* Catherine en el *bayou*, donde desde nuestras alcobas oíamos corretear a un ratón de campo por el suelo de la sala de estar!

Sin embargo, súbitamente oí el inconfundible taconeo de unas botas en el pasillo. Percibí también lo que se me antojó el repiqueteo de un sable. Los sonidos ganaron volumen y proximidad. Intrigada, me incorporé, en el instante en que se abría la puerta y Paul entraba ataviado con el uniforme de oficial confederado y portando una espada al cinto. Lucía asimismo una barba de chivo de tono rojizo, y llevaba un paquete bajo el brazo derecho. El disfraz y la barba se ajustaban tan bien que al principio no le reconocí. Luego intenté sonreír.

—¡Paul! ¿De dónde has sacado todo eso?

—Perdonad, madame —dijo, y se descubrió para dedicarme una honda reverencia, grácil y caballerosa—. Soy el coronel William Henry Tate y estoy a vuestro servicio —declaró con gravedad—. Acaban de comunicarme que una horda de yanquis ha invadido vuestra intimidad y os ha causado una gran consternación. Precisaré de un informe completo antes de enviar a mis tropas en persecución de los truhanes, que, os lo prometo, antes de que anochezca se mecerán al viento suspendidos del viejo roble.

»Y ahora —continuó, cuadrándose y atusándose el mostacho con el índice izquierdo—, si sois tan gentil de dar sus descripciones a mi ayudante...

Le aplaudí y me reí con ganas.

—¡Estás tan gracioso, Paul!

Él dio una zancada hacia mí sin mostrar siquiera una sonrisa.

—Madame, soy William Henry Tate y estoy a vuestra entera disposición. No existe un servicio más preciado para un caballero sureño que el que presta a una dama, una bellísima y distinguida hija del Sur.

Dicho esto, tomó mi mano y la besó con delicadeza.

—Me halagáis, señor mío —repuse, adoptando un acento antiguo y sumándome a la farsa—. Ningún oficial más refinado ni más apuesto que vos había acudido nunca en mi auxilio con tanta presteza.

—Madame, soy y seré siempre vuestro humilde servidor. —Volvió a besar mi mano—. ¿Puedo tener el atrevimiento de invitaros a cenar esta noche? Bien es cierto que ni el servicio ni los manjares estarán a la altura de una dama de vuestro linaje, pero nos hallamos enzarzados en una feroz batalla para salvaguardar nuestro estilo de vida, y sé que disculparéis las deficiencias.

—Señor, contribuiré a vuestro loable esfuerzo haciendo ese sacrificio. No obstante, confío en que tendréis servilletas de hilo —dije, haciendo aletear las pestañas.

—Naturalmente, madame. No pretendía insinuar que cenaríais como un vulgar mercader yanqui. Y puesto que hablamos de ello, permitidme que os ofrezca este vestido para la ocasión. Perteneció a mi dulce y difunta madre.

Me entregó el paquete que sostenía. Yo me lo puse en el regazo y lo desenvolví. En su interior había un vestido de tafetán de un color rosa tostado. Al estirarlo, vi que tenía las mangas del corpiño afaroladas, moldeadas en las muñecas y pródigamente bordadas. Debajo surgían unas sotamangas de tela de batista repletas también de bordados. El cuello estaba confeccionado haciendo juego.

—Admito, señor, que es un bonito vestido. Será un honor lucir tan linda prenda.

—El honor es sólo mío, madame —dijo él, retrocediendo con una nueva y pomposa reverencia—. ¿Debo pasar dentro de unos quince o veinte minutos para escoltaros?

—Que sean veinticinco, señor. Quiero acicalarme con primor.

—Madame, el reloj se detiene ante vos. —Irguió la espalda, extrajo una preciosa saboneta de oro del bolsillo del pantalón y abrió la tapa. Al hacerlo, empezó a sonar una melodía—. Vendré a buscaros conforme a vuestros deseos.

—Paul —insistí—, ¿de dónde ha salido esta ropa?

—¿Paul? Madame, mi nombre es William Henry Tate —me dijo, y se retiró. Le observé mientras se iba con la risa a flor de labios. Luego volví a mirar el vestido y me pregunté cómo quedaría enfundada en él.

Me caía casi como hecho a medida. Tuve que estrecharlo un poco en la cintura con unos imperdibles, pero el pecho y las mangas se adaptaron perfectamente. Una vez que me lo hube puesto la magia de la fantasía se adueñó de mí y me ocupé del peinado. Me cepillé el cabello y me lo recogí en un moño alto, haciéndome la raya en medio, tal como lo llevaban las damas sureñas de los cuadros históricos que había visto. Me planté frente al espejo de cuerpo entero de mi alcoba, dándome los últimos retoques y anhelando que aquella simulación se hiciera realidad y yo me convirtiese en una dama de la aristocracia del Sur a punto de ir a cenar con un galante oficial.

Oí un ligero golpeteo en la puerta. Cuando la abrí, Paul, impecable en su uniforme, retrocedió con una ancha sonrisa, brillantes los ojos de entusiasmo. Tenía en la mano un ramillete de rosas blancas de pitiminí.

–Madame, sobrepasáis mis expectativas más ambiciosas. La belleza no podría aspirar a tener mejor morada que vuestro rostro y vuestra celestial figura.

Me eché a reír.

–¿Dónde has aprendido esos requiebros?

–Madame, por favor. Las mías son palabras de un auténtico caballero sureño, y las palabras de un caballero nunca resultan frívolas.

–Disculpad mi indiscreción, señor –le seguí la corriente.

–¿Me permitís? –dijo acercándose con las flores. Me quedé inmóvil mientras me las prendía del corpiño. Cuando nuestras miradas se cruzaron fue como si contemplase los rasgos de un atractivo extraño. Él sonrió, dio un paso atrás y me tendió el brazo–. Vamos, madame.

—Con mucho gusto, señor. —Marchamos pasillo adelante y descendimos la escalera como el rey y la reina de un palacio de cuento. Paul debía de haber preparado a la servidumbre para su pequeña comedia, porque ni Holly ni James dieron muestras de asombro. Holly sonrió y se mordisqueó el labio inferior, pero todos se comportaron como si aquélla fuese una velada totalmente normal.

Paul había mandado atenuar las luces del comedor, y ardían las velas en los candelabros de plata. Flotaban en la estancia armoniosos acordes musicales. Después de escoltarme hasta mi asiento, Paul ocupó el suyo y me ofreció una copa de vino.

—Habéis dispuesto lindamente la mesa para estar en campaña, señor mío.

—Nos arreglamos como mejor podemos, madame. Éstos son tiempos que ponen a prueba la gallardía de nuestros hombres y nuestras mujeres. No seré yo quien rebaje los sacrificios realizados por las damas del Sur. No obstante, el rango tiene sus privilegios, y he logrado procurarme este delicioso *chablis* francés. —Se inclinó hacia mí, fingiendo hablarme en secreto para que no le oyeran los criados—. Lo he comprado de estraperlo —dijo.

—¡Qué barbaridad! Bien, señor, dicen que cuanto más altas están las uvas más fino es el buqué.

—Un comentario muy oportuno, madame. ¿Brindamos? —propuso, a la vez que alzaba su copa—. Por el retorno de un tiempo mejor, en el que la misión más importante de un hombre sea hacer dichosa a la dueña de su corazón.

Entrechocamos las copas y bebimos, con los ojos abiertos y puestos en el otro mientras paladeábamos el vino. Luego Paul se pasó la servilleta por los labios, cuidando de no desprender su falsa barba, e hizo una señal a Holly y a James para que empezasen a servirnos la cena.

Yo esperaba tener poco apetito tras los últimos sucesos, pero la elaborada trama de Paul fue tan romántica e ingeniosa que aparté mis negros pensamientos. Me dio la impresión de que Paul había planeado la fiesta anticipadamente y lo tenía todo a punto.

Letty había hecho como plato fuerte pato salvaje lacado. Y de postre, junto a nuestro oloroso café cajun, tomamos «isla flotante» de natillas con fresas. Mientras cenábamos, Paul estuvo simpático y cautivador. Al parecer, se había estudiado las batallas de la guerra de Secesión en las que había participado su antepasado William Henry Tate. Al igual que un actor que hubiera ensayado su papel durante meses, no perdió nunca pie. Cantó tonadillas de la guerra civil y habló de la ocupación de Nueva Orleans por el ejército de la Unión y el odiado general Butler, cuya efigie se había pintado en el interior de unos orinales que recibieron el sobrenombre de «bacinas Butler».

Tan distraída me tuvo que no me dio tiempo a recordar la visita de Gisselle ni las tristes historias que me había contado. Cuando terminamos de cenar estaba alegre. Paul me ofreció el brazo y me llevó al patio, donde debíamos tomar el licor de sobremesa y mirar juntos las estrellas.

Pensé que más de un siglo atrás un oficial del ejército confederado y su bella dama habrían elevado la vista hacia el mismo cielo nocturno y quedado deslumbrados por las mismas estrellas. Cien años no era mucho tiempo para los astros, tal vez menos que un segundo para nosotros los humanos. «¡Qué pequeños e insignificantes somos bajo la bóveda celeste!», me dije. Nuestros grandes problemas parecían tan nimios...

–Mi estado del Sur por vuestros pensamientos –dijo Paul «William».

–¿Tanto valor concedéis a lo que pueda pensar?

–Tanto que sería inútil hacer una oferta monetaria. Por eso empeño simbólicamente mi estado.

—Reflexionaba sobre lo insignificantes que somos ante la inmensidad del firmamento.

—Me permito disentir, madame. ¿Veis aquella estrella en lo alto, la que titila con más intensidad que las otras?

—Sí.

—Pues bien, si parpadea así es porque está celosa del brillo que irradia vuestro rostro esta noche. En algún lugar, en otro planeta semejante al nuestro, dos personas están mirando el cielo y al ver sin saberlo el destello de vuestros ojos, el fulgor de vuestros labios, meditan sobre lo pequeño que es su mundo.

—¡Oh, Paul! —exclamé, emocionada por sus palabras.

—William Henry Tate —me corrigió, y agachó la cabeza para depositar un beso en mis labios. Fue un contacto tan tibio y fugaz que podría haber sido el beso de la brisa procedente del golfo; pero cuando abrí los ojos su cara estaba aún pegada a la mía.

—No puedo vivir sabiéndote infeliz, Ruby —susurró—. ¿Estás ya más animada?

—Sí, lo estoy.

Oí el sonido de mi propia voz y sentí los temblores que agitaban mi cuerpo. El alcohol y la suculenta cena me habían infundido una cálida vehemencia. La noche, las estrellas y el aire mismo que respirábamos se habían confabulado contra esa parte de mí que luchaba por recordarme cuán proclive era a rendirme.

—Bien, muy bien —dijo Paul, y arrimó la boca a mi frente. Besó mis párpados cerrados, mi nariz y aplicó sus fervorosos labios a los míos. Un hormigueo nació en mi pecho y se difundió hasta el cuello, donde acababa de estampar su último beso. Gemí y le aparté enseguida.

—Me siento un poco cansada —pretexté—. Debo subir a acostarme.

—Lo comprendo. —Se irguió para despedirse.

–Gracias, señor –dije sonriente–, por esta velada tan encantadora.

–Quizá cuando termine la guerra –respondió– podamos repetirla en un marco más apropiado para vuestra belleza y categoría.

–Ha sido una auténtica delicia.

Paul me hizo una muda salutación y me encaminé hacia la casa con el corazón desbordado. Era como si realmente acabase de dar las buenas noches a un admirador que me estuviera cortejando y por quien hubiera concebido un amor que no dejaba de crecer.

Holly ya había apagado las luces del edificio. La señora Flemming había alimentado y acostado a Pearl. Subí precipitadamente a mi habitación, resoplando al entrar y apoyándome en la puerta cerrada para tomar aliento, con los ojos entornados y la sangre fluyendo a borbotones por mis venas.

Pasados unos instantes me aparté de la puerta y fui hasta el espejo del tocador. Me quité el vestido con el máximo cuidado y luego me entretuve mirándome en enaguas y calzas. A continuación me solté el cabello y dejé caer los mechones por mi cuello y sobre la espalda. No podía evitar que me temblara todo el cuerpo con un anhelo que había creído ingenuamente que podría acallar a voluntad. Mi respiración se aceleró mientras me bajaba las calzas y desabrochaba el sostén. Ya desnuda me observé de nuevo en el espejo e imaginé que un aguerrido oficial confederado se materializaba a mi espalda y posaba la mano en mi hombro, invitándome a fundir mis labios con los suyos.

Finalmente apagué las lámparas y me arrebujé debajo de la colcha, con el frío tacto de las sábanas de hilo sobre mi piel ardiente. Las románticas frases de Paul reverberaban aún en mis tímpanos. Permanecí estirada pensando en las estrellas, soñando despierta. No oí abrirse la puerta intermedia, ni tampoco las pisadas que se acercaban a mi lecho. No advertí que le tenía al lado hasta que noté hundirse el colchón con el peso de su cuerpo y sentí el calor de sus labios en mi nuca.

—Paul...

—Soy William —me dijo a media voz.

Quise protestar, pero las palabras se atascaron en mi garganta.

—Madame, la guerra convierte el tiempo en un lujo. Si nos hubiéramos conocido y enamorado antes o después, habría pasado semanas, meses quizá, tratando de conquistaros. Pero mañana debo conducir a mis tropas a una sangrienta batalla de la que muchos jamás regresarán.

Di media vuelta y, cuando lo hice, él me sujetó los hombros con ambas manos y atrajo mis labios hacia los suyos. Fue un beso largo, tórrido. Restregó el pecho contra mis senos desnudos y empujó las piernas entre las mías hasta que sentí la presión de su virilidad.

Esbocé un gesto negativo, pero su boca se estampó en mi cuello y anuló toda resistencia. Recliné la cabeza en la almohada mientras aquellos labios descendían por mi escote y jugueteaban con mis pechos, mordiendo los ya erectos pezones. A través de la ventana creí oír unos caballos que piafaban impacientemente.

—Yo puedo estar también entre los que no vuelvan, madame. Pero si la muerte espera ganar un nuevo siervo, sufrirá un desengaño, porque en mis labios estará vuestro nombre y en mis pupilas vuestro rostro sin par.

—No —dije débilmente, y luego susurré—: William...

Cuando me penetró, contuve el aliento y quise gritar, pero una vez más me silenció con sus besos. Nos mecimos a un ritmo cadencioso que fue creciendo hasta que juntos emprendimos el galope hacia el éxtasis y gemí de placer.

Después, tumbados boca arriba, esperamos que se normalizara nuestra respiración. Al fin Paul «William» se levantó del lecho, se volvió para decir «Dios os bendiga, madame» y zambulléndose en las sombras cruzó la puerta.

Cerré los ojos. Una parte de mí se revolvía en un torbellino, histérica, despotricando contra el pecado, vociferando las maldiciones y los castigos que caerían sobre mí con la fuerza de un huracán. Pero sofoqué aquellas voces y sólo oí el violento latir de mi corazón. Me dormí y no desperté hasta que la luz mortecina del amanecer proyectó sombras en las paredes.

Creí oír un lejano fragor de cañones y me senté en la cama. Era como si una tropa de caballería atravesara el patio entre el repicar de sus cascos. Me erguí y me acerqué a la ventana. Separé los visillos. El ígneo gas de los pantanos que se extendía sobre la superficie de los canales se asemejaba, en efecto, a fogonazos de armas. Más allá, en lontananza, las siluetas de los sauces parecieron devorar a un escuadrón de hombres a caballo. Luego el sol iluminó los contornos de la negrura y envió los sueños en desbandada hasta sus madrigueras, donde esperarían otra noche propicia.

Volví a la cama y yací en un duermevela hasta que oí el llanto de Pearl y a la señora Flemming corriendo hacia la cuna. Entonces me levanté y me vestí para afrontar la realidad de un nuevo día.

Paul estaba en el comedor tomando café y leyendo el periódico cuando bajé con la señora Flemming y la niña. Al vernos cerró el periódico y lo dobló por la mitad.

—Buenos días. ¿Cómo habéis dormido?

—La pequeña no ha abierto la boca en toda la noche —dijo la señora Flemming—. Nunca había conocido a una criatura tan pacífica. Me siento como una ladrona al cobrarles dinero por atender a esta maravilla de niña.

Paul se echó a reír y me miró. Resplandecía de pura vitalidad; no se advertía en su cara el menor asomo de arrepentimiento.

—Anoche pensé que íbamos a tener tormenta. ¿Oíste los truenos en dirección del golfo? —me preguntó.

—Sí —repuse. Por su manera de hablar y de sonreír, se diría que yo había soñado toda nuestra aventura. ¿Era así?

—Me quedé traspuesto en el acto —le comentó a la señora Flemming—. He dormido como un tronco. Supongo que fue por efecto del vino, pero me siento muy descansado. ¿Qué planes tienes para hoy, Ruby?

—Tu hermana vendrá dentro de un rato para enseñarme algunos bocetos de trajes de novia y de dama de honor. Después pasaré la mayor parte del día trabajando en mi estudio.

—Muy bien. Yo tengo que ir a Baton Rouge y no volveré hasta la hora de cenar. ¡Por fin! —exclamó cuando Holly empezó a servir huevos y cereales—. Estoy muerto de hambre. —Me dirigió una sonrisa vivaracha.

Al cabo de un rato subí al estudio, y Paul fue a decirme adiós antes de marcharse.

—Siento ausentarme durante tantas horas, pero se trata de un negocio petrolero que no admite demora. ¿Tienes idea de cuánto dinero he ingresado ya en nuestras diferentes cuentas bancarias?

Negué con la cabeza, pero no le miraba a él, sino al caballete.

—Somos multimillonarios, Ruby. No hay nada que no puedas conseguir para ti o para Pearl, y…

—Paul —le corté, volviéndome con brusquedad—, el dinero, por abundante que sea, no puede aplacar mi conciencia. Sé lo que intentas hacer, lo que intentas decirme, pero la verdad es que ayer olvidamos nuestras promesas. ¿Recuerdas aquellos votos privados que ambos pronunciamos?

–¿De qué me hablas? –replicó muy sonriente–. Anoche me metí en la cama y me quedé dormido, tal como he comentado antes. Si has tenido algún sueño…

–Venga, Paul…

–Calla –me dijo. Leí una súplica en sus ojos, y comprendí que mientras yo le secundase en la ficción podría vivir con lo que habíamos hecho. Volvió a sonreír–. ¿Quién sabe lo que es real y lo que no? La noche pasada alguien cabalgó por nuestra heredad, sobre el césped recién plantado. Si quieres, ve a verlo con tus propios ojos. Todavía se aprecian las huellas –afirmó. Luego se inclinó para besarme en la mejilla–. Pinta algo inspirado en tu… en tu sueño –me dijo, y se marchó.

¿Podía hacer lo que me pedía, aparentar que lo había soñado todo? Si no, pensé, la conciencia me remordería tanto que Pearl y yo tendríamos que irnos. Paul se había encariñado mucho con la niña, y ella también le adoraba. A pesar de las faltas que había cometido y las que aún cometería en el futuro, le había dado a Pearl un padre afectuoso y abnegado.

Conjuré las voces que me acosaban y me volqué en lo que Paul había sugerido, pintar mis imágenes interiores. Trabajé frenéticamente, dibujando, construyendo y forjando un paisaje de aquelarre. De los musgosos cipreses del pantano emergían las figuras imprecisas, fantasmagóricas, de la caballería confederada. Llevaban las cabezas bajas: volvían de una lid desconocida y sus filas habían menguado. La niebla se enroscaba en las patas de sus caballos, las lechuzas los observaban entristecidas. Lejos, al fondo, todavía perduraba el resplandor de las hogueras y teñía de un rojo sangre aquel retazo de cielo nocturno.

Se avivó mi inspiración y decidí crear una serie completa de cuadros descriptivos de la gesta sureña. En el siguiente pintaría a la dama de un oficial aguardándole en el balcón de su casa solariega, tratando ansiosamente de distinguir su silueta entre los hombres que surgían de una noche de muerte y destrucción. Tan enfrascada estaba en mi trabajo que no oí a Jeanne subir la escalerilla, y no pude disimular mi enfado por la intrusión.

Pero Jeanne vivía con gran ilusión su inminente matrimonio y me habría sabido muy mal desairarla.

—No me hagas caso —le dije cuando vi el gris abatimiento que nublaba su rostro ante mi reacción—. La pintura me absorbe de tal modo que me olvido del tiempo y del lugar. Podría declararse un incendio en casa y ni siquiera me enteraría.

Ella rió.

—Venga, veamos esos bocetos —dije.

Pasamos la tarde hablando de diseños de telas y colores. Jeanne había escogido a seis amigas suyas como damas de honor. Discutimos sobre los pequeños regalos que les ofrecería a ellas y a sus respectivas parejas, y luego me resumió los planes de su madre para la fiesta.

Mientras platicábamos aumentó mi pesar por no haber tenido también una boda a bombo y platillos. Incluso Jeanne subrayó cuánto lamentaban todos que su hermano y yo no les hubiéramos dado la oportunidad de prepararnos un gran banquete.

—Deberíais volver a casaros —sugirió muy excitada—. He oído hablar de parejas que lo hacen. Celebran una ceremonia íntima y después otra más aparatosa para los amigos y parientes. ¿No sería divertido?

—Sí, pero de momento con un festejo hay más que suficiente.

Continuaron los preparativos como si se tratara de una campaña gubernativa. Organizamos cenas en casa, tras las cuales la familia se reunía en la sala para ultimar los menús, la lista de invitados, los arreglos florales y el emplazamiento de cada etapa de la ceremonia y la recepción. Hubo discusiones acaloradas sobre la música, ya que las chicas querían un grupo moderno, y Gladys y Octavious se pronunciaban por una orquesta convencional. Cada vez que existía un desacuerdo irresoluble, Paul me forzaba a dar mi opinión.

–No veo por qué no podemos dar gusto a todos –propuse en el litigio musical–. Que toque una orquesta seria durante el banquete y para después alquilemos a unos intérpretes de *country,* o incluso a uno de esos grupos rockeros que tanto gustan a la juventud.

–Eso sería un despilfarro absurdo –objetó Gladys.

–El dinero no es ningún problema, mamá –declaró Paul en tono conciliador. Ella me traspasó con sus ojos de fuego y simuló un estremecimiento de repulsa.

–Si a tu padre y a ti no os importa tirar el dinero al pantano, allá vosotros –dijo desdeñosamente.

–No costará mucho más, querida –medió su marido, pero Gladys se limitó a apretar los labios con mayor acritud y fulminarme con la mirada. Di gracias al cielo cuando aquellos cónclaves familiares tocaron a su fin.

El tiempo transcurría mucho más aprisa desde que estaba completamente inmersa en mi trabajo pictórico. Cada mañana esperaba con ansia la hora de empezar, y algunos días me enfrascaba tanto en mi trabajo que el sol ya se ponía cuando me daba cuenta de que me había olvidado de comer y debía vestirme para la cena. Me dolía desatender a Pearl, pero la señora Flemming era una niñera muy eficiente. Casi formaba parte de la familia y colmaba a la pequeña de amor y atenciones.

En cuanto a Paul, no volvió a colarse en mi alcoba en la oscuridad, y ambos nos guardamos muy bien de mencionar la noche en que lo había hecho. Pronto comencé a creer que había sido en verdad una experiencia onírica. Con la organización de la ceremonia nupcial y las satisfacciones que me procuraba la pintura, la vida en Cypress Woods siguió siendo plena y fascinante. Apenas pasaba un día en el que Paul no me anunciase una compra o un evento extraordinario.

Una noche, después de una cena familiar, me quedé a solas con Gladys en el patio tomando licores. Paul y su padre conversaban dentro de la casa, y sus hermanas se habían citado con unas amigas. Durante la cena Octavious me había revelado que su esposa y él albergaban ambiciones políticas para Paul. Cuando en el patio me mostré escéptica acerca del futuro de Paul en la política, Gladys me miró sorprendida.

–Los altos cargos del estado empiezan a conocer el apellido Tate –dijo–, y algunos legisladores ya persiguen a Paul. Posee todas las cualidades para llegar a ser gobernador.

–¿Y piensas que querrá? –pregunté, perpleja.

–¿Por qué no? Por supuesto, no hará nunca nada que tú desapruebes –añadió con animosidad.

–Yo no me interpondría en el camino de Paul si verdaderamente quisiera meterse en política. Sólo me preguntaba si el deseo procede de él o de ti.

–¡De él, por descontado! –exclamó Gladys, con una sonrisa glacial–. ¿Qué ocurre, que no te ves como la primera dama de Luisiana? No tenemos motivos para sentirnos inferiores a nadie. No lo olvides.

Antes de que pudiera responder, Paul y Octavious salieron al jardincillo y Gladys pretextó una jaqueca repentina y le pidió a su marido que la llevara a casa. A pesar de mis resquemores sonreí interiormente al imaginar cómo reaccionaría mi hermana ante semejante coyuntura: yo primera dama de Luisiana. Gisselle se reconcomería de envidia.

Había pasado un tiempo desde la inesperada visita de mi gemela, y vivía en el temor perenne de una repetición. Llegó en forma de una postal desde Francia. En el anverso había una fotografía de la torre Eiffel. Entonces todavía no lo sabía, pero iba a recibir uno y hasta dos mensajes semanales de mi querida hermanita, cada uno de ellos como un alfiler clavado en una muñeca de vudú, cada uno pregonando lo bien que se lo pasaba con Beau en París.

> *Chère* Ruby –encabezaba aquel primero–: Por fin estoy en Francia, y adivina quién me esperaba en el aeropuerto. ¡Beau! No le reconocerías. Lleva un fino bigotito que recuerda a Rhett Butler en *Lo que el viento se llevó*. Habla el francés con mucha fluidez. ¡Cuánto se alegró de verme! Incluso me regaló flores. Va a hacerme de cicerone en París, y el primer «monumento» será su piso en los Campos Elíseos.
> Da besos y abrazos a Paul. Pronto hablaré con Beau de la pequeña Pearl.
> *Amour*,

> GISSELLE.

Las lágrimas que afluyeron a mis ojos después de leer una de las postales de Gisselle se prolongaron varias horas, enturbiando mi visión y haciendo difícil, si no imposible, la tarea de pintar y delinear. Llegó a traumatizarme repasar el correo y encontrar entre las cartas una estampa parisiense. Gisselle me describía los *nightclubs* que frecuentaban juntos, los cafés, los restaurantes de elite. En cada postal adquiría mayor cuerpo la insinuación de que lo de mi hermana y Beau era algo más que el mero reencuentro de dos amigos del colegio.

«Hoy Beau me ha dicho que he madurado –escribía en una de ellas–, que las diferencias que había entre nosotras han disminuido. ¿No es genial?»

También me enumeró las joyas que le compraba, o cómo juntaban sus manos algunas noches, cuando paseaban y se hacían confidencias a la orilla del Sena después de cenar espléndidamente en un idílico café. Siempre había otras parejas en las inmediaciones que les dirigían miradas envidiosas.

«Soy consciente de que Beau cree tenerte a ti saliendo conmigo y que debería sentirme humillada, pero me digo: "¿Por qué no utilizar ese amor ajeno para recuperarle?" Es divertido.»

Sin embargo, en la postal siguiente aseguraba: «Ahora puedo decir con toda certeza que Beau se está enamorando de mí no porque me parezco a ti, sino porque le atraigo tal como soy. ¡Vivo en una nube!»

Al cabo de una semana me escribió expresamente para decirme que Beau ya no le preguntaba nunca por mí.

> Al fin ha aceptado que estás casada y has desaparecido de su vida. Pero claro, eso ahora ya no significa nada. Conmigo de nuevo a su lado tiene motivos más que sobrados para congratularse.
> *Toujours amour,*
> Tu hermana.
>
> GISSELLE.

A Paul no le mostré ninguna de aquellas postales. Después de leerlas venciendo a duras penas mi renuencia, las rompía y las echaba a la papelera. Tardaba horas en recobrarme.

Por fortuna, conforme se acercaba la fecha del casamiento de Jeanne mi mente tuvo otras cosas en que ocuparse. Habíamos invitado a trescientas personas. Acudiría gente de sitios tan dispares como Nueva York y California. Quienquiera que fuese importante para la conservera y el negocio del petróleo fue incluido en la lista junto a los amigos y familiares.

Tuvimos un rutilante día de boda. El clima era benigno, con una humedad tolerable y un cielo de un vivo color azul surcado de nubes tan limpias como balas de algodón. Cypress Woods bulló de actividad desde que despuntó el día. Me sentí la reina de un hormiguero, tanta gente había corriendo de una estancia a otra, arreglando esto o enderezando lo otro.

El padre Rush y el coro llegaron temprano. Todos aquellos que no habían visto aún la finca se quedaron boquiabiertos. Paul rebosaba orgullo y felicidad. Nos pusimos nuestras ropas de gala y bajamos a recibir a los primeros invitados, muchos de los cuales llegaron en limusina. Al poco rato, automóviles y chóferes habían atestado la avenida de acceso. Los caballeros vestían esmoquin, las señoras trajes largos a la última. Bajo el sol de mediodía el relumbre del oro y los diamantes resultaba cegador.

Le cedí a Jeanne mi habitación, y lo propio hizo Paul con James. Obviamente se respetó la tradición y James no vio a la novia hasta que cruzó las cristaleras del patio a los sones de *Here Comes the Bride.* Antes de la ceremonia nupcial propiamente dicha el padre Rush ofició una misa y el coro cantó himnos y salmos. Bajo una marquesina repleta de flores, Jeanne y James hicieron sus votos.

«¡Qué distinta es esta celebración de la mía!», pensé tristemente. Ellos podían jurarse amor eterno a la luz del día y ante centenares de asistentes sin vergüenza, sin miedo, sin compunción. Cuando se giraron y los bombardearon con arroz, animaban sus rostros sendas sonrisas de expectación, de dicha y de complacencia. Si anidaba algún temor en sus corazones, lo habían asfixiado, enterrado bajo el peso de un amor inexpugnable.

Me invadió un hondo desaliento y bajé los ojos. ¿Me había sido negado ese instante sublime en la vida de toda mujer, o me lo había robado yo misma? ¿Qué macabros hilos de maldad habían tejido su tela en el *bayou* para desplegarla sobre mi destino?

No obstante, aquélla no era la hora de la melancolía. La orquesta comenzó a tocar, los camareros circularon con sus fuentes de entremeses y se inició el baile. Tuve que incorporarme a las fotografías de familia, y mi cara brilló con beatitud. Solamente Paul, que poseía aquel sexto sentido respecto a mí, me observó y supo captar la tristeza que se ocultaba bajo mis risas y plácemes. Más tarde, cuando se inició el ágape y continuó la música, bailamos juntos y aplicó los labios a mi oído para hablarme.

—Sé lo que estás pensando —dijo—. Te gustaría haber tenido una boda como ésta. Lo siento con toda el alma.

—No fue culpa tuya. No tienes por qué disculparte.

—A Pearl la casaremos fastuosamente —prometió. Me besó en la mejilla en el momento en que los compases se hacían más vivos y todos acometimos la danza cajun de «doble paso».

El festín y el jolgorio duraron hasta muy entrada la noche, horas después de que Jeanne y James partieran de luna de miel. Antes de que subieran al coche, cubierto de letreros de «Recién casados» y con una ristra de latas vacías atadas al guardabarros trasero, Jeanne me dijo en un aparte:

—Nunca te lo agradeceré bastante, Ruby. Has hecho que mi boda sea un éxito con tus sugerencias, tu trabajo… Y, lo que es más importante, con tus consejos y tu entrega. No podría encontrar una hermana mejor. —Me abrazó.

—Sed muy felices —le deseé, sonriendo entre lágrimas de emoción. Y ella corrió a reunirse con su nuevo e impaciente marido.

Finalmente, en las horas lánguidas de la madrugada, se marcharon los últimos invitados y comenzaron las tareas de limpieza. Agotada, subí a mi dormitorio, me desvestí y caí en el lecho cuan larga era. Poco después de apagar la luz oí unos crujidos en la puerta interior. Entreabrí los párpados lo bastante para ver la figura de Paul recortándose sobre el círculo luminoso de su lámpara.

—Ruby —susurró—. ¿Ya duermes?

Como no respondí, suspiró profundamente.

—Desearía haber tenido también una luna de miel —dijo—. Desearía poder amarte libre y plenamente.

Se quedó quieto unos segundos, y luego se retiró y cerró la puerta con sigilo. Yo cerré los ojos antes de que una lágrima solitaria se derramara por el borde de mis párpados. El sueño, el mejor consuelo que existe, tuvo la clemencia de envolverme prestamente y ahuyentar voces y añoranzas.

Dos días más tarde recibí la que había de ser la última tarjeta postal de Gisselle. En realidad llegó después de que regresase con Beau desde París. Mi hermana me explicaba sus planes. Beau se instalaría en Nueva Orleans para estudiar medicina, y ella se había matriculado en la universidad. A pesar de sus pésimas calificaciones escolares, Daphne lo había conseguido. Prometía —debería decir «amenazaba»— volver a visitarme… tal vez en compañía de Beau.

La mera idea de tal visita me convulsionó. No podía prever cuáles serían mis primeras palabras si un buen día Beau se presentaba en Cypress Woods. Lógicamente, le mostraría de inmediato a Pearl. Ahora ya caminaba y tenía su pequeño vocabulario. Le encantaba sentarse frente al piano, en la falda de la señora Flemming, y pulsar las teclas. Todo aquel que la escuchaba aseguraba que tenía vocación musical.

Había finalizado ya cuatro cuadros de mi serie sobre la «Epopeya Confederada». Paul quería que los exhibiera en una galería de Nueva Orleans, pero yo me resistía a desprenderme de ellos y me daba verdadero pavor que alguien los comprase. Entretanto continué pintando paisajes del *bayou* y enviándolos regularmente a Dominique, la galería que había expuesto y vendido mis primeras acuarelas.

Era evidente que le quitaban mis pinturas de las manos. Apenas había terminado y despachado una, ya tenía comprador. Paul estaba entusiasmado, y convenció a un crítico de arte para que me entrevistara y me fotografiase en el estudio. Al cabo de unos meses el reportaje apareció en una revista especializada, y un poco más tarde en el *New Orleans Times*. Aquella publicidad provocó una nueva carta de Gisselle.

… Daphne casi derrama el café del desayuno cuando abrió el periódico y vio tu fotografía. Bruce quedó muy impresionado. Ignoro qué pensaría Beau. No le hice ningún comentario, ni él a mí. Ahora salimos prácticamente cada día. Creo que está a punto de regalarme el anillo de pedida. Serás la primera en saberlo. Puede que ocurra dentro de una semana, porque iremos todos al rancho y Daphne le ha invitado.

Sea como fuere, sólo han de pasar seis meses más y cobraremos nuestra herencia. Sé que para ti no representa gran cosa ahora que estás podrida de dinero por tu matrimonio, pero tener el control de mi fortuna va a reportarme enormes ventajas… a mí y a Beau.

Bien, supongo que debo felicitarte, así que ¡enhorabuena! ¿Cómo es que, siendo gemelas, tú naciste con talento y yo no?

GISSELLE.

No le escribí porque no tenía contestación. Si Gisselle no poseía un talento innato tampoco pesaba sobre ella ningún maleficio. ¿Fue sólo una casualidad que mi hermana viese la luz primero y fuese entregada a los Dumas, mientras yo quedaba relegada y era quien vivía con la carga de nuestro turbulento pasado? Me sentí tentada de escupírselo a la cara, pero pensé en *grandmère* Catherine y en lo valiosa que había sido para mí. Si hubiese nacido antes que mi gemela, nunca la habría conocido.

«¿Acaso todo lo bueno lleva consigo algo inicuo?», filosofé. ¿Era el mundo un perpetuo equilibrio entre el bien y el mal? ¿Por qué no había más ángeles que diablos? Nina Jackson solía decirme que eran los espíritus satánicos quienes predominaban, y que por eso necesitábamos polvos, ensalmos, huesos de animales y otros amuletos. Incluso *grandmère* Catherine escudriñaba las tinieblas en la creencia de que la malignidad acechaba en cada sombra y debía estar vigilante, preparada siempre para combatirla. ¿Era ése también mi sino, batallar sin cuartel?

Detestaba sumirme en aquellos estados pesimistas, pero tal era el influjo que ejercían siempre sobre mí las postales y cartas de Gisselle. Sin embargo nada de lo que me había escrito o pudiera llegar a escribirme sería nunca comparable a la llamada telefónica que me hizo al cabo de una semana.

Paul y yo estábamos terminando de cenar. La señora Flemming había dado la sopa a Pearl y la había llevado al saloncito con sus juguetes. Tras servirnos el café, Holly fue a la cocina en busca de la tarta de fresas que había preparado Letty. Ambos nos quejamos de cuánto habíamos engordado desde que Letty cocinaba para nosotros, pero a ninguno le apetecía poner cortapisas a sus platos. Nos reímos de nuestra glotonería.

Paul empezó a hablarme de unos legisladores que le

habían incitado a presentar una candidatura política y que proyectaban visitarnos la semana siguiente o la otra cuando de repente apareció James para anunciarme que me llamaban por teléfono. Ni Paul ni yo habíamos oído los timbrazos.

—Estaba al lado mismo del aparato y he descolgado enseguida —explicó el mayordomo.

—¿Quién es?

—Su hermana, madame. Parece estar muy agitada, y me ha mandado decirle que se ponga sin tardanza.

Hice una mueca de disgusto. Estaba segura de que iba a contarme que Beau y ella se habían prometido formalmente. Aquélla era una noticia que querría comunicarme de viva voz para conocer mi reacción.

—Disculpa —le dije a Paul, y me levanté.

—Puedes atender la llamada en mi despacho —me sugirió. Fui hasta allí, fortaleciéndome para el gran golpe.

—Hola, Gisselle —dije—. ¿A qué viene tanta urgencia?

Al principio no hubo respuesta.

—¿Gisselle?

—Ha ocurrido un accidente —me soltó a boca de jarro.

«¡Oh, no! —pensé—. Por Dios, que no sea Beau.»

—¿Cómo? ¿A quién?

—A Daphne —me dijo con un hilo de voz—. Esta tarde se ha caído del caballo y se ha golpeado la cabeza contra una piedra.

—¿Y cómo está? —pregunté muy alarmada.

—Ha muerto hace unos minutos —dijo Gisselle—. Ya no tengo ni padre ni madre. Sólo me quedas tú.

7

LAZOS QUE ATAN

Paul alzó la vista de su taza de café cuando entré lentamente en el comedor. Un breve escrutinio a mi cara le indicó que tenía malas noticias.

—¿Qué sucede? —inquirió.

—Es Daphne… Ha caído del caballo. Está muerta —le informé con voz anodina. La noticia me había conmocionado.

—*Mon Dieu!* ¿Con quién has hablado?

—Sólo con Gisselle.

—¿Y cómo se lo ha tomado?

—Por su tono de voz y lo que me ha dicho, no muy bien, pero creo que está más asustada que otra cosa. Tengo que ir a Nueva Orleans —dije.

—Desde luego. Suspenderé mis reuniones en Baton Rouge y te acompañaré.

—No, no es preciso que vayas aún. El sepelio no se celebrará hasta el miércoles. Sería una tontería tenerte todo el día vagando por esa casa funesta.

—¿Estás segura? —insistió. Yo asentí—. De acuerdo, nos encontraremos allí. ¿Qué hacemos con Pearl?

—Creo que es preferible dejarla en casa con la señora Flemming.

—Conforme. ¡Qué final tan trágico! –dijo Paul, sacudiendo la cabeza.

—Sí. No puedo dejar de pensar en lo destrozado que estaría mi padre si aún viviera. Idolatraba a su mujer. Lo comprendí desde el momento mismo en que nos conocimos.

—Pobre Ruby. Pese a haber edificado este Shangri-La aislado de todo y de todos, la aflicción se empeña en llamar a la puerta.

—Los paraísos terrenales no existen, Paul. Puedes fingir y desentenderte cuanto quieras, pero los negros nubarrones no se disolverán. Creo que ambos deberíamos tenerlo muy presente –le advertí.

—¿Cuándo te irás?

—Mañana a primera hora –le dije, abstraída. Volaban por mi mente pensamientos fúnebres de toda índole.

—Odio ver todo ese dolor en tu rostro, Ruby. –Me besó en la frente y me abrazó, arrimando los labios a mi cabello.

—Será mejor que haga el equipaje –musité, y salí prontamente de la estancia, con la sensación de que mi corazón apenas latía.

Por la mañana, tras dar a Pearl un beso de despedida y decirle a la señora Flemming que telefonearía a menudo, me dirigí al coche. Paul había sacado mis bultos y los había cargado en el maletero. Me esperaba junto al automóvil, cabizbajo y preocupado. Ninguno de los dos había dormido bien aquella noche. Le oí acercarse a mi cama varias veces, pero no di señales de estar despierta. Temía que sus besos y sus caricias en lugar de reconfortarme nos llevaran nuevamente a algo más.

—Me horroriza dejarte ir sola –dijo Paul–. Preferiría estar a tu lado.

—¿Y qué harías, estrechar mi mano? ¿Caminar sin rumbo por la casa pensando en todos los asuntos que podrías y deberías estar resolviendo? Sólo conseguirías ponerme nerviosa –argumenté. Él sonrió.

–Es muy propio de ti anteponer los sentimientos del prójimo a los tuyos incluso en una situación como ésta. –Me besó en la mejilla, nos abrazamos y entré en el coche–. Conduce con prudencia. Te llamaré esta noche.

–Adiós. –Con el alma en un hilo, me puse en camino hacia Nueva Orleans.

Me había anudado al cuello un pañuelo de seda blanco, pues llevaba la capota baja. «¡Cuánto has cambiado!», pensé. Todas las dificultades y las fatigas del último año me habían formado y endurecido en facetas que apenas empezaba a discernir. Un año atrás, viajar sola hasta Nueva Orleans habría sido lo mismo que volar a la luna. En algún lugar del corto pero arduo camino que había recorrido había dejado atrás a la adolescente. Ahora tenía obligaciones de mujer, y había heredado de *grandmère* Catherine el coraje, la energía y la confianza para desempeñarlas.

Contradiciendo mis propios augurios, no me perdí en el tráfico de Nueva Orleans. Tras detenerme en la avenida circular de acceso y ver el antiguo Rolls-Royce de mi padre aparcado junto al garaje, contemplé la fachada de la mansión y tuve un pequeño titubeo. Hacía ya algunos años que había entrado en aquella casa por vez primera. Respiré hondo y bajé del coche. El nuevo mayordomo abrió la puerta con prontitud. Al posar los ojos en mí, parpadeó repetidamente.

–¡Ah, claro! –exclamó al fin–. Usted debe de ser la hermana gemela de mademoiselle.

–En efecto, soy Ruby.

–Yo me llamo Stevens, madame –se presentó, con una ligera reverencia–. La acompaño en el sentimiento.

–Gracias, Stevens.

—¿Puedo entrar sus maletas?

—Sí, por favor. —Había supuesto que al llegar encontraría una aglomeración de coches en el jardín y a docenas de amigos de Daphne reunidos en la sala para consolar a Bruce y a Gisselle, pero la casa estaba silenciosa y vacía—. ¿Y mi hermana?

—Mademoiselle está arriba, en sus aposentos —contestó el mayordomo, retrocediendo unos pasos.

Entré en el regio vestíbulo, y por un momento fue como si nunca hubiera ido, como si todo lo ocurrido en aquel lapso hubiera sido un sueño. Casi esperaba ver a Daphne salir de su despacho, saludarme altivamente y amonestarme por la ropa que llevaba o por el lugar de donde venía. Pero sólo me saludó el silencio. Las luces estaban amortiguadas. Las lámparas de araña colgaban cual lágrimas de hielo. La señorial escalera elíptica se desdibujaba en la penumbra, como si la muerte se hubiera enseñoreado de la casa y dejado su impronta en las alfombras y los suelos.

—Me alojaré en la habitación contigua a la de mi hermana, Stevens —le indiqué al mayordomo.

—Bien, madame.

Fue muy diligente a recoger mis bártulos y yo empecé a subir al primer piso. Antes de alcanzar el rellano oí una risa estentórea procedente del cuarto de Gisselle. Estaba hablando por teléfono. Al girarse y verme enmarcada en la puerta abierta, su hilaridad se desvaneció en el acto y adoptó la sombría expresión de una hija compungida.

—No puedo seguir hablando, Pauline. Mi hermana acaba de llegar y tenemos que discutir los detalles del entierro y otras mil cuestiones. Sí, es espantoso —dijo con un largo suspiro—. Gracias por ser tan comprensiva. Adiós. —Colgó muy despacio el auricular y luego se irguió—. ¡Qué contenta estoy de que hayas venido, Ruby! —exclamó, abrazándome y besándome en ambas mejillas–. Ha sido tremendo, un terrible golpe. No sé cómo aguanto aún de pie.

–Hola, Gisselle –dije sucintamente, y eché un vistazo a la habitación. Tenía vestidos tirados por todos los rincones y había una fuente de platos sucios del desayuno en un velador, con una revista de cine abierta al lado.

–No he podido ver a nadie ni hacer nada –se excusó de inmediato–. Ha recaído todo sobre mis hombros.

–¿Qué ha sido de Bruce? –inquirí.

–¿Bruce? –Mi hermana echó la cabeza atrás con una risa despectiva–. ¡Vaya un gaznápiro inútil ha resultado ser! Y yo sé muy bien por qué –añadió, aviesa–. Ha perdido su vale de comida. Lo único que ha hecho hasta ahora es revolver los documentos legales esperando encontrar un gazapo, pero le he dicho en términos inequívocos que puede ahorrarse el esfuerzo.

–Después de todo, era su marido.

–Como ya te dije, sólo nominalmente y sólo como un criado. Daphne lo excluyó de todo. Saldrá de aquí con poco más de lo que trajo. Nosotros nos ocuparemos de que así sea. Beau lo ha tratado ya con nuestros abogados y...

–¿Beau?

–Sí, Beau. Fue el puntal que me impidió derrumbarme. Se ha comportado como un absoluto superhombre, Ruby, y desde el comienzo. No sabes lo horroroso que fue. Tú no estabas aquí –me recriminó, como si fuese culpable de algo–. Bruce y Daphne salieron a cabalgar, y el caballo de ella se encabritó y la arrojó al suelo. Bruce volvió a casa gritando desaforadamente. Beau y yo estábamos en la cama –intercaló con una sonrisa maliciosa–. Oímos los alaridos y nos vestimos a todo correr. La encontramos despatarrada en el suelo, con un hematoma negruzco en la sien. Beau, que tiene algunas nociones de medicina, le dijo a Bruce que no la moviese, que avisara a una ambulancia. Le examinó los ojos, le tomó el pulso y me dijo: «No le veo buen cariz.»

»Regresé a casa para ponerme ropa de más abrigo. Llegó la ambulancia, pusieron a Daphne en una camilla y la llevaron al hospital, pero fue una pérdida de tiempo. Ingresó cadáver.

»Bruce tuvo un ataque de nervios, reprochándose no haber montado él a *Furia*. Al menos, eso fue lo que dijo. Yo sospecho que él nunca tuvo la intención de cabalgar a *Furia*. No es lo bastante hombre.

—¿Dónde está ahora?

—Abajo, en el despacho, seguramente emborrachándose, como acostumbra. Le he permitido quedarse hasta después del funeral.

—¿Quieres decir que no tiene ningún derecho sobre la casa?

—No. Es todo muy complicado, pero la mansión ha pasado a integrar lo que ahora constituye nuestro patrimonio de bienes inmuebles. Según Beau, los abogados creen que podrían agilizar el proceso para darnos una potestad más directa sobre ellos. Fue la palabra que utilizó: «agilizar». Hay muchísimo dinero en juego, Ruby. ¿Recuerdas lo cicatera que se volvió Daphne después de la muerte de papá? Pues ahora ya no podrá martirizarnos más. Por cierto, ¿has visto cuánto me ha crecido el pelo? —dijo, cambiando de tema sin darme ni siquiera un respiro—. A Beau le gustan las mujeres con melena. Él la llevaba casi tan larga como la mía.

—¿Cómo está Beau?

—Estupendamente… y muy feliz —se apresuró a añadir—. Confío en que no dirás ni harás nada que pueda perjudicar nuestra relación… o el mundo descubrirá qué clase de pecadora eres —dijo, fijando en mí una mirada hostil.

—¿Cómo puedes amenazarme en un momento como éste, Gisselle? —pregunté, estupefacta.

—No te amenazo. Sólo te advierto que no intentes arruinar mi felicidad. Tú has tomado tus decisiones y estás satisfecha con lo que escogiste. Lo celebro. Ahora es mi turno y el de Beau.

—No he venido a esta casa para interferir en la vida de nadie.

—Me alegra saberlo. —Mi gemela sonrió, y luego inclinó la cabeza hacia la puerta—. ¿No te acompaña Paul?

—No, pero asistirá al entierro.

—¿Y la niña… cómo se llama?

—Pearl —dije ásperamente. Sabía que recordaba muy bien su nombre—. He preferido dejarla en Cypress Woods con su niñera.

—Bien. Entonces nada nos impide pasar a lo práctico.

—¿Dónde está…?

—¿El cuerpo de Daphne? En la funeraria. No creerías que iba a montar aquí la capilla ardiente, ¿verdad? ¡Puahh! Ya fue bastante desagradable tener a papá. Lo único que haremos en casa es el piscolabis después del entierro; será fenomenal. Ya me he puesto en contacto con el servicio de restauración. Por supuesto, habrá muchas flores. La gente las manda por toneladas, pero de momento he dado instrucciones de trasladarlas todas a la funeraria. Y he preparado una lista de asistentes.

—Pero ¿qué dices? ¿De qué lista hablas? Esto no es ninguna fiesta —protesté.

—Claro que sí —me replicó—. Es una fiesta que nos ayudará a olvidar la tragedia. Y hazme el favor de no andar por ahí con la cara larga, simulando que estás desolada. La odiabas, e incluso ella lo sabía. No puedo decir que yo la adorase, desde luego, pero probablemente tengo más motivos para apenarme que tú. Fue mi madrastra muchos años antes de que os conocierais.

Escruté a mi gemela unos segundos. Quizá Daphne había merecido una hija semejante. Ciertamente había plantado la semilla y mediante el ejemplo había enseñado a Gisselle a ser tan egocéntrica. Suspiré, deseando que pasaran las exequias y que concluyeran los trámites para regresar a Cypress Woods, donde la vida, al menos en lo concerniente a mí, era mucho menos compleja.

Stevens depositó mi equipaje en la habitación.

–¡Qué bien! –exclamó Gisselle al verle trasladar mi maleta–. Volveremos a estar las dos juntas. En circunstancias como ésta es cuando valoro de verdad las ventajas de tener una hermana –declaró, lo bastante alto como para que el mayordomo la oyera.

–La señora Gidot me ha encargado que le informe de que tiene la comida a punto, mademoiselle. ¿Desea que se la traigan a su aposento o…?

–No, de ningún modo. Dile que ha llegado mi hermana y que almorzaremos en el comedor, *tout de suite* –respondió Gisselle, y me sonrió con orgullo–. Aprendí bastante francés cuando visité a Beau en París.

–*Très bien, mademoiselle. A vos ordres* –repuso Stevens, y se retiró.

–¿Qué ha dicho?

–Que como tú mandes. ¿Quién es la señora Gidot?

–Una francesa que contrató Daphne para sustituir a Nina Jackson.

–¿Y adónde fue Nina?

–¿Cómo voy a saber el paradero de alguien como ella? No seas majadera, Ruby. En fin, espero que tengas hambre. La señora Gidot es una cocinera excepcional, y estoy segura de que nos habrá preparado algún plato exquisito.

–Antes quiero refrescarme un poco –dije.

–Sí, yo también. He llorado y me he arrastrado tanto por los sillones que debo de estar impresentable. Y Beau no tardará en venir.

Mi corazón empezó a desmandarse. La perspectiva de volver a encontrarme frente a frente con Beau me estremecía. Procuré que Gisselle no advirtiera mi zozobra.

–De acuerdo entonces –concluí, y exhibí mi mejor sonrisa.

Fui prestamente a recluirme en aquella habitación que en su día me había parecido tan nueva y principesca, la habitación donde Beau me había dado el primer beso y donde me había apoyado y reconfortado durante el velatorio de mi padre. Sonreí al ver el retrato de la muchacha y su perrito todavía en la pared, y luego me acerqué a la ventana y miré la pista de tenis y los macizos de flores, recordando lo privilegiada que me había sentido mi primera noche en la mansión. Me había creído en un entorno mágico, prodigioso, sin imaginar los conflictos ni el infortunio que cercaban la imponente casa, aguardando el momento de azotarnos a todos.

Quise asomar la nariz por el despacho de Daphne antes de ir al comedor para almorzar con Gisselle. Tal como ella había predicho, Bruce estaba en el escritorio hojeando unos pliegos de documentos, con una botella de whisky al lado. Llevaba americana y corbata, aunque se había aflojado el nudo. Tenía el cabello enmarañado y se diría que no se afeitaba desde hacía una semana. Cuando levantó la mirada al principio me confundió con Gisselle, pero me enfocó mejor y me reconoció.

–¡Ruby! –gritó, incorporándose de un brinco y tropezando con el canto de la mesa. Los efluvios del alcohol me alcanzaron antes que él. Me estrechó efusivamente contra el pecho y retrocedió unos metros–. Ha sido terrible, horroroso. Aún no puedo creer que haya ocurrido.

–¿Por qué? –dije con voz adusta–. Lo mismo le sucedió a mi padre, y también a tío Jean.

Él parpadeó repetidas veces y meneó la cabeza.

—Aquéllas fueron también unas tragedias deplorables, sí, pero Daphne… Daphne estaba en la flor de la vida. Estaba más guapa que nunca. Estaba…

—Ya sé cuánto la admirabas, Bruce. Y lamento lo que ha pasado. No se lo desearía a nadie; ya hay bastantes miserias en el mundo para que nosotros contribuyamos a aumentarlas.

—Suponía que pensarías así —me dijo, sonriendo—. Tu hermana… —Se interrumpió e hizo un gesto de impotencia—. Tu hermana ha perdido la chaveta, y está conspirando contra mí con ese novio suyo. Necesito tu ayuda, Ruby.

—¿Ayuda? ¿Me pides ayuda a mí? —Estuve a punto de echarme a reír.

—Siempre fuiste la hermana sensata —afirmó—. Y ahora que estás tan bien aposentada, lo comprenderás mejor. Daphne y yo teníamos ciertos convenios. Verás, nunca los ratificamos oficialmente por escrito, pero existían a pesar de todo. Habíamos debatido qué haríamos si alguno de los dos faltaba, y acordamos que el otro tendría el poder notarial exclusivo. Así pues, si tienes la bondad de ordenar la redacción de los papeles a tus apoderados…

—Durante años los únicos conspiradores que hubo aquí fuisteis Daphne y tú —dije con voz de hielo—. Juntos os conchabasteis para estafar a mi padre, intrigasteis y malversasteis. Pero aparentemente te habías aliado con una cómplice mucho más lista que tú, que supo cómo aprovecharse de ti —dije, señalando la pila de documentos—. Aunque me das mucha lástima, Bruce, no moveré un dedo para ayudarte. Recoge lo que hayas robado con impunidad y vete. —El impacto de mis palabras le dejó anonadado.

—P-pero, Ruby, sabes la predilección que tengo por ti, cómo salía en tu defensa siempre que Daphne se mostraba demasiado severa.

–¿Cuándo, por ejemplo? –salté–. Nunca tuviste la valentía de oponerte a ella, pese a ver sus ruindades conmigo, tío Jean o incluso Gisselle. No me busques ahora para hacerte favores, Bruce.

Él arrugó el entrecejo.

–No me derrotaréis tan fácilmente, ¿te enteras? Yo también tengo abogados, profesionales importantes y muy cotizados que además son asociados de la empresa.

–Para serte franca, me importa un comino. Voy a dejar todas esas batallas en manos de Gisselle.

Él sonrió ladinamente.

–Pues como aperitivo ya te ha quitado el novio.

Sentí un volcán en mi cara y supe que me había sonrojado.

–Estoy casada, Bruce.

Su sonrisa se ensanchó.

–Ya veremos quién ríe el último en este asunto –me amenazó, y volvió al escritorio.

Fui al comedor y le referí a Gisselle nuestra conversación. Mi hermana se quedó impasible.

–Beau y nuestros representantes legales se ocuparán de todo –dijo–. Ahora bien, he pensado comprarte tu parte de esta casa y las propiedades de Nueva Orleans. Con el palacio que tienes no creo que te interesen.

–Me parece justo –contesté. Mi hermana sonrió.

–Sabía que nos entenderíamos bien en estos momentos difíciles. Debemos hacer todo cuanto podamos para darnos mutuo consuelo, ¿no crees? ¿Qué te pondrás en el entierro? ¿Has traído ropa apropiada? Yo tengo un armario lleno de vestidos nuevos, y te prestaré el que quieras. Echa tú misma un vistazo. Estás un poco más ancha de caderas desde que diste a luz, pero casi todo encaja en tu talla.

–Gracias, pero ya tengo lo necesario.

Ambas nos volvimos cuando Bruce entró en el comedor. Apretujaba entre los brazos un montón de papeles.

–Voy a ausentarme un rato –dijo–. Estaré en el bufete de mis abogados.

–No creas que puedes destruir ningún documento, Bruce –le previno Gisselle–. Mi madre guardaba copias de todo en Simons and Beauregard, que son nuestros asesores actuales.

Él se volvió furiosamente, y al hacerlo se le cayeron unas carpetas. Gisselle se mofó al verle renegar y arrodillarse para recuperar las hojas sueltas. Al fin, echando humo, Bruce se alejó por el pasillo.

–¡Qué tranquilidad! –exclamó mi gemela, y me sonrió–. Me estoy planteando cerrar la casa durante un mes y hacer un viaje, quizá a Londres. ¿No encuentras divinas estas ostras con alcachofas? El pastelito de hojaldre se llama *vol-au-vent* –dijo con petulancia.

La comida era buena, pero yo no estaba de humor para saborearla. Después del almuerzo Gisselle fue a telefonear a sus amigos y yo me dediqué a deambular por la casa. Apenas observé cambios o adiciones. Entre suspiros de añoranza recorrí un salón tras otro hasta desembocar en el que había sido mi estudio. Todo se conservaba intacto; era evidente que habían mantenido la estancia cerrada. Había gruesas capas de polvo encima de los muebles, e incluso vi telarañas en las ventanas y en las esquinas. Las pinturas se habían secado y las cerdas de los pinceles estaban duras. Examiné algunos dibujos abortados y me detuve junto al caballete.

Asaltó mi memoria un episodio vivido con Beau, el memorable día en que me embaucó para que le pintara desnudo. Miré hacia el sofá y le vi tumbado de nuevo en él, vi la picardía que chispeaba en sus labios y en sus ojos. Mi corazón no había cesado de trepidar, pero de algún modo había conseguido centrarme en el lienzo y hacer un retrato tan fiel y realista que cuando Daphne lo descubrió no le costó ni un segundo determinar quién era y qué había pasado.

Esa misma tarde, después de que trabajase en su retrato, Beau y yo habíamos hecho el amor por primera vez. El recuerdo de sus besos, de su tacto, de nuestros fogosos abrazos, inundó mi mente y me dejó sin aliento. Hipnotizada por mis propias remembranzas me acerqué muy despacio al sofá y lo contemplé como si estuviéramos todavía juntos, como si asistiera a una repetición de aquellos instantes de éxtasis, unidos ambos en un acto tan sublime que nuestros cuerpos se habían diluido uno en el otro y nos habíamos jurado amor eterno.

Me senté rápidamente, sintiendo que me flaqueaban las piernas. Durante un rato permanecí en la misma postura, con los ojos cerrados y el corazón galopando en el pecho. Luego respiré profundamente y miré a través del ventanal los frondosos robles y los jardines, recordando cuánto me había emocionado el día en que inauguré aquel estudio donde daría libre curso a mi creatividad.

–¡Qué no daría por saber lo que piensas! –dijo una voz insinuante, y al volverme vi a Beau plantado en el vano de la puerta.

Una brillante mata de pelo dorado caía indómita sobre su lisa frente, y la tez cetrina resaltaba más aún el fulgor de sus ojos azules. Vestía una chaqueta cruzada azul oscuro y pantalones de color caqui, con la camisa desabrochada en el cuello. Sus rasgos apolíneos perduraban inmutables: la boca sensual y perfecta, la nariz griega, totalmente recta, y el mentón anguloso como si lo hubiera tallado un escultor.

Me quedé unos instantes petrificada, incapaz de moverme ante la seducción de aquella sonrisa cordial, luminosa, que pronto se convirtió en una amable risita.

–Cualquiera diría que has visto un fantasma –dijo.

Se acercó a mí y tomando mis manos me hizo levantar. Nos fundimos en un abrazo, y luego retrocedió unos centímetros para mirarme de arriba abajo, sus dedos entrelazados con los míos.

—No has cambiado un ápice, aunque estás más guapa que nunca —me piropeó—. ¿Y bien? Di algo.

—Hola, Beau.

Los dos nos reímos, pero Beau adquirió enseguida una actitud más grave, echando los hombros hacia atrás y frunciendo los labios.

—Me alegro de haberte encontrado sola. Quería explicarte lo ocurrido, por qué me marché tan imprevistamente cuando se conoció tu embarazo —empezó a decirme.

—No exijo explicaciones —repliqué.

—No es una acción digna de un caballero sureño dejar en la estacada a la mujer que ama. Fui un cobarde, clara y escuetamente. En mi casa hubo un descalabro. Mi madre estaba al borde del colapso nervioso. Pensaba que todos los habitantes de Nueva Orleans se enterarían y que el desprestigio hundiría nuestras vidas. Y nunca había visto a mi padre tan alicaído.

»Después Daphne se reunió con ellos y les aseguró que ella solventaría el problema si me enviaba al extranjero sin tardanza. Intenté llamarte antes de partir, pero me tenían incomunicado. Prácticamente me subieron al avión con las esposas puestas. En cuestión de horas lo concertaron todo, la escuela y el alquiler de un piso en París.

»Entonces yo no tenía medios propios de subsistencia. Dependía por entero de mis padres. Si los hubiera desafiado me habrían desheredado. ¿Cómo iba a velar en esas condiciones por ti y la criatura?

»Admito que me entró el pánico. Antes de poder recapacitar sobre lo que había hecho y lo que me estaba pasando había sobrevolado el océano Atlántico. Mis padres me prohibieron tener ningún tipo de relación contigo, pero al comienzo te envié varias cartas. ¿Las recibiste?

—No —contesté, lanzándole una mirada furtiva—. Ya no estaba aquí, y Daphne jamás hubiera tenido la gentileza de guardármelas o hacérmelas llegar.

—Nunca antes había eludido mis responsabilidades, Ruby. Tanto mis padres como Daphne me prometieron que cuidarían de ti.

Le miré de frente.

—¿Cuidar de mí? ¡Ja! —Sonreí al recordarlo. En los ojos de Beau hubo un destello de angustia.

—¿Qu-qué sucedió en realidad? —preguntó titubeante.

—Daphne quiso que abortara en una consulta clandestina. Tan pronto vi aquel lugar, tomé conciencia de lo que iba a hacer, me escapé y regresé al *bayou*.

—Donde alumbraste a…

—A Pearl. Es un sol de criatura, Beau.

—Y encontraste un marido.

—Sí. —Él bajó los ojos.

—Cuando me enteré de que te habías casado, decidí quedarme en Europa. No tenía intención de volver a casa nunca más. Pero era una determinación poco objetiva —dijo con un suspiro—. Entonces llegó Gisselle. Está cambiada, ¿verdad? Creo que al fin ha empezado a crecer, a madurar. Sucesos luctuosos como éste te arrancan de la niñez por el camino más duro. Ahora sabe cuáles son sus obligaciones. Tiene que supervisar una fortuna y defender sus intereses financieros.

—Tengo entendido que tú le has sido de una gran utilidad.

—Hago lo que puedo. ¿Has hablado ya con Bruce?

—Sí. Todo lo que le pase se lo habrá ganado a pulso.

—No te preocupes, yo me encargaré de que no cobre un céntimo más de lo estipulado.

—No es el dinero lo que más me preocupa, Beau.

A decir verdad, nunca le otorgué tanta importancia como Gisselle.

—Lo sé. Leí un artículo sobre ti en la prensa. ¿Tienes un estudio parecido a éste?

—Sí, pero con unas vistas espectaculares de los canales. Está en el desván de la casa.

—Debe de ser maravilloso. Gisselle me ha puesto al corriente de todo, y a juzgar por sus descripciones tu nuevo hogar… ¿Cómo se llama, Cypress Woods…? –Asentí–. Por lo que me ha contado, es un lugar utópico.

—Siempre fui feliz en el *bayou*, rodeada de naturaleza. Forma parte de mí, de mi identidad, y no lo abandonaría por nada del mundo.

—¿Ni siquiera por mí? –me preguntó con voz quebrada. A sus ojos asomó un brillo de lágrimas reprimidas.

—Beau…

—No me hagas caso, Ruby. He sido injusto contigo. No tengo derecho a pedir ni a reclamar nada; es lógico que me desprecies por haberte dejado. Ningún dolor que me inflijas será inmerecido.

—Ambos obramos mal, Beau, y ambos fuimos víctimas de un destino cruel –repuse quedamente. Nos miramos a los ojos, y hubo entre los dos una momentánea comunión.

—Ruby… –susurró Beau, y alargó el brazo hacia mí en el momento en que Gisselle irrumpía en el estudio.

—¡Así que estabais aquí! –dijo con la voz alterada–. Debería haber supuesto que la buscarías. Stevens me ha dicho que habías venido, y al no encontrarte en el despacho ni en el salón me he preguntado adónde podías haber ido.

—Hola, Gisselle –dijo Beau. Mi hermana se abalanzó sobre él y le estampó un beso en la boca, con los ojos muy abiertos y mirándome de reojo.

—Esta mañana te he echado de menos –dijo cuando

por fin despegó los labios de los suyos–. ¿A qué hora te has ido? –Beau se ruborizó.

–Temprano. ¿Ya no te acuerdas de que estaba citado con los abogados?

–¡Anda, qué despiste! Hoy tengo la cabeza como una olla de grillos. Bien, ahora podrías contarnos qué cuestiones habéis tratado y qué tenemos que hacer. Vayamos los tres al despacho y hablemos con calma. –Aferró el brazo de Beau y, muy pagada de sí, me sonrió–. ¿Qué tal, Ruby?

–Adelante –respondí, y los seguí por el corredor.

Ya en el despacho escuchamos el resumen que nos hizo Beau de las argumentaciones de nuestros apoderados. Cómo se las había ingeniado Daphne para que Bruce firmase antes de casarse una renuncia a su fortuna era un verdadero enigma, pero allí estaba el documento sellado y rubricado, y los letrados lo consideraban inapelable.

–Cualquier maniobra legal que emprenda será un ejercicio fútil –dijo Beau–. Por lo demás, aunque falta poco tiempo para que toméis las riendas de todo, con los abogados actuando como albaceas la herencia tendrá un efecto inmediato.

–¿Podremos gastar cuanto queramos y comprar todo lo que nos plazca? –preguntó Gisselle con patente excitación.

–Sí.

–¡Se acabaron las restricciones! Lo primero que quiero tener es un coche deportivo. Daphne me lo había vetado –gimió, y se volvió hacia mí–. Tú deberías inspeccionar la casa hoy mismo y escoger lo que quieres llevarte a los pantanos. Tal vez llame a un anticuario para organizar una subasta. Y queda pendiente el reparto del rancho, los bloques de apartamentos…

–Gisselle, ¿tenemos que dilucidarlo ahora?

–A mí me da igual dilucidarlo hoy, mañana o nunca

–replicó–. Si quieres, mándame a tu abogado un día de éstos para que lo discuta todo con nuestros apoderados. ¿Puede hacerse así, Beau?

Él me estudió atentamente.

–No veo por qué no –dijo.

–En ese caso, dejemos las cosas como están –resolví. La carga sentimental de volver a la mansión, los recuerdos y el reencuentro con Beau me avasallaban. Pensé que podría dormir una semana entera–. Me gustaría descansar un rato. Voy a subir a mi habitación. Y tengo que telefonear a casa para preguntar por Pearl.

Beau nos miró de hito en hito a las dos, y luego fijó los ojos en los documentos.

–Venga, ve a echar tu cabezada –me apremió Gisselle–. Yo no tengo sueño. Al contrario, me apetece salir un rato a ventilarme. Me asfixia la lobreguez que se respira en toda la casa. Beau, llévame a Jackson Square para tomar unos buñuelos con café caliente.

–Si es eso lo que quieres…

–Lo es. Te lo agradezco, Beau. –Mi hermana me obsequió con una de sus sonrisas vanidosas.

Beau acogió el plan de mala gana, pero se fue. Telefoneé a la señora Flemming, quien me confirmó que en casa todo estaba en orden. A continuación subí a la que tiempo atrás había sido mi alcoba y me acosté en la cama en la que tantas veces había soñado con Beau y nuestra felicidad. Cerré los ojos y pronto me venció el sueño.

Me despertaron los ecos de unas risas al pie de la escalera y agucé el oído.

–Pásate dentro de una hora para llevarnos al velatorio –decía Gisselle, y luego ascendió ruidosamente por la escalera elíptica. Se detuvo junto a mi puerta. Me incorporé, frotándome los ojos soñolientos.

–Hola –me dijo–. Lo hemos pasado en grande. En el paseo fluvial soplaba una brisa muy tonificante, y nos hemos sentado para observar a los turistas y los pintores. Deberías haber venido. ¿Has descansado bien? Así lo espero, porque tenemos que ir a la funeraria. No admitiré a gente en casa hasta después del entierro.

—Conforme.

—Ya puedes empezar a vestirte —me indicó con voz cantarina—. Beau vendrá a recogernos dentro de una hora.

Se fue a toda prisa y me pregunté cómo podía estar de un talante tan festivo. No obstante, en el velatorio se portó correctamente, derramando lágrimas siempre que era menester. A pesar del papel capital que había desempeñado en las maquinaciones contra mi padre, sentí una cierta compasión por Bruce, que estuvo solo en un rincón la mayor parte del tiempo. Al parecer la verdad de su relación con mi madrastra había sido un secreto a voces, y ahora que Daphne había desaparecido nadie ignoraba que él tenía ya poco poder y un patrimonio relativamente exiguo.

Todo el círculo social de Daphne y muchos de sus contactos profesionales fueron a darnos el pésame. Nuestros abogados nos los presentaron a medida que pasaban. Noté que Gisselle comenzaba a hartarse de la tétrica atmósfera. Al cabo de una hora ya se quería ir, pero Beau corrió a su lado y le imploró que se quedara un poco más, ya que todavía seguía llegando gente. Cuando mi hermana claudicó comprendí cuán grande y positiva era la influencia que Beau ejercía sobre ella y sonreí para mis adentros.

Periódicamente desviaba la vista hacia él. Nos espiábamos mutuamente y yo sentía que los latidos de mi corazón se desacompasaban. Temiendo que alguien adivinara por mi expresión el tibio cosquilleo que agitaba mi cuerpo siempre que Beau estaba cerca, procuré esquivarle. Fue como empeñarse en rechazar un vaso de agua fresca después de pasar un día en el árido desierto. No podía evitar que mi mirada vagase en su dirección, y cada vez que oía el timbre de su voz dejaba de hablar y de escuchar a mi interlocutor. Aquel sonido era música en mis oídos; pero apenas tuvimos ocasión de estar a solas, y a la mañana siguiente Paul llegó temprano.

Fuimos, como cabía esperar, un objeto de curiosidad para las muchas personas que se habían enterado de mi matrimonio y mi nueva vida en el *bayou*. Cuando el féretro de Daphne fue sepultad en el panteón de la familia Dumas, pensé en mi padre. Mi más profunda convicción era que sus restos deberían haber reposado junto a los de mi madre natural. Confiaba en que espiritualmente, allí donde morasen las ánimas, hubiesen vuelto a encontrarse, y que Daphne… A Daphne tendrían que asignarle algún otro lugar.

Después de la ceremonia los conocidos de Gisselle se reunieron en la mansión. La primera hora fue tranquila, pero no dejé de advertir cómo abusaba Bruce del alcohol ni cuán airadamente cuchicheaba con sus escasos amigos, mirándonos a Gisselle y a mí con una furia creciente. Le expliqué el motivo a Paul.

De repente, la copa que Bruce sostenía en la mano cayó al suelo y se hizo añicos. Una nube de silencio recorrió la asamblea. Él sonrió y dio unos pasos tambaleantes.

—¿Qué miráis? —dijo—. No hace falta que murmuréis a mis espaldas. Sé lo que estáis pensando. He cumplido mi misión y ahora puedo ser desechado, ¿no es eso?

—Bruce —dije, adelantándome hacia él—, éste no es el momento.

—No, lady Ruby, no lo es. Pero si tu hermana y tú os salís con la vuestra, ese momento jamás llegará, ¿no te parece? Bien, que así sea. Disfrutad de lo que ahora tenéis, porque no siempre será vuestro. Hay derechos que son inalienables, y yo voy a luchar por los míos, digan lo que digan vuestros encopetados asesores.

Nadie se atrevió a abrir la boca. Bruce volvió a sonreír e hizo una reverencia muy teatral.

—Señores, debo despedirme de esta reunión tan refinada e ilustre, porque me han informado de que soy *persona non grata*. Resumiendo, que mi presencia ya no es bien recibida. Lo cierto es que nunca lo fue. Dejémoslo así, por ahora.

Giró tan impetuosamente sobre sus talones que casi se fue al suelo, y se encaminó hacia la puerta flanqueado por dos colegas que le sujetaban por los brazos. En cuanto se hubo ido la charla volvió a animarse. Busqué a Gisselle con la mirada.

—¡Es un gran alivio librarse de él! —bramó, con la cara enrojecida y rezumando cólera—. No sé de qué se queja. En el peor de los casos, tiene más de lo que merece. Beau —musitó, de pronto lánguida. Él voló a su lado—. ¿No ha sido una escena bochornosa?

—Sí, lo ha sido. Bruce estaba como una cuba.

—Sólo me faltaba esto. Beau, te lo ruego, acompáñame a mi habitación —dijo mi gemela con tono suplicante, y él la guió hacia la escalera. Ella, con la cabeza posada en el hombro de Beau, mascullaba excusas ante las personas que se habían acercado a confortarla. Al ver que se retiraba, la gente empezó a desfilar.

—Paul, quiero regresar a casa esta misma noche —declaré repentinamente.

—¿Cómo? Yo creía…

—Me tienen sin cuidado los acuerdos económicos y todo el papeleo. Lo único que quiero es marcharme de aquí.

Él asintió. Se había desplazado desde Baton Rouge en avión, así que ahora viajaríamos juntos en mi coche. Subí a mi habitación a hacer el equipaje. Mientras doblaba la ropa, oí un suave golpeteo en la puerta parcialmente abierta.

—Adelante.

Beau se adentró en la estancia.

—¿Ya te vas?

—Sí, Beau. No puedo quedarme ni un minuto más. Ha sido el lapso más largo que he pasado lejos de Pearl —argüí.

—Lamento no haber podido interesarme más por ella. Me daba la impresión de que... de que no tenía derecho a preguntar.

—Es tu hija —le recordé.

—Lo sé. Aunque parece ser que Paul la ha aceptado plenamente. Al menos es la conclusión que he sacado de las cortas conversaciones que hemos podido tener.

—Quiere mucho a Pearl, sí.

—A Pearl y a ti —recalcó.

Bajé la vista hacia la maleta sin acertar a responder.

—Me he dado cuenta de que Gisselle se esfuerza en ser diferente cuando está contigo, Beau —dije al fin—. Quizá seas su pareja ideal.

—Ruby —contestó, acercándose—, si empecé a salir otra vez con Gisselle fue porque siempre que ponía los ojos en ella podía fingir, imaginar, que te miraba a ti. Sueño que tengo la facultad de metamorfosearla, pero es una tontería. No existe una segunda Ruby, y me atormenta la idea de haberte perdido, de la vida que podríamos haber llevado juntos.

Las lágrimas se agolparon en mis ojos, pero no di media vuelta para ocultárselas. Me tragué el nudo que se me había formado en la garganta y reanudé mi tarea, susurrando tan sólo:

—Beau, no sigas. Te lo suplico.

—Es superior a mí, Ruby. Nunca dejaré de amarte, y si eso entraña vivir perpetuamente en una ficción, así viviré.

—Beau, antes o después las ficciones se desvanecen y nos dejan un regusto mucho más amargo que si nos hubiéramos enfrentado a la realidad —le advertí.

—No soportaría una realidad en la que no estés tú, Ruby. Lo sé desde hoy.

Se oyeron unas pisadas en la escalera. Cerré mi maleta en el momento en que Paul aparecía en la puerta.

–El coche está a punto –dijo, mirándonos a ambos con suspicacia.

–Estupendo. Adiós, Beau. Algún día tienes que venir a visitar el *bayou*.

–Te lo prometo.

–Paul, voy a despedirme de Gisselle.

–Muy bien. –Cogió mi maleta.

–Bajo contigo, Paul –dijo Beau. Mientras se dirigían juntos a la escalera, entré en la habitación de Gisselle. Estaba estirada en la cama con una toalla húmeda sobre la frente.

–Es hora de irme, Gisselle.

Mi gemela entreabrió los párpados como si no estuviera segura de haber oído una voz.

–¿Cómo? ¿Eres tú, Ruby?

–Sí. Paul y yo volvemos a Cypress Woods.

–Pero ¿por qué? –preguntó, sentándose en el lecho, súbitamente reanimada–. Mañana tomaremos un opíparo desayuno, y luego podemos hacer algo divertido los cuatro.

–Pearl me necesita, y Paul tiene negocios urgentes que atender –pretexté.

–No me vengas con monsergas, Ruby. Lo que quieres es huir de toda esta sordidez y asquerosidad.

–Eso también –confesé.

Su semblante se dulcificó, y percibí un temblor en sus labios.

–¿Qué va a ser de mí? –gimoteó.

–Ahora tienes a Beau. Todo irá bien.

–Sí –dijo, y apareció en su rostro una sonrisa jovial y exultante–. Creo que tienes razón.

Me volví y salí apresuradamente, con el corazón hecho trizas. ¡Cómo gozaba Gisselle recordándome que había perdido a Beau!

8

DE MAL EN PEOR

Durante el viaje de regreso al *bayou* Paul trató de
entablar una conversación trivial, y luego quiso distraerme comentando algunas novedades que se habían producido no ya en nuestro negocio, sino en el ámbito de la
política. Yo le escuché sólo a medias, colmando los silencios intermedios con el sonido de la voz de Beau, poblando cada oscuro kilómetro del trayecto de imágenes de
Beau sonriendo, Beau hablando, Beau mirándome con
una expresión de ansiedad en los ojos y sí, con aquella
expresión de amor.

Intenté mantenerme ocupada y borrarle de mi memoria durante los días que siguieron, pero al principio
no logré trazar una sola línea. Me quedaba embobada
delante del papel en blanco y pensaba en mi viejo estudio de la ciudad y en Beau. Decidí limitarme a bosque-
jar y pintar animales, flores, árboles y todo lo que no
fuesen figuras humanas, porque sabía que cualquier
hombre que crease tendría por modelo su cabello, sus
ojos y su boca.

Aún empeoró más mi estado mirar a Pearl, cuyas
facciones habían empezado a definirse y cada día se
asemejaban más a las de su padre. Tal vez el problema

era que le veía por todas partes desde nuestro reencuentro, pero cuando Pearl reía o gesticulaba era la risa de Beau lo que oía y sus gestos los que observaba.

Una tarde, varios meses después del entierro de Daphne, me senté en el patio y me puse a leer una novela mientras la señora Flemming jugaba con la niña en el césped. Era uno de esos días insólitos en el *bayou* en los que apenas se movía la brisa y las nubes parecían emplastos en un monótono cielo azul. La pereza ambiental nos había contagiado a todos. Ni siquiera los pájaros revoloteaban entre los árboles; estaban posados muy quietos, como disecados. En la lejanía oí los machacones bombeos de uno de nuestros pozos de petróleo y, a intervalos, el vocerío de los hombres transmitiéndose órdenes. Pero fuera de eso el silencio era tal que las risas de Pearl se propagaban sobre la hierba hacia los canales, cual un diminuto campanilleo que me hacía sentir a mí también en un mundo de juguete.

De repente James salió muy presuroso del edificio con un sobre de gran tamaño.

—Acaban de traer esto por correo certificado, madame —dijo nerviosamente, y me lo entregó.

—Gracias, James.

Inclinó la cabeza y se fue, mientras yo rompía el adhesivo y sacaba un periódico del sobre. La señora Flemming me miró intrigada, y me encogí de hombros.

—No es más que un diario de Nueva Orleans de hace dos días —dije. Empecé a hojearlo, preguntándome por qué se habrían molestado en enviarlo certificado, cuando vi una página interior señalada con un clip de un vivo color rojo. Lo abrí por aquel lugar y reparé en un párrafo enmarcado en un círculo. Era una notificación de boda, y anunciaba el enlace de Beau Andreas y Gisselle Dumas. Se habían fugado juntos.

Releí la nota para confirmar que las palabras decían lo que yo había interpretado, y durante unos segundos sentí que habían succionado el aire que me rodeaba. No podía respirar, ni tragar, y temí que si lo intentaba con demasiada fuerza me atragantaría. El corazón se encogió en mi pecho, dejándome un vacío y un frío infinitos.

—Espero que no sean noticias desagradables —dijo la señora Flemming.

La miré con ojos extraviados, y por fin recuperé el habla.

—Mi hermana se ha fugado —respondí.

—¿Con un apuesto joven?

—Sí, muy apuesto. Tengo que ir un momento a mi habitación. —Me erguí con premura para poder alejarme antes que las lágrimas delatoras bañaran mis mejillas.

Crucé la casa como un vendaval, subí la escalera de la primera planta y me desplomé sobre la cama, enterrando la cabeza en la almohada. Naturalmente, sabía que aquello podía ocurrir, pero había vivido con el deseo oculto de que Beau recobrase el sentido común y no sucumbiera. Me vinieron a la mente las últimas palabras que me había dicho, que quizá ya sugerían ese desenlace.

«Es superior a mí, Ruby. Nunca dejaré de amarte, y si eso entraña vivir perpetuamente en una ficción, así viviré.»

Por lo visto había tomado la decisión de hacerlo. ¿Podría yo ser feliz sabiendo que cada vez que besara los labios de Gisselle cerraría los ojos y se induciría a creer que eran los míos? ¿Que cada mañana, al despertar y mirar a mi hermana, se persuadiría de que contemplaba mi rostro? Estaba enamorado de mí; siempre lo estaría. Sin duda Gisselle pensaba haber obtenido una especie de victoria al reconquistar su favor y arrastrarlo al matrimonio, aunque en el fondo de su corazón debía de intuir que era un flaco triunfo, que Beau sólo la utilizaba como un espejo mágico en el cual podía ver a la mujer que realmente amaba.

Pero eso a Gisselle no le importaba. No le importaba nada ni nadie excepto hacerme desgraciada, aunque significara tener que casarse con alguien a quien no quería. Claro que, bien pensado, mi gemela sólo se quería a sí misma. Intenté que la ira se impusiera a la pena, mas mi corazón roto no me lo permitió. Lloré tanto que incluso me dolían las costillas, y mis lágrimas empaparon la funda de la almohada. Cuando oí llamar en la jamba de la puerta contuve los sollozos y me volví, para topar con Paul, que tenía el rostro serio y desencajado.

–¿Qué te pasa? –inquirió.

–Nada. Ya me siento mejor –repuse, y me enjugué dos lagrimones con el dorso de la mano. Él se quedó donde estaba, escudriñándome.

–Ha sido esto, ¿verdad? –dijo, y me mostró el periódico que había mantenido detrás de la espalda–. Lo he encontrado en el pasillo, donde tú lo habías tirado. No es preciso que contestes –se me anticipó, congestionado por la frustración y la rabia–. Sé de sobra que aún le quieres.

–Paul...

–No, calla. He comprendido que no puedo matar un sentimiento con dinero. Aunque te construya un palacio que sea el doble de grande y de ostentoso, sobre un terreno mucho más extenso, y lo llene de muebles diez veces más caros, tú continuarás penando y bebiendo los vientos por Beau Andreas. –Suspiró, y sus hombros se balancearon–. Creí que la dedicación y la seguridad serían un buen sustituto del amor romántico, pero fui un necio al pensarlo. Tendré que darle la razón a mi madre –se lamentó.

–Voy a superarlo, Paul –dije resueltamente–. Se

ha casado con mi hermana y no hay más que hablar.

Su rostro se iluminó.

–Ésa es la actitud cabal –declaró–. Que yo sepa, no vino a buscarte ni a ti ni a su hija cuando vivíais en la casucha de tu *grandmère*.

–No –admití muy a mi pesar.

–Ni tampoco le preocupó tu bienestar más tarde. Es unególatra, igual que tu gemela. Ambos se complementan. ¿Es verdad o no lo es?

Asentí a regañadientes. Él torció la boca en una sonrisa forzada.

–Pero eso no impide que le sigas queriendo –proclamó, exhausto, derrotado.

–Algunas veces el amor es una fuerza incontrolable.

–Lo sé. Me alegro de que tú también opines así.

Nuestras miradas coincidieron un instante. Luego dejó el periódico sobre la cómoda y se fue.

Me senté junto a la ventana y pensé que ahora Paul y yo teníamos muchas más cosas en común que en épocas anteriores. Ambos estábamos enamorados de quien no podíamos amar del modo que hubiéramos querido, del modo que esta emoción exigía. Suspiré tan hondamente como él, y luego cogí el diario y lo eché a la papelera.

A pesar de los esfuerzos denodados que ambos hicimos para levantar el ánimo del otro, durante varios días una invisible mortaja envolvió Cypress Woods. Las sombras parecieron más largas y oscuras, y la lluvia se hizo más persistente, más plomiza y melancólica que nunca. Me refugié en mi trabajo. Quería abandonar el mundo real y vivir en aquel otro que creaba con los pinceles. Continué pintando la serie del ejército confederado, aunque el siguiente cuadro era muy deprimente. En él representaba a un soldado sacado en camilla del boscoso campo de batalla. Físicamente recordaba a Beau, por supuesto, y en sus labios casi podía leerse una invocación: «Ruby.» Tenía la mirada distante y ensoñada, la mirada de un hombre que se había concentrado en la mujer amada con los cinco sentidos, a sabiendas de que unos minutos después la luz se extinguiría y perdería sus facciones, su voz, el perfume de su pelo y el contacto de sus labios en una negrura que había de durar eternamente.

Sollocé mientras pintaba, con las lágrimas cayendo en cascada por mis pómulos, y cuando hube terminado me senté en el banco de la ventana y, ovillada sobre mí misma, lloré como una niña.

En el cuadro siguiente mostraba a la amante del soldado en el momento de recibir la horrible noticia. Tenía el rostro desfigurado por un rictus de agonía, y sus manos retorcían un pañuelo mientras el reloj de cadena que él le había regalado colgaba laxo entre sus dedos. El emisario estaba tan abatido como ella, con la cabeza gacha y los hombros caídos.

Pinté ambos lienzos con tonos más oscuros que los precedentes, y dibujé el omnipresente ciprés recubierto de barba española, al fondo y en un lado. Decidí incluir en sus intrincados filamentos el contorno de la jocosa Parca.

Cuando Paul vio mis cuadros por primera vez no dijo nada. Entornó los ojos, fue hasta el ventanal y oteó nuestro parque bellamente ajardinado, los verdes setos y más allá los canales, donde de niños solíamos remar juntos en la piragua y charlar sobre lo que queríamos ser al alcanzar la independencia y la edad adulta.

–Te he encerrado en una cárcel de oro –dijo tristemente–. He hecho una monstruosidad.

–No hables así, Paul. Lo único que querías era ofrecernos lo mejor a Pearl y a mí. No tienes nada que reprocharte. No lo consentiré.

Él se volvió hacia mí con el semblante más lúgubre y descompuesto que le había visto jamás.

—Sólo deseaba que fueras feliz, Ruby.

—Lo sé —respondí sonriendo.

—Pero me siento como el cazador que capturó a un mirlo blanco y lo metió en una jaula dentro de su casa, donde lo trató a cuerpo de rey y lo colmó de atenciones. Aun así, una mañana al despertar descubrió que el ave había muerto de añoranza, con los ojos vueltos hacia la ventana y la libertad que había tenido y que necesitaba. Es verdad que se puede amar demasiado.

—A mí no me molesta que me quieras tanto. Por favor, Paul, no soporto que te deprimas por lo que yo pueda hacer o decir. Voy a quemar estos cuadros.

—De ninguna manera. Son tu mejor obra hasta la fecha. ¡No te atrevas a tocarlos! —exclamó—. Esta serie te hará famosa.

—Por lo que veo es más importante para ti que para mí que me convierta en una artista de renombre —señalé.

—Desde luego. «Una salvaje pintora cajun cautiva las mentes y la imaginación del sofisticado mundo artístico» —declamó, y garabateó el titular en el aire. Yo me eché a reír—. Organicemos una buena cena esta noche, una cena especial, y después vayamos a escuchar música *country*. Hace siglos que no salimos de juerga.

—De acuerdo.

—¡Vaya! —dijo cuando ya se iba—. Olvidaba comentarte que esta mañana he comprado unos nuevos terrenos.

—¿Cuáles?

—Toda la tierra que hay al sur de nuestra propiedad hasta los canales. Ahora somos los mayores hacendados del condado de Terrebone. No está mal para dos ratas de los pantanos, ¿eh? —Se alejó riendo hacia la cocina, a dar las oportunas instrucciones a Letty. Antes de bajar a cenar recibí una llamada telefónica de Gisselle.

—Esperaba que me llamases para felicitarme por mi matrimonio.

—Enhorabuena —repuse.

—Te noto un poco despechada.

—En absoluto. Si Beau quería casarse contigo y tú con él, os deseo a los dos salud y felicidad.

—Volvemos a ser la pareja de moda en Nueva Orleans, ¿sabes? Todo el mundo nos invita a sus fiestas, y cuando entramos en los restaurantes la gente deja de comer para mirarnos. Formamos un matrimonio muy vistoso y popular. Nuestros nombres y fotografías aparecen constantemente en las páginas de sociedad. Beau dice que debemos asistir con frecuencia a los actos benéficos. No se pasa mal, y a él le parece que de esta manera realiza una noble labor. Yo siempre le acompaño, aunque no sé distinguir uno de otro, así que no me preguntes.

—¿Qué hace Beau ahora? —inquirí con toda la naturalidad que pude.

—¿Hacer en qué sentido?

—Me refiero a su profesión. Antes quería ser médico, ¿recuerdas?

—Verás, por el momento está muy atareado llevando mis finanzas. Se ha convertido en un hombre de negocios, y además se gana mucho mejor la vida que cualquier doctor. Y no me digas que es demasiado joven. ¡Fíjate en lo bien que le ha ido a Paul!

—Siempre hablaba de lo gratificante que sería ayudar a los demás, curar a los enfermos —dije con voz pesarosa.

—De momento me ayuda y me cura a mí, y se siente muy bien retribuido —replicó mi gemela—. En fin, tengo que dejarte. Nos solicitan en tantos sitios que me estoy quedando sin ropa que ponerme. He concertado una cita con mi modisto para mañana. Creo que de ahora en adelante debería llevar modelos exclusivos, ¿no crees? Claro, tú eres afortunada. Los únicos locales que frecuentas son baretuchos y merenderos, así que no has de preocuparte de vestirte elegante. Saluda a Paul de mi parte. Adiós.

Tuve el impulso de arrojar el auricular contra la pared, pero sofoqué la indignación que espoleaba mis dedos y lo deposité cuidadosamente en el receptor. Luego hice una larga inhalación y fui a reunirme con Paul, relegando el tono y las palabras de Gisselle tanto como pude al sótano de mis pensamientos.

Una semana más tarde Paul fue al estudio para informarme de que Beau acababa de telefonear.

—Dice que los abogados han finalizado todo el trabajo relativo a vuestros bienes y que querría que nos viésemos para revisarlo juntos. He creído conveniente hacerlos venir aquí.

—¿Aquí? ¿Los has invitado a Cypress Woods?

—Sí, ¿por qué? ¿Tanto te trastorna su presencia?

—No me trastorna nada. Yo... Espera que se lo mencione a Gisselle. No tardará en volver a llamar —pronostiqué.

Pero Beau no llamó. Gisselle y él vendrían al *bayou*, y Beau conocería finalmente a su hija.

Llegaron en el Rolls-Royce de mi padre. Yo estaba podando en la rosaleda, haciendo lo propio y lo ajeno para ocupar mi mente y no pensar. La señora Flemming se había quedado con Pearl en la otra ala de la casa. Me había esmerado en poner a la niña uno de sus conjuntos más lindos, y llevaba el pelo muy bien cepillado y recogido con una cinta rosa. Obviamente, la señora Flemming ignoraba quién era Beau, pero dedujo por mi excitación y nerviosismo que se trataba de un visitante atípico.

Paul había ido a la conservera para hacer unas pocas gestiones, según me dijo, pero aún no había regresado cuando oí unos bocinazos y avisté el familiar y suntuoso automóvil avanzando por la avenida de grava. Me quité los guantes y corrí a recibirlos.

–¿Dónde está la servidumbre? –reclamó Gisselle con altanería–. Deberían alinearse todos en la entrada siempre que llega un invitado.

–En el *bayou* no observamos esas formalidades, Gisselle –le dije. Me volví hacia su acompañante–. Hola, Beau, ¿cómo estás?

–Muy bien. Esto es… magnífico. Las descripciones de Gisselle no le hacían justicia –dijo, mirando asombrado alrededor–. Es uno de esos lugares que tienes que ver con tus propios ojos para poder apreciarlo. Comprendo que seas feliz aquí, Ruby.

–¿Y cómo no iba a serlo? Tiene un hogar moderno y a la vez continúa viviendo en su adorado lodazal –se burló Gisselle. James apareció en la puerta–. Éste es tu mayordomo, ¿no? ¿Cómo se llama?

–James –dije.

–¡James! –le llamó con apremio–. ¿Podrías sacar nuestras maletas del portaequipajes? Necesito cambiarme lo antes posible. El largo trayecto y el calor húmedo del pantano me han dejado el pelo como la estopa.

James me consultó con los ojos, y yo asentí.

–A sus órdenes, madame –dijo. Ya le había indicado en qué habitación se hospedarían.

–¡Qué ganas tengo de visitarlo todo! –exclamó Beau, con la mirada clavada en mí.

–Yo ya lo he visto –dijo Gisselle–. Prefiero ir directamente a nuestra *suite.* Porque tenemos una *suite,* ¿verdad?

–Por descontado –repuse–. Seguidme.

–Sólo nos quedaremos una noche. Beau ha traído la documentación del caso y los papeles que tienes que firmar, ¿no es así, Beau?

–Sí –respondió él, aún sin quitarme la vista de encima.

—Quiero solucionarlo todo cuanto antes para no tener que hacer más viajecitos a esta ciénaga —declaró Gisselle dirigiendo a Beau una mirada penetrante.

—No dudes ni por un momento que haremos lo que esté en nuestra mano para liquidar el asunto a satisfacción de todos —le dije.

—Hablas ya como Daphne. ¿A ti no te la recuerda, Beau? No te conviertas en una ricachona esnob, querida hermana —me advirtió, y echó la cabeza hacia atrás para soltar una risotada. Yo miré a Beau, que me sonrió seductoramente.

—Adelante, James, encabeza la marcha —ordenó Gisselle, y penetramos todos en la mansión.

Beau expresó sin ambages su admiración por las dimensiones del zaguán, la ebanistería y las lámparas. Cuantos más elogios me hacía más se exasperaba Gisselle.

—Has visitado casas más bonitas en Garden District, Beau. No sé por qué finges estar tan fascinado.

—No finjo, *ma chérie* —dijo él sin inmutarse—. Debes dar a Ruby y a Paul el mérito que tienen por haberse construido una residencia tan monumental en el *bayou*.

—¿No es irresistible cuando habla francés? —se exaltó Gisselle—. Tú ganas; admito que es una buena choza —dijo, y se carcajeó—. Y James, ¿adónde ha ido?

—Te espera con tus cosas en lo alto de la escalera —contesté, señalándoselo.

—¡Ah, sí! ¿No tenías también una doncella?

—Todos mis criados están alertados y a tu disposición —le aseguré. Ella mostró una sonrisita pretenciosa e inició el ascenso al primer piso.

—Tienes una casa preciosa, en un emplazamiento insuperable —insistió Beau.

Nos estudiamos mutuamente, y durante un momento cayó sobre ambos un silencio más denso que la niebla.

—Te llevaré junto a tu… junto a Pearl —dije tímidamente. Sus ojos se avivaron con la expectación. Le conduje hasta el patio, donde la señora Flemming había puesto a jugar a la niña en un parque.

—Señora Flemming, le presento a mi cuñado Beau Andreas —dije.

—¿Cómo está usted? —saludó Beau a la niñera y le tendió la mano, aunque tenía los ojos literalmente fijos en Pearl.

—Encantada de conocerle —respondió la señora Flemming.

—Y ésta es Pearl —murmuré.

Beau ya se había adelantado hacia la pequeña. Se arrodilló junto al parque, y ella dejó de manipular su juguete para mirarle de frente. ¿Podía un ser tan diminuto reconocer a su padre con sólo verle? ¿Captó algo en sus ojos, algo de sí misma? A diferencia de la mirada curiosa que dirigía a otras personas, una mirada que solía morir en un suspiro, aquilató a Beau muy pensativa y formó una vaga sonrisita en sus labios infantiles, y cuando él alargó los brazos para sacarla del parque no hizo amago de llorar. Beau le besó las mejillas y el cabello, y Pearl en contrapartida le palpó la cara como si quisiera verificar que no era un sueño.

No pude evitar que las lágrimas me nublaran la vista, pero pestañeé fuertemente antes de que rebasaran los párpados. Beau se volvió hacia mí con la cara radiante.

—Es una divinidad —masculló. Me mordí el labio inferior y asentí. De un modo instintivo espié a la señora Flemming, que observaba la escena con gran interés y una leve sonrisa en los labios. Su edad y su sabiduría debían de percatarse de algunos signos curiosos.

—Es innegable que le ha caído simpático, monsieur —dijo.

—Tengo un don especial para las jovencitas —bromeó Beau, y dejó a Pearl de nuevo en el parque. Ella rompió a llorar instantáneamente, lo cual suscitó la perplejidad de la señora Flemming.

—Pórtate bien, Pearl —la reñí con ternura—. Quiero enseñarle la casa a tío Beau.

Sin decir una palabra más guié a mi invitado hacia la piscina y los vestuarios.

—Ruby —me dijo cuando estuvimos a una distancia prudente—, ¡qué monada de hija concebiste! Es más adorable de lo que hubiera imaginado nunca. No me extraña que Paul esté encandilado con ella; es idéntica a ti.

—No, ha sacado más bien tus facciones —le contradije—. Aquí, como ves, está la piscina. El año que viene Paul quiere construir una pista de tenis en esa explanada, y tenemos un embarcadero privado en el canal, por allí —le expliqué. Sólo si hablaba y me distraía con otros temas podría reprimir el llanto. Pero Beau no me escuchaba.

—¿Por qué no luché contra mis padres? ¿Por qué no escapé yo también? Hubiera huido contigo al *bayou* y juntos habríamos iniciado una nueva vida.

—Beau, no digas tonterías. ¿Qué hubieras hecho, sentarte en la cuneta y ayudarme a vender artesanía local?

—Hubiera buscado un empleo decente. Quizá hubiese terminado trabajando para la familia de Paul, un pescador de camarones o…

—Cuando se tiene una hija real, una niña de carne y hueso, no puede uno vivir de fantasías —dije, quizá con crueldad. Beau descartó sus ensoñaciones y dobló la cabeza.

—Tienes razón, como siempre.

—¿Te apetece ver mi estudio?

—Sí, muchísimo.

Mientras subíamos no dejé de perorar sobre los negocios de Paul y cómo ciertos políticos le estaban asediando, no sólo para aportar fondos sino porque veían la posibilidad de que optase algún día a un cargo electoral.

—Tienes a Paul en gran estima, ¿verdad? —me dijo ya en la entrada del desván.

—Sí, Beau. Siempre fue un muchacho muy maduro, a años luz de otros chicos de su edad, y ahora es un negociante astuto. Pero por encima de todo vive entregado a Pearl y a mí, y haría cualquier cosa para complacernos —declaré, y abrí la puerta de mi estudio.

—¿Sabías que he comprado algunas de tus pinturas? Las he colgado en lo que es mi actual despacho —dijo—. Así empiezo cada día con una porción de ti.

—Desde aquí —le señalé, como si no hubiera oído sus palabras— tengo un espléndido panorama de los canales y de toda la finca.

Se asomó a la ventana.

—Ahora que sé lo que miran tus ojos todos los días podré invocarte más vivamente cada mañana.

—Ésta es mi obra más reciente —dije como si tampoco hubiera oído aquel otro requiebro—, una serie titulada la «Epopeya Confederada».

Beau examinó los lienzos.

—Son fabulosos —dictaminó—. Tengo que quedarme con ellos, con toda la serie. ¿Cuánto vale?

Me eché a reír.

—Todavía no la he terminado, Beau, y no tengo ni idea de qué precio le pondrán. Probablemente será muy inferior a lo que supones.

—O muy superior. ¿Cuándo llevarás los cuadros a Nueva Orleans?

—Antes de que acabe el mes.

—Ruby —me dijo, con tanta emoción y vehemencia que esta vez hube de mirarle a los ojos. Tomó mis manos y las retuvo entre las suyas—. Debo explicarte por qué me casé con Gisselle. Necesitaba encontrar un medio de permanecer cerca de ti aun después de haberte perdido. A pesar de cómo se comporta, tu hermana tiene momentos de paz e intimidad en los que se te parece más de lo que crees. Es una muchachita asustada, solitaria, que se esconde tras esa coraza de frivolidad y egoísmo porque teme quedarse sin nada, sin nadie que la quiera.

»Cuando me muestra esa faceta, pienso en ti. Siento que es a ti a quien acuno en mis brazos, arropándote, besando las lágrimas que cubren tus mejillas. Hasta la he incitado a usar tus perfumes favoritos para poder cerrar los ojos y ver solamente tu imagen.

—Beau, eso es aberrante.

—Lo sé, me he dado cuenta. Gisselle no es tonta. Adivina mi juego, aunque lo ha tolerado de buen grado... hasta hace poco. Últimamente ha vuelto a su antigua personalidad, rechazando las nuevas cualidades como un buque que naufraga se desprendería del lastre. Ha empezado otra vez a beber excesivamente, a invitar a sus disolutos amigos de antaño a fiestas de madrugada... —Meneó la cabeza—. Todo ha salido al revés. No puedo transformarla en ti —confesó, y sus ojos buscaron los míos—. Pero quizá ya no sea necesario.

—¿Qué quieres decir, Beau?

—He alquilado un apartamento en un chaflán de Dumaine Street, en el Barrio Francés. Gisselle no sabe nada. Quiero que nos veamos allí cuando vayas a Nueva Orleans.

—¡Beau! —exclamé, liberando mis manos de las suyas y retrocediendo estupefacta.

—No te pido nada abominable, ni siquiera pecaminoso, Ruby. Nos amamos. Sé que es así. Conozco el pacto que has sellado con Paul. El vuestro es un matrimonio sólo a medias, y te he dicho la verdad sobre el mío con Gisselle. No podemos dejar tan vacía esa parte de nuestras vidas. No podemos sobrevivir con un anhelo frustrado. Por favor, Ruby querida, ven a mí —imploró.

Durante unos instantes me quedé muda. Las imágenes que su proposición generó en mi mente eran abrumadoras. Noté que una extraña fiebre abrasaba mis mejillas. Verme con él y echarme en sus brazos, aferrarme a su cuerpo y sentir sus labios contra los míos, escuchar sus dulces palabras de amor al compás de los latidos del corazón y alcanzar una vez más el éxtasis que habíamos conocido, había estado todo aquel tiempo fuera de mis cálculos, más allá de mis sueños.

–No puedo –masculló–. Paul sufriría...

–No tiene por qué enterarse. Seremos precavidos, no heriremos a nadie, Ruby. Llevo varios días planeándolo. Ha consumido mis pensamientos. Ayer, cuando alquilé el piso en el Barrio Francés supe que podíamos y que debíamos hacerlo. ¿Vendrás?

–No –dije, dando unos pasos hacia la puerta–. Es imposible. –Negué enérgicamente con la cabeza–. Bajemos. Paul ya debe de haber llegado.

–¡Pero Ruby...!

Salí del estudio y comencé a descender la escalera, huyendo de mis tentaciones. Al fin Beau me siguió. Le esperé en la planta baja.

–Ruby –volvió a atacar, ahora con un tono más sosegado–, si...

–¡Ah, estabais aquí! –oímos decir, y vimos acercarse a Paul y a Gisselle procedentes del patio.

–Le he enseñado mi estudio a Beau –dije muy azorada.

Paul me besó en la mejilla y entornó los ojos al mirar a Beau.

–¿Has visto su serie nueva? –le preguntó, y luego me dirigió una mirada teñida de desánimo.

–Es genial –exclamó Beau–. Me he emperrado en comprarle la serie completa, pero ella me ha dicho muy cautamente que aún es pronto para tasarla –añadió con una carcajada.

–Pagaste demasiado dinero por los cuadros que tienes –le reprendió Gisselle–. ¡Ni que fuese una celebridad!

–Descuida, lo será –aseveró Paul–. Y te sentirás muy orgullosa de ella, tanto como lo estoy yo.

–¿Y si hablásemos de negocios? –propuso Gisselle, impaciente–. No quiero tener que hacer más giras por los pantanos.

–¡Pero si aún no los has pisado, Gisselle! –le recordó Paul–. Permitidme que os lleve en mi motora para mostraros la belleza de los canales.

–¿Cómo? ¿Pretendes que me meta en ese agujero? –dijo mi hermana, con el índice extendido hacia las aguas–. Me devorará viva.

–Te pondré un líquido en la cara y los brazos que ahuyentará todos los insectos –le aseguró Paul–. Tienes que convertirte en una turista, aunque sea sólo durante un rato. Insisto en que me dejéis sorprenderos.

–A mí me gustaría mucho –intervino Beau.

–Pues no se hable más. Después de comer iremos a dar un paseo acuático por las inmediaciones. Entretanto podríamos instalarnos en mi despacho y empezar a descifrar toda esa jerga legal.

–Conforme –dijo Beau. Cogió del brazo a Gisselle. Satisfecha, ella echó a andar hacia los salones. Paul me lanzó una mirada inquisitiva.

–¿Todo va bien? –me preguntó en voz baja.

–Sí, divinamente.

–Lo celebro. –Me tomó de la mano y seguimos a los otros.

Gisselle abrió la sesión declarando que, a su juicio, todos los inmuebles de Nueva Orleans debían ser para ella.

–Beau y yo estamos dispuestos a canjearlos por otras propiedades y activos de... ¿cuál era la expresión, Beau?

—De valor comparable –le apuntó él.

—Exacto, de valor comparable.

—¿Tú qué dices, Ruby? –me interpeló Paul.

—No hay ningún problema. Ahora mismo no me interesa tener posesiones en Nueva Orleans.

—Papá, o mejor dicho Daphne, compró edificios de apartamentos en otros sitios. Somos unos propietarios a gran escala, ¿verdad, Beau?

—La cartera es bastante impresionante, sí –ratificó él, señalando las primeras páginas de los documentos–. Esto es un inventario de todas las fincas con la tasación correspondiente en el mercado. Los terrenos del lago Pontchartrain son oro en barra.

Paul se inclinó y estudió la lista. Muy pronto los dos hombres monopolizaron la conversación. Gisselle sacó una lima de uñas y empezó a hacerse la manicura. Yo no tenían ningún interés por los bienes inmobiliarios y accedí gustosamente a vender algunos.

—¿Qué se sabe de Bruce? –inquirí al cabo de un rato.

—No hemos tenido noticias suyas ni de su abogado desde que éste habló con el nuestro. Creo que ha comprendido que sólo malgastaría en honorarios legales el dinero que haya podido embolsarse.

—¿Está todavía en Nueva Orleans?

—Sí. Tiene un bloque de viviendas propio y algunos otros valores, pero nada que pueda igualarse a la fortuna que habría heredado de no prever Daphne la eventualidad y bloquearla.

—¿Por qué lo haría? –me pregunté en voz alta–. Evidentemente, ella no quería que el dinero y el patrimonio fuesen a parar a nuestras manos –dije, buscando con la mirada la confirmación de Gisselle.

—Eso es incuestionable –afirmó ella.

—Quizá tenía miedo de Bruce –sugirió Beau.

—¿Miedo? ¿En qué sentido lo dices? –indagó Paul.

—Tal vez temía que si iba a enriquecerse tanto con su

muerte pudiera… ¿cómo expresarlo? Pudiera acelerarla.

Los cuatro guardamos silencio unos instantes, ponderando aquellas palabras.

–Daphne sabía con qué clase de hombre se había casado y lo que era capaz de hacer –continuó Beau–. Hemos sacado a la luz algunos de los tejemanejes que tramaron juntos antes de la muerte de Pierre. Hay documentos falsificados, operaciones ilegales… toda una retahíla de fraudes.

–Por lo tanto, Bruce no sufre ningún castigo que no merezca –concluyó Paul.

Los hombres siguieron repasando los detalles de la herencia. Gisselle, que había insistido en que la reunión se celebrase de inmediato, comenzó a dar muestras de hastío. Al fin decidimos suspenderla e irnos a comer.

Almorzamos en el patio. Paul mantuvo boquiabierto a Beau con su discurso sobre política y petróleo, y Gisselle disertó sobre sus viejas amistades, lo que compraban y los lugares donde habían estado. Cuando la señora Flemming nos llevó a Pearl me puse en guardia, esperando que mi hermana hiciera algún comentario embarazoso, pero contuvo la lengua y actuó como la tía perfecta, deleitándose de repente con las gracias de su sobrina.

–Voy a esperar un poco antes de tener hijos –declaró–. Sé cómo se deforma la figura y aún no me siento preparada. Beau y yo estamos plenamente de acuerdo en ese capítulo, ¿no es así, Beau?

–¿Perdón? ¡Ah, sí! Desde luego, *chérie*.

–Dime algo romántico en francés, Beau, como solías hacer cuando paseábamos por la orilla del Sena. Vamos, dame ese gusto.

Él me miró de soslayo y dijo:

–Siempre que tú entras en una habitación, *mon coeur bat la chamade*.

–¿No es bonito? ¿Qué significa, Beau?

Sus ojos volvieron a espiarme durante una fracción de segundo, y luego sonrió a Gisselle y tradujo:

—Siempre que tú entras en una habitación el corazón se me sale del pecho.

—¿Los cajun también tenéis expresiones de amor? —preguntó mi gemela.

—Sí, algunas —respondió Paul—. Pero el acento es tan distinto que probablemente no las entenderías. Bien, es la hora de nuestro *tour* por los pantanos. ¿Estáis listos?

—Jamás lo estaré para algo tan horrible —protestó Gisselle.

—Te entusiasmará, mal que te pese —le auguró Paul.

—No tengo nada que ponerme. No quiero ensuciar la ropa que he traído.

—Yo guardo algunos pantalones usados de tu medida, Gisselle —ofrecí—, y también camisas viejas. Ven, vamos a buscarlos.

No cesó de quejarse al subir la escalera, mientras nos cambiábamos y en el camino de vuelta a la planta baja. Paul le dio un repelente de insectos para que se embadurnase la cara, el cuello y los antebrazos desnudos.

—¿Y si me provoca un sarpullido?

—Eso no ocurrirá. Es una antigua receta cajun.

—¿De qué se compone? —preguntó mi hermana.

—Más vale que no lo sepas —contestó sensatamente Paul.

—Apesta.

—Así los bichos no se te acercarán —dijo Beau.

—Ni las personas tampoco.

Todos nos reímos, y en cuanto mi hermana estuvo bien untada fuimos hasta la barca. Beau se sentó entre Gisselle y yo.

—*Laissez les bons temps rouler!* —exclamó Paul—. ¡Dejad que discurran los tiempos felices!

Gisselle lanzó un chillido cuando nos pusimos en

marcha, pero en cuestión de minutos estaba calmada e incluso atenta. Paul nos señaló las madejas de serpientes verdes, los movimientos de los caimanes, las nutrias, las aves y la lozana madreselva que crecía en las riberas. Fue un guía fantástico, con una voz que transmitía su amor al pantano, su veneración por la vida que medraba en los canales. Apagó el motor y flotamos sobre lagos salinos de poca hondura, observando a los ratones almizcleros que construían industriosamente sus bóvedas de hierba seca. Divisamos una mocasín de agua que tomaba el sol en una roca, con su cabeza triangular del color de un penique antiguo.

Capturó nuestra atención un aleteo de patos silvestres en la superficie del agua y, unos momentos más tarde, un vetusto y enorme caimán alzó la cabeza y nos escudriñó, coronado por un círculo de libélulas. Derivamos entre islas de nenúfares y bajo los verdeantes sauces llorones. Beau bombardeó a Paul con preguntas sobre la vegetación, los animales, el arte de leer los mensajes del canal y cómo anticiparse a los peligros.

Gisselle se vio forzada a admitir que le había gustado el paseo.

—Ha sido como navegar por un zoológico o algo así —dijo—. Pero estoy deseando darme un baño y quitarme de encima esta mugre.

Un rato después nos vestimos para la cena. Tomamos el aperitivo en la biblioteca, donde Paul y Beau conversaron sobre la política de Nueva Orleans y Gisselle me habló de la moda del momento y de los diseños originales que había encargado. Letty nos preparó uno de sus deliciosos menús, al que Beau no escatimó elogios. Todos bebimos mucho vino y hablamos por los codos, Paul, Beau y yo llenando los silencios más por nervios que por otra razón. Gisselle era la única que parecía estar cómoda y relajada.

Después de cenar nos sirvieron los licores en la sala

de estar. El alcohol, la buena comida, el torrente inin-
terrumpido de palabras y la tensión emocional nos habían agotado. Incluso mi hermana empezó a bostezar.

–Deberíamos acostarnos y madrugar mañana –propuso.

–¿Madrugar, tú? –dijo Beau con incredulidad.

–Sólo lo suficiente para terminar con el papeleo y
regresar cuanto antes a Nueva Orleans. Mañana por la
noche tenemos un baile en la agrupación de artes escé-
nicas. Es de rigurosa etiqueta –explicó–. ¿Has asistido
alguna vez a una fiesta de gala, Paul?

Él se ruborizó.

–Tan sólo a las veladas del gobernador en su mansión de Baton Rouge –repuso.

–¡Oh! –exclamó mi gemela con desencanto–. Me
noto muy pesada, Beau. He comido demasiado.

–Subamos enseguida. Gracias por un día tan estupendo y por la deliciosa cena –dijo Beau, y agarró del
brazo a Gisselle, que se irguió con un ligero bamboleo.

–Que soñéis con los angelitos –nos deseó mi hermana, y se dejó llevar. Paul meneó la cabeza y se rió. Luego volvió a sentarse.

–¿Estás conforme con las decisiones que he tomado? –me preguntó–. No quisiera inmiscuirme en tus
asuntos.

–Mis asuntos también son tuyos, Paul. Confío absolutamente en ti para estas cosas. Estoy segura de que
has elegido lo que más me conviene. –Él esbozó una
sonrisa.

–Si Beau creía que había venido aquí para negociar
con un tosco chiquillo cajun, se ha llevado una sorpresa.
Créeme, hemos salido mejor librados que ellos –declaró
con inaudita arrogancia–. Esperaba que sería más… Que
sería todo un desafío. Y bien –añadió, arrellanándose en
el sofá–, ¿qué has experimentado hoy al verle?

–Paul, por favor, no empieces.

—Y todo por un error de nacimiento –farfulló–, por una maldición. Si mi padre no se hubiera internado en el pantano y no hubiera engañado a mi madre…

—Paul…

—De acuerdo, discúlpame. ¡Pero es una situación tan injusta! Deberíamos tener voz y voto en nuestro destino. Como espíritus latentes antes de nacer, tendrían que pedirnos opinión. Y no te burles de mí, Ruby –me advirtió–. Tu *grandmère* Catherine creía que el espíritu era anterior a la materia.

—No me burlo, Paul. Pero no quiero que te tortures. Estoy bien. Además, todos nos hemos excedido con la bebida. Vayamos también a dormir. –Él asintió.

—Ve tú –dijo–. Tengo que barajar números en el despacho.

—Paul…

—Te prometo que no tardaré. –Me besó en la mejilla y me estrechó en un apretado abrazo. Después suspiró, dio media vuelta y se fue presuroso.

Subí la escalera con el ánimo decaído. Di una ojeada a Pearl y fui a mi dormitorio, consciente de que en las habitaciones vecinas había dos hombres que ansiaban estar a mi lado. Me sentía como un fruto prohibido, aislado del mundo por leyes tácitas y por leyes escritas. Años atrás mis padres habían escuchado únicamente los dictados de sus corazones. Ajenos a toda prohibición y al aplastante peso de los pecados que iban a cometer, se buscaron pensando sólo en la piel y los labios aterciopelados del otro.

¿Acaso yo tenía una madera moral más sólida? Y lo más importante, ¿quería yo de verdad, en lo más profundo de mis entrañas, ser así? ¿O quizá prefería lanzarme a los brazos de mi galán y embriagarme tanto con su amor que dejaran de angustiarme la mañana siguiente, los días venideros, las noches preñadas de voces turbadoras?

No era culpa nuestra; no podíamos ser culpables de habernos enamorado y de que los acontecimientos hicieran ilícito nuestro amor. Me dije que el pecado estaba en las circunstancias, no en nosotros. Pero eso no me ayudaría a afrontar el nuevo amanecer y el anhelo que inevitablemente había de sucederle.

9

EL FRUTO PROHIBIDO

Pese al hincapié que había hecho Gisselle en su deseo de levantarse temprano, completar nuestra tarea y emprender el viaje de regreso a Nueva Orleans, Paul, Beau y yo estábamos ya sentados a la mesa tomando café cuando finalmente nos honró con su presencia, gimiendo y refunfuñando a causa de la noche tumultuosa que había pasado.

—He tenido unas pesadillas terribles, en las que algunas de las criaturas que vimos ayer en el pantano se colaban en la casa, reptaban por la escalera e iban a mi alcoba y a mi cama. Sabía que no debía hacer la dichosa excursión por los canales. Ahora tardaré meses en quitarme esas imágenes de la cabeza. ¡Puah! —exclamó, y fingió un escalofrío.

Paul se echó a reír.

—Francamente, Gisselle, creo que debería inquietarte mucho más vivir en la ciudad, con sus elevadas tasas de criminalidad en la calle. Al menos nuestras alimañas son previsibles. Si intentas besuquear a una serpiente mocasín no vacilará en darte su opinión.

Beau se sumó a la risa.

—Quizá sea divertido para vosotros los hombres,

pero las mujeres somos más delicadas, más frágiles...
¿O son sólo las de Nueva Orleans? —dijo mi hermana, mirándome ceñuda al ver que no saltaba en su
defensa.

A continuación nos comunicó que estaba demasiado cansada para probar bocado.

—Sólo tomaré una taza de café —dijo.

Los demás tomamos un copioso desayuno, tras lo
cual nos metimos en el despacho y ultimamos nuestros
acuerdos. Firmé todos los documentos habidos y por
haber, y Beau prometió tenernos al corriente del desa-
rrollo de las gestiones.

Me pidió discretamente ver a Pearl antes de irse, así
que le llevé a su habitación. La señora Flemming acababa de cambiarla, peinarle el cabello y atarlo con un
lacito rosa. En el momento en que Pearl puso los ojos
en Beau, su rostro resplandeció. Sin decir una palabra,
él la alzó en volandas y besó sus tirabuzones. La niña
estaba intrigada con su mata de pelo y quiso pasar los
dedos por encima.

—Es muy inteligente —dijo Beau, sin dejar de mirar-
la—. Se nota en su manera de observar las cosas, en cómo
atraen su atención.

—Estoy de acuerdo —declaró la señora Flemming.

—Llévala abajo si quieres, Beau —le sugerí. Él se
mostró encantado, y nos dirigimos a las escaleras.
Gisselle se disponía ya a atravesar la puerta principal,
tras decir a James que fuese más cuidadoso con su maleta.

En la columnata del porche, Beau me entregó a
Pearl y estrechó la mano de Paul.

—Gracias por vuestra invitación. Ayer fue un día de
lo más instructivo. Debo reconocer que aprendí mucho
acerca del *bayou* y ahora me merece más respeto.

—Ha sido un placer —dijo Paul, mirándome oblicua-
mente y con una sonrisa tirante en la boca.

—¡Beau, no te eternices con esa despedida! —le azuzó mi hermana desde el coche—. Empieza a hacer un calor sofocante y pegajoso, y los insectos vuelan en bandadas desde la ciénaga.

—Será mejor que me dé prisa —se excusó él. Paul fue hasta el Rolls para besar a Gisselle.

—Lo he pasado formidablemente —me dijo Beau.

Apretó mi mano y se inclinó como si fuese a darme un beso en la mejilla, pero sus labios rozaron los míos. Cuando retiró la mano, dejó en mi palma un pequeño trozo de papel. Antes de que le preguntase qué era, sus ojos me lo dijeron. Durante un instante me sentí como si estuviera una cerilla encendida. Lancé una mirada furtiva a Paul y Gisselle y metí la nota en el bolsillo de la blusa. Beau besó a Pearl una vez más, bajó corriendo la escalinata y se sentó al volante del coche.

—Gracias de nuevo —dijo.

—Adiós. Venid a visitar la civilización cuando tengáis oportunidad —ofreció Gisselle—. A casa, Cristóbal —ordenó, agitando la mano hacia la autopista, y soltó una carcajada. Beau hizo una mueca de desdén, nos sonrió y puso el motor en marcha.

—Tu hermana es todo un espectáculo —comentó Paul—. No envidio a Beau por convivir diariamente con ella; pero si hablamos de otros aspectos, le tengo más celos de lo que él sabrá jamás. —Me escrutó un momento, y rehuí sus ojos avergonzada—. En fin, ya es hora de ir a trabajar —dijo. Nos besó a Pearl y a mí y montó en su automóvil.

La señora Flemming se hizo cargo de Pearl en cuanto entramos en la casa. No me apetecía mucho pintar, pero la serena soledad del estudio me resultaba más que atractiva. Subí a la buhardilla. Me apoyé brevemente en la puerta y cerrando los ojos reviví el instante en que Beau había sellado mis labios con un rápido beso de despedida. Vi sus iris azules y sentí su amor.

Mi corazón palpitaba cuando extraje la nota del bolsillo y la desdoblé. Contenía sencillamente una dirección, una fecha y una hora. El día era el martes de la semana siguiente. Estrujé el papel para tirarlo a la papelera que había debajo del caballete, pero fue como si estuviera encolado, no se despegaba de mi mano.

Volví a meter el mensaje en el bolsillo de mi blusa y traté de expulsarlo de mi mente mientras trabajaba, pero cada cinco minutos imaginaba que se había calentado, y me provocaba un hormigueo de excitación en los pechos, como si los acariciaran los dedos de Beau, como si los besaran sus labios. Mi corazón se desbocó, dificultándome la respiración. No podía pintar ni concentrarme en nada más.

Al final desistí y fui al banco de la ventana. Estuve sentada casi una hora mirando ensimismada los canales, viendo volar las garzas de un sitio a otro. Con dedos temblorosos saqué nuevamente del bolsillo la nota de Beau y me aprendí la dirección, almacenándola en la memoria junto a la fecha. Luego guardé el papel en un cajón del armario de material. No pude decidirme a romperlo.

Paul no comió en casa. Adelanté un poco el trabajo, pero pasé la mayor parte del tiempo escuchando las voces litigantes de mi cerebro. Una de ellas era suave, persuasiva, tentadora, e intentó convencerme de que me merecía el amor de Beau y que nuestros sentimientos eran demasiado puros para entrañar infamia o malicia.

La segunda voz era bronca, mordaz e hiriente, y me recordó el dolor que le causaría a Paul, cuya devoción a Pearl y a mí era total e inquebrantable. «Piensa en lo que ha sacrificado por vuestra felicidad», me dijo.

«Ésa es sólo otra buena razón para mantener en secreto las citas con Beau», replicó la voz amistosa.

«¡Un engaño flagrante!»

«No, no hay tal engaño si su finalidad es proteger

a alguien a quien se quiere para evitarle sufrimientos.»

«Pero vas a actuar de un modo traicionero, mintiendo y ocultándote. ¿Te haría Paul esa misma jugada?»

«No, pero Paul y tú convinisteis en que ninguno se interpondría en el camino del otro si éste amaba a alguien. Aunque está hundido y descorazonado, Paul es un hombre comprensivo y no quiere hacer nada que te contraríe o te impida ser feliz.»

«Pero...»

«¡Basta de peros!», me reprendí. Solté el pincel y abandoné el estudio, donde la soledad no había hecho sino alentar el conflicto de mis dos mitades. Deambulé sin rumbo por la casa y los jardines y luego, impulsivamente, busqué a la señora Flemming y le dije que quería llevar a Pearl a dar una vuelta en coche.

Ajusté la sillita al asiento delantero, instalé a mi hija y me dirigí a la vieja casucha de *grandmère* Catherine. El cielo estaba encapotado y la brisa del sudoeste amenazaba con arrastrar nubes aún más tormentosas.

—¿Recuerdas este lugar, Pearl? —le pregunté al bajar del coche y llevarla en brazos hasta la desvencijada galería.

Los hierbajos estaban muy crecidos, y había un millar de telarañas en mi caseta junto a la carretera. Oí a los ratones de campo escabullirse por todos los rincones de la casa en busca de un escondrijo cuando pisé los tablones del porche. La antepuerta de tela metálica chirrió sobre sus goznes oxidados cuando la abrí y entré en lo que me pareció una sala minúscula. «¡Qué paradojas! —pensé—. Durante mi primera infancia éste fue todo mi mundo, y lo encontraba apabullante.» Ahora tenía un aparador más grande que la sala de estar y Letty utilizaba una despensa mayor que la cocina.

Recorrí la casa con la esperanza de que mi regreso atraería al espíritu de *grandmère* y me daría algún consejo. «¡Ojalá me mandase sólo una señal, un augurio!», pensé. Pero la chabola estaba vacía y hueca, sin más vida que los ecos de mis movimientos. Era un camposanto del que habían desertado los cuerpos y las ánimas. Incluso los recuerdos parecían sentirse incómodos, porque no existía ya ninguna tibieza, ni música, ni aromas de quingombó y jambalaya, ni voces, nada salvo el viento que hacía aletear los tablones sueltos y ululaba sobre el tejado de uralita, arrancándole repiqueteos como si una bandada de sinsontes o de gayos caminara nerviosamente de una punta a otra.

Salí al exterior y estudié el pantano.

—Mamá solía jugar en estos campos, Pearl. Solía pasear por la orilla del canal y observar los animales, los peces y también los caimanes y las tortugas. Algunas veces los ciervos acudían hasta el linde mismo del camino para pacer, y levantando la cabeza me miraban con ojos tristes.

Pearl lo miró todo con cara de asombro. Se diría que intuía mi humor reflexivo y estuvo más callada de lo habitual. De repente, como si hubiera oído mis palabras, una pequeña cierva surgió de detrás de unos arbustos y alzó la testa para examinarnos. El bello animal permaneció inmóvil como una estatua; solamente sus largas orejas oscilaban. Cuando Pearl emitió unos grititos, se limitó a escudriñarnos con mayor curiosidad, sin ningún temor. Pasados unos minutos dio media vuelta y se esfumó igual que una visión.

Aquel universo sí que albergaba criaturas puras e inocentes, pensé, y si nadie las estorbaba así continuarían; pero era raro que no las estorbasen. Me entretuve un tiempo en la casucha, y por fin me marché tras llegar a la conclusión que sólo había un lugar donde hallaría una respuesta a mi dilema, y era en mi propia conciencia.

Unos días más tarde, mientras cenábamos, Paul me comunicó su necesidad de viajar a Dallas, en Texas.

—Tendré que pasar tres días fuera. Me gustaría que

me acompañaseis Pearl y tú. Por supuesto, puedes llevar también a la señora Flemming. A menos que tengas otros planes, claro.

–Verás, había pensado llevar la «Epopeya Confederada» a Nueva Orleans. Ya he hablado con Dominique sobre ella y otras obras, y cree que es el momento de montar una exposición. Quiere invitar a sus clientes más asiduos y hacer mucha propaganda.

–Eso es fenomenal, Ruby.

–No sé si estoy madura para exhibir así...

–Tú nunca te sentirás madura, pero si Dominique opina lo contrario, ¿por qué no hacer la prueba?

Asentí, y jugué un instante con la servilleta.

–En ese caso, aprovecharé para ir a Nueva Orleans mientras tú estás en Dallas –dije–. Sólo pasaré allí una noche.

–¿Dormirás en casa de Gisselle?

–No es lo que más me apetece. Probablemente me hospedaré en el Fairmont.

–Como gustes.

Nos miramos. ¿Sabía Paul lo que anidaba realmente en mi corazón? Siempre me había sido difícil esconderle mis verdaderos pensamientos y emociones. Si los captó, prefirió no hablar. Amagó una sonrisa y luego dedicó su atención a la pequeña Pearl. Yo aborrecía mentirle, pero mi voz embaucadora había ganado la partida cuando me dijo que únicamente obraba así para ahorrarle la pena a Paul.

Tuvo que salir temprano la mañana en que viajó a Dallas. Después de levantarme, hice mi equipaje y bajé a desayunar. James me ayudó a colocar los cuadros en el maletero, y la señora Flemming sacó a Pearl a la puerta para despedirme con la mano mientras partía.

Di una mirada al espejo retrovisor y las vi allí a las dos, a la niñera y a la lindísima hija que había tenido con Beau. «Un amor que ha producido a alguien como Pearl jamás podrá ser un amor pernicioso», medité, y aquella idea me impulsó a seguir. Unos momentos después entré en la ancha autovía, aceleré, me quité la cinta del pelo y dejé que el viento lo alborotase, haciéndome sentir libre, viva y pletórica de entusiasmo.

—Aquí me tienes, Beau —susurré—. Aunque el mundo entero arda en el infierno, voy a tu encuentro.

En Nueva Orleans hacía un día deslumbrante. Los nubarrones y la lluvia que la habían castigado la noche anterior se habían disuelto, para ser reemplazados por un vasto cielo azul con unas algodonosas nubecitas de un blanco níveo. Tan pronto me detuve delante del Fairmont y corrió a recibirme el portero, sentí el pulsante latido que siempre había asociado a la ciudad. Unida a mis nervios exacerbados, su cadencia me sensibilizó con sus sonidos y perfumes. Cuando entré en el hotel me pareció que todo el mundo me miraba y que mis zapatos taconeaban demasiado fuerte en el suelo de mármol. Hice subir mis cosas a la habitación, me senté frente al tocador y me desenredé la melena. Me retoqué también el carmín, y de súbito decidí lavarme los dientes.

Tuve que burlarme de mí misma, me estaba comportando como una quinceañera en su primera cita amorosa; pero aun así mi ritmo cardíaco no disminuyó y el rubor que avivaba mis pómulos se adhirió firmemente a ellos. Vi la expresión frenética y espantada de mis ojos y me pregunté si un observador advertiría que era una mujer balanceándose en una cuerda floja emocional, una mujer casada que iba a encontrarse con su antiguo amante. Consulté el reloj incontables veces. Me probé tres vestidos antes de resolver que el conjunto que había elegido inicialmente era el más favorecedor. Finalmente sonó la hora. Mi mano tembló en la manivela de la puerta. Respiré profundamente, abrí y eché a andar velozmente hacia el ascensor.

Había decidido ir caminando hasta el lugar convenido. Canal Street estaba tan transitada y bulliciosa como siempre, pero fue estimulante perderme entre los grupos de ciudadanos que la cruzaban o se encaminaban apresuradamente al Barrio Francés. Era como si me mantuvieran en marcha, de pie. Giré en Bourbon Street, hacia Dumaine.

Los pregoneros atacaban ya con toda su potencia, voceando las rebajas y urgiendo a los turistas a entrar en sus restaurantes o en sus bares. Me llegaron aromas de estofado de cangrejo, de pan recién hecho y de café negro. Los vendedores ambulantes habían expuesto sus frutas y verduras en ambas aceras. En una esquina donde había un restaurante abierto a la calle, olí los vahos de unas gambas salteadas y mis tripas rugieron. Apenas había desayunado, y estaba demasiado desquiciada para almorzar. De un café emergieron las notas de una orquesta de jazz, y cuando me asomé por la puerta entreabierta de otro vi a cuatro hombres con sus respectivos sombreros de paja que tocaban la guitarra, la mandolina, el violín y el acordeón.

En aquel lugar la diversión flotaba siempre en el aire. Era como si se celebrase una fiesta perpetua y multitudinaria. La gente caía en una especie de abandono: comían demasiado, bebían con exceso, cantaban y bailaban mucho rato y hasta muy tarde. Tuve la impresión de haber pasado de un mundo de responsabilidad y obligaciones a otro sin represión, leyes ni normas. Todo estaba permitido con tal de que fuese grato. No era de extrañar que Beau hubiera escogido el Barrio Francés.

Por fin llegué a la dirección que me había escrito en su sucinta nota. El apartamento estaba en un edificio encalado de dos plantas, con un patio de grandes baldosas. Todas las viviendas tenían balcones de forja con volutas encima de la calle. Aspiré los olores de la menta romana que crecía junto a las paredes. Era un rincón recoleto, alejado del tumulto callejero, y sin embargo a cuatro zancadas de las calles donde se podía disfrutar de la música y la gastronomía.

Vacilé. Quizá no debería estar allí. Quizá también él se lo había pensado dos veces. No vi indicios de actividad en las ventanas; las cortinas no se movieron. Respiré profundamente y miré hacia atrás. Si renunciaba ¿me quedaría más tranquila, o especularía el resto de mi vida sobre lo que habría ocurrido de haber entrado en el edificio? «Tal vez solamente hablaremos», pensé. Tal vez nos dirigiríamos un mutuo llamamiento a la cordura. Cerré los ojos como quien se dispone a zambullirse en una piscina y me adentré en el patio. Volví a abrirlos, fui a la puerta principal y, tras comprobar los números en el panel, subí por una angosta escalerilla hasta un pequeño rellano. Cuando encontré la puerta, me detuve, me armé de valor y llamé.

Durante unos momentos no oí nada, y empecé a creer que Beau no estaba, que se había echado atrás. Sentí una mezcla de alivio y decepción. La parte de mí que había intentado disuadirme me instó a batirme en retirada, a escapar calle arriba y regresar al hotel; pero la otra parte, aquella que anhelaba un amor absoluto, cayó en el abatimiento, y creí que mi corazón se disgregaría.

Iba ya a retirarme cuando la puerta se abrió y vi a Beau. Vestía una holgada camisa blanca de algodón y unos pantalones de finísima lana azul marino. Sus ojos parpadearon repetidas veces, como si quisiera cerciorarse de que era realmente yo.

–Ruby –dijo con voz queda–, perdóname. Debo de haberme quedado dormido en la butaca mientras pensaba en ti. Creí que ya no vendrías.

–He estado a punto de no hacerlo, incluso después de localizar la casa.

—Pero estás aquí. Has acudido. Pasa, por favor.

Dio un paso atrás y entré en el escueto apartamento. Consistía en un único dormitorio, con un simulacro de cocina y una salita de estar que tenía una puerta cristalera para acceder al balcón. El mobiliario y la decoración eran muy simples, de estilo moderno pero con ese ligero aspecto gastado que se encuentra en los moteles de carretera. Las paredes estaban prácticamente desnudas, sin más adorno que algún pequeño grabado representando flores y frutos.

—No es nada del otro jueves —dijo Beau, dando un vistazo a la par que yo—, tan sólo un refugio discreto.

—A mí me parece muy pintoresco. Lo único que le falta es un toque hogareño. —Él se echó a reír.

—Sabía que le aplicarías de inmediato tu óptica de artista. Siéntate —dijo, indicando un pequeño sofá—. ¿Has tenido un tráfico fluido hasta la ciudad?

—Sí. Estoy empezando a ser una viajera experta —repuse. Era curioso que ambos actuásemos como si acabásemos de conocernos... cuando Beau era el padre de mi hija. Pero el tiempo, la distancia y los acontecimientos nos habían convertido en dos extraños.

—¿Has venido sola? —me preguntó con aire circunspecto.

—Sí. Me he registrado en el hotel Fairmont. Voy a llevarle mi nueva serie a Dominique, que se ha empeñado en organizarme una exposición.

—¡Qué bien! Pero te advierto que no consentiré que nadie me arrebate esos cuadros. Por mucho que cuesten, los conseguiré —aseveró. Yo me reí—. ¿Te apetece beber algo fresco? Tengo vino blanco en la nevera.

—Sí, gracias —dije, y se metió en la cocina.

—Entonces, ¿Paul sabe que estás en Nueva Orleans? —inquirió mientras servía el vino.

—Desde luego. Ha ido a Dallas porque tenía unas reuniones de negocios.

–¿Y la niña?

–Con la señora Flemming. Es una joya de niñera.

–Sí, ya me di cuenta. Eres afortunada por haber encontrado a una persona así en los tiempos que corren. –Me pasó la copa de vino y sorbí un poco mientras él bebía de la suya, espiándonos a través del cristal–. Nunca habías estado tan guapa como ahora –me dijo con voz tierna–. La maternidad te ha hecho florecer.

–He tenido mucha suerte, Beau. Podría haber sido una desahuciada malviviendo en el *bayou*... hasta que se ejecutase mi legado, claro está.

–Lo sé. Ruby, ¿hay algún medio por el que pueda resarcirte? ¿Hay alguna disculpa capaz de rehabilitarme?

–Ya te dije, Beau, que no te reprocho nada.

–Pues deberías hacerlo. Estuve a punto de destruir las vidas de ambos. –Tomó otro sorbo de vino y se sentó a mi lado.

–¿Dónde está Gisselle?

–Seguramente en alguna orgía con su vieja pandilla. Cambió durante un tiempo, en particular durante su estancia en Europa. Logró convencerme de que había madurado a raíz de todos los embrollos y calamidades familiares. Se mostró vulnerable, cariñosa y, lo creas o no, considerada. La verdad es que me ha estafado, o quizá... quizá yo me dejé llevar. Me sentí muy solo y deprimido cuando te casaste, Ruby, al comprender que la única persona que podía ofrecerme la plenitud se me había escurrido entre los dedos. Me sentí igual que un rapazuelo que hubiera soltado el hilo de su cometa y tratara en vano de alcanzarla. Vi impotente cómo se elevaba hacia el cielo, sólo que era tu rostro lo que se alejaba de mí.

»Me sumergí en el alcohol, en las francachelas, intentando olvidar. Y entonces Gisselle apareció en escena y tu bonita cara volvió a rutilar ante mí: tu tez, tu cabello, tus ojos y tu nariz, aunque Gisselle todavía siga creyendo que tiene la nariz más respingona y los ojos más vivaces.

»Para colmo —continuó, posando la mirada en su copa—, una camarada que estudiaba psicología en París me explicó que la mayoría de los hombres se enamoran de alguien que les recuerda a su gran amor, al primero, a una muchacha que les impresionó en una edad temprana y que no será nunca suya, pero que pasan la vida entera tratando de conquistar. Las piezas encajaban, así que me acerqué de nuevo a Gisselle.

»Ésa es mi historia —concluyó, sonriendo—. Cuéntame la tuya.

—Es bastante más sencilla, Beau. Vivía sola con un bebé y estaba asustada. Paul no se separaba de nosotras; me prestó una ayuda impagable. En el *bayou* todos sabían que en una época había existido una atracción entre ambos, e incluso se rumoreaba que Pearl era hija suya. Paul, a pesar de mis protestas, me ha sacrificado su vida. Si puedo evitarlo, no quisiera lastimarle.

—Por supuesto que no. Es una persona excelente, lo pasé muy bien con él. ¡Cómo le envidio! —exclamó.

Solté una carcajada.

—¿De qué te ríes?

—Es lo mismo que me dijo él de ti.

—¿Por qué?

Le miré a los ojos, ahondando en el túnel del tiempo.

—Porque sabe cuánto te quiero, cuánto te he querido y cuánto te querré siempre —declaré.

Aquello bastó para derribar el muro de nerviosismo y de incertidumbre que había entre ambos. A Beau se le iluminaron los ojos y dejó la copa. Nuestro primer beso apasionado después de un lapso tan largo fue como el primer beso, pleno de ardor renovado.

—¡Oh, Ruby! Mi Ruby, creí que te había perdido para siempre.

Estampó sus labios en mi cabello, en mis ojos, en mi nariz. Me besó en el cuello y en la punta de la barbilla, como si estuviera hambriento de amor, igual que yo, y como si temiera que fuese una ilusión y pudiera volatilizarme en cualquier momento.

–Beau –susurré. Su nombre era lo único que quería decir. Aquel sonido en mi boca me vigorizaba, me colmaba de placer, confirmándome que también yo estaba físicamente allí, en sus brazos.

Se levantó, tiró de mi mano, y yo me erguí y le seguí hasta la pequeña pero acogedora alcoba. El sol de la tarde se derramaba a través de las tenues cortinas de algodón, inundando la estancia de brillo y calor. Tuve los ojos cerrados mientras me desnudaba. Unos instantes después estábamos acostados uno junto al otro, con los cuerpos magnéticamente unidos. Gemimos y mascullamos palabras de amor y promesas que abarcaban la eternidad.

Nuestros primeros escarceos fueron impetuosos, pero gradualmente se hicieron sosegados y dulces. Beau trazó una línea de besos desde mis pezones hasta el ombligo. Yo recosté la cabeza en la almohada y sentí cómo mi cuerpo se hundía en el mullido colchón cuando él se extendió sobre mí, cubriéndome con el torso y aguijoneándome con su dura virilidad. Grité cuando me penetró, y él me arrulló con sus caricias y sus tiernas palabras.

Luego empezamos a restregarnos uno contra el otro, succionando el amor que ambos irradiábamos, tocando cimas de pasión cada vez más altas hasta que nos internamos en los abismos del cuerpo y de la mente y estallamos en un *crescendo* extático que lo hizo desaparecer todo salvo sus labios, su voz, su piel. Tuve la sensación de levitar.

–Ruby –me llamó–. Ruby, ¿cómo estás?

Dondequiera que nos hubiera llevado nuestro rapto, era un lugar que no quería dejar. Me aferré a él como quien se ha sumido en un sueño mágicamente hermoso y rehúsa recuperar la conciencia. Pero mi pacífico reposo le espantó, y alzó la voz.

–¡Ruby!

Entreabrí los párpados y vi su rostro angustiado.

–Estoy bien, Beau. Tan sólo flotaba.

Él sonrió.

–Te quiero –dijo–, y nunca dejaré de hacerlo.

–Lo sé, Beau. Yo tampoco dejaré de amarte.

–Éste será nuestro nido de amor, nuestro paraíso –declaró, tendiéndose a mi lado. Agarró mi mano y ambos posamos la mirada en el techo–. Puedes arreglarlo como más te guste. Iremos de compras hoy mismo, ¿de acuerdo? Y compraré algunos de tus cuadros para adornar las paredes. También habrá que cambiar la lencería, poner alfombras...

No pude contener la risa.

–¿Qué pasa? –protestó–. ¿Crees que soy un idiota?

–Eso nunca, querido. Me río de tu efusividad. Me lanzas de mi órbita a tus sueños con tanta rapidez que todavía no me he recobrado del vértigo.

–¿Y qué más da? No me importa. No me importa nada salvo nosotros. –Se apuntaló en el codo para observarme–. Quizá la próxima vez puedas traer a Pearl a Nueva Orleans, y así gozaremos de un día de fiesta los tres juntos.

–Quizá –repuse, aunque sin convicción.

–¿Hay algún inconveniente?

–No quiero desconcertarla, Beau. Ella cree que Paul es su padre.

Su exultante sonrisa se desdibujó, y vi ensombrecerse su semblante. Asintió y se reclinó en la almohada. Estuvo callado unos minutos.

–Tienes toda la razón –dijo al fin–. Avancemos milímetro a milímetro. Debo aprender a controlar mis ansias.

–Lo lamento, Beau. No pretendía...

–No sufras, te comprendo muy bien. No debo ser avaricioso. No tengo derecho a pedir más. Ni siquiera tengo derecho a esto. –Me besó dulcemente, y nos sonreímos–. ¿Cómo andas de apetito?

–Estoy famélica. Me he olvidado de almorzar.

–Perfecto. Conozco un bar típico muy cerca de aquí donde hacen los mejores «bocadillos de pobre» de toda la ciudad.

–Después tengo que ir a ver a Dominique –dije.

–Desde luego. Si quieres, puedo acompañarte.

–Es preferible que vaya sola. Dominique ya ha coincidido alguna vez con Paul y...

–Me hago cargo –me interrumpió–. Vistámonos y vayamos a comer.

Beau no había exagerado respecto a los bocadillos. Camarones salteados, queso, ostras fritas, rodajas de tomate y aros de cebolla. Nos sentamos a devorarlos en un patio mientras veíamos desfilar a los turistas, cámara en ristre, observando embobados la arquitectura, las tiendas de cachivaches y los restaurantes. Más tarde fuimos a pasear, y después volví al hotel para llamar a casa e informarme sobre Pearl. La señora Flemming me aseguró que todo marchaba bien. Mandé desaparcar mi coche y llevé los cuadros a Dominique, que los elogió mucho.

–Estás más que preparada para presentarte formalmente al mundillo artístico –me dijo, y empezamos a planear la exposición.

Tras mi visita a la galería, regresé al hotel para ducharme, cambiarme e ir a cenar con Beau. Me esperaba un mensaje de Paul, con un número telefónico donde localizarle.

–¿Cómo va todo? –me preguntó cuando le telefoneé.

–Bien. Como tú suponías, Dominique insiste en

exponer mi obra. Estamos montando todo el tinglado
–dije, dándole a entender que aquello absorbía completamente mi tiempo en Nueva Orleans.

–¡Qué alegría!

–¿Y tus reuniones?

–Mejor de lo que esperaba, pero me duele no estar
contigo.

–Me apaño muy bien, Paul. Volveré a casa mañana
hacia el mediodía. Dominique y yo desayunaremos juntas. –Aquel embuste casi se atascó en mi lengua. Paul
calló.

–En fin –mascullo al cabo de un momento–, que
tengas un buen viaje de regreso.

–Lo mismo te deseo, Paul.

–Hasta pronto. Adiós.

–Adiós.

El auricular pesaba en mi mano como una lápida
mortuoria. Las lágrimas refulgieron en mis ojos y sentí una opresión en el pecho. *Grandmère* Catherine acostumbraba decir que el engaño era un jardín donde sólo
crecía la cizaña más nociva, y que quienes plantaban allí
su simientes terminaban cosechando desastres. Confiaba en no haber sembrado malas hierbas en el futuro de
Paul. A nadie quería dañar menos que a él.

Beau me había hablado de un restaurante francés
muy coquetón junto a Jackson Square. Tomé un taxi
hasta el apartamento y fuimos a pie desde allí. Cenamos
un exquisito plato de codornices al vino, seguido por dos
tazas de café amargo y naranjas flameadas a la crema.
Después Beau quiso que diéramos un largo paseo.

–Estoy ahíta –me quejé.

Enlazamos nuestras manos y anduvimos lentamente
por el Barrio Francés, donde bullía la vida nocturna.
Tras la puesta del sol, en el *quartier* había una animación de distinto signo. Las mujeres que se apostaban en
los portales y en los callejones llevaban ropa más pro

vocativa y un maquillaje más recargado. La música exhalaba lamentos desgarradores, y algunos vocalistas daban a su canto una nota fúnebre, preñada de lágrimas y de nostalgia. En los locales donde se congregaban los turistas jóvenes sonaba un jazz más caliente, junto a los aullidos, los gritos y las risas de los parroquianos que se soltaban el pelo en busca del excitante último, cualquiera que fuese. Todas las tiendas de baratijas y de regalos tenían los escaparates profusamente iluminados. Atestaban las aceras vagabundos y músicos pobres. En cada esquina había algún pordiosero mendigando, aunque a nadie parecía molestarle. Era como si perteneciesen al lugar, como si formasen parte de la esencia inconfundible del barrio. Los artistas del timo merodeaban por doquier, a la caza de presas fáciles.

–Perdón, señor, pero apuesto a que puedo adivinar de dónde procede exactamente. Si me equivoco le daré diez dólares; si acierto, usted me paga veinte. Aquí están mis diez. ¿Qué me dice?

–No, gracias. Ya sé de dónde vengo –respondió Beau con una sonrisa.

Era emocionante caminar con él por esas calles, y pensé que sí, que podía tener otra vida, una vida secreta allí, a su lado. Adecentaríamos nuestro nido de amor para que fuese más confortable, disfrutaríamos de la ciudad, de la comida y de sus gentes, y engañaríamos al destino.

Dimos un rodeo para volver al diminuto apartamento, había tomado la impulsiva decisión de pasar allí la noche. Hicimos de nuevo el amor, esta vez abalanzándonos uno sobre otro en cuanto cerramos la puerta. Antes de llegar al dormitorio estábamos los dos desnudos. Beau me alzó y me llevó delicadamente hasta el lecho. Arrodillado a un lado, comenzó a recorrer mi cuerpo con sus besos a partir de los pies. Cerré los ojos y esperé que llegara a mi boca, que para entonces hervía de deseo.

Mientras nos amábamos, oímos la música y el murmullo de los viandantes, un fluir continuo de voces y algarabía. Era embriagador; estreché a mi amante con frenesí, musitando su nombre, mi amor imperecedero, deshaciéndome en llanto cuando ascendimos a la cima del placer. Después nos tendimos deliciosamente extenuados.

Por la mañana nos levantamos temprano y fuimos al Café du Monde a desayunar café con buñuelos. Luego Beau me acompañó al hotel. Habíamos acordado volver a encontrarnos al cabo de una semana, cuando viajase nuevamente a Nueva Orleans para perfilar los preparativos de mi exposición y entregar algunos lienzos más a Dominique. Le di un beso de despedida y fui corriendo a recoger mi maleta.

Al entrar en el hotel temí hallar un mensaje indicando que Paul había intentado comunicarse conmigo la noche anterior, pero no había nada. Dejé la habitación en un santiamén, y pocos minutos después estaba en la autovía que me llevaría al hogar. Me sentía llena de vida, renacida y floreciente, como había dicho Beau. Pero mi optimismo duró poco. Murió cuando frené el coche delante de la casa.

La expresión pesarosa de James al bajar la escalinata del porche para ayudarme con el equipaje me reveló inmediatamente que había ocurrido algo. Pensé en Pearl.

—¿A qué viene esa cara, James? ¿Qué ha pasado?

—Se trata de la señora Flemming, madame. Al parecer tiene que darle una mala noticia.

—¿Dónde está?

—Arriba, aguardándola en la habitación de Pearl.

Crucé el vestíbulo y subí a toda prisa, arremetiendo literalmente contra la puerta de la habitación para encontrar a la señora Flemming sentada en la mecedora, con la tez y los labios empalidecidos. Pearl dormía en su cuna.

—¿Qué sucede, señora Flemming?

Ella alzó los brazos como si quisiera apartar unas telarañas invisibles, y apretó los labios. Luego me señaló a Pearl y se levantó sin hacer ruido para hablar conmigo en el pasillo.

—Es mi hija de Inglaterra —dijo por fin—. Ha sufrido un accidente de coche y está malherida. Tengo que ir a verla.

—No faltaría más. ¡Qué espanto! La ayudaré con las diligencias.

—Yo misma me he ocupado de todo, madame. Tan sólo esperaba su regreso.

—¡Cuánto lo siento, señora Flemming!

—Se lo agradezco, querida. No sabe cuánto me apena tener que marcharme. Siempre me ha hecho sentir como un miembro de la familia, y sé que está muy ilusionada con su pintura y necesita más que nunca que cuide a la pequeña.

—Eso es secundario; debe partir cuanto antes. Rezaré por usted y por su hija.

Ella asintió, con ríos de lágrimas en el rostro.

—Es deplorable que sean las desdichas las que acercan a los seres queridos —dijo. La abracé y la besé en la mejilla.

Después de subir mis bártulos James bajó los de la señora Flemming. Le pedimos un taxi por teléfono.

—Dé un beso a Pearl de mi parte todas las mañanas —me encargó.

—Va a extrañarla tremendamente. Por favor, señora Flemming, ténganos al corriente de la evolución de su hija y de cualquier cosa que podamos hacer.

Así lo prometió, y se fue. Era como si un tornado se hubiera abatido sobre mi plácido hogar y lo hubiera arrasado. No pude evitar preguntarme si el caprichoso destino no habría decidido castigar a mis allegados por los pecados que yo cometiera.

Nina Jackson, la cocinera de los Dumas, siempre me decía que quizá muchos años atrás alguien había encendido una vela negra contra nosotros. *Grandmère* Catherine, como curandera espiritual, mantuvo inactivo el maleficio, pero después de su muerte el diablo, Papa La Bas, había empezado a rondarme de nuevo, esperando una oportunidad. ¿Acaso no acababa de dársela?

10

EL CUADRO PERFECTO

Paul telefoneó aquella noche desde Baton Rouge y le conté lo ocurrido con la señora Flemming.

—Vuelvo a casa ahora mismo —dijo.

—No es necesario, Paul. Estamos bien, aunque me dan mucha pena ella y su hija.

—Cuando te pones triste me gusta estar contigo, Ruby. Aborrezco dejarte sola en circunstancias como ésta.

—No puedes protegerme de cualquier percance que sobrevenga, Paul. Además, no tenía ninguna niñera para ayudarme cuando vivía en la chabola y todo era más difícil, ¿recuerdas? —repliqué, más tajante de lo que habría deseado.

—Perdona, no quería insinuar que no puedas atender tú misma a Pearl —me dijo con voz contrita.

—No te disculpes, Paul. No estoy enfadada. Pero me ha afectado mucho lo de la señora Flemming.

—Por eso justamente debería estar en casa —insistió.

—Paul, haz lo que tengas que hacer y no adelantes la vuelta. Me las arreglaré, te lo aseguro.

—Tú ganas. De todos modos, es probable que pueda salir de Dallas mañana antes de comer. –Hubo un corto paréntesis, y luego me preguntó cómo marchaban mis asuntos en Nueva Orleans.

–Todo va de primera. Ya he discutido con Dominique los pasos preliminares, pero creo que le pediré un aplazamiento hasta que las aguas vuelvan a su cauce.

–Empezaremos a buscar una nueva niñera en cuanto regrese. No es preciso que retrases tu exposición, Ruby.

–No hablemos de eso ahora, Paul. De pronto ha dejado de ser tan importante. Y no quiero contratar a la primera niñera que se presente; esperemos a ver qué hacen la señora Flemming y su hija.

–Como prefieras.

–Además, creo que podré alternar mis funciones de pintora y de madre abnegada.

–Conforme. Estaré en casa lo antes que pueda.

–No corras demasiado. No quisiera tener otro accidente de circulación.

–Descuida, no correré. Hasta pronto.

–Adiós, Paul.

La montaña rusa que había sido mi jornada emocional me dejó agotada. Después de acostar a la pequeña Pearl me metí laxamente en mi propia cama. Yací un rato con los ojos abiertos, deliberando si debía o no llamar a Beau. No obstante, me aterraba la idea de que Gisselle nos sorprendiese y decidí renunciar. Esperaría que me telefonease él. Cerré los párpados, pero a pesar de la fatiga di mil vueltas y rebrincos, debatiéndome en unas recurrentes pesadillas en la que graves desgracias se abatían ya sobre Paul ya sobre Beau. ¡Qué frágiles eran nuestras vidas! En apenas unos segundos todo lo que teníamos, todo lo que habíamos aprendido y construido, podía convertirse en polvo. Aquella constatación me obligó a preguntarme qué era lo verdaderamente prioritario.

Deduje que Paul había conducido imprudentemente a pesar de sus promesas porque al día siguiente llegó a Cypress Woods a primera hora de la tarde. Cuando le regañé, juró y perjuró que había podido abandonar la reunión antes de lo previsto. Yo acababa de comer y estaba tomando café en el patio. Pearl, sentada cómodamente en el parque, coloreaba unos dibujos con sus lápices. No se mantenía dentro de las líneas, pero le encantaba embadurnar de color las caras y las figuras, intentando emular a mamá. De vez en cuando hacía un alto y alzaba la vista para comprobar si yo observaba y admiraba su trabajo.

—Veo que tenemos a otra artista en la familia —declaró Paul, acercándose una silla.

—Ella al menos cree que lo es. ¿Qué tal, has tenido éxito en tus gestiones?

—He firmado un nuevo contrato. No quiero detallarte las cifras; me dirás que son una obscenidad, como la última vez.

—Y lo son. No puedo dejar de sentirme culpable por ganar esos fortunones cuando tanta gente carece de lo más básico y elemental.

—Es verdad, pero nuestra industriosa labor y nuestros hábiles pactos crearán centenares de empleos y darán trabajo, oportunidades y dinero a muchas personas, Ruby.

—Empiezas a hablar como un gran empresario, ¿te enteras? —le dije, y él se echó a reír.

—Supongo que en el fondo siempre lo fui. ¿Recuerdas que con sólo diez años ya tenía un puestecillo ambulante donde vendía los cacahuetes cajun, o sea los camarones desecados, de la conservera de mi padre?

—Sí. Quedabas monísimo, vestido pulcramente con camisa y corbatín y utilizando una caja de cigarros para guardar el cambio.

Sonrió con las remembranzas.

—Nunca quería cobraros a ti ni a tu *grandmère*, pero ella se negaba a aceptar nada gratis. «Así no prosperarás», me decía.

Asentí, reviviendo la escena. Paul miró un momento a Pearl y luego se volvió hacia mí. En sus ojos azules había una mirada penetrante y sombría. También leí indecisión.

—¿Qué te pasa, Paul?

—No quiero que pienses que intentaba fiscalizarte. Sólo llamé para saber cómo estabas.

—¿Que me llamaste? ¿Cuándo?

—Hace dos noches, mientras estabas en Nueva Orleans.

Mi corazón dio un vuelco.

—¿A qué hora? —pregunté.

—Pasadas las once. No quería telefonear muy tarde por miedo a despertarte si ya dormías, pero...

Giré el torso y quedé de espaldas a Paul.

—Como te he dicho —continuó—, no pretendía vigilar tus movimientos. No me debes ninguna explicación, Ruby —añadió prestamente.

Encima de la hilera de cipreses que amurallaba el pantano divisé un halcón que planeaba y de súbito caía en picado, posiblemente para cazar una presa desprevenida. Su vuelo dispersó a media docena de somorgujos. Más allá de los árboles, un palio de nubes cárdenas avanzaba lenta pero implacablemente en nuestra dirección, anunciando lluvias torrenciales antes de que expirase el día. Sentí caer gotas de hielo sobre mi alma. Mis piernas se habían entumecido.

—No estaba en el hotel, Paul —dije lentamente—. Estaba con Beau.

Me giré de inmediato para ver su rostro. Estaba atrapado en un torbellino de emociones. Él lo sabía, pero era obvio que no quería admitirlo; y sin embargo los hechos hablaban por sí mismos. Deseaba afrontar la realidad, mas confiaba en que no fuera la realidad que tanto temía. El dolor destelló en sus ojos. Me encogí en un apretado ovillo.

—¿Cómo pudiste hacerlo? ¿Por qué te has liado con un hombre que te dejó plantada?

—Paul...

—No, no me contestes. ¿Qué ha sido de tu autoestima? Consintió que tuvieras a su hija sola mientras él ponía pies en polvorosa y gozaba de las bellezas de París y a saber de cuántas francesitas. Después se casó con tu hermana y heredó la mitad de tu fortuna. Y ahora te postras a sus pies, amparándote en la noche.

—Paul, no quería traicionarte. Puedes...

Él se revolvió fieramente.

—Ése fue el auténtico propósito de tu viaje a Nueva Orleans, ¿no es cierto? Utilizaste los cuadros, tu futuro artístico, como un subterfugio. Tu única obsesión era arrojarte en sus brazos. ¿Ya tenéis concertada otra cita clandestina?

—Te lo hubiera confesado antes o después.

—Sí, claro. —Se recompuso en la silla y cuadró los hombros—. ¿Qué decisiones habéis tomado?

—¿Decisiones?

—¿Va a divorciarse de Gisselle?

—Esa eventualidad no se ha planteado; aunque ambos sabemos cuáles son los preceptos de nuestra fe y que el divorcio no es una opción válida, especialmente para su familia. Además, no me imagino a Gisselle colaborando, ¿y tú?

—Más bien no.

—Antes adoptaría la postura contraria. Se cebaría en el escándalo. Escribiría ella misma los titulares: «Una gemela le roba el marido a la otra.» No es difícil suponer qué consecuencias tendría para la familia de Beau, y significaría la ignominia para ti, Paul. Toda esa gente que tratas...

–¿De veras? –cortó mi perorata, con una mueca escéptica.

–Paul, te lo ruego, escúchame. Estoy deshecha por lo que ha pasado. Si a alguien detesto herir en este mundo, es a ti.

Él desvió la cara para que no viese los lagrimones ni la ira que rebosaba.

–Al fin y al cabo –barbotó–, yo mismo me lo he buscado. Mi madre me pronosticó lo que ocurriría. –Enmudeció con un gesto de derrota.

–No te quedes ahí como un pasmarote, Paul. Insúltame, ¡échame de tu casa!

Despacio, alzó la mirada. El pesar que transmitía hendió mi corazón como una espada.

–Sabes que nunca lo haré. No puedo dejar de amarte aunque me empeñe.

–Lo sé –respondí tristemente–. Ojalá no fuera así. Ojalá pudieras odiarme.

–Es como desear que cese la rotación de la tierra, o que el sol deje de salir por la mañana.

Nos miramos de nuevo y pensé en lo cruel que era el destino al instilarle aquella pasión no correspondida. El destino le había transformado en un sediento, condenándole a la búsqueda perenne de un agua fresca, límpida, que luego le prohibía beber. Ansié, irónicamente, que existiera alguna manera de hacer que me abominase. Sería doloroso para mí, pero simplificaría mucho su vida. Entre nosotros, como una llaga abierta que se negase a cicatrizar, fluctuaban desazones y añoranzas.

–Bien –dijo–, no hablemos más de desventuras. Tenemos problemas cotidianos que resolver. ¿Estás segura de que no quieres contratar a otra niñera?

–Por el momento, no.

–De acuerdo, pero me desagrada que le pongas freno a tu carrera. Es ya del dominio público que me he casado con una famosa pintora cajun. En Baton Rouge he presumido sin mesura. Hay por lo menos una doce-na de ricos petroleros deseando comprar alguno de tus cuadros.

–Deberías ser un poco más cauto, Paul. No soy tan buena.

–Sí que lo eres. –Se puso en pie–. Tengo que pasar por la conservera para hablar con mi padre, pero vendré pronto a casa.

–Me alegro, porque he invitado a cenar a Jeanne y James. Tu hermana ha llamado hace un rato y me ha parecido que tenía muchas ganas de vernos.

–Y yo también a ella.

Se inclinó para besarme, pero vacilante, y su beso fue casi mecánico: un roce superficial de sus labios en mi mejilla, como saludaría a su madre o a sus hermanas. Se había levantado un nuevo muro entre nosotros, y era impredecible cuánto podía llegar a ensancharse en los días venideros.

Después de que se fuera me quedé allí sentada, al borde del llanto. Aunque estaba convencida de que no era aquélla su intención, cuanto más me demostraba su amor más culpable me sentía por querer y ver ilícita-mente a Beau. Me dije que ya le había avisado. Me dije que nunca había hecho los mismos votos que él, casán-dome sobre un principio de relación purificada y casi religiosa que hubiera podido rivalizar con el matrimo-nio de un clérigo y su Iglesia. Me dije que era una mu-jer de carne y hueso cuyas pasiones rugían en sus entra-ñas con la misma intensidad que las de cualquier otra, y no era capaz de amortiguarlas ni de encerrarlas bajo llave.

Es más, no quería hacerlo. Incluso en aquel momen-to penaba por abrazar de nuevo a Beau, por sentir sus labios. Llena de frustración, procuré normalizar mi res-piración y reprimir las lágrimas. Había pasado la hora de la debilidad. Ahora debía ser fuerte y enfrentarme a todos los desafíos que el perverso sino interpusiera en mi senda.

Pensé en usar algún *gris-gris* benéfico. Podía recurrir a un polvillo de la suerte instantánea de Nina Jackson o a las Varas de Sangre de Dragón. Hacía tiempo Nina me había regalado una moneda de diez centavos que debía lucir en el tobillo. Era un talismán de la buena fortuna. Me lo había quitado y lo había arrinconado, pero recordaba dónde estaba, y cuando llevé a Pearl a dormir la siesta lo recuperé y volví a ponérmelo.

Sabía que muchas personas se burlarían de mí, pero ellas no habían visto a *grandmère* Catherine imponer las manos sobre un niño y hacer que le bajase la temperatura. No habían sentido el paso sutil de un espíritu demoníaco hacia las tinieblas, huyendo de los ensalmos y los elixires de *grandmère*. Y tampoco habían escuchado el abracadabra de una *mama* del vudú ni presenciado los resultados. Vivíamos en un mundo animado por infinitos misterios, poblado por infinitos espíritus, tanto buenos como malos, y cualquier tipo de magia que se pudiera emplear para obtener salud y dicha merecía mi beneplácito, sin importarme quién se riera de mí o me ridiculizase. La mayoría de las veces era gente descreída, como mi hermana, cuyo único credo era su propia felicidad. Yo, mejor que muchos jóvenes de mi edad, sabía cuán vulnerable y efímera podía ser esa felicidad.

Aquella noche percibí lo ansioso que estaba Paul por pasar una velada amena con Jeanne y su marido. Quería hacer todo lo posible para desterrar las tupidas sombras que habían caído sobre nosotros y se habían adherido a los rincones más secretos de nuestros corazones. Se metió en la cocina y le encomendó a Letty un menú extraordinario; sirvió los mejores caldos de nuestra bodega, y tanto James como él los degustaron con delectación. Durante la cena la conversación fue liviana, puntuada por muchos momentos de risa, pero noté que Jeanne estaba preocupada y quería tener una charla en privado conmigo. Así pues, en cuanto terminamos el postre y Paul sugirió que pasáramos todos al salón, le dije que iba a enseñar a su hermana un vestido que me había comprado en Nueva Orleans.

–Bajaremos enseguida –prometí.

–No me vengas con cuentos, tú lo que quieres es zafarte de la discusión política –me acusó Paul jovialmente. Pero luego se percató de la situación y rodeando con su brazo el hombro de James le alejó de nosotras.

Jeanne rompió a llorar tan pronto como nos quedamos solas.

–¿Qué ocurre? –le pregunté, abrazándola. La acompañé hasta el canapé y le di un pañuelo.

–¡Soy muy desdichada, Ruby! Creí que podría formar una pareja ideal, como la vuestra, pero ha sido decepcionante. Las primeras semanas fueron de ensueño, por descontado –añadió entre sollozos–, pero más tarde, cuando se instauró la rutina, el idilio pareció desvanecerse. A James sólo le interesa su profesión y su porvenir. Algunos días no vuelve a casa hasta las diez o las once de la noche, y tengo que cenar sola; y cuando al fin llega está tan derrengado que lo único que quiere es irse a dormir.

–¿Has hablado con él? –inquirí, sentándome a su lado.

–Sí. –Trató de serenarse–. Pero dice que está en los inicios de su carrera y que debo ser más comprensiva. Una noche me espetó en un arranque de malhumor: «No soy tan afortunado como tu hermano. No nací con una flor en el ombligo ni heredé unos terrenos que supuran petróleo. Tengo que trabajar para ganarme el pan.»

»Le repliqué que Paul también trabaja, que no conocía a nadie más luchador que mi hermano. ¿No es verdad, Ruby?

—Paul cree que cada día tiene veinticinco horas —contesté con una sonrisa.

—No obstante se las ingenia para conservar el romanticismo en vuestro matrimonio, ¿no es así? Cualquiera que os observe verá lo apegados que estáis el uno al otro y cómo cultiváis vuestros sentimientos. Por atareado que esté Paul, siempre le hará un hueco a su Ruby. Y a ti en compensación no te molesta que pase tanto tiempo fuera. ¿No es ésa la clave?

Aparté prontamente los ojos para que no leyera lo que ocultaban, y acto seguido doblé los brazos sobre el pecho al estilo de *grandmère* Catherine y me aislé en hondas cavilaciones. Jeanne aguardó impaciente mi respuesta, retorciendo las manos en el regazo.

—Sí —repuse al poco rato—, pero quizá lo soporto tan bien porque vivo entregada a la pintura.

Ella asintió y exhaló un suspiro.

—Es lo que me dice James. Me ha aconsejado que busque algo en lo que ocuparme para no estar tan pendiente de él, pero yo quiero mimar a mi marido. ¡Para eso me casé! —exclamó—. Lo cierto es —continuó, secándose las mejillas con el pañuelo— que la pasión se ha evaporado.

—Venga, Jeanne, no puede ser.

—Llevamos dos semanas enteras sin hacer el amor. ¿Acaso no es mucho tiempo?

—Bueno... —Bajé los ojos y me alisé la falda en un nuevo intento de eludir su escrutinio. *Grandmère* Catherine decía siempre que mis pensamientos eran tan evidentes como un secreto escrito en un libro con las cubiertas de cristal—. No creo que el sexo deba medirse por una tabla de tiempos y frecuencias, ni siquiera en un matrimonio. Es algo que ambos tienen que querer espontánea e instintivamente –dije, pensando en Beau.

–James practica el método Ogino –me confió, con la vista puesta en sus dedos ensortijados–, porque es un católico devoto. Me obliga a tomarme la temperatura antes de realizar el acto. ¿Tú también lo haces?

Negué con la cabeza. Sabía que la temperatura corporal de la mujer reflejaba sus períodos de fertilidad, pero tuve que admitir que ponerse el termómetro antes de hacer el amor con un hombre le restaba mucho aliciente.

–¿Entiendes ahora por qué soy tan desgraciada? –concluyó Jeanne.

–¿Sabe James lo mal que lo estás pasando? –pregunté. Ella se encogió de hombros–. El diálogo es fundamental en una pareja, Jeanne. Nadie puede ayudaros mejor que vosotros mismos.

–Pero si no salta la chispa...

–Tiene que haberla, estoy de acuerdo, pero también existe el compromiso. En eso consiste el matrimonio –proseguí, pensando cuán cierto era en mi relación con Paul–, en un compromiso entre dos personas que se sacrifican voluntariamente en beneficio mutuo. Deben pensar en el otro tanto como en sí mismos. Ahora bien, sólo surtirá efecto si ambos ponen algo de su parte –dije, recordando la adoración de mi padre por Daphne.

–Dudo mucho que James aspire a cotas tan altas –se lamentó Jeanne.

–Verás que sí, aunque no es algo que suceda de la noche a la mañana. Se requiere tiempo para cimentar una relación.

Ella asintió, un poco más animada.

–Desde luego Paul y tú os conocéis desde hace muchos años. ¿Por eso es tan perfecta vuestra unión?

Un extraño malestar me embargó. Odiaba la manera en que una mentira conducía a otra y a una tercera, superponiéndose capa sobre capa hasta sepultarnos bajo una montaña de falsedades.

—La perfección no existe, Jeanne.

—Pero Paul y tú estáis muy cerca de alcanzarla. Fíjate en cómo os atrajisteis los dos desde el día mismo en que os conocisteis. Te confieso —dijo, desencantada— que esperaba que James me idolatrase, como Paul a ti. Hice mal al compararle con mi hermano.

—No se debe idolatrar a las personas, Jeanne —repliqué evasivamente. La visión que tanto ella como muchos otros tenían de Paul y de mí aumentó más aún mi complejo de culpabilidad por amar a Beau de tapadillo. ¡Qué conmoción habría, pensé, si se descubriera la verdad, y cuán devastadora sería para Paul!

Hablar de aquellos temas me hizo comprender que mis relaciones con Beau no conducirían a nada bueno. Poco a poco podían incluso destruir a Paul. Había hecho mi elección, había aceptado sus bondades y su cariño, y ahora tenía que ser consecuente. No anidaba en mí tanto egoísmo como para actuar de otra manera.

—Creo que voy a hablar largo y tendido con James —dijo Jeanne—. Puede que tengas razón... puede que necesitemos más tiempo.

—Como todo lo que merece la pena —susurré.

Jeanne estaba tan enfrascada en sus problemas que no advirtió el anhelo en mis ojos. Apresó mis manos en las suyas.

—Gracias, Ruby. Gracias por escucharme y por tomarte tanto interés.

Nos dimos un abrazo y ella sonrió. «¿Por qué será tan fácil ayudar a los demás a sentirse mejor, pero tan difícil a uno mismo?», me pregunté.

—¡Por cierto! Sí que tengo un vestido nuevo para enseñarte —dije, y la llevé hasta mis armarios.

Más tarde nos reunimos con Paul y con James en la sala y tomamos los licores. Jeanne me sonrió cuando

James la estrechó con su brazo y la besó en la mejilla. Cuchicheó algo en su oído, y ella se puso colorada; luego anunciaron que estaban cansados y deseaban volver a casa. En el porche Jeanne se acercó a mí para darme otra vez las gracias. Vi por el centelleo de sus ojos que estaba contenta y expectante. Paul y yo nos quedamos en la escalinata mientras subían al coche y enfilaban la avenida.

Hacía una noche muy despejada, tanto que podía uno mirar el cielo cuajado de estrellas y distinguir las constelaciones desde un horizonte al otro. Paul asió mi mano.

—¿Quieres que nos sentemos un rato fuera? —me ofreció. Hice un gesto afirmativo y fuimos hasta un banco del jardín. Llenaba el aire la monótona sinfonía de las cigarras, interrumpida por el esporádico ulular de una lechuza.

—Esta noche Jeanne buscaba el consejo de una hermana mayor, ¿verdad? —me preguntó Paul.

—Sí, pero no sé si yo soy la más indicada para dárselo.

—¡Por supuesto que lo eres! —Tras una pausa, añadió—: James también me lo ha pedido a mí. Me ha hecho sentir mayor de lo que soy. —Me espió, con el rostro semioculto por las sombras—. Creen que somos el Señor y la Señora Perfectos.

—Lo sé.

—¡Cuánto me gustaría serlo! —Volvió a apretar mi mano—. Y dime, Ruby, ¿qué va a ser de nosotros?

—No nos emperremos en hallar todas las soluciones hoy mismo, Paul. Estoy cansada y desorientada.

—Como tú quieras. —Se inclinó para besarme en la mejilla—. No me odies por amarte tanto —musitó. Sentí deseos de abrazarle, de consolar su espíritu atormentado, pero sólo fui capaz de derramar unas lágrimas y mirar absorta la noche, con el corazón tan pesado como un bloque de plomo.

Al fin entramos en el edificio y subimos a nuestros dormitorios. Tras apagar la luz fui hasta la ventana y contemplé el cielo nocturno. Imaginé a Jeanne y a James volviendo atropelladamente a su casa después de la sabrosa cena, el vino y la conversación, excitados por el mutuo deseo, ansiando poseerse y coronar la velada con un acto de amor.

Paul en su habitación se abrazaba a una almohada, y yo en la mía me aferraba al recuerdo de Beau.

Poco después de que Paul se fuera a trabajar la mañana siguiente, me llamó Beau. Estaba tan entusiasmado con nuestra próxima cita, deteniéndose apenas a respirar mientras me describía sus planes para el día y su noche, que al principio no pude intercalar una palabra.

—No sabes cómo has cambiado mi vida –dijo–. Me has dado una nueva motivación, algo que me estimula en mis jornadas más grises.

—Beau, tengo malas noticias –pude intervenir al fin, y le referí el accidente de la hija de la señora Flemming–. Me temo que habrá que posponer nuestro encuentro.

—¿Por qué? Trae a Pearl contigo.

—No, no puedo.

—¿No será que hay algo más, Ruby? –dijo tras un breve silencio.

—Sí –admití, y le conté mi confrontación con Paul.

—¿Entonces ya sabe lo nuestro?

—Sí, Beau.

—Gisselle ha estado muy suspicaz últimamente –me confesó a su vez–. Incluso ha pronunciado amenazas veladas... y otras bastante más explícitas.

—En ese caso, habrá que dejar que se templen los ánimos. Debemos tener en cuenta a las personas perjudicadas.

—Sí –dijo con amargura.

Pensé que si las palabras tuvieran peso las líneas telefónicas entre Nueva Orleans y Cypress Woods se habrían resquebrajado.

—Lo siento, Beau.

Le oí suspirar hondamente.

—Gisselle me pide con mucha insistencia que vayamos a descansar unos días en el rancho. Tal vez la lleve la semana que viene. La verdad es que detesto vivir en esta casa sin ti, Ruby. Hay demasiados recuerdos de la época en que salimos juntos. Cada vez que paso por delante de tu dormitorio me planto frente a la puerta y evoco tu imagen.

—Convence a mi hermana de que venda la mansión, Beau. Empezad de nuevo en algún otro lugar.

—A Gisselle todo eso la tiene sin cuidado. Es una roca imperturbable. Pero ¿qué mal hemos hecho tú y yo, Ruby?

Me tragué el nudo que obstruía mi garganta, pero unas lágrimas se deslizaron por mis pómulos. Tardé unos instantes en recobrar la voz.

—Nos enamoramos, Beau. Nos quisimos y ya está.

—Ruby...

—Tengo que dejarte, Beau. Trata de entenderlo.

—No me digas adiós. Cuelga sin más —me rogó, y así lo hice, pero me senté al lado del teléfono y estuve llorando hasta que Pearl despertó de su siesta y me llamó. Al oírla me sequé los ojos, respiré hondo y decidí ocupar mis días y mis noches con todo el trabajo que pudiera asumir, para no desfallecer ni tener que pensar.

Una serena resignación se adueñó de mí. Comenzaba a sentirme como una monja, dedicada la mayor parte del tiempo a calladas meditaciones, a pintar, a leer y escuchar música. Cuidar a Pearl era también una tarea absorbente. Estaba en una edad muy activa y tenía una curiosidad insaciable. Hice una ronda exhaustiva de la casa hasta dejarla a prueba de niños, colocando los adornos de valor fuera del alcance de Pearl y asegurándome de que no pudiera jugar con nada peligroso. Ocasionalmente, Holly la vigilaba durante un rato para que yo saliera a comprar o tuviera unos minutos de soledad.

Paul estaba más atareado que nunca, quizá deliberadamente. Se levantaba con las primeras luces del alba, y algunos días se iba antes de que yo bajase a desayunar. Muchas noches ni siquiera llegaba a tiempo para la cena. Me comentó que su padre trabajaba cada vez menos en la conservera y hablaba de retirarse.

–Quizá deberías contratar a un gerente –dije–. No puedes abarcarlo todo.

–Ya veremos –prometió, pero me percaté de que deseaba todo aquel ajetreo. Al igual que yo, rehuía el ocio, porque le hacía reflexionar sobre el curso que había tomado su vida.

Creí que la situación se prolongaría indefinidamente, hasta que fuésemos un par de ancianos cargados de canas y, columpiándonos en la galería en sendas mecedoras, estudiáramos el *bayou* y nos preguntásemos qué habría sido de nosotros de no haber tomado las decisiones que nos había inspirado la impetuosidad de la juventud. Pero una noche de finales de mes, después de cenar, sonó el teléfono. Paul ya se había repantigado en su poltrona favorita del gabinete y tenía el periódico abierto por las páginas de economía. Pearl dormía y yo estaba leyendo una novela. James apareció en la puerta.

–Preguntan por madame –informó. Paul me miró sorprendido. Me encogí de hombros y me erguí.

–Quizá sea Jeanne –dije. Él asintió. Pero era Beau, con una voz incorpórea, tan roto y aturdido que incluso dudé de que fuera realmente él.

–¿Beau? ¿Qué ha pasado?

–Se trata de Gisselle. Te llamo desde el rancho; estamos aquí desde hace un par de semanas.

–¡Ah! ¿Se ha enterado de nuestra escapada?

–No, no es eso.

–¿Qué es entonces, Beau? –inquirí con el alma en vilo.

–La picaron unos mosquitos. Al principio no le dimos importancia. Gisselle, cómo no, armó el cisco de rigor, pero le froté la piel con un poco de alcohol y me olvidé del asunto. Más tarde...

–¿Sí...? –le apremié. Tenía las piernas como si fuesen a volatilizarse.

–Empezó a tener unas migrañas tremendas. Ningún analgésico que le daba le hacía el menor efecto. En un solo día se tomó casi un tubo entero de aspirinas. También le subió la fiebre, tanto que ayer por la noche tuvo delirios y alucinaciones. Avisé sin tardanza al médico del pueblo. Cuando llegó, estaba paralizada.

–¿Paralizada?

–Y balbuceaba incoherencias. No se acordaba de nada, ni siquiera me reconoció –explicó, perplejo.

–¿Qué opina el médico?

–Supo instantáneamente lo que tenía. Gisselle padece la encefalitis de St. Louis, una inflamación del cerebro provocada por un virus que transmiten los mosquitos.

–*Mon Dieu*. ¿La han hospitalizado?

–No.

–¿No? ¿Por qué...?

–El médico dijo que no existe tratamiento de la enfermedad cuando se contrae por infecciones víricas que no sean las causadas por el *herpes simplex*. Fueron sus palabras textuales.

–¿Y eso qué significa? ¿Qué le pasará a Gisselle?

–Podría permanecer un tiempo cataléptica e ir degenerando –dijo con voz exhausta y neutra. Luego añadió–: Pero en Nueva Orleans nadie sabe nada. De hecho, sólo el médico rural y algunos criados del rancho están al tanto de lo sucedido, y se les puede persuadir para que no abran la boca.

–¿Qué intentas insinuar, Beau?

–Se me ha ocurrido hace sólo un rato, mientras estaba junto al lecho velando su sueño. ¡Cuando duerme es tan parecida a ti, Ruby! Nadie lo notaría.

Mi corazón se paró, y después comenzó a latir a un ritmo tan desenfrenado que temí desmayarme. Llevé el auricular a la otra oreja e inhalé con fuerza. Sabía muy bien lo que Beau estaba sugiriendo.

–¿Quieres que tome su identidad?

–Y que te conviertas en mi esposa para siempre. ¿No ves la oportunidad que se nos brinda, Ruby? No tendremos que revelar los secretos del pasado ni haremos sufrir a nadie.

–Excepto a Paul.

–¿Y qué provecho va a sacar de que seamos todos infelices?

¿Podíamos hacer lo que él proponía?, me pregunté, con exaltación creciente. ¿No sería una vileza?

–¿Qué harás con Gisselle?

–Tendremos que internarla en un sanatorio... secretamente, por descontado. Pero no habrá complicaciones.

–¡Qué horror! Acuérdate de cuando Daphne quiso enjaularme a mí.

–Aquello fue distinto, Ruby. Tú estabas fuerte y sana, tenías toda la vida por delante. Sin embargo, ¿qué puede importarle a Gisselle? Tu hermana nos ha hecho un regalo involuntario, nos ha compensado por todas las infamias que cometió en su día. Y el destino no nos ofrecería esta oportunidad si no quisiera saldar también su deuda. Ven a mí –me suplicó–. Contigo se repondrá mi alma maltrecha y podré respetarme de nuevo. Te lo imploro, Ruby, no podemos desperdiciar ni un solo segundo.

–No lo sé, Beau. Tengo que pensarlo. –Desvié la mirada hacia el gabinete–. Quisiera discutirlo con Paul.

–Naturalmente, pero hazlo en cuanto colguemos y

vuelve a llamarme. —Me dio el número de teléfono—. Ruby, yo te amo, tú me correspondes y debemos vivir juntos. Incluso el destino lo quiere. ¿Quién sabe? A lo mejor tu *grandmère* Catherine está ejerciendo sus poderes desde algún lugar del más allá, o quizá Nina Jackson ha practicado un hechizo en nuestro favor.

—Ya no sé a qué atenerme, Beau. ¡Es todo tan precipitado! Estoy hecha un lío.

—Habla con Paul. Hacemos lo correcto, lo justo. Estaba predestinado a ocurrir más tarde o más temprano.

Después de colgar me quedé allí inmóvil con el corazón acelerado. Las posibilidades se desplegaban ante mí, con todos sus peligros. Tendría que adoptar la personalidad de mi hermana, transformarme en Gisselle, cuando en realidad éramos dos seres contrapuestos. ¿Sería mi actuación lo bastante verosímil como para engañar a sus amistades y poder estar junto a Beau el resto de mi vida? «El amor, si es sólido —pensé—, te da la facultad de hacer lo inimaginable.» Tal vez aquel principio se cumpliría ahora con nosotros.

Reuní todo mi valor, volví al gabinete y le conté a Paul los últimos sucesos y la propuesta de Beau. Sentado en su butaca, él escuchó con una calma asombrosa aquella historia narrada a borbotones y la insólita petición. Cuando concluí, se levantó y fue a la ventana. Estuvo un siglo sin moverse.

—Nunca dejarás de amarle —farfulló amargamente—. Fui un imbécil al esperar lo contrario. Si le hubiera hecho caso a mi madre... —Lanzó un largo suspiro y se volvió hacia mí.

—No puedo alterar lo que siento, Paul.

Él agitó la cabeza y estuvo unos momentos muy pensativo.

—Quizá deberías convivir con él para ver qué clase de individuo es. Puede que entonces comprendas las diferencias que hay entre ambos.

—Paul, te quiero por el bien que nos has hecho a Pearl y a mí y el afecto incondicional que me profesas, pero sólo hemos vivido un matrimonio a medias. Además, en una ocasión convinimos en que si cualquiera de nosotros encontraba a alguien, a alguien a quien amase y con quien quisiera tener una relación íntima, el otro no le pondría obstáculos. —Él asintió.

—Fui un iluso cuando pronuncié aquel juramento en la galería de *grandmère* Catherine. Sea como fuere —continuó, amagando una sonrisa irónica—, al fin voy a proporcionarte algo que te hará verdaderamente feliz. —De repente sus ojos se iluminaron—. Más todavía de lo que Beau y tú osaríais esperar. —Calló, con una mueca de determinación en el rostro.

—¿De qué hablas? —le pregunté estupefacta.

—Cuando llames a Beau, dile que traeremos a Gisselle aquí.

—¿Cómo...?

—En una cosa tiene razón: a tu hermana ya le da igual todo. Mañana tú y yo iremos al rancho después de comer. Antes debo cerrar un negocio urgente. Fingiremos que nos hemos tomado unas cortas vacaciones, y más tarde regresaré con Gisselle y extenderé el bulo de que estás aquejada de encefalitis. Le acondicionaré la mejor habitación del piso de arriba y organizaré turnos de enfermeras las veinticuatro horas del día. Como padece amnesia y está casi siempre semiinconsciente, no habrá dificultades.

—¿Harás eso por mí? —inquirí, incrédula. Él sonrió.

—Mi amor por ti no conoce límites, Ruby. Quizá así lo entenderás.

—Pero sería duro e injusto para ti.

—Yo no lo veo tan grave. En este caserón inmenso ni siquiera advertiré los reajustes.

—No me refiero sólo a eso. Tú también tienes una vida que vivir.

–Y la viviré... a mi manera. Corre, ve a llamar a Beau.

Sus ojos tenían una expresión misteriosa. Supuse que, en el fondo, creía que aquel gesto me induciría a volver con él algún día. Cualesquiera que fuesen sus razones, era obvio que así se facilitaba mucho el intercambio de identidades.

Me dirigí hacia el teléfono, pero me detuve en seco al reparar en el mayor problema de todos.

–No podemos hacerlo, Paul. Es imposible.

–¿Por qué?

–¡Por Pearl! Si yo soy Gisselle, ¿quién se hará cargo de la niña?

Paul reflexionó unos instantes.

–Estando tú presuntamente en situación crítica y con la niñera en Inglaterra para atender a su propia familia, vivirá en casa de sus amantes tíos hasta que termine la odisea en Cypress Woods. Por el momento será una buena tapadera.

Quedé maravillada de su agilidad mental.

–¡Oh, Paul! No merezco tu generosidad ni tu sacrificio. Te lo digo en serio. –Él sonrió con falso aplomo.

–De vez en cuando vendrás a visitar a tu hermana enferma, ¿no?

Comprendí que con aquel insólito proceder esperaba tenerme vinculada a su vida.

–Por descontado, aunque la auténtica Gisselle no se preocuparía.

–Ten cuidado –me advirtió, con una risita forzada–. No seas demasiado amable o la gente dirá: «¿Qué mosca le ha picado? Está irreconocible.»

–Conforme –respondí, consciente de la magnitud del reto. Tenía muy poca confianza en mí misma. De momento debería obedecer a un solo deseo, el de vivir como esposa de Beau hasta la muerte. Quizá sería suficiente. Por el bien de Pearl y por el mío propio, recé para que lo fuera.

SEGUNDA PARTE

11

ARRIESGAR PARA GANAR

Beau se alegró y se excitó mucho con el ofrecimiento de Paul, pero a mí me inquietaba su buena predisposición a participar en el enredo. ¿Qué era lo que pensaba? ¿Qué esperaba que resultase de todo aquello? Me pasé la noche dando vueltas, obsesionada por las cosas que podían ir mal y poner al descubierto nuestra patraña. Una vez que se destapara aquello la gente querría saber más, y entonces saldrían a la luz la verdad de mi parentesco con Paul y los pecados de antaño. No sólo Pearl y yo caeríamos en desgracia, sino que el deshonor mancharía también a los Tate. Los riesgos eran formidables. Paul, obviamente, los conocía tanto como yo, pero estaba resuelto a permanecer ligado a mí aun así.

Cuando me desperté por la mañana, creí que había sido todo un sueño hasta que Paul llamó a mi puerta y asomó la cabeza para decirme que nos pondríamos en marcha hacia la casa de campo de los Dumas poco después de las dos. Calculaba que el trayecto duraría unas tres horas. Una oleada de pánico sacudió mi columna vertebral. Me levanté y empecé a hacer los preparativos. El cuerpo me temblaba espasmódicamente mientras iba de un sitio a otro, escogiendo lo que me llevaría.

Dado que mis gustos en el vestir diferían mucho de los de Gisselle, no tendría más remedio que renunciar a la mayor parte de mi guardarropa, pero decidí conservar las joyas y mis objetos más entrañables. Recogí todas las cosas de Pearl que podía cargar sin suscitar sospechas. A fin de cuentas se suponía que sólo íbamos a pasar unos días fuera de casa.

Mientras doblaba los vestidos de la niña y los metía en su maletita, pensé en lo extraño que sería simular que era sólo su tía y no su madre. Por fortuna, Pearl era aún lo bastante pequeña como para que cuando me llamase «mamá» la gente creyera que sólo estaba confundida. Yo diría que momentáneamente era mejor dejarla en el error. Lo que me asustaba era el futuro, cuando creciera y aumentase su entendimiento, porque entonces tendría que explicarle por qué habíamos obrado así y yo había usurpado el nombre de mi hermana. No podía por menos que preocuparme que una tal revelación menoscabase su concepto de nosotros.

Pasé la mañana deambulando con Pearl por Cypress Woods, impregnándome de todo como si no fuese a verlo nunca más. Sabía que aunque volviese se me antojaría distinto, ya que tendría que considerarlo no ya mi hogar, sino la casa de mi hermana, un lugar de visita y un entorno que supuestamente me repugnaba. Tendría que comportarme como si el *bayou* me fuese más ajeno que China, ya que así había reaccionado Gisselle en el pasado.

Aquello sería lo que más iba a costarme: fingir que abominaba el *bayou*. Por mucho que lo ensayara, estaba segura de que no quedaría nada convincente en esa faceta. Probablemente mi corazón no me permitiría mofarme del mundo donde me había criado, un mundo que había amado durante toda mi vida.

Mientras Pearl dormía su siesta matutina subí al estudio para guardar las cosas que quería proteger del tiempo y el desuso. Como Gisselle Dumas, tendría que pintar y dibujar a hurtadillas. En cuanto se hiciera público que Ruby era una inválida, que yacía mentalmente discapacitada, no podría entregar mis nuevas obras a la galería de arte, pero me consoló la idea de que no pintaba tanto por adquirir fama y dinero como por mi satisfacción personal.

Paul comió conmigo en casa, lo cual fue muy violento para los dos. Ninguno se sinceró y lo dijo abiertamente, pero ambos sabíamos que era la última comida que compartíamos como marido y mujer. Era importante que actuásemos con toda normalidad delante de la servidumbre. No obstante, cada pocos minutos nos espiábamos el uno al otro a través de la mesa como si acabáramos de conocernos y no nos atreviéramos a romper el hielo. La tensión exacerbó el sentido de la urbanidad. Dos veces empezamos a hablar simultáneamente.

—Adelante, te escucho —dijo Paul a la segunda.

—No, esta vez te cedo la palabra —repliqué.

—Quería asegurarte que mantendré tu estudio siempre limpio. Quizá Beau y tú vengáis aquí de vacaciones, y si te apetece podrás escabullirte y trabajar un rato. Diré que el cuadro estaba terminado antes de que Ruby enfermase.

Asentí, aunque no creía que se diera nunca esa circunstancia. Aun teniendo bien presente que era Gisselle y no yo quien había contraído la encefalitis de St. Louis, me sentía rara al hablar de mí misma como la que estaba gravemente enferma. Intenté imaginar las reacciones iniciales de mi círculo, reacciones que no vería puesto que ya me habría ido. Me figuré que las hermanas de Paul quedarían desoladas. Su madre seguramente se llevaría un alegrón, pero supuse que Octavious se entristecería, porque habíamos mantenido unas relaciones muy cordiales a pesar de la hostilidad de Gladys Tate. Los criados se lo tomarían mal, las lágrimas correrían a raudales.

Cuando la nueva se propagase a través del *bayou*, todas las personas que me conocían se afligirían terriblemente. Las amigas de *grandmère* Catherine irían a la iglesia y encenderían una vela por mi salvación. Al imaginar aquellas escenas, una tras otra, tuve un sentimiento de culpabilidad por causar tanta tribulación con un embuste, y empecé a languidecer en mi silla.

–¿Te encuentras mal? –preguntó Paul después de que retirasen los platos.

–No –dije, pero las lágrimas me quemaban los párpados y sentí dentro de mí su presencia abrasadora. De pronto la estancia me parecía un horno–. Enseguida vuelvo –dije, y me levanté de modo abrupto.

–¡Ruby!

Fui como una loca al cuarto de baño para echarme agua fresca en la frente y las mejillas. Cuando me miré en el espejo vi que la sangre se había retirado de mi rostro.

–Serás castigada por lo que estás haciendo –le advertí a mi reflejo–. Algún día tú también caerás víctima de una enfermedad irreversible.

Mi mente era un caos. ¿Debía poner fin a aquella aventura antes de que fuese demasiado tarde?

Hubo un tenue golpeteo en la puerta.

–Ruby, Beau está al teléfono –me dijo Paul–. ¿Estás en condiciones de ponerte?

–Sí, Paul, ahora mismo voy. Gracias.

Me refresqué de nuevo la cara, la sequé con diligencia y me refugié en el despacho de Paul para hablar en privado.

–Hola.

–Paul me ha dicho que estabas indispuesta. ¿Te sientes ya mejor?

–No.

–Pero aún quieres seguir con el plan, ¿verdad, Ruby? –inquirió, quebrada la voz por el miedo a una negativa. Yo suspiré–. Todo está a punto –añadió antes de que pudiera responderle–. Tengo una ranchera habilitada como ambulancia para trasladar a Gisselle a Cypress Woods aparentando que eres tú. Yo iré detrás en el coche de Paul y le ayudaré a meterla en la casa. Confío en que no se habrá echado atrás.

–No, pero... Beau, ¿y si no puedo hacerlo?

–Puedes y debes, Ruby. No olvides que nos queremos y que tenemos una hija. Es lógico que vivamos juntos. El destino nos ha invitado: no desaprovechemos la ocasión. Prometo estar a tu lado constantemente. Velaré por que todo salga bien.

Fortalecida por sus palabras, recuperé la compostura. La sangre volvió a regar mis mejillas y remitieron las palpitaciones de mi corazón.

–De acuerdo, Beau. Iremos.

–¡Bien! Te amo –dijo, y colgó.

Oí un segundo *clic* y comprendí que Paul había estado escuchando nuestra conversación, pero no lo abochorné demostrándole que lo sabía. Salió a hacer unas diligencias de última hora, y yo fui a buscar a Pearl después de su cabezada y le di de comer. Más tarde, la llevé a mi dormitorio. Mi minúscula bolsa y el billetero resultaban patéticos junto al lujo del tocador. Me marchaba tan poco cargada... Pero recordé que iba aún más ligera de equipaje aquel día aciago de mi vuelta al *bayou*.

Me puse muy impaciente. Los minutos transcurrían con una lentitud de horas. Cuando miré por la ventana reparé en un frente nuboso que se acercaba por el sudoeste. Era cada vez más compacto y más extenso. El viento se intensificó, y vi que se estaba fraguando una tormenta. Lo interpreté como un mal presagio; tuve un

estremecimiento y me hice un ovillo. ¿Se habían confabulado el cielo y el *bayou* para impedirme dar aquel
paso? Sabía que *grandmère* Catherine habría dicho algo
similar si hubiera estado junto a mí. Destelló un relámpago y el fragor del trueno que le sucedió pareció vapu-
lear la casa.

Unos segundos después de las dos apareció Paul.

—¿Estáis listas?

Di una última ojeada a mi alrededor y asentí. Mis
rodillas se entrechocaban y sentía el abdomen como una
caverna trepidante, pero tomé a Pearl en mis brazos y me
agaché para asir la bolsa.

—Ya la llevo yo —dijo Paul, y me la quitó de la mano.
Escudriñó mis ojos, buscando mis más íntimos pensamientos, pero me apresuré a apartar la vista.

—Echarás de menos todo esto, Ruby —dijo, traspa-
sándome con una mirada que tenía la dureza de un dia-
mante—. Aunque intentes convencerte de lo contrario,
sé que lo extrañarás mucho. El *bayou* forma parte de tu
ser tanto como del mío. Por eso regresaste cuando te
viste en apuros.

—Hablas como si no fuera a volver nunca, Paul.

—Quizá vuelvas, pero una vez que hayamos hecho
el cambio y comencemos a representar nuestros papeles te será imposible venir como Ruby Landry —me recordó con tono hiriente.

—Lo sé muy bien.

—Mucho debes de quererle cuando haces todo esto
para estar con él. —Su voz destilaba envidia. Al ver que
no contestaba, suspiró y observó un momento los canales a través de las ventanas. «Pobre Paul», pensé. Una
parcela de él quería desahogar su cólera contra Beau y
contra mí, pero la parcela que me amaba lo refrenaba
y le dejaba sumido en la frustración.

—Borra de tu cabeza lo que acabo de decir —murmuró—. Si él te maltrata o te traiciona, o si sucede algo ines-

perado, hallaré el medio de hacerte volver –afirmó, y girándose hacia mí me miró vehementemente–. Pondría el mundo boca abajo para tenerte de nuevo a mi lado.

¿Por eso se había mostrado tan receptivo? ¿Porque quería estar presto a rescatarme en el caso de que algo fuese mal? En lo más hondo de mi corazón sabía que, al margen de lo que pudiera decir o hacer, Paul jamás renunciaría a mí.

Fue a la habitación de Pearl a recoger la maleta de la niña y descendimos la escalera con toda premura.

Había empezado a llover, así que los limpiaparabrisas bailaban monótonamente. Al dejar la larga avenida de grava me volví para mirar la fastuosa mansión. Pensé que nuestras vidas eran un cúmulo de adioses de diferente índole. «Decimos adiós a las personas que queremos, o a aquellas que hemos tratado casi toda nuestra vida, pero también podemos despedirnos de los lugares, particularmente de los que se han convertido en una parte de nosotros mismos, de nuestra idiosincrasia.» Yo ya le había dicho adiós al *bayou* unos años atrás, pensando que jamás regresaría, aunque siempre creí que seguiría significando para mí lo mismo que en mi niñez. Curiosamente, ahora tenía la sensación de que esta vez lo había defraudado también a él, y me pregunté si un lugar sería tan remiso a perdonar como los seres humanos.

La lluvia caía en una densa cortina. Sentí por todo el cuerpo una ráfaga invernal y tuve un escalofrío. Miré a Pearl, pero estaba tranquila y calentita.

–¿No es sorprendente lo lejos que podemos llegar para estar junto a alguien a quien creemos amar? –dijo de improviso Paul, hablando sin crispación–. Un hombre adulto se portará como un adolescente, y el adolescente hará todo cuanto pueda para parecer más maduro. Arriesgamos nuestra reputación, sacrificamos nuestras posesiones, nos enemistamos con nuestros padres e incluso abdicamos de nuestras creencias religiosas. Hacemos disparates e incongruencias, las cosas más quijotescas y peregrinas, por saborear sólo un instante lo que se nos antoja un éxtasis sublime.

–Sí –repuse–. Lo que dices es muy cierto, pero ni aun sabiendo que lo es podemos dejar de caer en esos excesos.

–En efecto –declaró con acritud–. Te entiendo mucho mejor de lo que imaginas, Ruby. Sé que nunca pudiste comprender plenamente las razones por las que ansiaba tanto estar a tu lado, pero ahora tengo la impresión de que te aproximas a ello.

–Así es.

–Lo celebro. Porque ¿sabes lo que te digo? –Me miró con unos ojos glaciales–. Que un día no muy lejano volverás a mí.

Fue tal la contundencia de aquellas palabras que se me heló la sangre en las venas. A continuación entramos en la carretera principal y aceleramos la marcha, avanzando hacia mi nuevo destino con una furia que me dejó sin aliento.

Pearl durmió durante todo el trayecto. Era usual en ella amodorrarse en el coche. Dos horas después de nuestra partida la lluvia comenzó a amainar y el sol se filtró entre las capas más finas de nubes. Paul revisó las indicaciones que Beau le había dado por teléfono, y menos de una hora más tarde encontramos la carretera de la casa.

El edificio central de lo que Daphne solía denominar su rancho era de corte palaciego. Tenía un tejado de cuatro aguas notablemente empinado, con agujas, pináculo, torretas, gabletes y dos chimeneas de depurado estilo. Las cresterías metálicas ornamentales que remataban los caballetes de la cubierta presentaban unos diseños muy elaborados. Tanto las ventanas como el portalón eran ojivales. A la derecha había dos anexos pequeños para el servicio y los mozos, y más a su derecha, a unos cien metros de distancia, estaban las cuadras con los caballos de monta y un granero. La propiedad incluía vastas extensiones de campo, con retazos de bosque y un riachuelo que delimitaba su extremo norte.

Al igual que algunos *châteaux* de la campiña francesa, la casa tenía unos bonitos jardines y dos glorietas en el césped frontal, así como bancos, sillas y fuentes de piedra. Cuando llegamos, dos jardineros trabajaban afanosamente podando setos y quitando malezas. Eran una pareja de ancianos y nos observaron durante un intrigado segundo antes de reanudar su trabajo, tan deprisa que era como si un capataz hubiera hecho restallar el látigo.

Beau salió a la puerta antes de que hubiéramos aparcado. Nos hizo señas para apremiarnos a entrar. Pearl todavía dormía, y sus párpados apenas temblaron cuando la alcé y seguí a Paul hasta la casa. Beau retrocedió, sonriéndome tiernamente.

—¿Cómo estás? —me preguntó.

—Bien —dije, aunque se había apoderado de mí un súbito anquilosamiento.

Paul y Beau se miraron un momento, y luego Beau se puso muy serio, con los ojos empequeñecidos y lúgubres.

—Será mejor que nos demos prisa —dijo.

—Muéstranos el camino —respondió Paul con sequedad.

Entramos en la casona. Tenía un breve zaguán, decorado con tapices y grandes cuadros paisajísticos. El mobiliario era una mescolanza de piezas vanguardistas y algunas muestras del mismo estilo provenzal francés que se encontraba en la mansión de Nueva Orleans. Las luces estaban bajas y los cortinajes corridos. El ambiente era penumbroso, sobre todo en la escalera. Subimos sin tardanza.

–Primero acomodaremos a Pearl –sugirió Beau, y nos guió hasta una habitación infantil–. Ésa es la antigua cuna de Gisselle –me explicó–. Aparentemente, Daphne invitaba de vez en cuando a parejas con hijos. Le encantaba ser la anfitriona pluscuamperfecta –agregó, con una risita despectiva.

Pearl protestó cuando la acosté en la cuna. Esperé unos instantes por si despertaba, pero se limitó a suspirar y volverse de lado.

–He podido agenciarme una camilla plegable –dijo Beau–. No temáis, nadie sabe ni sospecha nada. El dinero mata la chismorrería.

–Pero no resuelve todos los problemas –señaló Paul incisivamente, y me miró. Bajé la vista, y Beau emitió un gruñido de asentimiento y nos condujo al pasillo. Fuimos a la alcoba matrimonial. Gisselle parecía haberse empequeñecido en la cama doble con dosel, arropada en el edredón hasta la barbilla. Tenía el cabello desparramado sobre la almohada, y su tez estaba macilenta.

–Ha entrado en un coma intermitente –explicó Beau.

–Beau, debería estar en una clínica –le dije.

–Paul puede ingresarla si su médico lo recomienda. El mío no lo cree necesario, siempre que reciba unos buenos cuidados profesionales.

–Yo me encargo de todo –confirmó Paul, con los ojos fijos en Gisselle–. Tendrá la mejor asistencia que se le pueda dar.

–Entonces, manos a la obra –dijo Beau, visiblemente ansioso por empezar antes de que alguno de nosotros cambiase de opinión.

Paul asintió y se situó en el otro lado del lecho para ayudar a desplazar a Gisselle hasta la camilla. Beau se encorvó sobre ella y le pasó los brazos por debajo. Los párpados de mi hermana titilaron, pero no se abrieron, cuando su marido la levantó y deslizó su cuerpo hacia el borde de la cama. Luego Beau le indicó a Paul que le sostuviera las piernas. Juntos la acostaron en la camilla. Gisselle llevaba una camisa de algodón blanco, con la mangas escaroladas y un dibujo de flores azules en el pecho. Estaba segura de que la había escogido Beau, pensando que era algo que yo me habría puesto.

La taparon con una manta, y Beau me miró.

—Tenemos que intercambiar las alianzas de boda —dijo—. Ya le he quitado la suya.

Me entregó el anillo. Lo noté caliente en mi mano y miré a Paul, que me observaba con una expresión de curiosidad. Era como si estuviera estudiando todos mis movimientos para ver no ya lo que hacía sino lo que sentía al hacerlo. Di media vuelta y forcejeé con mi sortija; tenía el dedo un poco hinchado y se negaba a salir.

—Lávatelo con agua fría —me aconsejó Beau, y me señaló el cuarto de baño. Yo miré de nuevo a Paul. Parecía regodearse con la dificultad que tenía para separarme simbólicamente de él.

El agua fue eficaz y el anillo se desprendió al fin. Beau lo puso de inmediato en el dedo de Gisselle.

—¿Tienes alguna otra sortija? —me preguntó.

—Ni sortijas ni nada que lleve de un modo permanente.

—Ella se cambiaba las joyas tan a menudo que nadie recordará ninguna pieza en particular excepto la alianza de casada. —Comenzó a empujar la camilla hacia el pasillo, pero se detuvo a medio camino.

—Voy a traer la ranchera hasta los escalones de la entrada. Esperadme aquí —dijo, y desapareció.

Paul miró unos segundos a Gisselle, lanzó un apagado gemido y posó la vista en mí.

—Aquí estamos, cumpliendo mi plan —declaró.

Mi galopante corazón me quitaba el aliento.

—Obedece todas las indicaciones del médico, Paul.

—No necesitas decírmelo. ¡Por supuesto que lo haré!

–Tuvo un leve titubeo y añadió–: Ya he consultado el caso con un facultativo.

–¿De verdad?

–Esta mañana, en Baton Rouge.

–¿Y qué te ha dicho?

–Que podría curarse –respondió, y fijó los ojos en mí.

Lo comprendí todo. Ésa era su esperanza: que la recuperación de Gisselle me obligara a volver a Cypress Woods. Tuve en la punta de la lengua la frase que pondría término a aquel trueque de identidades.

–Quédate un momento con ella –me pidió Paul sin darme tiempo a pronunciarla. Bajó para hablar con Beau. Al quedarme sola junto a mi hermana, me aproximé a la camilla y estrujé su fría mano entre las mías.

–Gisselle –susurré–, ignoro si puedes oírme, si son sólo tus ojos los que están sellados y no tu mente, pero quiero que sepas que nunca hice nada para lastimarte y que tampoco ahora he actuado en tu perjuicio. Incluso tú, en tu estado crítico, debes admitir que el destino ha cogido las riendas y ha decidido nuestro porvenir. Lamento que estés enferma. Yo no he tenido arte ni parte, a menos que te empeñes en decir que mi amor por Beau es tan grande que ha movido a los espíritus. Sé que tú también, en lo más recóndito de tu corazón, crees que debemos unirnos.

Me incliné y la besé en la frente. Poco después oí subir a Beau y a Paul.

–Empújala solamente hasta el rellano superior –ordenó Beau–. Una vez allí, doblaré las patas de la camilla y podremos transportarla escaleras abajo.

–Tened cuidado –les advertí.

Dieron algún que otro traspié en los peldaños, pero lograron bajar a Gisselle sin mayores contratiempos. Beau volvió a desplegar las patas y las ruedas, y la llevaron hasta la salida. Yo iba unos metros detrás de ellos. Una vez fuera depositaron la camilla en el compartimiento trasero del coche. Beau cerró la portezuela y las miradas de los dos hombres confluyeron en mí. Paul se adentró unos pasos.

—Temo que tenemos que despedirnos... —me dijo. Se inclinó para besarme y luego se dirigió al coche.

—Regresaré lo antes que pueda —prometió Beau.

—Beau —murmuré, agarrando su mano—. Paul cree que algún día Gisselle se restablecerá totalmente y tendremos que asumir otra vez nuestra auténtica personalidad. —Él meneó la cabeza.

—Mi médico afirma que no hay curación.

—Pero...

—Ruby, ahora es tarde para arrepentirse. Pero no te preocupes. Tenía que ser así. —Me besó y se alejó. De repente vi que giraba en redondo y volvía sobre sus pasos apresuradamente. Contuve la respiración, creyendo que había resuelto no continuar. Mas no era ésa la razón.

—¡Casi se me olvida! —exclamó—. Por si acaso, los jardineros se llaman Gerhart y Anna Lenggenhager. Tienen un acento alemán tan enrevesado que es probable que no entiendas la mitad de lo que dicen, pero no te apures. Gisselle nunca les dirigía la palabra como no fuera para impartir órdenes. Perdió la paciencia las pocas veces que intentó comprenderles. No obstante, son unas personas encantadoras. Recuerda también que el nombre de la doncella es Jill, y el de la cocinera Dorothea. He dejado dispuesto que te sirvan la cena en la habitación. A nadie le sorprenderá. Gisselle comía frecuentemente allí.

—¿Qué hago con Pearl?

—Pídele a Jill lo que quieras que tome. Saben que va a venir nuestra sobrina. Y no sufras, nadie te hará preguntas molestas. Lo tengo todo bien atado —proclamó. Me besó nuevamente y volvió al automóvil.

Me quedé allí, viéndolos alejarse. Al desviar la vista a la izquierda descubrí que Gerhart y Anna me estaban espiando. Ambos se volvieron rápidamente y se fueron a su casa. Con los nervios en tensión entré en el *château*. Pensé explorarlo, pero decidí que era más prudente volver junto a Pearl y comprobar que no se había despertado en un ambiente extraño. Sabía que se asustaría. ¡Me asustaba a mí estar en aquel lugar!

A juzgar por la mirada que había en los ojos de Jill cuando fue a pedir instrucciones un rato más tarde, deduje que Gisselle la intimidaba. Pearl ya se había despertado y la tenía conmigo en la habitación grande. Jill llamó a la puerta tan discretamente que al principio no la oí.

–¡Adelante! –grité. La doncella abrió la puerta muy despacio y se adentró sólo unos centímetros en la estancia. Era una muchacha alta, delgada, con cara de pájaro: boca pequeña, nariz picuda y los ojos negros incrustados en sus cuencas. Llevaba el moreno cabello cortado a tijera.

–Dorothea desea saber si madame quiere algo especial para la cena.

Vacilé unos momentos, consciente de que aquélla era la primera vez que hablaba con alguien como Gisselle, mi hermana gemela. Recordé la presuntuosa mueca de fastidio que siempre ponía cuando un criado le hacía una consulta o una petición.

–Me gustaría un plato ligero. Tomaré pollo con arroz y un poco de ensalada, acompañado de agua muy fría –repuse con el tono más expeditivo posible. Aparté la mirada.

–¿Y la niña?

Le di detalles igual de concisos para la cena de Pearl, y ella asintió y se retiró enseguida, contenta al parecer por no haber oído ningún exabrupto. «¡Qué ogro debe de haber sido Gisselle!», pensé. Sin duda yo sería incapaz de imitarla cabalmente.

Más tarde, cuando subió los platos y puso la mesa, Jill se arriesgó a sonreír a Pearl, que la observaba muy interesada. Inmediatamente después, sin embargo, me dirigió una mirada huidiza, temiendo que la reprendería por tardar demasiado o por osar distraerse. Decidí callar antes que ser antipática.

—¿Necesita algo más, madame? —me preguntó.

—Por el momento no... —Iba a decir «gracias», pero me contuve, recordando que era una expresión que no figuraba en el vocabulario de mi hermana como no fuera en un tono sarcástico. Jill tampoco la esperaba. Ya había vuelto la espalda y emprendido la retirada.

No es que tuviera mucho apetito, pero era tal mi nerviosismo que sentía el estómago como si dentro hubiera un pajarito atrapado, aleteando. Pensé que sería mejor darle algo que digerir. A pesar de que la cena estaba deliciosa, comí mecánicamente, sin poder dejar de preguntarme qué pasaría entretanto en Cypress Woods, cómo se las arreglarían Beau y Paul con el traslado de Gisselle. Imaginé la cara de pasmo que pondrían todos cuando Paul dijera que había ocurrido un percance y había tomado la decisión de llevarme urgentemente a casa. Pasé una angustia mortal hasta que oí unas pisadas en la escalera muchas horas después, y al abrir la puerta vi ascender a Beau, saltando los escalones de dos en dos. Me sonrió.

—Misión cumplida —dijo, todavía jadeando—. Todo ha ido bien. Tus criados se han tragado el anzuelo, el sedal y hasta la caña. —Tomó mis manos en las suyas—. Bienvenida a tu nueva vida, señora Andreas, la vida que por ley te corresponde.

Me miré en sus preciosos ojos y pensé: «Sí, soy la señora Andreas, la esposa de Beau Andreas.»

Me abrazó y me tuvo apretada contra él unos instantes, antes de darme un beso en la frente y, bajando por mi rostro, besarme firmemente en los labios.

Nuestra primera noche juntos como esposos no fue tan romántica como habíamos soñado. A pesar de sus bravatas, a Beau aquel trance le había dejado extenuado emocionalmente, tanto o más que a mí. Tras besarnos y arrullarnos me confesó lo tenso y nervioso que le había puesto el intercambio.

—No tenía la certeza de que Paul respondiera hasta el final —dijo—. Para ser sincero, esperaba que saboteara el plan, y más aún después de lo que me ha contado antes de irnos.

—Antes de que trasladaseis a Gisselle hasta el coche, ha bajado al vestíbulo. ¿De qué te ha hablado? —inquirí.

—Di más bien qué advertencias y amenazas ha proferido.

—¿Cómo? Pero ¿qué te ha dicho?

—Que si accedía a pasar por esta prueba era sólo porque estaba convencido de que era lo que tú deseabas, pero que si se enteraba de un solo punto negro en nuestra relación, si con mi conducta te causaba algún disgusto, saldría a la luz toda la farsa. Me ha asegurado que no le importa en lo más mínimo su reputación ni las repercusiones que el escándalo pudiera tener para él. Y yo le creo, así que no le cuentes mis fallos —dijo con una media sonrisa.

—No habrá fallos, Beau.

—No, no los habrá. —Volvió a besarme y empezó a acariciar mi piel, pero yo estaba exhausta y aún desorientada.

—Guardemos nuestra luna de miel para Nueva Orleans —propuso.

Asentí silenciosamente y nos dormimos abrazados.

Nuestra idea era regresar sin demora a Nueva Orleans arguyendo que Ruby había sufrido un terrible percance y que teníamos que cuidar temporalmente a su hija. A nadie pareció apenarle mucho que dejásemos la finca de un modo tan abrupto. Al contrario, creí vislumbrar una sombra de alivio en los rostros de Gerhart y Anna, y una alegría sin paliativos en el de Jill.

En el camino de vuelta a la ciudad Beau me contó que había despedido a todos los criados de la casa de Dumas.

—¡Oh, no!

—No debes inquietarte. No estaban precisamente eufóricos de servir a Gisselle, y he indemnizado a cada uno con seis meses de sueldo. Es mejor que partamos de cero. Te resultará mucho más fácil.

Reconocí que tenía razón.

Para mí, volver a la casa de Dumas era quizá la parte más espinosa de toda la trama. En Nueva Orleans hacía un día más bien nublado, con un esporádico sol de rayos raquíticos. Las sombras proyectadas por los gruesos nubarrones oscurecían las calles bajo los tupidos palios de robles, e incluso Garden District, con sus residencias opulentas, señoriales, y los extravagantes jardines, me pareció triste y agorero.

Todas las ventanas estaban con las persianas echadas en aquella mansión marfileña que en un tiempo había sido el dulce hogar de mi padre. En ausencia de cualquier actividad dentro o a su alrededor, la propiedad se veía tan desolada que el corazón me pesó en el pecho como un plomo. Mientras avanzábamos hacia la columnata del porche, casi esperaba que la figura de Daphne se recortase en el umbral y exigiese saber qué pintábamos allí. Pero no hubo apariciones; nada se movió excepto alguna ardilla gris excitada por nuestra presencia.

—Ya estamos en casa —declaró Beau. Yo tenía la vista clavada en la escalinata de baldosas y el pórtico—. Relájate —me dijo, tomando mi mano y agitándola como si así pudiera expulsar la ansiedad de mi cuerpo—. Todo saldrá a pedir de boca.

Me insté a sonreír y miré esperanzada el azul estival

de sus ojos, que brillaban de expectación. Había llovido mucho desde aquella noche en que llegué del *bayou* y él me encontró plantada frente a la verja de la regia casa, contemplándola embelesada y toda yo trepidante ante la perspectiva de conocer a mi verdadero padre. Ahora me parecía aún más irónico, y tal vez incluso profético, que ya entonces Beau me hubiera confundido con Gisselle, creyendo que se había disfrazado de chica pobre para asistir al baile de máscaras del Mardi Gras.

Beau se ocupó de nuestros bultos y yo llevé a Pearl en brazos. La niña lo observó todo con su habitual vivacidad. La besé en la mejilla.

—A partir de hoy éste va a ser tu nuevo hogar, tesoro. Confío en que te sea más propicio que a mí.

—Lo será —aseveró Beau, y abrió la puerta.

Ya dentro encendió las lámparas para disipar las frías sombras del vestíbulo. Las luces hicieron relumbrar el marmóreo suelo rosado e iluminaron los frescos, las pinturas y el imponente tapiz con un majestuoso palacio francés rodeado de jardines. Pearl abrió los ojos con asombro. Miró alrededor ávidamente, pero siempre agarrada a mí.

—Por aquí, madame —dijo Beau. Los ecos de su voz resonaron en la mansión vacía. Mientras caminaba delante de nosotras fue encendiendo todas las lámparas que había a su paso. Le seguí hasta la espléndida escalera elíptica, con sus peldaños mullidamente alfombrados y la reluciente balaustrada de caoba.

A pesar de su lujoso mobiliario antiguo, sus carísimas colgaduras y la vastedad de sus habitaciones, aquella mansión nunca había sido mi hogar. Procedía de una tierra extraña cuando fui a vivir allí, y en el curso de mi estancia me había sentido todavía más forastera. La primera vez que puse los ojos en sus interiores la comparé más a un museo que a una casa. Ahora, con los amargos y penosos recuerdos poblando mi memoria, sabía que ten-

dría que realizar un esfuerzo sobrehumano para hacerla acogedora y cálida, pera sentirme integrada y segura.

–He pensado que te gustaría cederle a Pearl tu viejo dormitorio –sugirió Beau. Abrió la puerta de la que
había sido mi alcoba y me invitó a pasar, con una sonrisa de gato satisfecho.

–¿Qué ocurre?

Asomé la cabeza. Había una cuna semejante a la que
tenía Pearl en Cypress Woods, una cómoda a juego y
un pequeño pupitre con su silla.

–¿Cómo lo hiciste?

–Después de nuestra conversación telefónica, vine a
Nueva Orleans y le pagué a un fabricante de muebles el
doble de su precio para que me lo instalase todo en
el acto –explicó–. Luego volví corriendo al rancho.

Miré la estancia llena de estupor.

–Quiero que esta experiencia funcione, Ruby –me
dijo con voz queda pero firme–, por el bien de todos.

–¡Eres un cielo, Beau! –Las lágrimas se agolparon en
mis ojos. Solté a Pearl, que parecía estar muy contenta
y con ganas de inspeccionar la habitación.

–Voy a hacer unas llamadas y a poner en marcha la
búsqueda del nuevo servicio. La agencia nos enviará
aspirantes a mayordomo, doncella y cocinera.

–¿Qué pensará la gente cuando sepa que hemos
reemplazado a toda la servidumbre?

–Nada. No creo que sea ninguna novedad. Estoy
seguro de que los criados ya habían farfullado más
de una queja contra Gisselle. Después de la muerte de
Daphne y de la marcha de Bruce, se volvió tan ago-
biante y dictatorial que ellos me daban auténtica lástima. Lo cierto es que tuve que perorar y suplicar para
que no se fueran. –Hizo una pausa–. Gisselle y yo dormíamos en la antigua habitación de Daphne y Pierre.
¿Por qué no empiezas a familiarizarte con ella?

Recogí a Pearl del suelo y recorrimos el amplio pasillo. Nada había cambiado en la alcoba: conservaba su principesca cama con dosel y los cortinajes de terciopelo en las ventanas. Sin embargo el tocador era un desbarajuste y había varias prendas tiradas sobre el confidente.

—Gisselle era el desorden en persona. No respetaba sus posesiones porque las renovaba con excesiva frecuencia. Siempre reñíamos por esa cuestión –dijo Beau. La puerta del armario estaba abierta y pude distinguir la abultada colección de vestidos, faldas y blusas, algunos colgando precariamente de sus perchas, otros hechos un rebujo en el suelo.

—Gisselle va a sufrir unos notorios cambios de carácter –comenté. Beau se echó a reír.

—Pero que no sean demasiado bruscos –me advirtió. Sonó el teléfono, y ambos lo miramos petrificados.

—No hace falta que contestes –dijo Beau.

—Podría ser Paul. Además, Beau, tendré que empezar un día u otro; prefiero que sea enseguida. Si no voy a ser capaz de interpretar mi parte, más vale que lo sepamos desde ahora.

Él asintió y me miró dubitativo mientras me dirigía al aparato.

—¡Espera! Si es una de sus amigas, déjame averiguar cuál. –Descolgó el auricular–. Dígame. Sí, la tengo aquí a mi lado. Es Pauline –me comunicó, y me alargó el teléfono–. Puede ser una víbora –susurró.

Hice un gesto afirmativo y así el aparato con dedos trémulos.

—Hola.

—¿Gisselle? Te he llamado al rancho y me han dicho que habías vuelto a Nueva Orleans. Creía que ibas a quedarte una semana más, y he engatusado a Peter para que me llevase. ¿No teníamos que celebrar una fiesta? –se lamentó–. Ha sido una suerte que se me ocurriera telefonear primero. Si no, hubiera hecho todo ese trayecto para nada. Pero ¿qué ha pasado? ¿Por qué no me has llamado? –Parecía enfadada.

Respiré hondo, recordé cómo hablaba mi hermana y respondí:

–¿Qué ha pasado? Una debacle, nada más.

–¿Cómo? –exclamó ella.

–Mi hermana Ruby fue a visitarme y la picaron unos mosquitos –dije, como si fuera culpa de mi hermana.

–¿Y eso es una debacle?

–Ha pillado una... Beau, ¿cómo se llama esa absurda enfermedad? –Él me sonrió–. Encefa... algo –dije tras fingir escucharle–. Está en coma y he tenido que traerme a la niña a casa.

–¿Una niña?

–Sí, mujer, la hija de mi hermana.

–¿Estás cuidando a una criatura? –me preguntó anonadada.

–Hasta que encuentre una buena niñera –repuse con petulancia–. ¿Por qué?

–Por nada, salvo que sé lo que opinas de los niños.

–No me conoces tanto como tú imaginas, Pauline –le espeté en el más puro tono de Gisselle.

–¿Perdón?

–Estás perdonada.

–No, quería decir...

–Sé lo que querías decir. Mira, ahora no puedo perder tiempo hablando de estupideces por teléfono. Tengo asuntos importantes que atender.

–Disculpa. No te importuno más.

–Te lo agradezco. Adiós –dije, y dejé el auricular en su soporte.

–¡Has estado insuperable! –me ensalzó Beau–. Por un instante he creído que eras la mismísima Gisselle y que habíamos llevado a Ruby a Cypress Woods.

Incluso Pearl me examinó confusa y sorprendida.

Respiré aliviada. Quizá, pensé, iba a ser menos difícil de lo que había previsto. Beau quedó tan impresionado con mi interpretación que me propuso ir a uno de los restaurantes elitistas de los que Gisselle y él eran asiduos clientes y divulgar la historia sin más dilación entre la alta sociedad de Nueva Orleans.

El miedo atenazó mi estómago.

–Beau, ¿es imprescindible? ¿No te parece un poco prematuro?

–Bobadas. Escoge un modelito al estilo de Gisselle mientras yo concluyo unos asuntos. Bienvenida a casa, cariño –dijo, y me dio un casto beso en los labios.

Mi corazón latía sin control cuando se marchó y empecé a pasar revista al vestuario de mi gemela.

12

DOBLE CUERPO

Nuestra primera salida nocturna como Beau y Gisselle Andreas fue un éxito rotundo. Me puse un conjunto sin tirantes de mi hermana, con el corpiño muy ceñido. Beau se rió al ver mi reacción frente al espejo. Casi todos los vestidos de Gisselle tenían unos escotes provocativos, revelando el nacimiento de los senos más de lo que yo hubiera querido.

–Tu gemela siempre rozaba los límites de lo socialmente aceptable –dijo Beau–. Creo que le divertía escandalizar a las altas esferas.

–Pues a mí no.

–Aun así, estás subyugadora –me piropeó, retrocediendo con una sonrisa sensual. Se rió de nuevo–. Nada le gustaba más a Gisselle que entrar en un restaurante caro y que todas las cabezas se volvieran atónitas a su paso.

–Me sonrojaré tan intensamente que todos sabrán quién soy en realidad.

–Creerán que es una nueva coquetería de Gisselle.

En efecto, las cabezas se volvieron cuando hicimos nuestra entrada en el restaurante. Beau llevaba a Pearl, que estaba adorable con el traje de marinerita que le habíamos comprado. Intenté imaginarme la altivez y los contoneos de mi hermana, pero en cuanto las miradas se posaban en mí los rostros se me difuminaban en un borrón e instintivamente bajaba los ojos. Sin embargo, ninguna de las personas con que topamos y que eran conocidas de Beau y de Gisselle demostró el mínimo resquemor. El nerviosismo o cualquier otro comportamiento anormal que detectaran en mí lo atribuirían a la tragedia que estábamos viviendo. Gisselle nunca fue de las que tienen reparos en ostentar su dolor. No obstante comprobé que la mayoría de la gente derrochaba simpatía con Beau más que conmigo, y no tardé en comprender que todos los que cultivaban la amistad de la pareja lo hacían esencialmente por él.

Beau tuvo la astucia de pregonar todos los nombres según iba saludando, antes de que yo hablase.

—Marcus, Lorraine, ¿cómo estáis? —decía con voz estentórea mientras la pareja en cuestión se acercaba a la mesa.

—¿De quién es esta niña tan mona? —preguntaba casi todo el mundo.

—De mi hermana —respondía yo con una sonrisa postiza—. Pero de momento, y quizá para siempre, la han dejado a mi cuidado.

—¡Caramba!

Aquél era el pie para que Beau suministrase todas las explicaciones. Si alguien me compadecía era únicamente por la nueva carga que debía soportar.

—Como has podido ver —me dijo Beau camino de casa—, las amistades de Gisselle son fatuas y superficiales. Siempre me ha chocado observar que jamás se escuchan unos a otros, ni les importa un comino lo que diga el de al lado.

—Como solía decir mi *grandmère*, las serpientes del mismo color se atraen entre ellas.

–Sí, exacto.

Estábamos los dos tan animados por mis actuaciones inaugurales en el papel de mi hermana, que al regresar a casa sentíamos el corazón liviano y exultante. Beau había concertado unas entrevistas para la tarde siguiente, con la esperanza de contratar a la servidumbre lo antes posible. Acosté a Pearl en la cuna de su nueva habitación encantada de que ocupase mi antiguo dormitorio. Mi padre se había sentido muy orgulloso al oír mis exaltadas alabanzas de la decoración y las vistas de los jardines adyacentes la primera noche que pasé entre sus paredes. Para mí había sido la puerta del país de las hadas. ¡Ojalá aquel sueño cristalizase con Pearl!

Beau me abordó por la espalda y me puso las manos en los hombros y los labios en el cuello.

–¿Ya te sientes mejor? –inquirió con voz susurrante.

–Sí.

–¿Y un poco feliz?

–Un poquitín –admití.

Se puso a reír y me volvió hacia él para darme un beso largo, fogoso. Una sonrisa se insinuó en sus labios bellamente dibujados.

–¿Sabes que esta noche estabas muy seductora?

–Delante de la niña, no –le reñí amablemente cuando sus dedos encontraron las presillas del vestido y empezaron a desabrocharlas. Él rió y me alzó en sus brazos para llevarme a nuestro aposento. Tras depositarme con suavidad en el lecho retrocedió y sonrió de un modo enigmático.

–¿Qué estás tramando? –pregunté.

–Finjamos que ésta es de verdad nuestra primera noche de casados, el inicio de la luna de miel. Nunca hemos hecho el amor. Nos hemos tocado, nos hemos besado con furia y deseo, pero siempre te respeté mientras te cortejaba porque tú me decías que debíamos esperar. Por fin, hoy se ha celebrado la boda; ha llegado el momento.

–¡Oh, Beau…!

Se arrodilló y selló mis labios con el dedo.

–No hables –me dijo–. Las palabras son demasiado torpes.

Deslizó diestramente el vestido hasta la cintura. Me besó en los hombros, refulgentes bajo la luz tamizada de la luna que entraba por la ventana; luego soltó el cierre del sujetador y lo apartó de mí. Durante unos segundos se limitó a mirarme. Mi corazón latía aceleradamente y creí que su martilleo era perceptible en la superficie de mi cuerpo. Después, muy despacio, Beau acercó sus manos y me llenó de caricias. Emití un gemido y me recliné en las almohadas sedosas, mullidas, con los ojos cerrados. Permanecí quieta y callada mientras Beau se desvestía y luego sentí su cuerpo desnudo sobre el mío.

Pensé cuán singular era el poder que ejercían sobre el ánimo nuestras ilusiones, porque nos amamos realmente como si fuera la primera vez. Cada beso fue nuevo, cada contacto un descubrimiento. Nos exploramos, escuchamos nuestros suspiros y la respiración fatigosa como si percibiéramos matices que nunca habíamos oído. Nuestra pasión fue tan grande y profunda que me arrancó lágrimas de dicha. Corroboramos cien veces nuestro amor acariciando repetidamente la parte más íntima de nuestro ser.

Fue extenuante, pero arrobador, dejándonos exhaustos y colmados. Todos los problemas y dificultades que nos acechaban pasaron a ser insignificantes. Nuestro acto amoroso nos hizo sentir invulnerables, porque un idilio de aquella dimensión tenía que ser necesariamente bendecido. Era inmortal, indestructible. Nos dormimos abrazados, acunados por nuestra fe, y mis sueños volaron en alas de la fantasía.

Los timbrazos del teléfono a una hora temprana,

antes incluso de que Pearl se despertara, nos sobresal-
taron. Beau rezongó entre dientes. Durante un momento no supe dónde estaba. Parpadeé desorientada y
esperé que la memoria se coordinase con los sentidos.
Beau buscó a tientas el aparato y se incorporó a duras
penas.

—Hola —dijo con voz ronca. Escuchó tanto rato sin
hablar que suscitó mi curiosidad, y frotándome los ojos
me senté a su lado.

—¿Quién llama? —susurré. Él cubrió el auricular con
la mano.

—Es Paul —me respondió, y se puso de nuevo a la
escucha—. Ajá. Hiciste lo que debías. Por favor, tennos
informados. No, todavía duerme —dijo, mirándome con
las cejas arqueadas—. Se lo diré. De acuerdo, Paul. Gracias. —Sin más, colgó el aparato.

—¿Qué le sucede?

—Dice que el médico ha recomendado hospitalizar a
Gisselle para hacerle unas pruebas, una exploración
radiológica del cerebro. En principio ha emitido el mismo diagnóstico que el mío, pero no es tan pesimista
respecto al desenlace.

—¿Cómo ha pasado la noche?

—Paul me ha contado que con algunos períodos de
conciencia, pero que sus balbuceos eran tan inconexos
que nadie sospecha nada.

—¿Qué va a ocurrir, Beau?

—No lo sé. Mi médico fue tan terminante en sus pre-
dicciones... —Reflexionó un minuto y meneó la cabeza—. No creo que ese examen sirva de nada.

—No quiero que mi hermana empeore y muera,
Beau. No podría ser dichosa si deseara algo semejante.

—Desde luego. Pero poco importa lo que puedas
desear, créeme. La suerte de Gisselle ya no está en nuestras manos. En fin, ya que estamos despiertos, levanté-
monos.

Beau abandonó el lecho, pero yo me quedé allí sentada. Pensé que las mañanas tenían el raro don de devolvernos la sobriedad. El mundo real cabalgaba a lomos de los rayos solares, eclipsando la magia que habíamos experimentado bajo las estrellas y el claro de luna. Oí el llanto de Pearl y me levanté, nuevamente con aquel sentimiento de desorientación.

Había transcurrido mucho tiempo desde la última vez que me metiera en una cocina, mas para mí guisar y hornear era como montar en bicicleta. En cuanto entré en materia todo lo que sabía reverdeció en mi memoria y no sólo preparé el desayuno, sino que empecé a hacer un quingombó para el almuerzo. Beau no sabía si podría venir a comer.

—Desde la ejecución del testamento y el cese de Bruce he dirigido Dumas Enterprises —me explicó—. Huelga decir que Gisselle hacía poco más que cobrar cheques y gastar dinero. Los negocios la aburrían.

—Paul llevaba todas nuestras empresas, pero no me molestaría integrarme en ésta y ser una socia activa.

Beau negó con la cabeza.

—¿Por qué no?

—Porque todas las personas que trabajan para nosotros saben cómo es Gisselle.

—Diles que he sufrido un repentino cambio de talante a raíz de la desgracia de mi hermana. Diles… diles que me he vuelto religiosa.

—¿Gisselle, religiosa? Nadie se creería ese embuste, *ma chère*.

—Entonces podrías decir que he sido sometida a un hechizo vudú —sugerí, medio en serio. Beau se echó a reír.

—De acuerdo, inventaremos algo para justificar tus nuevos intereses. No obstante habrá que introducirte poco a poco, de lo contrario levantaríamos suspicacias. Entretanto haré el trabajo yo solo. Tengo fijadas tres citas consecutivas a partir de las dos de la tarde, con los candidatos a mayordomo, camarera y cocinera.

–Yo podría encargarme de la cocina –dije.

–Gisselle no sabía ni hervir agua –me recordó. Me sentía como una grácil bailarina que de pronto tuviera que parecer desmañada. Todos mis talentos debían permanecer ocultos. Beau me besó en la mejilla, besó también a Pearl y se fue deprisa a la oficina.

Después de que se fuera paseé a Pearl por toda la casa para enseñarle su nuevo hogar. Le encantaron las terrazas, las fuentes y los jardines, pero se entusiasmó especialmente cuando la llevé a mi viejo estudio. La visión familiar de los caballetes, marcos, mesas de dibujo, pinturas, aceites y arcilla hizo que aflorara la risa a sus labios y palmoteara. Tras depositarla en el suelo le di un juego de lápices de colores y papel con el que entretenerse mientras yo reorganizaba el material.

Estaba tan absorta en mi labor y en el recuerdo de los cuadros que había pintado en aquella estancia que no interpreté los golpecitos en el cristal de la ventana como una llamada. Los golpes se hicieron más insistentes y al girarme vi a un joven de cabello crespo sonriéndome desde fuera. Vestía pantalones vaqueros y una camisa azul de manga corta, abierta en el pecho para exhibir un medallón y una cadena de oro. Era un muchacho delgado de un metro ochenta de estatura, con la tez cetrina y el pelo castaño claro, y no le calculé más de veinticinco o veintiséis años.

–¡Abre la ventana! –me gritó.

Me aproximé con cierta parsimonia y moví el pestillo.

–Pauline me dijo que habías vuelto. ¿Por qué no me has llamado? –preguntó, y comenzó a encaramarse a la ventana. Yo retrocedí instintivamente, demasiado desconcertada para articular una palabra. En cuanto hubo entrado, el desconocido me aferró por los hombros y me besó apasionadamente en la boca, ladeando la cabeza y avanzando la lengua. Lancé una pequeña exclamación y me deshice de sus zarpas.

—Pero ¿qué bicho te ha picado? —exclamó. Luego esbozó una risita de suficiencia—. ¿Te ha contado algo Pauline? Si lo ha hecho, te ha mentido. Helaine Delmarco sólo estuvo aquí un par de días, y sus padres y los míos son casi de la familia. Pienso en esa chica como tú puedas pensar en tu hermana.

—Pauline no me ha dicho nada.

—¡Vaya! —El joven intruso oyó balbucear a Pearl en su jerga infantil, se inclinó hacia el borde del diván y la vio sentada en el suelo—. ¿Quién es?

—La hija de mi hermana. Por eso adelantamos la vuelta, porque mi gemela se puso muy enferma. Ahora está en el hospital. Yo me he hecho cargo de la niña.

—¿Me tomas el pelo? No puede ser que tú te ofrecieras a una cosa así.

—No me ofrecí exactamente.

—No, claro —dijo con una risotada—. Era de prever. Bien, ya está todo aclarado. Te perdono. —Avanzó de nuevo hacia mí—. ¿Qué ocurre ahora? —preguntó cuando reculé unos pasos, y añadió sin perder la sonrisa—: He vigilado la casa y he esperado un rato para asegurarme de que Beau no regresaba. ¿Adónde ha ido, a la oficina?

—No, regresará pronto.

—Es una pena —masculló decepcionado—. Esperaba que pudiéramos recuperar el tiempo perdido, y más aún en esta habitación. Una vez nos dimos un buen revolcón aquí, ¿recuerdas? —comentó, mirando en derredor con una mueca lasciva—. En ese mismo sofá. Todavía no sé por qué el sitio era tan importante. De hecho, si no me falla la memoria, resultaba bastante incómodo. Y no es que me queje.

Su revelación me dejó tan estupefacta que mi expresión le confundió también a él.

—¿Qué pasa, acaso no te acuerdas? ¿Has hecho el amor tantas veces y en tantas camas distintas que se te ha olvidado?

—No he olvidado nada —repliqué en tono desabrido. Él volvió a mirar a Pearl.

—Dime, ¿cuándo vamos a vernos? ¿Puedes venir más tarde a mi apartamento?

—No —dije muy deprisa, quizá demasiado. El joven frunció el entrecejo y me observó intrigado. Mi desbocado corazón provocó una tórrida afluencia de sangre a las mejillas. Sabía que las tenía como la púrpura.

—Por alguna razón, hoy no eres tú misma.

—¿Lo serías tú si tu hermana gemela hubiera contraído una enfermedad mortal y tuvieras que cuidar a su hija porque el marido está demasiado trastornado?

—¿Mortal? Lo siento. Ignoraba que el asunto fuese tan grave.

—Pues lo es —le espeté.

—¿Por qué no has contratado a una niñera profesional? —preguntó al cabo de unos instantes.

—Tengo intención de hacerlo, pero no tan de repente. Debo simular al menos que me preocupo por mi sobrina.

—Es una monada —dijo, mirando fijamente a Pearl—. Pero los niños son niños. —Se acercó a mí una vez más, con los ojos lánguidos, implorantes, y los labios arrugados en una sonrisa de picardía—. Te he echado de menos. ¿Y tú a mí?

—Yo echo de menos mi libertad.

Mi contestación no le gustó, y su cara se contrajo.

—No estabas tan indiferente la víspera de tu marcha. Jadeaste tan fuerte que temí que protestasen los vecinos.

—Conque ésas tenemos, ¿eh? —exclamé con expresión furibunda—. A partir de hoy no tendrás que volver a apurarte por tus malditos vecinos, porque dejaré mis jadeos para casa –dije con los brazos en jarras y sacudiendo la cabeza como lo hacía Gisselle.

–¿Cómo?

–¿Es que te has quedado sordo? –Mi voz adquirió la dureza acerada de una navaja–. Ahora vete, antes de que vuelva Beau y tengas que explicarles tus heridas a papá y mamá.

–¡Ah, Gisselle! –exclamó con un gesto de impotencia–. Se diría que eres tú la enferma y no tu hermana.

–¿Quieres hacerme el favor de irte? –le acucié, y le señalé la ventana.

Mi visitante se quedó inmóvil, y luego me sonrió.

–Cambiarás de parecer. Te morirás de tedio y me llamarás. No podrás resistirlo.

–Será mejor que esperes sentado.

Mi reacción lo tenía apabullado. Se devanaba los sesos tratando de entenderla. Al fin aventuró una teoría.

–Estás saliendo con alguien a mis espaldas, ¿no es eso? –dijo–. ¿Quién es, Kurt Peters? No, nunca te acostarías con Kurt. No es lo bastante salvaje para ti. ¡Ya lo sé! Tiene que ser Henry Martin.

–No.

–Es Henry, ¿verdad que sí? –Hizo un gesto de asentimiento para convencerse a sí mismo–. Debería haber presentido que ocurriría cuando me dijiste que lo encontrabas guapísimo. ¿Cómo se porta en la cama? ¿Es tan excitante como yo?

–No me he acostado con nadie más que con Beau –repuse. Él echó la cabeza atrás para reír más a gusto.

–¿Monógama, tú? No me hagas reír. En fin –dijo, encogiéndose de hombros–. Hemos tenido un bonito romance. Carey Littlefield ya me advirtió que no esperase demasiado a largo plazo. Como ves, querida Gisselle, tu fama te precede. El único que parece estar en la inopia es tu adorado Beau Andreas. O quizá…

quizá no es tan cándido como tú piensas. A lo mejor se ha buscado otras distracciones.

—¡Fuera de mi vista! —bramé, indicándole de nuevo la ventana abierta.

—Ya me voy, no te sulfures. —Dirigió una última ojeada a Pearl. La pequeña nos miraba con perplejidad y un asomo de temor—. Te aconsejo que busques pronto a una persona competente para atender a la niña o la malograrás —dijo, y se encaminó hacia el ventanal—. *Au revoir,* Gisselle. Nunca olvidaré cómo chillaste cuando besé ese pequeño lunar de tu pecho —añadió, y lanzó una carcajada antes de saltar al césped. Me saludó agitando la mano y se alejó con tanta ligereza como había aparecido. Sólo entonces expulsé el aire que había retenido en mis pulmones. Palpé el respaldo del diván y me senté medio mareada.

Mi hermana había tenido varios amoríos después de casarse. Al parecer, Beau lo ignoraba, porque no me había dicho nada. ¿Cuántos hombres más rondarían la casa furtivamente o me asediarían por teléfono? Esta vez había tenido suerte, pero el siguiente podía ser más perspicaz.

Debería haber supuesto que Gisselle tendría aventuras galantes. Se había casado con Beau sólo para hacerme daño, para alardear de su conquista delante de mí. Ya cuando salían juntos en el instituto había citado a otros chicos a escondidas. Quienquiera que fuese el individuo que acababa de marcharse, tenía razón. Gisselle no podía conformarse con un solo hombre porque siempre pensaba en lo que se estaba perdiendo.

Yo nunca sería una mujer promiscua. Los amigos de mi hermana no tardarían en cotillear sobre el giro de ciento ochenta grados que había dado. Esperaba que no fueran lo bastante listos como para adivinar la causa.

Me rehíce y continué trabajando en el estudio. Una hora después, Beau llamó para comunicarme que finalmente vendría a comer.

—Muy bien —dije. Él captó la tensión en mi tono.

—¿Sucede algo?

—He tenido una visita.

—¡Ah! ¿Quién era?

—Uno de los amantes secretos de Gisselle —le revelé. Él guardó un corto silencio.

—Debería haberte puesto sobre aviso —admitió.

—¿Ya lo sabías?

—Digamos que tenía sospechas fundadas.

—Entonces ¿por qué no me preveniste? ¿Por qué no me preparaste, Beau? —Su mutismo confirmó mi hipótesis—. Te daba miedo que rehusara seguir con el plan, ¿verdad?

—Un poco.

—Hiciste mal al no decírmelo. Podría habernos acarreado serios problemas.

—Lo sé. Lo lamento mucho, Ruby. ¿Qué has hecho? ¿Cómo ha ido? No habrás…

—Por supuesto que no. He actuado como si estuviera harta de todo y me lo he quitado de encima. Él me ha acusado de acostarme con otro sujeto, un tal Henry. ¡Anda! Ni siquiera sé cómo se llama.

—¿Qué aspecto tenía?

Se lo describí con cuatro trazos y él se echó a reír.

—Es George Denning. Ahora comprendo por qué era tan solícito conmigo. —Se rió otra vez—. Siempre había creído que Gisselle escogería a alguien con mejor planta.

—¿No te afecta enterarte ahora, Beau, y ratificar tus sospechas?

—No. Desde que te tengo a ti, el pasado ya no existe. Sólo cuentan el presente y el futuro.

—Beau, ¿te veías tú con otras mujeres?

—Sí. Contigo. ¿O es que ya no te acuerdas?

—Me refería a… a otras.

—No. Mi mente, mis ojos y mi alma estaban sólo pendientes de ti, Ruby.

–Ven a casa, Beau. Estoy un poco alterada.

–Conforme, procuraré darme prisa –prometió, y colgó.

Aunque por el momento habíamos salvado todos los escollos y los retos, estaba segura de que continuarían acosándonos implacablemente. Volví a volcarme en mi trabajo y me mantuve atareada para no pensar, pero durante el almuerzo Beau me anunció que se avecinaba nuestro mayor desafío.

–Son mis padres –me aclaró–. Dentro de un par de días regresarán de su gira europea, y tendremos que ir a cenar a su casa.

–¡Dios santo, Beau! Inevitablemente notarán las diferencias, se darán cuenta de quién soy; y no hace falta que te recuerde cuánto me detestaban gracias a Daphne.

–No desconfiarán más que los demás. La verdad es que no nos tratábamos mucho después de mi casamiento. Gisselle le tenía manía a mi madre, y mi padre era demasiado recto y austero para ella. En su presencia se violentaba. Podría contar con los dedos de una mano las veces que nos vimos. Además, siempre que nos reuníamos los cuatro, Gisselle estaba taciturna y callada. Nosotros tampoco los frecuentaremos –concluyó, pero a mí seguía poniéndome los pelos de punta afrontarlos como mi gemela.

Aquella tarde recibimos a los candidatos a criados. El mayordomo era un inglés prototípico, con algo más de un metro setenta, el cabello canoso y empezando a clarear y los ojos de color avellana. Llevaba unas gafas de montura gruesa que resbalaban sin cesar por el puente de su huesuda nariz, pero era un hombre agradable que había trabajado para muchas familias distinguidas. Se llamaba Aubrey Renner y tenía una sonrisa afable y cordial.

La doncella, Sally Petersen, era una cuarentona alta y flaca, con una cara alargada donde se inscribían unos ojos tan grandes como dos monedas de medio dólar y una nariz puntiaguda que incidía sobre la finísima línea de la boca. Vi que hacer de camarera era para ella una profcsión, no un empleo. Me pareció una persona responsable, un poco hosca, pero eficiente.

Nuestra futura cocinera era una mestiza cuarterona de tez clara que dijo tener sesenta años, pero que debía rozar ya los setenta. Se presentó como señora Swann, y comentó que últimamente no daba nunca su nombre de pila porque la tomaban por una ricachona: Delphinia. Era de baja estatura, no más de un metro cuarenta, con los brazos como dos rodillos y la cara regordeta. No obstante, presumí que en su juventud había sido una bella muchacha. Tenía unos ojazos morenos, acuosos, los labios coralinos y unos dientes como perlas. Había pasado la mayor parte de su vida trajinando en las cocinas de dos adineradas familias criollas. Sospeché de que se había jubilado y ahora se aburría.

Una vez apalabrados los sirvientes, Beau dijo que debíamos empezar a dar voces para la niñera de Pearl; pero yo era reacia a echarla tan pronto en unos nuevos brazos.

–Es algo que Gisselle querría resolver enseguida –me recordó Beau.

Un amigo suyo conocía a una francesa que había trabajado como profesora particular además de niñera, y ahora estaba en el paro. Se llamaba Edith Ferrier. Beau la citó en la mansión al día siguiente. En el curso de la entrevista averigüé que había estado casada, pero muy poco tiempo. Su marido había muerto en un accidente de tren, y a consecuencia de ello establecer una nueva relación sentimental inspiraba pánico a la mujer.

La señora Ferrier tenía cincuenta y cuatro años y era de hablar ponderado, con el cabello corto, negro, surcado de mechas grises, la boca carnosa y aterciopelada y unos ojos cálidos, casi tristes, que se iluminaron al ver a

Pearl. Cuidar y educar niños era en ella una vocación absorbente, y reemplazaba con cada nuevo pupilo a los hijos que nunca había tenido. Pearl estuvo recelosa al principio, pero la voz envolvente y el tono festivo de la profesora excitaron su interés, y al poco rato ya había dejado que la señora Ferrier le enseñase a montar un rompecabezas de imágenes.

Beau había hablado con todos aquellos candidatos antes que yo y les había planteado la situación: que estábamos cuidando a la hija de mi hermana. Apenas hicieron preguntas, y como ninguno de ellos había conocido a Gisselle no tuve que representar mi comedia. Beau les subrayó muy claramente que la discreción acerca de la familia y sus asuntos era de capital importancia. Quienquiera que se fuese de la lengua sería despedido sin previo aviso.

A ambos nos satisfizo el personal que habíamos contratado. La organización de nuestra nueva vida parecía ir por el buen camino; pero antes de que pudiera respirar y relajar los nervios, Beau me dijo que sus padres habían llegado y nos habían invitado a cenar la noche siguiente.

Durante la época en que viví en Nueva Orleans apenas había cambiado dos palabras con los señores Andreas. Desde el comienzo y por culpa de Daphne, mi madrastra, me habían tratado como a una vulgar escoria. Eran unas personas muy celosas de su posición; pertenecían a esa clase pudiente cuyos miembros eran continuamente mencionados en la prensa tras haber patrocinado o asistido a bailes de caridad y demás eventos resonantes.

–Si quieres, puedes escoger un modelo que vaya más con tu carácter –me propuso Beau–. Gisselle sabía cómo son mis padres y al menos hacía un pequeño esfuerzo para no indisponerlos contra ella luciendo un conjunto explosivamente sexy. Se ponía vestidos de Daphne e incluso algunas joyas suyas, e intentaba ser más comedida con el maquillaje.

–Usaré mi propia ropa. A tus padres no les llamará la atención. –Me horrorizaba tocar nada que hubiera pertenecido a mi execrable madrastra, a pesar de que sus prendas eran muy caras y muy *chic*.

Decidimos que sería más fácil para todos dejar a Pearl en casa. Mis rodillas literalmente castañeteaban cuando aparcamos ante la mansión Andreas de Chestnut Street, que era una de las casas antiguas más célebres de la comunidad, construida hacia el año 1850. Constituía un típico ejemplo de la arquitectura neoclásica americana y tenía en la fachada un doble balconaje frontal, con columnas jónicas abajo y corintias arriba. Beau me comentó lo ufano que estaba su padre con aquella residencia, y que jamás perdía la oportunidad de mencionar su significación histórica en Garden District.

–Gisselle no mostraba interés por sus disertaciones, y una vez incluso bostezó mientras él hablaba de las ventanas fraileras –dijo.

–¿Cómo son? Ahora mismo no…

–Yo no me preocuparía por eso. Gisselle apenas escuchaba nuestras conversaciones, y mis padres lo sabían. Una ventana frailera es la que tiene los postigos, normalmente en doble panel de madera, sujetos a la hoja misma. Pero no sufras, mi padre no te hará el *tour* de la casa. Ya lo hizo con Gisselle y sus reacciones le desalentaron.

–Mi hermana no les caía mucho mejor que yo, ¿verdad?

–No –dijo Beau sonriente. A él todo aquello le divertía, pero a mí me puso todavía más nerviosa. ¿Cómo iba a comportarme sabiendo que los Andreas estaban descontentos de que se hubiera casado conmigo?

El mayordomo nos hizo pasar, y recorrimos un largo pasillo hasta la sala de estar donde nos aguardaban nuestros anfitriones. El padre, con el que Beau tenía un gran parecido, había encanecido considerablemente en las sienes desde la última vez que yo le viera, pero conservaba una figura muy atlética para su edad. Era unos centímetros más bajo que Beau, quien había legado su nariz recta. Aquella noche llevaba una chaqueta blanca de esmoquin y, en vez de pajarita, un *ascot* de seda negra. Tenía la cara tostada por el sol, lo que realzaba más aún sus intensos ojos azules.

La señora Andreas, que era casi tan alta como su marido, había ganado algo de peso en los últimos años. Se aclaraba el cabello con matices de su mismo tono castaño y lucía un peinado de peluquería fijado con laca. Nunca permitía que se bronceara un milímetro de su piel, pues procedía de esa generación de rancio abolengo que creía que estar curtido era propio de la gente ordinaria, como el peón de albañil que pasaba casi todo el día expuesto al sol. Su mejor rasgo eran los ojos verde esmeralda, que daban un cierto esplendor a su rostro comprimido y rígido.

—Llegáis con retraso —dijo el padre, doblando el periódico y poniéndose en pie.

—Lo siento mucho. Hola, mamá —saludó Beau, y fue a darle un beso. Ella giró la cara para que pudiera aplicar los labios a su mejilla—. Buenas noches, papá —dijo luego, estrechando la mano del señor Andreas.

—Ha sido por causa de la pequeña —declaré yo imprevistamente—. Si no, hubiéramos sido más puntuales.

—¿No me has dicho que habíais contratado a una niñera? —preguntó la madre de Beau.

—Y así es, pero…

—Es una niña muy malcriada y he tenido que ayudar a calmarla —intervine yo. Me supo peor que tragar aceite de ricino, pero era el clásico comentario que hubiera hecho Gisselle. El señor Andreas enarcó las cejas.

—¿De veras? Bueno, quizá ahora empezaréis a pensar en ampliar la familia. Me ilusiona mucho tener un nieto.

—Si todos los niños son como mi sobrina, preferiría ingresar en un convento —repliqué. Era casi como si Gisselle hubiera tomado posesión de mi lengua para decir todas aquellas impertinencias. Beau amagó una sonrisa, y sus ojos danzaron con travieso deleite.

—Sí, bien, creo que deberíamos pasar al comedor. La cena está a punto —anunció el padre.

—¿Qué le ha pasado concretamente a esa muchacha cajun? —indagó la señora Andreas mientras nos encaminábamos al salón comedor. Beau le explicó todo lo que pudo.

—¿Y no hay esperanzas de que se recupere? —preguntó su padre. Beau me miró de soslayo antes de responder.

—El panorama no es muy prometedor.

—¿Y qué pensáis hacer con la niña? ¿Por qué no se la devolvéis cuanto antes a su padre? —sugirió la señora Andreas—. Ya fue bastante molesto que Daphne y Pierre se empeñaran en acoger bajo su techo a una chica cajun.

—En estos momentos el padre está psíquicamente destrozado, mamá.

—¿Y no hay alguna familia cajun que pueda ocuparse de ella? Verás, Beau, Gisselle y tú tendréis vuestros propios hijos cualquier día y…

—Provisionalmente es mejor así. ¿No es verdad, Gisselle?

—Tú lo has dicho: provisionalmente. —A la madre de Beau pareció complacerle mi puntualización.

—¿No nos vais a contar vuestro viaje? —pidió Beau, y el resto de la noche estuvo presidido por sus descripciones de monumentos y otros lugares. Ya en la sobremesa, Beau y su padre se enzarzaron en una discusión de altas finanzas y la madre me preguntó si me apetecería ver lo que había comprado en Europa.

—De acuerdo —dije con aire displicente. Si no eran regalos para ella, a Gisselle no le hubieran interesado.

Acompañé a la señora Andreas a la habitación principal, donde me enseñó los elegantes trajes de vestir que había adquirido en París, los sombreros y los zapatos. Me dijo orgullosamente que algunos de aquellos modelos no se pondrían de moda en Nueva Orleans hasta la temporada siguiente, y luego me entregó un regalo.

–Pensé que te gustaría –comentó–. Te la compramos en Amsterdam, que es la ciudad más idónea para encontrar esta clase de cosas.

En el estuche había una «esclava» de brillantes. Era una pulsera exquisita y yo sabía que muy costosa, pero recordé que Gisselle nunca había apreciado el auténtico valor de las joyas y se creía con derecho a todo.

–Es bonita –dije, ajustándola a mi muñeca.

–¿Bonita?

–Quiero decir… preciosa. Gracias, mamá –mascullé. Sus ojos se desorbitaron. Aparentemente, Gisselle nunca se había dirigido a ella con ese apelativo. Me estudió intrigadísima. Yo tragué saliva.

–Sí, bueno, me alegro de que merezca tu aprobación –declaró al fin.

–Vamos a mostrársela a Beau –le propuse, reacia a pasar demasiado tiempo a solas con ella. Tenía carne de gallina en los brazos.

–¡Es una maravilla! –exclamó Beau con el entusiasmo que el obsequio requería. Su padre hizo un gesto de asentimiento y la madre quedó más satisfecha.

Me sentí aliviada cuando finalmente terminó la velada y pudimos irnos a casa.

–Creo que he dado un paso en falso mientras estábamos en la habitación de arriba –le conté inmediatamente a Beau–. He llamado «mamá» a tu madre después de que me diera el brazalete.

–En efecto. Gisselle nunca pasó de llamarla madame Andreas o Edith. Mi madre no es una mujer que simpatice fácilmente con las de su sexo, y Gisselle no se esforzó en ser una verdadera nuera. Pero, por lo demás, opino que has salido muy airosa.

—Apenas he dicho una palabra durante la cena.

—Así era como se conducía siempre Gisselle. Mi padre es un hombre de ideas anticuadas. Le desagradan las mujeres muy habladoras, con una excepción: Daphne. A ella se lo toleraba porque era un águila para los negocios. Es más, estaba prendado de tu madrastra. Creo que mi madre le tenía celos.

Me dije que Daphne y el señor Andreas hubieran hecho una buena pareja.

—Sea como sea —dijo Beau—, ya hemos superado otra prueba. —Me estrujó la mano con ojos risueños.

Tenía razón: estábamos saliendo triunfantes. Pero al llegar a casa hallamos un mensaje de Paul pidiendo que le llamásemos.

—Ha dicho que era urgente, madame —explicó Aubrey.

—Gracias, Aubrey. Déjame ir a ver a Pearl primero, Beau. —Corrí hasta su habitación y la encontré profundamente dormida. La señora Ferrier salió de la habitación contigua para informarme de que todo iba bien. Bajé pues al despacho y llamé a Paul; Beau me escuchaba sentado en el sofá.

—Es peor de lo que imaginábamos —me dijo Paul, con una voz tan tenue y acongojada que tuve la impresión de estar oyendo a un desconocido. También deformaba un poco las palabras, un indicio inequívoco de que había bebido—. El médico dice que es el caso más agudo que ha tratado jamás. Ha sufrido unos fuertes ataques epilépticos y ahora ha caído en un coma profundo.

—¡Dios mío, Paul! ¿Y cuál es el pronóstico?

—El doctor me ha dicho que, si sobrevive, tiene la certeza casi absoluta de que padecerá una lesión cerebral crónica, y probablemente una epilepsia pertinaz.

—Eso es espantoso. ¿Qué quieres hacer?

—¿Qué puedo hacer? Por fin ha ocurrido lo que Beau y tú deseabais —dijo con un encono que era impropio de él.

—Eso no es verdad —repuse.

—¿Ah, no? ¿No me contaste tú misma que una vez habías recurrido a una *mama* del vudú para un encantamiento contra ella? —«¿Por qué tiene que recordármelo?», pensé.

—Eso fue hace mucho tiempo, Paul, y me arrepentí enseguida de mi acción.

—Por lo que parece, aquel hechizo aún sigue vigente. Os doy mi enhorabuena a los dos.

—Paul...

—Ahora tengo que dejarte. Estoy muy ocupado —dijo, y colgó.

—¿Qué pasa? —preguntó Beau al verme sostener el auricular con la mirada perdida en el vacío.

Le referí la información que me había dado Paul sobre el estado de Gisselle.

—No entiendo por qué se pone así. No difiere mucho de lo que le expuse en un principio.

—No te creyó. Esperaba que lograría curarla y que de ese modo me obligaría a volver con él.

—¿Qué piensa hacer ahora?

—No lo sé. Estaba muy raro, Beau, no era el Paul que yo conozco. Me parece que incluso llevaba una copa de más.

—Ha adquirido un compromiso con nosotros —dijo Beau categóricamente—, y yo haré que lo cumpla.

Se levantó y me abrazó, y apoyé la cabeza en su hombro. Me besó en el cabello y lo acarició con dulzura antes de volver a besarme, susurrando en mi oído palabras de consuelo.

—No debes alarmarte. Todo saldrá bien: estaba predestinado.

Pero las palabras de Paul me habían congelado la sangre.

—Beau, te amo y quiero estar contigo y que Pearl viva con su padre, pero es como si una nube de tormenta se cerniera perennemente sobre nosotros, por muy azul que esté el cielo.

—Esas sensaciones pasarán. Date un poco más de tiempo.

—Deberíamos ir a ver a Paul la semana que viene. De todas maneras le hubiésemos llevado a Pearl de vez en cuando, ¿no?

—Supongo que sí —dijo, aunque advertí que no le gustaba nada la idea.

A partir de entonces telefoneé todos los días a Paul para saber cómo evolucionaba la enferma. La mayoría de las veces no le encontré en casa. Los criados me decían que estaba en el hospital. Al principio no devolvió mis llamadas, y más tarde, cuando lo hizo, lo noté cada vez más desquiciado. En nuestra última charla casi no le reconocí la voz.

—Continúa en coma. Los médicos hablan de proporcionarle respiración asistida —me dijo con un tono que parecía exento de todo sentimiento, el tono de alguien a quien habían vaciado de sus emociones hasta reducirlo a un despojo de su antiguo ser.

—Paul, acabarás enfermando tú también. James me ha comentado que casi nunca estás en casa. Pasas los días y las noches en el hospital.

—Un hombre debe estar al lado de su esposa en trances como éste, ¿no? —replicó, y emitió una risita patética—. Debe estar a la cabecera de ella, estrechando su mano, hablándole amorosamente, argumentando, suplicando, alentándola a despertar del coma, al menos por el bien de su hija. En el hospital son todos muy comprensivos. ¡Me tienen tanta lástima! Hoy la enfermera de día incluso ha llorado; he visto cómo se enjugaba las lágrimas.

Por un instante me sentí como si fuese yo quien no podía respirar. Mi pecho se convirtió en piedra y el corazón se paralizó. Intenté decir algo, pero fui incapaz. Oí que él suspiraba.

—Tú nunca lo has comprendido, ¿verdad? Es algo que escapa a tu entendimiento. Estás casada, pero ¿qué es el matrimonio para ti? Yo te lo diré: una unión de conveniencia que sólo sirve a tus propósitos egoístas. —Su voz sonó casi como el silbido de una serpiente.

—Paul, por favor…

—Tendrías que ver lo desmejorada que está, Gisselle. Se ha marchitado como una flor en esa cama; su belleza se descompone delante de mis ojos.

—¿He oído bien? ¿Cómo me has llamado, Paul?

—¿Sabes qué le cuento a la gente? Les digo que los ángeles tenían envidia. Bajaron la mirada hacia nosotros y vieron lo perfecto que era nuestro amor. Ni siquiera en el cielo hallaron una perfección comparable, así que, despechados, conspiraron para desencadenar este drama. ¿Quizá lo juzgas demasiado romántico, Gisselle? Por lo que yo sé, nunca fuiste una mujer sentimental. ¿Qué significa un hombre para ti? Un compañero de cama, alguien a quien humillar y atormentar. Estabas celosa de tu hermana porque ella tenía capacidad de amar y tú no, ¿me equivoco?

»¡Qué despreciables son los celos! Te corrompen las entrañas. Ya lo verás, Gisselle… Ya lo verás. Siento compasión por ti y por todas las mujeres que no tienen la capacidad de amar que siempre tuvo mi Ruby.

Una especie de aturdimiento invadió mi mente y me hizo sentir irreal.

—Paul, ¿por qué hablas así? ¿Hay alguien contigo? ¿Por qué dices esas cosas?

—Porque estoy hasta la coronilla de que los buenos lo pasen mal mientras los malvados acaparan todos los goces y la felicidad de este mundo, ¡por eso! En fin, gracias por llamar. Has cumplido con tu deber. Ahora que has aligerado tu conciencia ya puedes reanudar tu búsqueda del placer.

–¡Paul!

–Estoy cansado. Necesito tomar un trago y tratar de dormir unas horas. Buenas noches, Gisselle. Saluda de mi parte a tu vistoso y mundano marido. Debe de creerse muy afortunado porque no es su esposa la que yace entre la vida y la muerte.

–¡Paul! –volví a exclamar en el instante en que él colgaba.

Me quedé con el auricular en la mano como si fuera un pájaro muerto. Luego corrí al encuentro de Beau. Estaba en el despacho repasando unos documentos, y alzó la vista sorprendido.

–¿Hay malas noticias? –preguntó.

Le resumí la llamada de Paul y su actitud durante toda la semana. Él meditó unos momentos y se encogió de hombros.

–Yo diría que se ha tomado muy seriamente su responsabilidad y está realizando una buena interpretación. Deberíamos dar gracias por ello.

–No, Beau, no me has entendido. No conoces a Paul. Con testigos o sin ellos, él jamás me diría todas esas groserías. Está perturbado. Quiero ir a Cypress Woods mañana sin falta. Tenemos que ir, y no intentes disuadirme.

–Sea, se hará lo que tú quieras. Tranquílizate, Ruby. ¿No será que está jugando con tus sentimientos, abusando de tu buena fe?

–Lo dudo mucho. No sabes lo extraño que está, Beau. Me ha llamado Gisselle y hablaba de ella como Ruby.

–¿Y qué? De eso se trata.

–Sí, pero no creo que hubiera nadie escuchándole.

–Puede que estuviera borracho.

–Ha sido espeluznante –repuse, abrazando mi propio cuerpo–. ¿Qué hemos hecho, Beau? ¿Qué hemos hecho?

–¡Basta ya! –gritó, saltando de su asiento. Aferró mis hombros con unos dedos que me parecieron de hierro–. Tienes que sobreponerte, Ruby. Casi te ha dado un ataque por nada. Paul está dolido porque vives conmigo, todavía no ha podido asimilarlo. Verás que acaba acostumbrándose a la idea, y todo resultará tal como lo habíamos planeado. La enfermedad de Gisselle no es culpa de nadie. Simplemente ocurrió, y nosotros aprovechamos la oportunidad. Él se avino, nos ayudó a hacerlo posible, y ahora se lamenta de su desdicha. Lo siento de veras, pero es tarde para volverse atrás, y Paul tendrá que aceptarlo y dominar esos arrebatos... lo mismo que tú –añadió con firmeza.

Contuve el llanto y asentí.

–Sí, Beau. Lo que dices es muy cierto. Perdona si me he puesto un poco histérica.

–¡Vamos, mujer! Te has portado fantásticamente. Comprendo la presión que has tenido que soportar, pero ahora no puedes darte por vencida.

–De acuerdo, Beau. Ya estoy mejor.

–¿Seguro?

–Sí.

Me apretujó contra él, besándome en las mejillas y alisando mi melena. Cuando me miró, sentí la caricia de sus ojos.

–No consentiré que pase nada malo, y no volveré a perderte, Ruby. Te quiero más que a mi vida.

Nos besamos. Luego me rodeó los hombros con el brazo y me acompañó hasta el vestíbulo. Nuestros labios se unieron nuevamente al pie de la escalera. Subí, pero me detuve en el descansillo para observarle. Él me dedicó una ancha sonrisa. Respiré hondo y me dije una vez más que tenía razón. Al cabo de unas horas veríamos a Paul y le serenaríamos.

«Estaba escrito, estaba escrito –repetí como en una letanía mientras proseguía mi ascenso–. Estaba escrito.»

13

DESCUBIERTOS

A última hora de la mañana, después de que Beau volviera de la oficina, emprendimos viaje de nuevo hacia Cypress Woods. Estuve muy pensativa y totalmente callada durante la mayor parte del trayecto. Beau intentó distraerme varias veces relatándome algunos pormenores de las empresas Dumas y, antes de llegar, me reveló que Bruce le había llamado varias veces para proferir un sinfín de nuevas amenazas, afirmando que daría publicidad a algunos de los negocios inconfesables de Daphne si no recibía un mejor trato monetario.

—¿Cómo reaccionaste? —pregunté.

—Le dije que hiciera lo que le viniese en gana y le acusé de farsante. Se rumorea que sus asuntos no andan muy bien. Se ha aficionado al juego y ha perdido todo lo que logró apropiarse de vuestro patrimonio. Ahora el banco amenaza con ejecutar la hipoteca de su edificio de apartamentos.

—Ese hombre va a ser más molesto que una piedra en el zapato, Beau —vaticiné—. Crees que has podido sacarla, pero en cuanto empiezas a caminar compruebas que todavía sigue ahí. —Él se echó a reír.

–No te preocupes. Yo le daré la sacudida definitiva. No entraña ningún riesgo.

Me sorprendió un poco su arrogancia. Temí que hubiera convivido con Gisselle demasiado tiempo.

El cielo estaba completamente encapotado cuando llegamos a Cypress Woods. Mi humor melancólico se agravó al ver la inactividad que reinaba en el caserón. ¿Dónde estaban los jardineros, la brigada de mantenimiento? Cypress Woods siempre había parecido un avispero, bullente de ajetreo. Paul se sentía tan orgulloso de nuestra propiedad que no toleraba una mala hierba en los jardines. Además, tanto Beau como yo advertimos que algunos de los pozos de petróleo no trabajaban al máximo. El manto fúnebre que había caído sobre la mansión del *bayou* y su espectacular entorno era más pesado que la humedad ambiental y casi igual de asfixiante.

–Me recuerda a una casa abandonada –musitó Beau.

Mi corazón comenzó a latir con fuerza cuando nos detuvimos delante del edificio. Pearl se había dormido en la sillita.

–Yo bajaré a la niña –dijo Beau.

El miedo que había abrigado de volver a la finca como Gisselle cobró plena validez. Súbitamente era una forastera en el que había sido el hogar de mis sueños. Tendría que tocar la campanilla y esperar, y quienquiera que saliese a recibirme me trataría como a una visita. Mi alma estallaría con el deseo de proclamar la verdad. Beau intuyó mi ansiedad y, con Pearl adormecida en su hombro, apretó mi mano y sonrió para estimularme.

–Tómatelo con calma. Lo harás fabulosamente –dijo, pero el desasosiego me había invadido.

Fuimos hasta el pórtico y llamamos. Un momento después James acudió a abrir.

Vi por su expresión, por sus ojos apagados y las líneas de su rostro, que estaba consternado y sin ánimos. Nuestros criados nos tenían tanto aprecio, vivíamos en tan estrecho contacto, que nuestros estados anímicos también los afectaban.

–Hola, James –le dije, incapaz de imitar el tono condescendiente que usaba de ordinario Gisselle para dirigirse a la servidumbre, propia o ajena.

El mayordomo me miró con ojos vacuos, inexpresivos. No pareció detectar en mi voz aquella nota de autenticidad al no tener razón ninguna para pensar que era otra que Gisselle, la cual por lo demás tampoco le había sido nunca particularmente simpática.

–Buenos días, madame. Monsieur –saludó a Beau, inclinando levemente la cabeza. Al ver a Pearl sus ojos se alegraron un poco–. ¿Cómo está la chiquitina?

–Muy bien –contesté.

–¿Está en casa monsieur Tate? –preguntó Beau.

–Ha vuelto del hospital hace sólo unos minutos. Se encuentra en el gabinete con mademoiselle Tate y madame Pitot. –Miré de reojo a Beau. Sería la primera vez que las hermanas de Paul me verían con mi nueva identidad.

James nos guió por el pasillo. Tuve una sensación muy peculiar al atravesar la casa y observar todas las cosas que habían sido mías. Al pasar junto a la escalera alcé involuntariamente los ojos hacia mi antiguo aposento. Beau y yo intercambiamos una nueva mirada, y advertí que estaba más preocupado por mí de lo que había dejado traslucir en el coche. Me sentía sofocada; y mi corazón palpitaba sin freno, pero respiré hondo y murmuré:

–Estoy tranquila.

James se detuvo en la puerta del gabinete.

–Monsieur y madame Andreas –anunció, y se retiró.

Paul estaba en el sofá, repanchigado en una esquina con un vaso de whisky en la mano. Llevaba el pelo revuelto y parecía haber dormido vestido. Jeanne se había sentado frente a él y tenía los ojos irritados por el llanto, mientras que Toby, acomodada en el otro extremo del sofá con las manos cruzadas sobre el regazo, se refugiaba en su hosquedad.

Los ojos de Jeanne se animaron al reparar en nosotros, y me estremecí. ¿Sabía que era Ruby y no Gisselle? Casi deseé que así fuera. Sin embargo no era yo quien había mitigado su abatimiento. Era la presencia de Pearl.

—¡La niña! —exclamó, y se puso en pie—. ¿Se ha adaptado a Nueva Orleans?

—Sin ningún tropiezo —repuso Beau.

Pearl, al notar que habíamos dejado de movernos, levantó la cabeza, entreabrió los ojos y frunció la naricita como un conejo.

—¡Mi querida, mi dulce Pearl! —dijo Jeanne—. Déjame tenerla un rato.

Beau le entregó la niña, que la reconoció de inmediato. Sonrió vivamente y Jeanne se la comió a besos, estrechándola contra su pecho.

—Vaya, vaya —dijo Paul—. ¡Qué honor tan inesperado! Monsieur y madame Andreas en carne y hueso. —Sus labios se retorcieron en una burla grotesca.

—¿Hay alguna novedad, Paul? —pregunté con tono apremiante, haciendo caso omiso de su sarcasmo.

—¿Novedad? —Miró a su hermana Toby, actuando como si le hubiese hecho una pregunta tonta y superflua—. ¿Hay alguna novedad, Toby?

—No se han producido cambios positivos —dijo ella apesadumbrada—. Esta mañana el equipo médico ha decidido darle respiración asistida.

—¿Quieres beber algo, Beau? —ofreció Paul con su vaso en alto.

—No, gracias, no tengo sed.

–Claro, es demasiado pronto para vosotros los criollos.

–Paul –le dijo Jeanne–, ¿no vas a saludar a tu hija?

Él miró un momento a Pearl y asintió con la cabeza.

–Traédmela –pidió. Jeanne obedeció. Paul no cogió a la niña, se limitó a estirar el brazo y acariciar su pelo antes de besarla en la mejilla. Luego volvió a arrellanarse en el sofá y suspiró intensamente.

–Me llevo a Pearl de paseo y después le daré de comer –dijo Jeanne.

–Buena idea –aprobó Toby–. Yo iré a hablar con Letty para que prepare nuestro almuerzo.

–No queremos causar molestias –dijo Beau.

–¿Molestias? –repitió Paul. Irguió la cabeza y soltó una carcajada–. ¿Alguien se siente molestado?

Toby se acercó a nosotros y sonrió forzadamente.

–Ha estado bebiendo sin mesura desde que internaron a Ruby –explicó–. Ha desatendido todos sus negocios y se pasa el día sentado en la penumbra. Mis padres se hallan al borde del colapso, sobre todo mi madre. No come; la preocupación no la deja dormir. Os ruego que le tengáis paciencia a mi hermano –susurró–. Lo siento.

–No sufras; todo irá bien –dijo Beau.

–¿Cómo? –exclamó Paul–. ¿Quién ha dicho que las cosas van bien?

Después de que Toby saliera, crucé la sala y plantándome delante de Paul con los brazos cruzados le escruté severamente.

–¿Por qué te abandonas de ese modo, Paul? ¿Qué pretendes demostrar?

–Nada. No pretendo demostrar nada. –Alzó los brazos y se encogió de hombros–. Sólo acepto lo que me depara el destino. Desde el principio, he estado persiguiendo un sueño. Cada vez que creía haberlo convertido en realidad, la fatalidad entraba en escena, desintegraba ese sueño y esparcía sus cenizas sobre el *bayou* como si fuera fango de los pantanos. –Calló para observarme con una mirada extrañamente torva–. Tú no la conociste, pero la *grandmère* de Ruby siempre decía que si nadas contra la corriente, te ahogarás –añadió. Fue como si me hubiera clavado un aguijón.

–Ya es suficiente, Paul. Deja de actuar. Los tres sabemos la verdad, no hace falta que sigas fingiendo cuando estamos solos.

–¿La verdad? ¿Has dicho la verdad? Una curiosa palabra viniendo de tus labios o, si me apuras, de los de cualquiera –declaró, y volvió a levantar los ojos–. ¿Cuál es la verdad? ¿Tal vez que el amor no es sino una cruel espada que empuñamos contra nosotros mismos, un tormento sublime? ¿O que sólo los elegidos –dijo, dirigiendo una rápida mirada a Beau– gozan de la felicidad terrenal? ¿Bajo qué estrella naciste tú para haber podido materializar esa dicha, monsieur Andreas?

–No conozco la respuesta a tus preguntas, Paul –dijo Beau pausadamente–. Pero sí sé que debes mantener lo que le prometiste a Ruby.

–Yo siempre soy fiel a mis promesas –replicó Paul, mirándome–. No soy de los que fallan...

–Paul, éste no es...

–Ya me callo –farfulló. Terminó su bebida de un trago–. Me acostaré un rato. –Luchó para erguirse, cayendo hacia atrás y dándose un nuevo impulso–. Vosotros poneos cómodos. Mis hermanas os atenderán.

Miré a Beau con desesperación.

–Oye, Paul –dijo él afablemente–, déjanos ayudarte a sobrellevar esta carga. Es evidente que has asumido más de lo que podías. Trasladaremos a Gisselle a una clínica de Nueva Orleans y...

–¿Que la vais a llevar a Nueva Orleans? –Paul blandió el dedo índice frente a la cara de Beau–. Estamos hablando de la mujer que quiero, Beau Andreas –dijo y sonrió, sin dejar de tambalearse–. Juré amarla y protegerla, en la salud y en la enfermedad, hasta que la muerte nos separe.

—Paul...

Fui a auxiliarle, pero me apartó.

—Tengo que descansar —dijo, y salió a trompicones de la habitación.

—Más vale dejarle dormir —señaló Beau—. Se despertará más sobrio y más sensato.

Hice un gesto de asentimiento; pero unos segundos después oímos un ruido sordo. Acudimos a todo correr y vimos que Paul yacía despatarrado al pie de la escalera. James estaba ya a su lado, intentando incorporarle.

—¡Paul! —chillé.

Beau ayudó al mayordomo a levantarle del suelo. Se pasaron cada uno un brazo de Paul por el hombro y lo subieron, con la cabeza colgando. Yo me senté en un banco del zaguán y sepulté el rostro entre las manos.

—No ha sido más que un susto —me aseguró Beau cuando volvió—. Le hemos metido en la cama.

—Es horrible, Beau. No debería haber permitido que se involucrase tanto en este enredo. No sé en qué estaría pensando.

—Él se brindó a hacerlo; quiso allanarnos el terreno. No podemos echarnos la culpa de su comportamiento, Ruby. Lo más probable es que se hubiera hundido igualmente al irte tú. Dentro de un tiempo recobrará la cordura, ya lo verás.

—Tengo mis dudas, Beau. —Estaba dispuesta a dar la cara y desenmascarar nuestro intrincado engaño.

—Ahora no nos queda otro remedio que llegar hasta el final. Sé fuerte. —Exhibió su mejor sonrisa al percatarse de que se acercaba Jeanne con Pearl.

—Ha estado llamando a su madre. Es tan triste que no puedo resistirlo —gimió Jeanne.

—Pásamela —le dije.

—¿Sabes? Por lo que he podido comprobar, ella cree

que eres Ruby. No concibo que una criatura pueda cometer semejante equivocación.

Beau y yo nos miramos fugazmente, y él sonrió.

—Sufre una pequeña confusión por el giro que han tomado los acontecimientos, los viajes, el nuevo hogar...

—Por eso mismo iba a sugeriros que la dejéis aquí, conmigo. Sé que un niño puede ser un estorbo.

—Nada de eso —repuse abruptamente—. No nos estorba en absoluto. Hemos contratado a una niñera.

—¿De veras? —Jeanne amagó una mueca socarrona—. Toby predijo que lo haríais.

—¿Y qué tiene de malo? —dijo Beau.

—Nada, desde luego. No me interpretes mal. Yo seguramente también la tendría si...

—La mesa está dispuesta —la interrumpió Toby, entrando en la habitación—. Si no hay ningún inconveniente, almorzaremos en el patio.

—Espléndido —dijo Beau—. ¿Qué opinas, Gisselle? —Fijó la vista en mí, y suspiré. Las auténticas razones eran la tensión y el trastorno emocional de ver a Paul tan fuera de sí, pero sus hermanas achacaron mi silencio a la petulancia de Gisselle. Se miraron y trataron de disimular una sonrisa despectiva.

—Me parece bien —dije al fin con un esfuerzo supremo—. Aunque no tengo mucha hambre. Los trayectos largos siempre me quitan el apetito —argüí. Paradójicamente, fue un alivio sumergirme de nuevo en la personalidad de mi gemela. Al menos así no sentía escrúpulos de conciencia.

Por primera vez se me ocurrió pensar que quizá ésa era la causa de la manera de ser de Gisselle, y durante un momento envidié su egocentrismo. Nunca se había solidarizado con las penas del prójimo. Para mi hermana el mundo había sido un inmenso jardín de recreo, una tierra de magia y placeres, y todo cuanto pusiera en peligro su lúdico universo debía rechazarse o eludirse. Tal vez, al fin y a la postre, no era tan estúpida.

No obstante, recordé una antigua máxima de *grandmère* Catherine: «Las personas más solitarias son las que antes fueron tan egoístas que no tienen compañía en el otoño de sus vidas.»

Me pregunté si Gisselle, al internarse en el oscuro túnel de la inconsciencia, se habría dado cuenta de esta verdad.

Después de almorzar acostamos a Pearl para que durmiera la siesta. Beau y yo nos sentamos fuera con las hermanas Tate, bebiendo café con leche y escuchando sus protestas por la actitud de Paul y porque su madre se había desequilibrado tanto que no quería ver a nadie ni salir de casa.

–¿Ha ido al hospital a ver a Ruby? –pregunté muy intrigada.

–Mi madre odia los hospitales –dijo Toby–. Tuvo a Paul en casa porque le horrorizaba relacionarse con gente enferma, y fue un parto difícil. Mi padre le suplicó que se hospitalizara cuando nacimos nosotras.

Beau y yo intercambiamos una mirada, sabedores de que aquello formaba parte de la patraña que habían urdido los padres de Paul para ocultar la identidad de su madre biológica.

Y tú, ¿irás a visitarla? –inquirió Jeanne.

Antes de hablar, pensé en cómo habría respondido Gisselle a aquella pregunta.

–¿Para qué? Está siempre dormida.

Toby y Jeanne se miraron horrorizadas.

–Pero continúa siendo tu hermana… y se va a morir –dijo Jeanne, prorrumpiendo en sollozos–. Lo siento, no puedo evitarlo. Quiero mucho a Ruby.

Toby la ciñó con sus brazos, meciéndola y reconfortándola a la par que me lanzaba miradas de reproche.

–Quizá deberíamos ir a ese hospital, Beau –comenté, y me levanté precipitadamente de la silla. No podía estar más tiempo allí sentada fingiendo insensibilidad, ni soportaba tampoco la aflicción de las Tate por mi desgracia.

Beau me siguió al interior de la casa. Me alcanzó en el gabinete, adonde yo había ido a ocultar las lágrimas que resbalaban candentes por mis mejillas.

–Hemos hecho mal viniendo, Beau. Todo este sufrimiento es superior a mí. Me siento culpable.

–¡Qué ridiculez! ¿Acaso provocaste tú la enfermedad de Gisselle? Contesta, ¿fuiste tú?

Me froté los ojos.

–El otro día Paul me recordó cierta ocasión en que fui con Nina Jackson a ver a una *mama* del vudú y envolvimos a Gisselle en un sortilegio. Quizá aquel sortilegio todavía no ha expirado.

–Venta, Ruby, no creerás de verdad que…

–Sí, Beau. Siempre he creído en los dones sobrenaturales que tienen algunas personas. Mi *grandmère* Catherine los poseía. La vi curar a gente, darle consuelo y esperanza con una mera imposición de manos. –Él mostró una mueca de escepticismo.

–¿Y qué vas a hacer? ¿Quieres que nos lleguemos al hospital?

–Tengo que ir, sí.

–Conforme, iremos. ¿Prefieres esperar hasta que Pearl se despierte o…?

–No. Les pediremos a Jeanne y a Toby que la cuiden hasta nuestro regreso.

–Como gustes.

–Bajaré enseguida. Tengo que ir a buscar algo –dije.

–¿Qué es?

–Una cosa.

Subí rápidamente la escalera en dirección a mi anterior alcoba, y me colé sin que nadie me viera. Fui hasta la cómoda y abrí el último cajón, donde tenía el saquito de hierba de cinco hojas que me había dado una vez Nina Jackson para ahuyentar a los espíritus infernales y la moneda de diez centavos con la cuerda ensartada que debía llevar en el tobillo como amuleto.

Acto seguido me acerqué a la puerta interior y abrí una rendija para dar un vistazo a Paul. Dormía pesadamente, abrazando la almohada. En su cabecera, suspendida como un icono religioso, tenía mi foto en un marco de plata. Aquella estampa patética inundó otra vez mis ojos de lágrimas, y oprimió mi pecho una tristeza tan abrumadora que me faltó la respiración. Me sentí como si yo misma me hubiera echado al caldero y nadie pudiera impedir que me escaldase.

Cerré la puerta con sigilo y dejé los dormitorios. Beau me aguardaba al pie de la escalera.

—Ya he hablado con las chicas —me informó—. Vigilarán a Pearl en nuestra ausencia.

—Magnífico.

Beau no hizo más indagaciones sobre lo que había ido a recoger. Nos dirigimos en el coche al hospital. En el mostrador de recepción nos indicaron cómo llegar a la habitación de Gisselle. La enfermera privada que había contratado Paul estaba sentada en una silla cerca de la cama, tejiendo. Me miró de arriba abajo con expresión de sorpresa y la boca abierta de par en par.

—El señor Tate me comentó que su esposa tenía una hermana gemela, pero nunca había visto a dos personas tan idénticas —dijo.

—No somos idénticas —negué tajantemente. Gisselle hubiera dicho algo así aunque sólo fuese para aturullarla. La enfermera tuvo a bien retirarse mientras visitábamos a mi hermana; yo quería alejarla de la habitación de todas maneras.

Tan pronto como se fue, me aproximé a la cama de

Gisselle. Tenía los tubos de oxígeno metidos en la nariz y la bolsa de suero intravenoso conectada al brazo. Sus ojos estaban cerrados, y parecía aún más consumida y cadavérica que la última vez que la había visto. Incluso el cabello había perdido su brillo. Su tez presentaba la misma palidez que el vientre de un pez muerto. Beau permaneció apartado de la cama cuando aferré la mano de mi gemela y la estudié con detenimiento. No sé qué esperaba, pero no percibí ningún vestigio de conciencia. Finalmente, tras emitir un suspiro, saqué la bolsita de hierba y la puse debajo de su almohada.

—¿Qué es eso? —inquirió Beau.

—Un regalo que me hizo Nina Jackson. Dentro de la bolsa hay unas hojas de cinco lóbulos. Proporcionan un sueño pacífico y neutralizan todo mal que puedan causar cinco dedos.

—No es posible que hables en serio.

—Cada lóbulo tiene una significación concreta: suerte, dinero, sabiduría, poder y amor.

—¿Cómo puedes dar crédito a todas esas majaderías?

Sin hacerle caso aparté la ropa que cubría a Gisselle y até rápidamente mi moneda de la fortuna a su tobillo.

—¿Y ahora qué haces?

—Esto también da buena suerte y destierra a los entes malignos —le expliqué.

—Ruby, ¿qué dirán cuando encuentren todos esos fetiches?

—Pensarán que ha pasado por aquí alguna amiga de mi *grandmère*.

—Así lo espero. Gisselle nunca los hubiera traído. Consideraba esas prácticas una superchería.

—Aun así necesitaba hacerlo, Beau.

—Pues ya lo has hecho. No te entretengas demasiado, Ruby —dijo nerviosamente—. No quisiera llegar muy tarde a Nueva Orleans.

Tomé la mano de Gisselle, elevé una callada oración y le palpé la frente. Me pareció que sus párpados temblaban, pero tal vez fuese sólo producto de mi imaginación y mi esperanza.

–Adiós, Gisselle. Lamento que nunca fuésemos unas auténticas hermanas. –Sentí una lágrima en mi mejilla y la recogí con el dedo índice, que luego llevé hasta su pómulo. «Quizá ahora, después de tantos años, está llorando interiormente por mí», pensé, y me volví de forma brusca para huir del espectáculo de mi hermana moribunda.

Paul todavía no se había levantado cuando volvimos; Pearl, en cambio, estaba despierta y jugando en el gabinete con Jeanne y Toby. Sus ojos centellearon de júbilo al verme entrar. Tuve el impulso de correr hasta ella y estrujarla tiernamente en mis brazos, pero me dije que Gisselle no habría hecho nada semejante y tuve que reprimir mis emociones.

–Tenemos que volver a Nueva Orleans –dije a boca de jarro.

–¿Cómo os ha ido en el hospital? –preguntó Toby.

–Es como hablar con uno mismo –respondí. Aun puesta en boca de Gisselle, era la pura verdad.

Las dos hermanas asintieron con rostros atribulados.

–¿Por qué no me dejáis a la niña? –insistió Jeanne–. No me importa.

–Ni hablar, no puedo hacerlo –dije–. Le prometí a mi hermana que si le ocurría algo velaría por ella.

–¿Tú le prometiste eso a Ruby?

–En un momento de debilidad –aduje–, pero ahora debo ser fiel a mi promesa.

–¿Por qué? No me dirás que te vuelven loca los niños –dijo Toby con desdén. Mis ojos buscaron la ayuda de Beau.

–Tenemos una niñera excelente –dijo–. Todo está en orden.

—Una tía siempre será más apta que una niñera, ¿no crees? —señaló Jeanne.

—¿Y qué crees que soy yo, una cebolla picada? —le espeté. Tratándose de conservar a Pearl, podía ser tan firme y cortante como mi hermana.

—Sólo... sólo quería decir que no me ocasionaría ningún problema.

—Ni a mí tampoco —repliqué—. Pearl, vámonos. —Extendí los brazos y la niña echó a correr hacia mí—. Decidle a Paul que le llamaremos más tarde.

Antes de que pudiera proseguir la polémica salí velozmente con Pearl en los brazos y escoltada por Beau. Tenía la cara congestionada y los ojos fuera de las órbitas, y estaba al borde de la histeria.

—Sosiégate —me dijo Beau ya los tres en el coche—. Te has desenvuelto muy bien. Todo sigue su curso.

No logré serenarme hasta muy avanzado el trayecto. La lluvia que nos había amenazado durante el día cayó por fin y nos acompañó durante todo el viaje de vuelta a Nueva Orleans. Rasgaban el cielo de la ciudad los surcos de los rayos, y los truenos retumbaban con tal fragor que nos estremecían aun dentro del automóvil. Me alegré cuando al fin llegamos a casa. Aubrey nos recibió con una lista de llamadas telefónicas, y vimos que Bruce Bristow había sido de los más insistentes.

—Ya veo que tendré que ponerme desagradable con él para quitármelo de encima —dijo Beau, y estrujó airadamente el papel con los mensajes.

Por el momento aquellos conflictos no podían preocuparme menos. Pearl estaba demasiado atontada tras el viaje para probar bocado y yo me sentía agotada emocionalmente. Acosté a la niña y luego tomé un baño caliente y me arrebujé también en el lecho. Horas después oí subir a Beau, pero apenas me moví cuando se tendió a mi lado, y al cabo de unos minutos se había dormido.

Durante los días siguientes fui presa de un tenso nerviosismo. Las horas eran como días, los días como meses. Interrumpía mi quehacer y consultaba el reloj, asombrada porque sólo habían transcurrido unos minutos. Cada vez que sonaba el teléfono daba un respingo y mi corazón se encabritaba, pero generalmente era alguno de los compinches de Gisselle. Era lacónica con ellos, y muy pronto la mayoría se hartó de llamar. Una tarde me telefoneó Pauline para decirme que estaba perdiendo a todos mis amigos, distanciándolos uno tras otro.

–Por ahí dicen que te has vuelto más engreída que nunca –me informó–. Dicen que te crees tan superior que casi no te dignas hablar con ellos, y que no invitas a nadie a tu casa.

–Ahora mismo tengo preocupaciones más importantes –la corté.

–¿Te da igual quedarte sin amigos?

–No son amigos de verdad, Pauline. Lo único que les interesa es lo que puedan sacar de mí.

–¿Y yo también estoy incluida en el grupo? –preguntó con petulancia.

–Si te gusta el cuento, aplícatelo.

–Adiós, Gisselle. Te deseo que seas feliz en tu propio mundo –dijo con inquina.

En un par de semanas me había desembarazado de casi todas las amistades de Gisselle, gente que siempre me había caído fatal, y lo había hecho muy identificada con mi personaje, para que nadie captase nada anormal. Beau se mostraba divertido y contento. Fue virtualmente el único atisbo de luz en los tenebrosos días que siguieron a nuestra visita a Cypress Woods.

Siempre que llamaba a mi antiguo hogar, se ponía al aparato Toby o Jeanne; Paul no estaba disponible. Las dos eran muy secas conmigo. El estado de Gisselle continuaba estacionario. Toby, que podía ser más cáustica que Jeanne, me dijo un día:

–Es sólo cuestión de tiempo. Espero que la muerte

de Ruby no entorpezca ninguno de tus planes. Sé lo mucho que te importa tu calendario social.

Pensé que Gisselle se merecía aquellas reprimendas y mantuve la boca cerrada, pero a pesar de todo me herían en lo más hondo. Al término de nuestra última conversación, Toby declaró:

—Ignoro por qué mi hermano no ha insistido en que traigas a Pearl a esta casa, a la que pertenece, pero creo que deberías hacerlo.

¿Cómo iba a explicarle que Paul no podía pedirme que le entregase a una hija que no era suya?

—Métete en tus asuntos, Toby. Me parece que ya tienes bastantes cuitas en las que ocuparte —le dije, y corté la comunicación. Me había entrado un pánico cerval, y cuando se lo conté a Beau asintió entristecido.

—Por ahora tenemos que navegar en esas aguas, Ruby —argumentó, pero sus palabras no me tranquilizaron.

—A veces tengo la impresión de que me he enredado en una tupida telaraña. Cuanto más lucho y me retuerzo, más atrapada quedo en sus hilos.

—Pronto terminará toda esta odisea y reanudaremos nuestras vidas en calma —me dijo. No obstante, yo no compartía su confianza. La vida me había demostrado claramente cuántos giros podía dar inesperadamente.

Al cabo de dos días se produjo uno de aquellos giros. Si había salido bien parada en el papel de mi hermana era principalmente porque había alejado de mí a sus amigos y sus amantes, y había evitado sus lugares predilectos. Pocas personas, si es que hubo alguna, fueron lo bastante sagaces como para ver alguna anomalía. Lógicamente, nadie esperaba tal intercambio de identidades. Quizá en el fondo de sus corazones pensaban: «Pero ¿quién querría ser Gisselle?»

Mi proyecto era, pasado un tiempo, ir transformando la personalidad de mi hermana hasta que se pareciese a la mía y trasladarme con Beau a otro barrio, puede que incluso a otra ciudad, donde empezaríamos una nueva vida sin tantas falsedades ni tapujos.

Estaba en mi estudio trabajando en un cuadro cuando Aubrey llamó a la puerta para comunicarme que tenía una visita. Antes de que preguntase quién era, Bruce Bristow apareció a su espalda. El viudo de mi madrastra parecía haber envejecido siglos desde el día en que abandonó la mansión. Su cabello castaño oscuro estaba salpicado de gris, las sienes eran totalmente canas y tenía dos bolsas negruzcas debajo de los ojos. Además había adelgazado notablemente y le vi demacrado, con sus ojos otrora donjuanescos reducidos a dos globos mortecinos. Andaba un poco ladeado y llevaba la americana y los pantalones repletos de arrugas, la corbata manchada y la camisa de rozado cuello abierta. Cruzaba su pómulo izquierdo un arañazo de origen impreciso. Sonrió afectadamente y entró en el estudio. Un tufo de ginebra saturó el ambiente.

–¿Qu-qué haces aquí, jug-gando a ser tu hermana? –dijo, y se echó a reír. Advertí que tenía los ojos inyectados en sangre.

–Estás borracho, Bruce. Vete ahora mismo –le ordené.

–No t-tan d-deprisa –balbuceó. Abrió y cerró los ojos, bamboleándose–. Tu m-marido y tú os creéis m-muy linajudos, p-pero será mejor que me escuches antes de tomar una decisión que p-podríais l-lamentar.

–Expulsarte de nuestras vidas no es una decisión que vaya a lamentar nunca –repliqué y, como lo sentía, pude ser tan agresiva como lo habría sido Gisselle. Bruce echó la cabeza atrás, pero no dejó de sonreír.

–¿Y b-bien, qué estás haciendo? –Miró el lienzo–. No sab-bes dibujar ni pintar. Eres la hermana sin t-talento, ¿r-recuerdas? –Se rió mordazmente y trató de enderezarse agarrándose al respaldo de una silla.

–Lo que recuerdo es cuánto te despreciaba. Eras como una sanguijuela: cuando murió mi padre te infiltraste en esta casa y te pegaste a la familia para chuparnos la sangre. Pero todo aquello se acabó, y nada de lo que digas, por muy injurioso que sea, te permitirá volver. Y ahora sal antes de que venga Beau.

Su sonrisa se ensanchó, y empezó a babear por las comisuras de los labios.

–No siempre f-fuiste tan esquiva conmigo –dijo, arrimándose a mí. Me aparté esgrimiendo el pincel como una espada. Él me estudió unos segundos y parpadeó en un intento denodado de despejar la visión. A continuación miró de nuevo mi cuadro.

–No p-pareces estar muy desconsolada por tener a una hermana agon-nizante –dijo.

–¿Y por qué iba a estarlo? ¿Sufriría ella si fuese yo quien yaciera en una cama de hospital?

–S-sabes que sí –respondió, y entornó los párpados una vez más. De repente volvió a abrirlos como si un pensamiento acabara de abrirse paso en su ofuscado cerebro–. T-te encuentro dif-ferente. –Sus ojos se posaron nuevamente en el lienzo–. Es demasiado bueno para que lo hayas hech-cho tú. ¿Est-taba aquí desde antes?

–Sí.

–M-me lo figuraba. –Sonrió y luego trató de ponerse serio, ajustándose el nudo de la corbata y corrigiendo su postura–. Quiero que me ayudes a convencer a Beau p-para que sea más razonable en el reparto de l-la fortuna familiar. Conozco algunas de las artimañas f-fiscales delictivas que utilizaban Daphne y no dudaré en denunciarlas ante la Administración.

–Puedes empezar cuando quieras. Según tengo entendido, tú tampoco tenías las manos limpias, así que lo único que harás es delatarte a ti mismo, por lo que fuiste y lo que probablemente sigues siendo.

Bruce me observó sonriente, pero con mayor sobriedad.

—Sí, pero ya sabes lo que pasa siempre que alguien testifica en contra de sus cómplices: recibe más clemencia. Yo me encargaré de que tu patrimonio sea gravado con unas multas exorbitantes. ¿Qué haréis entonces tu aristocrático marido y tú?

—Sobreviviremos. Márchate, Bruce, o le pediré a Aubrey que llame a la policía.

Él recorrió todo mi cuerpo con una mirada de menosprecio.

—¿Y si le cuento a tu maridito aquella vez que fui a verte mientras tomabas tu baño de burbujas? ¿Te acuerdas de cómo te froté la espalda, te di un masaje y después…?

—Ya se lo he contado yo —le solté. Me escudriñó un breve instante.

—No te creo.

—Tú mismo; me da exactamente igual. Sólo quiero que te vayas.

Mi determinación, mi falta de miedo, le confundieron y exasperaron.

—Me llevé unos papeles de esta casa. Os lo advierto: puedo fundamentar mis acusaciones.

—Pues hazlo.

—Estás loca. Beau y tú habéis perdido la chaveta.

Me examinó con más atención que antes, y volvió a mirar el cuadro. Una de sus cejas se arqueó. Mi resistencia lo había obligado a agudizar su mente.

—Esta obra no es antigua. La pintura todavía está fresca. ¿Cómo la has hecho, Gisselle? Tú no tienes dotes artísticas. —Entornó los ojos, que me recordaron los de un reptil—. Aquí hay gato encerrado.

—¡Largo! —vociferé—. ¡Vete de una vez por todas!

Los ojos de Bruce brillaron con una súbita intuición.

—¡Lady Ruby! —exclamó—. Tú eres lady Ruby. ¿Qué diablos significa esto?

—¡Fuera de aquí! —Me abalancé sobre él, y levantó los brazos para protegerse. En aquel preciso momento Beau entró en el estudio hecho una fiera, atenazó el cuello de Bruce y lo giró rudamente hacia la puerta.

—¿Qué estás haciendo en nuestra casa? Te dije que no vinieras, ¿te acuerdas? —le increpó, y le dio un empellón. Bruce recuperó el equilibrio y se volvió para mirarnos. Tenía la cara amoratada por la rabia.

—¿Se puede saber qué os traéis entre manos? Ésta no es Gisselle; la conozco bien, y tiene una mirada mucho más dura.

—No seas absurdo —replicó Beau, pero le faltó convicción. El otro se envalentonó.

—Se trata de una estratagema para embolsaros más dinero o algo así, ¿no es cierto? Lo divulgaré a los cuatro vientos.

—Adelante —le retó Beau—. Todos creerán a pie juntillas las palabras de un jugador alcoholizado y rastrero. En los últimos tiempos la ciudad entera habla de ti, de cómo te has degradado. Tienes la misma credibilidad que un psicópata asesino.

Bruce meneó la cabeza.

—Tú lo has querido —dijo—. Voy a conseguir pruebas, eso es lo que haré… A menos que adquiráis un poco de sensatez y me deis la tajada que en definitiva me corresponde. Os llamaré dentro de un par de días y veremos si preferís ser inteligentes o avariciosos.

—Sal de aquí o te rompo la crisma —le previno Beau, avanzando con paso resuelto. Bruce reculó y después echó a andar por el pasillo. Beau lo siguió hasta la entrada principal, abrió la puerta y lo empujó al exterior. Bruce pronunció una última amenaza antes de desaparecer.

—¡Toda la ciudad conocerá vuestras maquinaciones! —gritó, agitando el puño. Beau dio un portazo.

—Sólo ha sido un pequeño incidente, Aubrey —le dijo al mayordomo.

—Bien, señor. —Aubrey se retiró y Beau y yo fuimos al saloncito.

—No te inquietes por ese individuo —declaró cuando me hube sentado. Tenía palpitaciones y el rostro me ardía—. No he mentido al decir que nadie daría a sus palabras la menor credibilidad. Deberías oír los rumores que corren sobre él.

—¿Cómo pudo Daphne admitir a un hombre así en su vida después de haber convivido tantos años con mi padre? —me pregunté en voz alta.

—Tú misma dijiste que utilizaba a las personas. —Se sentó a mi lado y asió mi mano—. No te dejes acobardar, Ruby.

—Pero ¿cómo lo ha sabido? Entre toda la gente que nos rodea ¿por qué tenía que ser él, un alcohólico, quien me ha reconocido? —Miré a Beau y contesté a mis propias preguntas—: Claro está que intimó con Gisselle. Sin duda fue un juguete más de mi hermana.

—Es probable.

—Bruce solía coquetear conmigo. Me abordaba sin más, aferraba mis manos y me miraba a los ojos. Yo lo odiaba; siempre olía a ajo o a huevos podridos, y tenía que ser educada pero drástica. Ha sido la pintura... No debería haber permitido que viera mi cuadro. Eso ha sido lo que me ha vendido.

—¿Qué más da lo que sepa y lo que ignore? En esta ciudad quien no suscita respeto no tiene ni voz ni voto. No sufras, yo lo pondré en su sitio.

—Esto no presagia nada bueno, Beau —dije, sacudiendo la cabeza—. Si se construye una choza sobre unos pilotes débiles, la corriente la arrastrará en la primera inundación. Nosotros estamos intentando edificar una nueva vida sobre unos cimientos fabricados con mentiras. Se hundirá.

–Sólo si lo consentimos –insistió, y me abrazó con ternura–. Vamos, procura descansar. Después te sentirás mejor. Esta noche iremos a uno de los mejores restaurantes de la ciudad y cenaremos opíparamente, ¿de acuerdo?

–No lo sé, Beau –repuse con un hondo suspiro.

–Pues yo sí. Irás por prescripción facultativa –dijo, suspirando también, y me ayudó a erguirme.

Encima de la chimenea de mármol todavía estaba colgado el retrato de Daphne, y su hermoso rostro de marfil pareció escrutarme con altanería. Mi padre había idolatrado aquella belleza, y le gustaba tener réplicas distribuidas por toda la mansión.

«Recuerda, pequeña mía, que el demonio nos fascina bajo diferentes formas –me había advertido una vez *grandmère* Catherine–. Nos sentimos atraídos por él como atrae a un niño el prodigio de una candela encendida y le tienta a introducir el dedo en la llama.»

Recé para que Beau y yo no hubiéramos metido las manos enteras en el fuego.

14

SOMBRAS DEL PASADO

Por lo visto Beau tenía razón acerca de lo que Bruce podía hacer o decir. Bruce había perdido su credibilidad en el mundo de los negocios, y el banco extinguió el derecho a redimir la hipoteca de su principal fuente de ingresos, el edificio de apartamentos. De alguna manera encontró dinero para seguir bebiendo, pero cualquier cosa que decía se consideraba un intento patético de reintegrarse a la familia Dumas. Los que le conocían de cuando estaba casado con Daphne recordaban con qué desdén le había tratado ella. Se referían a él como a un objeto más de los que rodeaban a Daphne.

Un día me llamó Beau para informarme de que, según le habían dicho, Bruce se había trasladado a Baton Rouge, donde había conseguido el empleo de director de un pequeño hotel por mediación de un amigo.

–Así que nos hemos desembarazado de él –dijo Beau, pero yo pensé que Bruce Bristow era como un enjambre de mosquitos de pantano: un día desaparecía pero sabías que volvería a importunarte en el momento menos pensado.

Entretanto la situación en Cypress Woods continuaba igual. Gisselle seguía en estado comatoso; Paul tenía días aceptables cuando se decidía a trabajar, pero según Toby y Jeanne todavía dedicaba la mayor parte de su tiempo a revolcarse en la autocompasión. Jeanne me dijo que incluso había visitado la vieja choza de la abuela Catherine.

—¡La choza! ¿Para qué fue? —pregunté, con la sensación de precipitarme de nuevo en el abismo del pasado.

—Se ha convertido en una especie de altar para él —contestó Jeanne, con su vocecita triste, una tarde que me había telefoneado.

—¿Qué quieres decir?

—No se preocupa de los jardines de Cypress Woods pero envía a algunos de sus hombres a la choza y les ordena cortar la hierba y hacer reparaciones. —Permaneció en silencio un instante—. Incluso ha pasado noches allí.

—¿Noches...?

—Duerme allí —reveló Jeanne.

Mi corazón dejó de latir.

—¿Duerme en la choza?

Jeanne interpretó mi sobresalto como disgusto.

—Sé que es desagradable, Gisselle. Él no lo admite. Es como si se olvidara de las cosas que hace, pero mi marido y yo nos acercamos una noche y le vimos, a la luz de una lámpara de aceite.

—¿Qué visteis?

—Estaba aovillado en el suelo, al pie de aquel viejo canapé, y dormía como un bebé. No tuvimos valor para despertarle. Es muy triste.

No dije nada. En realidad no podía hablar, estaba llorando por dentro. Me derrumbé como un saco en la butaca. El dolor de Paul era mucho más intenso de lo que yo había imaginado. No se había reconciliado, como Beau pensaba, con la situación. Se aferraba a los momentos más felices del pasado, y ese regreso desesperado le destruía.

–Sé que te da igual, pero empeora día a día, y si no se recupera pronto, ¿cómo podrá volver a ser un padre para Pearl? –dijo Jeanne, porque pensaba que eso era lo único que preocupaba a Gisselle.

–Se recuperará. Un día se despertará y afrontará la situación –repliqué con la mayor frialdad, pero a mi voz le faltaba convicción, y Jeanne se dio cuenta.

–Estoy tan convencida como tú. –Hizo una pausa–. ¿Vas a visitar a tu hermana otra vez?

–Me deprime demasiado. –Gisselle diría eso. A mí también me deprimía, pero no por eso dejaría de ir.

–A los demás no nos deja indiferentes, pero vamos –replicó con sequedad Jeanne.

–Es más fácil para vosotros. No tenéis que desplazaros hasta el pantano –protesté.

–Sí, es un viaje pesado. ¿Cómo está la niña?

–Muy bien.

–¿No pregunta todo el tiempo por sus padres? Apenas hablas de ella.

–Está bien. Haz lo que puedas por tu hermano.

–Creo que si Pearl estuviera con él, Paul se sentiría mejor. Toby opina lo mismo.

–Hemos de pensar en lo más conveniente para la niña –repliqué, tal vez con demasiada energía.

–Lo mejor sería que estuviera con su padre –dijo Jeanne. Una oleada de pánico contrajo mi estómago–. No obstante, mamá parece estar de acuerdo contigo de momento, y Paul... Paul no quiere hablar de ello.

–Entonces, olvídalo.

–¿Quién habría pensado que un día querrías tener un niño en tu casa?

–Quizá no me conoces tan bien como piensas, Jeanne.

–Quizá. –Suspiró–. Tal vez haya en ti algo de la bondad de tu hermana. Todo esto me revuelve el estómago. Es tan injusto. Eran una pareja perfecta, dos personas que vivían el romance de fantasía que todos soñamos.

–Tal vez era una fantasía –dije con suavidad.

–Una opinión muy propia de ti.

–Esta conversación no nos lleva a ninguna parte –le espeté, con mi mejor tono de Gisselle–. Te llamaré mañana.

–¿Por qué llamas tanto? ¿Beau te obliga a hacerlo?

–No hay motivos para que te pongas insolente, Jeanne.

Guardó silencio un momento.

–Lo siento –dijo–. Tienes razón. Últimamente estoy un poco irritable. Hablaremos mañana.

Mis conversaciones con Jeanne eran muy tensas y cada vez era más difícil seguir en contacto con Cypress Woods y averiguar qué estaba pasando allí. Beau me aconsejó que llamara con menos frecuencia durante una temporada.

–Por otra parte será más propio del carácter de Gisselle, Ruby. Ninguno de ellos se siente inclinado a ser particularmente amable contigo.

Asentí, pero no llamar para saber cómo estaba Paul y si se había producido alguna novedad respecto a Gisselle me resultaba muy duro.

Desde mi discusión con Bruce en el estudio, vacilaba en volver a pintar. Mantener mi talento en secreto ahogaba el impulso creativo, pero no quería estar todo el día pegada a la señora Ferrier y darle la impresión de que no confiaba en ella para cuidar a Pearl. Por tanto pasaba horas sentada en el estudio, con la vista clavada en un lienzo vacío, a la espera de la inspiración que mis sombríos pensamientos entorpecían.

Una mañana, después de desayunar, sonó el timbre de la puerta y Aubrey vino a decirme que un caballero quería verme.

—El señor Turnbull —dijo, y me dio una tarjeta. El nombre no me dijo nada, y miré la tarjeta: «Louis Turnbull.»

—Louis —dije en voz alta, y una oleada de alegría me invadió. Era el nieto de la señora Clairborne, el joven ciego con el que había entablado amistad en Greenwood, el colegio privado para chicas de Baton Rouge al que Daphne nos había enviado.

La principal benefactora del colegio era una viuda, la señora Clairborne, que vivía en una mansión situada en los terrenos del colegio con su nieto Louis. Louis, un joven de unos veinte años, se había quedado ciego cuando era pequeño, después de la traumática experiencia de ver a su padre matar a su madre, ahogándola con una almohada. Su ceguera persistía incluso después de docenas y docenas de sesiones con un psiquiatra.

Sin embargo era un pianista y compositor de talento, que vertía todos sus sentimientos en la música. Le había conocido por casualidad cuando había ido a tomar el té a la mansión con otras estudiantes. Atraída por el sonido de la música, entré en el estudio, y Louis y yo nos hicimos amigos. Louis afirmaba que mi amistad le había ayudado a empezar a recuperar la vista. Acudió en mi rescate cuando casi me expulsaron de Greenwood, por culpa de algo que Gisselle había hecho. Su testimonio me proporcionó una coartada y dio por concluido el incidente.

Posteriormente Louis había ido a Europa para someterse a tratamientos y estudiar música en un conservatorio. Habíamos perdido el contacto, y ahora, como surgido de la nada, estaba allí, en la puerta de mi casa.

—Hágale pasar —dije a Aubrey, y esperaba ansiosa nuestro encuentro cuando comprendí de repente que no podía recibirle como Ruby. ¡Yo era Gisselle! Me quedé paralizada.

Aubrey le trajo al estudio. Louis estaba más robusto

que la última vez que le había visto, pero su cara había madurado, sus mejillas y barbilla eran algo más enjutas. Llevaba el cabello castaño oscuro más largo y echado hacia atrás en los lados. Todavía era un hombre muy apuesto, de boca enérgica y sensual y una nariz romana. La novedad eran las gafas que llevaba, con las lentes más gruesas que había visto nunca.

–Gracias por recibirme, madame Andreas –dijo. Me acerqué y le di la mano–. No sé si se acuerda de mí. Yo era muy amigo de su hermana Ruby. –Evidentemente se había enterado de la noticia y pensaba que yo era Gisselle.

–Sí, lo sé. Haga el favor de sentarse, señor Turnbull.

–Llámeme Louis –dijo, y se acomodó en el canapé, frente a mi butaca. Le miré un momento y me pregunté si podría decirle la verdad. Sentí que mi estómago se revolvía de frustración.

–Acabo de regresar de Europa –explicó–, donde he estudiado música y he actuado.

–¿Actuado?

–Sí, en algunas salas de conciertos. En cuanto llegué a Nueva Orleans llevé a cabo algunas pesquisas y me contaron la espantosa historia de su hermana. Actuaré en Nueva Orleans este sábado, en el teatro de las Artes Interpretativas. Esperaba que su hermana asistiera.

Hizo una pausa.

–Lo siento –dije–. Sé que le habría gustado mucho ir.

–¿Y a usted? –Me examinó un momento–. He traído un par de entradas para usted y el señor Andreas, por si les apetece ir.

Las dejó sobre la mesa.

–Gracias.

–Ahora –pidió, con expresión apesadumbrada–, hábleme de su hermana, por favor. ¿Qué le ha pasado?

–Un virus le ha producido una encefalitis grave. Está en coma en un hospital, y los pronósticos son pesimistas.

El joven movió tristemente la cabeza.

—Veo que ha recuperado la vista por completo. Mi hermana me habló de usted.

—Mi visión es tan buena ahora como lo habría sido de no haber sufrido ciertos disgustos, pero como ya habrá deducido por estas gafas no nací con muy buena vista. Pero me basta para ver las partituras y escribir mis notas. –Sonrió–. El sábado por la noche interpretaré mis propias composiciones. Pensé que tal vez le interesaría una, que escribí para su hermana. Es el *Concierto para Ruby*.

—Sí –repuse.

Se me hizo un nudo en la garganta y derramé una lágrima diminuta. Me pregunté si él podía verla. Clavó la mirada en mí durante un momento sin decir nada.

—Perdone, señora, no quisiera parecer irrespetuoso, pero el señor Andreas ¿no era el novio de su hermana?

—En otro tiempo –dije con suavidad.

—Sabía que estaba muy enamorada de él. Yo estaba enamorado de ella, ¿sabe usted?, y Ruby me dijo que su corazón ya pertenecía a otro y nada podría cambiar esa circunstancia. Pero tengo entendido que se casó con otro.

—Sí.

Bajé los ojos, abrumada por la culpabilidad. Ardía en deseos de revelarle mi historia.

—Y tuvo una hija, ¿verdad?

—Sí. Se llama Pearl. Ahora vive conmigo.

—Supongo que el marido de Ruby estará trastornado.

Asentí y luego pregunté:

—¿Cómo está su abuela, la señora Clairborne?

—Falleció hace tres meses.

—Oh, lo siento.

—Sufrió mucho. Su vida no fue feliz, pese a su riqueza, pero vivió lo suficiente para verme recuperar la vista y actuar en salas de conciertos.

—Debió de hacerla muy feliz. ¿Y su prima, la Dama de Hierro que gobernaba Greenwood? ¿Aún trata con despotismo a las jóvenes?

Louis sonrió.

—No. Mi prima se retiró poco después del fallecimiento de mi abuela y fue sustituida por una mujer mucho más bondadosa y amable, la señora Waverly. Su familia no ha de temer nada si quiere enviar allí a Pearl algún día —añadió sonriendo.

—Me alegro.

Sacó una libreta y un bolígrafo.

—¿Sería tan amable de darme el nombre y la dirección del hospital donde está su hermana? Me gustaría enviarle un ramo de flores.

Se los dije y lo apuntó.

—Bien, no quiero robarle más tiempo. Usted y su familia están pasando una época muy dura. —Se levantó, y yo lo imité lentamente. Cogió las entradas y las puso en mis manos—. Espero que usted y su marido puedan asistir al concierto —dijo. Retuvo mis dedos y me miró con tal intensidad que me vi obligada a desviar la vista. Luego sonrió—. Estoy seguro de que reconocerá la pieza —susurró.

—Louis...

—No hago preguntas, señora. Sólo espero que esté entre el público.

—Estaré.

—Estupendo.

Le acompañé hasta la puerta, donde Aubrey le entregó su sombrero. Louis se volvió hacia mí.

—Quiero que sepa que su hermana tuvo una influencia determinante en mi vida. Me conmovió profundamente y me devolvió no sólo las ganas de vivir, sino de continuar con mi música. Su naturaleza dulce e inocente, sus puntos de vista sobre las cosas me devolvieron la fe en la vida y me inspiraron para escribir lo que espero sea considerado como música importante. Tendría que estar muy orgullosa de ella.

—Lo estoy —dije.

—Rezaremos por ella.

—Sí, rezaremos. —Las lágrimas resbalaban por mis mejillas, pero no intenté secarlas—. Dios le bendiga —susurré.

Louis se marchó. Mi corazón se había encogido. Sequé mis lágrimas.

«Una lágrima conduce a otra —me decía la abuela Catherine—. Y las mentiras se alimentan unas de otras, como las serpientes que devoran a sus crías.»

¿Cuántas mentiras más tendría que decir? ¿Cuántos engaños más tendrían que acumularse hasta que pudiera vivir en paz con el hombre al que amaba? Louis sabía la verdad, había descubierto quién era yo. Era lógico. Me había reconocido por mi voz, por el tacto. Había penetrado bajo la superficie porque la superficie era oscura para él, y así me había reconocido al instante. Pero había comprendido que existían razones para el cambio de identidades y no haría nada que delatara la patraña que Beau y yo habíamos concebido y llevado a la práctica. Louis me apreciaba demasiado para hacer preguntas embarazosas.

Cuando Beau volvió a casa le conté la visita de Louis.

—Me acuerdo de él; siempre estabas hablando con él. ¿Crees que callará lo que sabe?

—Oh, sí, Beau. Sin duda.

—Tal vez no deberíamos asistir a ese concierto.

—He de ir. Él espera que vaya, y yo quiero ir.

Hablé con tal firmeza que Beau enarcó las cejas. Reflexionó un momento.

—Gisselle no asistiría a esa clase de espectáculos —me advirtió.

—Estoy harta de hacer sólo lo que Gisselle haría,

harta de pensar y hablar como ella. ¡Me siento encarcelada en la identidad de mi hermana! –exclamé.

–De acuerdo, Ruby.

–Me paso encerrada en esta casa casi todo el tiempo, por miedo a salir y decir o hacer lo que no debo si tú no estás a mi lado –continué, con voz estridente.

–Lo comprendo.

–No, no lo comprendes. Es una tortura.

–Iremos al concierto. Si alguien pregunta, lo haces por mí, eso es todo.

–Sí, ya lo sé, soy estúpida, torpe, insensata, una... engreída de clase alta, mimada hasta la médula –gemí, y Beau se echó a reír–. ¿Qué pasa?

–Tienes razón. Has descrito perfectamente a Gisselle.

–Entonces, ¿por qué te casaste con ella? –pregunté, con más violencia de la que deseaba.

Vi que se encogía.

–Ya te lo expliqué una vez, Ruby. Sólo te quiero a ti –dijo, y bajó la cabeza antes de alejarse.

Me quedé inmóvil, anonadada. En mi estado de ánimo podía herir a cualquiera. Todas las personas a las que quería sufrían tanto como yo. Mi mente vacilaba. ¿Cómo nos habíamos metido en aquella horrorosa situación? Me estaba ahogando en aquel conocido charco de desesperación sin límites.

Me daba cuenta de que no toda la culpa era mía, por supuesto. Beau no tendría que haberme abandonado y empujado a creer que no había esperanza para mí y mi hija si no me casaba con Paul, y Paul no tendría que haber suplicado y doblegado mi voluntad con las tentaciones de una vida confortable. Y Gisselle no tendría que haberse aprovechado y contraído matrimonio con Beau sólo para herirme. Yo ya sabía que no le quería. Le había sido infiel infinidad de veces. Todos éramos culpables de algo que nos había conducido a esa situación, pensé, pero no me sentí mejor ni disminuyó mi sentimiento de culpabilidad.

De todos modos, ¿de qué servía tirarnos los platos a la cabeza? Fui en busca de Beau y le encontré de pie en el estudio, mirando por la ventana.

–Lo siento, Beau. No quería estallar de esa manera.

Se volvió lentamente y sonrió.

–No te preocupes. Tienes derecho a estallar cuantas veces quieras. Estás sometida a una enorme presión. Para mí es mucho más fácil. Sólo he de ser yo mismo y puedo refugiarme en mis negocios. Tendría que ser más comprensivo y más sensible a tus necesidades. Lo siento.

–No discutamos, pues.

Se acercó a mí y apoyó las manos sobre mis hombros.

–Me es imposible imaginar que un día me enfadaré contigo, Ruby. Si lo hago me odiaré eternamente. –Nos besamos, nos abrazamos y salimos al patio para ver cómo le iba a Pearl con la señora Ferrier.

Vi que nada de lo que contenía el armario de Gisselle era adecuado para el concierto de Louis, de modo que salí y compré un elegante traje de terciopelo negro, largo hasta el tobillo. Cuando Beau me lo vio puesto, permaneció mudo un largo momento. Después, meneó la cabeza.

–¿Qué pasa? –pregunté.

–Sólo el zoquete más insensible no se percataría de la diferencia entre tu hermana y tú.

–Tú me conoces muy bien, Beau, pero de puertas afuera Gisselle no se diferenciaría tanto de mí si llevara algo como esto. No estaba demasiado interesada en parecer una mujer madura. Pensaba que no era sexy.

–Puede que tengas razón. Pero estaba equivocada si pensaba que lo sofisticado no era sexy. Me dejas sin respiración. –Pensó un momento y luego sugirió–: Creo que esta noche deberías llevar uno de los collares de diamantes de Daphne. Gisselle lo haría.

Suspiré, me miré en el espejo y admití que podía ponerme algún adorno en el cuello.

–Además –continuó Beau, para acabar con mis vacilaciones–, ¿qué tienen de malo las joyas? Los diamantes no pueden elegir a su propietaria, ¿verdad?

Reí y me acerqué al joyero de Daphne.

–Estoy seguro que en ella nunca lucieron tan bien –dijo Beau, muy satisfecho, después de que me pusiera el collar y señalara que mi padre se lo había regalado a Daphne.

–Te equivocas, Beau. Era mala y cruel, pero también una mujer hermosa, una hechicera que cautivó el corazón de mi padre, y luego le atormentó.

–Y también a su hermano –me recordó Beau.

–Sí, a su hermano –dije, y evoqué al pobre tío Jean.

Era estupendo escapar de mis lúgubres pensamientos y pasar una agradable velada. Las personas más ricas y famosas de Nueva Orleans asistían al concierto de Louis. Mi corazón se llenó de alegría cuando vi su nombre iluminado y su foto en los carteles. Seguimos la caravana de limusinas hasta el teatro, donde chóferes y porteros se apresuraban a abrir las puertas para que salieran las mujeres con vestidos de diseño y los hombres con esmoquin. Cuando estuvimos bajo las brillantes luces tuve la sensación de que todas las miradas se clavaban en mí y espiaban mis movimientos, que todos escuchaban las palabras que yo pronunciaba. Al recordar lo que Beau había dicho acerca de la improbable asistencia de Gisselle a tal acontecimiento, intenté aparentar disgusto e incomodidad. Esto último no fue difícil, porque estaba nerviosa.

Todos cuantos se acercaron a nosotros preguntaron por el estado de Ruby. «Sigue igual», era la respuesta invariable de Beau. Aparentaban compadecerse y luego pasaban a hablar de otras cosas. La mayoría de los asistentes tenían abono de temporada y seguían todos los conciertos. Me sorprendí al descubrir que mucha gente conocía la historia de Louis, que había compuesto música mientras estaba ciego, y que después, cuando recuperó la vista, había actuado por toda Europa.

Como ninguna amiga de Gisselle asistía al concierto, no tuve que preocuparme de la sorpresa que produciría en ellas el verme vestida de aquella manera. De todos modos respiré aliviada cuando nos sentamos y el público guardó silencio. El director de orquesta salió a recibir los aplausos, y luego apareció Louis, obsequiado con una gran ovación. Se sentó al piano y se hizo un silencio absoluto en la sala. La música empezó.

Mientras Louis tocaba cerré los ojos y recordé aquellas noches en la mansión de su abuela. Le vi sentado ante su piano, los ojos velados, pero resplandeciente el rostro mientras sus dedos danzaban sobre el teclado. Nos sentábamos juntos en el mismo taburete mientras tocaba, y él solía besarme. Después recordé el gran estallido de lágrimas y sentimientos en su habitación, cuando le contó por fin la horrible historia de sus padres, la obsesión de su madre por él y la ira de su padre.

Como el arco iris después de la tormenta, Louis se había alzado sobre aquel remolino de odios hasta convertirse en un pianista reconocido en el mundo entero. Mi corazón no sólo se henchía de alegría y ternura, sino de esperanza por Beau, por Pearl y por mí. Pensé que nuestra tempestad pronto amainaría y llegaría un desenlace tranquilo y dulce.

Después de los aplausos que habían rubricado su última interpretación, Louis se levantó y habló al público.

–La última obra que oirán, como señala el programa,

se titula *Concierto para Ruby*. Me la inspiró una maravillosa joven que pasó por mi vida brevemente y me enseñó a recobrar la esperanza. Podría decirse que me mostró la luz al final del túnel. Esta noche la toco para ella.

Sólo muy pocas personas del público sospechaban que la destinataria era yo.

Beau cogió mi mano, pero no dijo nada. Intenté contener las lágrimas, pero era una tarea imposible. Mis mejillas estaban bañadas cuando la música terminó. Reinaba el entusiasmo y todo el mundo se puso en pie para aplaudir. También Beau y yo lo hicimos. Louis dio las gracias varias veces y se marchó del escenario paladeando las mieles del éxito.

—Tengo que ir a su camerino y felicitarle —dije.

—Por supuesto —contestó Beau.

El camerino de Louis estaba abarrotado de gente. No cesaban de abrirse botellas de champán. Pensé que no podría acercarme a él, pero me vio y pidió a la gente que se apartara para dejarnos pasar. Todas las miradas se clavaron en nosotros.

—Ha sido maravilloso, Louis —exclamé—. Me alegro de haber venido.

—Sí, espectacular —dijo Beau.

—Gracias. Me siento muy feliz por haber podido aportar un poco de alegría a sus vidas en este momento tan doloroso, señora Andreas.

Besó mi mano.

—Ojalá la hermana de Gisselle hubiera podido venir —se apresuró a decir Beau, en voz lo bastante alta para que todo el mundo le oyera. Mi corazón se detuvo en el silencio que siguió. La sonrisa de Louis se hizo más amplia.

—A pesar de todo —dijo— está presente. —Nos miramos un momento; se abrió otra botella de champán y luego, mientras Louis era acosado por sus admiradores, Beau y yo emprendimos una digna retirada.

Ya en el coche, incluso con la ventanilla bajada y mi cara expuesta a la brisa, no tenía bastante aire.

–Me alegro de que me convencieras para venir –dijo Beau–. Ha sido estupendo. Lo digo en serio. Cuando tocaba la música parecía poseer vida propia, y las melodías eran de una gran belleza.

–Sí, tiene un talento extraordinario.

–Deberías estar orgullosa de haberle ayudado a encontrar su camino.

–No sé hasta qué punto he influido.

–Sus miradas decían que habías influido de una forma decisiva. Pero no estoy celoso –añadió Beau con una sonrisa–. Pasaste por su vida como un ángel, le tocaste y seguiste adelante. Pero tú eres mi vida.

Me atrajo hacia sí y me dio un beso fugaz. Me acurruqué contra él y me sentí a salvo y feliz por primera vez desde que habíamos llegado a Nueva Orleans como marido y mujer. Aquella noche hicimos el amor con ternura y nos dormimos el uno en brazos del otro. Ni siquiera el sol que entraba por las ventanas nos despertó, y Beau había desconectado el teléfono del dormitorio para que no nos molestaran.

Fui la primera en oír los pasos de Aubrey y su suave llamada. Al principio pensé que estaba soñando. Después abrí los ojos y escuché. Beau gruñó cuando me moví.

–Lamento molestarla, madame, pero madame Pitot está al teléfono, y parece bastante perturbada. Insistió en que se pusiera al teléfono inmediatamente.

–Gracias, Aubrey.

Me acerqué a la mesilla de noche y conecté el teléfono, con las manos temblorosas.

–¿Qué pasa? –preguntó Beau, mientras se frotaba los ojos.

–Es Jeanne –dije, y levanté el auricular–. Hola, Jeanne.

–Ha muerto –dijo con voz de ultratumba–. Ha muerto esta madrugada. Paul estaba con ella, sosteniendo su mano.

–¿Qué…?

–Ruby ha muerto. Me dijeron que te llamara. Nadie más quiso hacerlo. Si te he despertado, lo siento. Ya puedes volver a dormir.

–¿Cuándo, Jeanne? ¿Cómo?

–¿Qué quieres decir? No ha sido algo inesperado, ¿no? Bonita forma tienes de ignorar las cosas desagradables, ¿verdad, Gisselle? Bien, la muerte no tolera la indiferencia, incluso la de los criollos de la alta sociedad de Nueva Orleans.

–¿Cómo está Paul? –pregunté, sin hacer caso de su hiriente sarcasmo.

–No se aparta de su lado. Ha seguido al cadáver hasta la sala de la funeraria. No quiere escuchar a mis padres. Sólo ha pronunciado una frase sensata, y porque sabía que te iba a llamar.

–¿Cuál?

–Me dijo que no trajeras a la niña al funeral. No quiere verla. Vamos, si es que asistes al funeral.

–Por supuesto que iré. Era mi hermana.

–Sí, era tu hermana –dijo Jeanne con sequedad–. Lo siento. Ya no puedo hablar más. Llama más tarde y pregunta a James los detalles del funeral.

Después de colgar me senté en la cama. Tenía la sensación de que toda la sangre se había retirado de mis miembros. Reprimí un sollozo.

Beau ya lo había adivinado, pero de todos modos hizo la pregunta.

–¿Qué ha pasado?

–Ha muerto esta madrugada.

Meneó la cabeza y exhaló un profundo suspiro. Sentí su mano sobre mi hombro. Los dos guardamos silencio un momento.

–Al menos ha terminado –dijo.

Me volví hacia él.

–Oh, Beau, es tan extraño.

–¿Qué?

–Piensan que soy yo quien ha muerto. No pude soportar la tristeza y la ira que reflejaba la voz de Jeanne.

–Sí, pero esto lo sella todo para siempre. Hemos derrotado al destino.

Sacudí la cabeza. Eran palabras que deberían hacerme feliz, pero llenaron mi corazón de temor. Ya había experimentado en otras ocasiones los aguijonazos inesperados del destino. No tenía la confianza de Beau, nunca la tendría.

Por la tarde hablé por teléfono con James. Estuvo muy educado, pero también frío. No se me ocurría nada más extraño que asistir a mi propio funeral. Cuando llegamos a Cypress Woods, descubrimos que la melancolía de la muerte había caído sobre la mansión y los terrenos circundantes. El cielo era plomizo, las nubes se extendían de una punta a otra del horizonte y robaban su color a las flores. Todo el mundo parecía abrumado por la tragedia. La gente susurraba, caminaba con parsimonia, se tocaba y abrazaba, como para defenderse de la pesadumbre. Quienes parecían más tristes eran los criados, con los ojos inyectados en sangre y los hombros hundidos.

Era difícil para mí, sino imposible, aceptar las expresiones de condolencia y simpatía. Era horrible engañar a personas sumidas en el dolor. Me alejé en cuanto pude. Una vez más la gente me atribuyó la indiferencia y el egoísmo de Gisselle.

Los padres de Paul, sus hermanas y el marido de Jeanne saludaban a los asistentes en la sala de estar. Gladys Tate clavó en mí una fría mirada cuando entré, y luego creí ver una sonrisa burlona en su boca de labios delgados al saludarla. Me hacía sentir tan incómoda que me alejé de la sala a la primera oportunidad que se me presentó.

Paul permaneció recluido. Supusimos que estaba bebiendo sin parar. Las únicas personas a las que veía eran sus familiares inmediatos, sobre todo su madre. Incluso nos cerró la puerta a Beau y a mí. Toby, que subió a informarle de nuestra llegada, volvió para decirme que era demasiado doloroso para él verme, debido a mi parecido con Ruby. Beau y yo nos miramos sorprendidos.

—Está exagerando —susurró Beau.

Yo estaba muy preocupada, y decidí subir a su habitación. Llamé a la puerta y esperé, pero no contestó. Moví el tirador, pero la puerta estaba cerrada con llave.

—Paul, soy yo. Abre. Hemos de hablar. Por favor. —Beau retrocedió para asegurarse de que nadie escuchaba mis súplicas.

—Es inútil —dijo—. Ya le veremos más tarde.

Pero no le vi hasta la hora del servicio religioso. La desesperación había borrado el color de su cara, a tal punto que parecía una mascarilla mortuoria. Me miró con ojos extraviados. Se movía como alguien en trance. Apreté la mano de Beau y le dirigí una mirada de preocupación. Intentó hablar con él, pero Paul no le reconoció; apenas reconocía a sus padres. Como estaba rodeado de gente sin cesar me resultaba difícil acercarme a él.

La iglesia estaba hasta los topes, y no sólo de conocidos de los Tate, sino de gente que conocía y recordaba a mi abuela Catherine. Mi corazón casi estalló cuando vi sus caras. Beau y yo estábamos sentados detrás de Paul y su familia, y escuchábamos las palabras del sacerdote. Cada vez que oía mi nombre, me encogía y miraba en derredor. Todos estaban muy conmovidos. Las hermanas de Paul lloraban sin disimulos, pero Paul parecía un zombi, con el cuerpo rígido y los ojos vacuos, que me daban escalofríos. ¿Quién en su sano juicio le miraría y no creería que era Ruby la que estaba en el ataúd? Sentí náuseas.

Veo alrededor a la gente que llora, escucho a un sacerdote que habla de mí y contemplo un ataúd que contiene mi cuerpo, pensé. Era de lo más siniestro. Estaba a punto de desmayarme.

En el cementerio fue peor. Mi nombre y mi identidad iban a ser enterrados. Pensé que aquélla era mi última oportunidad de gritar: «No, no es Ruby la que está en el ataúd. Es Gisselle. Yo estoy aquí. ¡No estoy muerta!»

Por un momento temí haber llegado a hablar, pero las palabras murieron en mis labios. Comprendí que había llegado el momento de enterrar la verdad.

Empezó a caer una lluvia inesperadamente fría. Los paraguas se abrieron. Dio la impresión de que Paul no se daba cuenta. Su padre y James, el marido de Jeanne, tuvieron que sostenerle para que no se cayera. Cuando bajaron el ataúd y el sacerdote asperjó el agua bendita, las piernas de Paul se doblaron. Tuvieron que llevarle en volandas hasta la limusina. Su madre me dirigió una mirada de reproche y le siguió a toda prisa.

—Le van a dar el Oscar por esto —dijo Beau, y meneó la cabeza.

A juzgar por su expresión estaba tan asustado como yo por el comportamiento de Paul.

—Tienes razón —me susurró mientras volvíamos hacia el coche—. Estaba tan perturbado por haberte perdido que se volvió un poco loco y se refugió en la ilusión. La única forma de poder aceptar el hecho de que le hubieras dejado era creer que eras tú quien estaba enferma, y ahora muerta —teorizó Beau.

—Lo sé, Beau. Estoy muy preocupada.

—Tal vez ahora vuelva a la realidad.

Regresamos a Cypress Woods, más que nada para ver cómo seguía Paul. El médico subió a examinarle, y cuando bajó nos dijo que le había administrado un sedante.

—Llevará tiempo —dijo—. Por desgracia no tenemos fármacos ni tratamientos para curar la pena.

Apretó la mano de Gladys entre las suyas, la besó en la mejilla y se marchó. Ella me miró de una forma muy extraña. Después subió.

Toby y Jeanne se alejaron a un rincón para consolarse mutuamente. La gente empezaba a marcharse, ansiosa por dejar atrás aquella tristeza. La madre de Paul se quedó con él, de modo que yo no habría podido verle ni aunque hubiera querido. Octavious bajó para hablar con nosotros. Se dirigió a Beau, como si fuera incapaz de mirarme.

—Gladys está tan mal como Paul —murmuró—. Siempre que él estaba enfermo, hasta de niño, ella enfermaba. Si era desdichado, ella también. Esto es horroroso, horroroso. —Meneó la cabeza y se alejó.

—Deberíamos irnos —dijo Beau—. Dale uno o dos días y luego llama. Después de que se recupere le invitaremos a Nueva Orleans y lo solucionaremos todo de una manera sensata.

Asentí. Quería despedirme de Jeanne y Toby, pero eran como dos almejas que hubieran cerrado su concha. No querían mirar ni hablar a nadie. Me detuve en la puerta. James la había abierto y esperaba impaciente, pero yo quería echar un vistazo a la mansión antes de irme. Aquello era el final de muchas cosas. Pero no fue hasta la tarde del día siguiente que descubrí de cuántas.

15

ADIÓS A MI PRIMER AMOR

A la noche siguiente, cuando Beau y yo íbamos a
sentarnos para cenar, Aubrey apareció en la puerta del
comedor, con la cara pálida, para informarme de que
tenía una llamada telefónica. Desde que habíamos
vuelto de Cypress Woods, tanto Beau como yo nos
habíamos comportado como dos sonámbulos, sin comer casi nada, sin hacer casi nada, hablando en susurros. Las nubes oscuras que se cernían sobre el pantano nos habían seguido hasta Nueva Orleans, y ahora
colgaban sobre nosotros como un techo opresivo y
llenaban nuestra almas de sombras. Había llovido durante todo el trayecto desde Cypress Woods. Me quedé dormida, hipnotizada por los limpiaparabrisas, y
desperté con un frío que las mantas no pudieron ale-
jar de mis huesos.

—¿Quién es? –pregunté.

No estaba de humor para hablar con ninguna amiga de Gisselle, pues suponía que se habían enterado de
mi muerte y querían intercambiar chismes. Había dado
órdenes a Aubrey de decirles que estaba ilocalizable.

—La señora no lo ha dicho, madame. Habla con un
susurro ronco y es muy insistente –explicó.

Por la forma en que elegía las palabras y apartaba la vista, comprendí que la mujer, fuera quien fuese, le había hablado con rudeza. Se trataba sin duda de una de las insolentes amigas de Gisselle, que no aceptarían un no como respuesta de un criado.

–¿Quieres que me ponga yo? –preguntó Beau.

–No, ya lo hago yo. Gracias, Aubrey. Lo siento –añadí, para consolarle por el rato desagradable que seguramente había pasado.

Entré en el estudio y cogí el auricular. Mi corazón se había acelerado y tenía la cara roja de rabia.

–¿Quién es? –pregunté. Por un momento, no hubo respuesta–. ¿Hola?

–Se ha ido –contestó una voz áspera–. Se ha marchado, no podemos encontrarle y todo por tu culpa.

–¿Quién…? ¿Quién es usted? ¿Quién se ha ido? –pregunté, a la velocidad de una ametralladora. La voz me había provocado un escalofrío.

–Se ha ido a los canales. Anoche. No ha vuelto y nadie ha podido encontrarle. Mi Paul –sollozó, y comprendí que era Gladys Tate.

–Paul… ¿fue a los canales anoche?

–Sí, sí, sí –exclamó–. Tú eres la culpable de todo.

–Señora Tate…

–¡Basta! –chilló–. Deja de fingir. –Bajó de nuevo la voz–. Sé quién eres en realidad y sé lo que tú y tu… amante hicisteis. Sé que rompisteis el corazón de mi pobre Paul, lo destrozaste hasta que ya no pudo sentir nada. Sé que le obligaste a fingir y participar en este horrible engaño.

Experimenté la sensación de haberme hundido hasta las rodillas en agua helada. Por un momento no pude hablar. Mi garganta se cerró y todas las palabras se acumularon en mi pecho.

–Usted no lo entiende –dije por fin con voz quebrada.

–Oh, ya lo creo que lo entiendo –respondió con arrogancia–. Mi hijo confiaba en mí más de lo que supones. Nunca hubo secretos entre nosotros, nunca. Sé cuándo fue por primera vez a verte a ti y a tu abuela. Sé lo que pensaba de ti, cómo se enamoró de ti. Sé lo triste y atormentado que quedó cuando te marchaste para ir a vivir con tus padres criollos de la clase alta de Nueva Orleans, y lo contento que se puso cuando volviste.

»Pero yo le avisé. Le avisé de que le romperías el corazón. Lo intenté. Hice lo que pude –sollozó–. Tú le embrujaste. Tal como te dije aquel día, tú y la bruja de tu madre arrojasteis un conjuro sobre mi marido y después sobre mi hijo, mi Paul. Se ha ido, se ha ido –repitió, con voz temblorosa, dando rienda suelta a su odio.

–Gladys, lamento lo de Paul. Yo... Iremos ahora mismo y la ayudaremos a encontrarle.

–Ayudarme a encontrarle. –Lanzó una carcajada aterradora–. Preferiría pedir ayuda al diablo. Sólo quiero informarte de que sé por qué mi hijo tiene el corazón tan destrozado. No me resignaré a verle sufrir sin que tú sufras el doble.

–Pero...

La comunicación se cortó. Seguí sentada, con el corazón martilleando en mis oídos. La habitación giró a mi alrededor. Cerré los ojos y emití un gemido. El teléfono resbaló de mi mano y cayó al suelo. Beau me sujetó cuando estaba a punto de desplomarme.

–¿Qué pasa? ¡Ruby! –Se volvió y gritó a Sally–: Deprisa, tráeme un paño húmedo. –Me rodeó con el brazo y se arrodilló. Abrí los ojos–. ¿Qué ha pasado? ¿Quién te llamó, Ruby?

–Era Gladys, la madre de Paul.

–¿Qué dijo?

–Dijo que Paul ha desaparecido. Anoche se fue a los pantanos y aún no ha vuelto. Oh, Beau –gemí.

Sally acudió corriendo con el paño. Beau lo colocó sobre mi frente.

—Relájate. Se pondrá bien, Sally. *Merci.*

Respiré hondo varias veces y noté que la sangre regresaba a mis mejillas.

—¿Paul ha desaparecido?

—Sí, Beau; pero dijo más cosas. Dijo que sabía lo nuestro, sabía lo que habíamos hecho. Paul se lo contó todo. Ahora que lo pienso, su forma de mirarme en el funeral… —Me incorporé–. Nunca le gusté, Beau. Me ha amenazado.

—¿Qué? ¿Amenazado? ¿Cómo?

—Dijo que sufriría el doble que Paul.

Beau meneó la cabeza.

—Debe de estar histérica. Paul los lleva locos a todos.

—Fue a los pantanos, Beau, y no ha vuelto. Quiero ir allí y ayudar a encontrarle. Hemos de hacerlo, Beau.

—No sé qué podemos hacer. Todos sus empleados estarán buscando.

—Beau, por favor. Si le pasara algo…

—De acuerdo. Vamos a cambiarnos de ropa. Tenías razón –dijo con cierta amargura en la voz–, no tendríamos que haberle implicado. Cogí la oportunidad al vuelo para que todo nos resultara más fácil, pero tendría que haberlo meditado más.

Mis piernas temblaban, pero le seguí escaleras arriba para cambiarme de ropa y decirle a la señora Ferrier que tal vez no volviéramos hasta muy tarde, o incluso al día siguiente. Subimos al coche y efectuamos el recorrido en un tiempo desusadamente corto.

Había docenas de coches y camionetas junto al camino particular de Cypress Woods. Cuando subíamos hacia la casa miré en dirección al muelle y vi las antorchas de los hombres que iban en busca de piraguas y motoras.

En la casa las hermanas de Paul estaban sentadas en el estudio. Toby parecía tan fría como una estatua y Jeanne retorcía un pañuelo de seda y apretaba los dientes. Las dos me miraron sorprendidas cuando entré.

–¿Qué haces aquí? –preguntó Toby. A juzgar por la expresión de sus caras y su asombro supuse que Gladys Tate no había contado la verdad a sus hijas. Aún creían que yo era Gisselle.

–Nos hemos enterado de lo de Paul y hemos venido a ayudar –se apresuró a contestar Beau.

–Podríamos bajar y unirnos al grupo que irá en su búsqueda –dijo Toby.

–¿Dónde está vuestra madre? –pregunté.

–Arriba, tendida en la habitación de Paul –dijo Jeanne–. El médico estuvo aquí, pero ella se niega a tomar nada. No quiere estar dormida si…, cuando… –Sus labios temblaron y las lágrimas se agolparon en sus ojos.

–Serénate –le reprendió Toby–. Mamá necesita que seamos fuertes.

–¿Cómo saben que fue a los pantanos? Quizá está en algún bar –dijo Beau.

–En primer lugar, mi hermano no iría a un bar al día siguiente de enterrar a su mujer, y además algunos trabajadores le vieron caminar en dirección al muelle –replicó Toby.

–Con una botella de whisky en la mano –añadió Jeanne con tono sombrío.

Hubo un silencio de muerte.

–Estoy seguro de que le encontraremos –dijo por fin Beau.

Toby se volvió hacia él lentamente y le dirigió una mirada gélida.

–¿Alguno de vosotros ha estado alguna vez en los pantanos? ¿Tenéis idea de lo que es? Te desvías y de repente te encuentras flotando entre lianas y ramas de cipreses, y pronto olvidas cómo llegaste hasta allí y

no tienes ni idea de cómo salir. Es un laberinto plaga-
do de serpientes venenosas, cocodrilos y tortugas, por
no hablar de los insectos y las sabandijas.

—No hay para tanto —dije.

—No, claro. Bien, ve allí con tu marido y únete al
grupo —replicó Toby, con una amargura que me hizo
estremecer.

—Tengo la intención de hacerlo. Vámonos, Beau.

Di media vuelta y salí. Beau iba a mi lado, sin el
menor entusiasmo.

—¿Crees que debemos internarnos en esos pantanos,
Ruby? Si toda esa gente que vive allí es incapaz de encontrarle...

—Yo le encontraré —dije con firmeza—. Sé dónde hay
que buscar.

James, el marido de Jeanne, estaba en el muelle
cuando llegamos. Meneó la cabeza y alzó los brazos en
señal de frustración.

—Es imposible —dijo—. Si Paul no quiere que le en-
contremos, no le encontraremos. Conoce esos pantanos
mejor que la palma de su mano. Creció en ellos. Aban-
donamos por esta noche.

—No, nosotros no —repliqué con sequedad.

Me miró sorprendido.

—¿Nosotros?

—¿Ésa es tu barca? —pregunté, y moví la cabeza en
dirección a un bote con un pequeño motor fueraborda.

—Sí, pero...

—Llévanos a los pantanos, por favor.

—Acabo de regresar, y os aseguro...

—Sé lo que hago, James. Si no quieres acompañar-
nos, préstanos tu barca —insistí.

—¿Vosotros dos? ¿En los pantanos? —Sonrió, suspiró
y meneó la cabeza—. De acuerdo. Lo intentaré una vez
más. Vamos.

Beau, que parecía muy incómodo, subió al bote

detrás de mí. Cuando James nos daba unas antorchas vimos llegar a Octavious con un grupo. Llevaba la cabeza gacha.

—El padre de Paul se lo está tomando muy a pecho —se lamentó James.

—Pon en marcha el motor, por favor —dije—. Por favor...

—¿Qué esperáis hacer que toda esa gente, acostumbrada a cazar y pescar en los pantanos, no haya hecho?

—Creo que sé dónde puede estar —dije—. Ruby me habló una vez de un escondite que ella y Paul compartían. También me lo describió, por eso estoy segura de poder encontrarlo.

James movió la cabeza con escepticismo, pero puso en marcha el motor.

—De acuerdo, pero me temo que estamos perdiendo el tiempo. Deberíamos esperar a que se hiciera de día.

Nos dirigimos hacia el canal. Los pantanos podían ser aterradores de noche, incluso para los hombres que vivían y trabajaban en ellos. No había suficiente luna para proporcionar iluminación, y el musgo parecía espesarse y ennegrecerse hasta formar muros y bloquear los canales. Las retorcidas ramas de los cipreses parecían viejas brujas nudosas, y el agua oscura ocultaba raíces de árboles, troncos y, por supuesto, caimanes. Nuestro movimiento y las antorchas mantenían alejados a los mosquitos. Beau parecía muy inquieto, incluso asustado. Casi saltó del bote cuando un búho ululó cerca.

—Ve a la derecha, James, y luego gira a la izquierda.

—No puedo creer que Ruby te diera unas instrucciones tan explícitas.

—Le gustaba este sitio porque Paul y ella pasaban mucho tiempo en él. Es como otro mundo, decía.

James siguió mis instrucciones. Las antorchas de los demás rastreadores quedaron atrás. Un manto de oscuridad cayó sobre ellos. Pronto dejaríamos de oír sus voces.

—Más despacio, James —dije—. He de encontrar un lugar, y no es fácil de noche.

—Sobre todo cuando nunca has estado —comentó James—. Esto es inútil. Si esperamos a la mañana…

—Allí —señalé—. ¿Ves ese ciprés que se dobla como una anciana para coger un trébol de cuatro hojas?

—¿Una anciana? ¿Un trébol de cuatro hojas?

—Esto es lo que Paul siempre decía a Ruby. —Ni James ni Beau pudieron ver mi sonrisa—. Gira a la derecha bajo la rama más baja.

—Puede que no pasemos por debajo.

—Si nos agachamos, sí —dije—. Despacio.

—¿Estás segura? Nos quedaremos varados en una roca, en un montículo de raíces o…

—Estoy segura. Hazlo, por favor.

Desvió el bote a regañadientes. Agachamos la cabeza y pasamos bajo la rama.

—Que me aspen —dijo James—. Ahora ¿qué?

—¿Ves aquel espeso muro de musgo que llega al agua?

—Sí.

—Atraviésalo. Es la puerta secreta.

—La puerta secreta. Maldita sea. Nadie lo sabía.

—Por eso dije que parecía otro mundo. Ya puedes cerrar el motor.

Lo hizo y contuve el aliento cuando el bote atravesó el musgo, que se apartó como una cortina para permitirnos la entrada a un pequeño estanque. Levanté mi antorcha y Beau me imitó.

—Rema en círculos lentamente —dije.

Nuestras antorchas iluminaron el estanque. Serpientes o tortugas se movían bajo la superficie y provocaban ondulaciones. Vimos los peces de agua dulce que se alimentaban de mosquitos. Un caimán levantó la cabeza y sus dientes centellearon antes de hundirse. Oí que Beau tragaba saliva. A la derecha chilló un halcón. En la orilla del estanque media docena de nutrias buscaron refugio.

—Espera, ¿qué es eso? —preguntó James.

Se levantó y extendió su remo para acercar una botella que flotaba. La sacó del agua. Era una botella de ron vacía.

—Ha estado aquí —dijo James, y miró alrededor—. ¡Paul! —chilló.

—¡Paul! —gritó Beau.

Por un momento fui incapaz de formar su nombre en mis labios. Después yo también grité.

—Paul, por favor, si estás aquí, contéstanos.

Sólo se oía el ruido de los animales. Hacia la derecha un ciervo se abría paso entre los arbustos. El terror invadió mi corazón y cegó mis ojos.

—Sigue remando en círculos, James —dije, y volví a sentarme, pero alcé mi antorcha hacia la derecha mientras Beau levantaba la suya hacia la izquierda. El agua lamía el bote. Apenas soplaba la brisa y los mosquitos intentaban acercarse a nosotros. De pronto divisamos el fondo redondo de una piragua. Al principio nos pareció un caimán, pero a medida que nos acercábamos quedó claro que era la piragua de Paul. Nadie habló. James la tocó con su remo.

—Es la suya —dijo—. ¡Paul!

—¡Allí! —exclamó Beau, y se inclinó hacia adelante con su antorcha.

James desvió el bote en la dirección que James señalaba, y yo también acerqué la antorcha. Paul yacía sobre una roca cabeza abajo, con el pelo enmarañado y embarrado. Daba la impresión de que se hubiera izado a la roca para después desplomarse. James hizo girar el bote para que Beau y él pudieran coger a Paul. Yo avancé hacia él, pero Beau me detuvo con brusquedad.

—¡No! —ordenó. Me cogió por los codos y me obligó a sentarme–. No es un bonito espectáculo, y está muerto.

Me apreté la cara con las dos manos y grité.

Mi chillido llegó a los rincones más oscuros del pantano y los animales huyeron. Despertó ecos en las aguas y por fin fue detenido por el muro de oscuridad que nos espera a todos.

El médico dijo que los pulmones de Paul estaban llenos de agua, y que no tenía idea de cómo había logrado izarse hasta la roca. Allí exhaló su último suspiro. Milagrosamente, ningún caimán le atacó, pero la muerte por asfixia le había deformado y Beau hizo bien al impedirme que mirara.

Otra nube de dolor se había abatido sobre Cypress Woods. Los criados que tanto lloraran mi supuesta muerte descubrieron que no habían agotado su caudal de lágrimas. Las hermanas de Paul, sobre todo Toby, habían temido el fatal desenlace, pero de todas formas estaban destrozadas y se refugiaron con James en la intimidad de su estudio, mientras Octavious subía para estar con Gladys. Me sentía tan débil que el viento habría podido arrebatarme. Beau apretaba mi mano y me rodeaba la espalda con el brazo. Me acurruqué contra él cuando vi que traían el cuerpo de Paul desde el muelle. Beau quiso que volviéramos de inmediato a Nueva Orleans. Insistió y no tuve fuerzas para oponerme. Dejé que me condujera hasta el coche y me derrumbé sobre el asiento. Me había quedado sin lágrimas.

Cuando cerraba los ojos veía a Paul, de joven, mirándome con ojos brillantes. Nuestras voces delataban entusiasmo. El mundo se nos antojaba inocente y fabuloso. Los colores, las formas y los aromas eran más intensos. Cuando estábamos juntos creíamos ser la primera pareja dedicada a explorar cosas inimaginables para los demás. Nada parecía imposible, y no podíamos sospechar que un hado malicioso estaba jugando con nosotros y nos conducía por el sendero que desembocaría en la tragedia.

No volví a abrir los ojos hasta que llegamos a casa. Beau me ayudó a salir del coche, pero mis piernas no me sostenían. Me llevó en brazos hasta nuestra habitación, me depositó en la cama y allí me quedé, aovillada e inconsciente.

Cuando desperté, Beau ya estaba vestido. Me volví, pero me dolían tanto los huesos que apenas pude extender las piernas y levantarme. Sentía mi cabeza como si se hubiera transformado en piedra.

—Estoy muy cansada —dije—. Muy débil.

—Quédate en la cama hoy. Diré a Sally que te suba el desayuno. He de ir a la oficina, pero volveré lo antes posible.

—Beau —gemí—, ha sido por mi culpa. Gladys Tate tiene motivos para odiarme.

—No ha sido por tu culpa. No faltaste a ninguna promesa, y todo lo que hizo Paul fue voluntariamente, a sabiendas de las consecuencias. No tendría que haberle dejado implicarse tanto. Tendría que haberte obligado a romper con él de una vez por todas, para hacerle comprender que debía continuar su vida y no soñar con cosas imposibles.

»Ruby, tú y yo estábamos destinados el uno al otro. Es imposible amarse tanto sin que sea así. Ésta es la fe a la que te debes aferrar cuando llores a Paul. Si nos fallamos mutuamente, todo lo que él hizo habrá sido en vano.

»En el fondo debió darse cuenta de que tu lugar estaba a mi lado. Quizá no pudo afrontarlo al final, pero comprendió su necesidad.

»Hemos de aferrarnos a lo que tenemos. Te quiero.
—Me besó en los labios. Apoyó la cabeza sobre mis se-

nos y la retuve allí un largo momento. Luego se irguió
y sonrió–. Te enviaré a Sally y le diré a la señora Ferrier
que más tarde traiga a Pearl. ¿De acuerdo?

–Sí, Beau. Lo que tú digas. Ya no puedo pensar.

–Eso está bien. Yo pensaré por los dos.

Me lanzó un beso y se fue.

Miré por la ventana. El cielo estaba cubierto, pero
las nubes parecían delgadas y ligeras. Saldría el sol y
sería un día caluroso. Después de desayunar tomaría un
baño y me recobraría. La perspectiva de asistir al funeral de Paul se me antojaba insufrible. No me imaginaba capaz de reunir fuerzas, pero estaba lejos de sospechar que aquél iba a ser el menor de mis problemas.

Ya avanzada la mañana, después de desayunar y
bañarme, me cepillé el pelo y me vestí. La señora Ferrier
trajo a Pearl, y la dejé jugar con mis peines y cepillos.
Se sentó a mi lado e imitó todos mis movimientos. El
cabello le llegaba a los hombros y adoptaba un tono
más dorado cada día que pasaba. Sus ojos azules estaban llenos de curiosidad. En cuanto aprendía qué era
una cosa, preguntaba por otra. Su vivacidad aportó un
poco de alegría y alivio a mi corazón. Estaba decidida
a consagrarme a ella para que su vida fuera más feliz que
la mía. La protegería y guiaría para que evitara las tram-
pas y senderos traicioneros que yo había tomado. Me
había dado cuenta de que nuestra esperanza residía en
los hijos. Eran el único antídoto contra la pena.

Beau llamó para avisar que llegaría a casa al cabo de
poco rato. La señora Ferrier sacó a Pearl al jardín y yo
decidí bajar para comer con Beau en el patio en cuanto
regresara. Acababa de bajar la escalera cuando el teléfono sonó. Aubrey anunció que era Toby Tate, y me pre-
cipité a ponerme.

–Toby –exclamé–. Lamento haberme marchado tan
deprisa, pero…

–Nadie se preocupó por eso –replicó con frialdad–.

No llamo para quejarme de tu comportamiento. La verdad, no creo que a ninguno de nosotros nos importe. –El tono grave de su voz aceleró mi corazón–. De hecho, mi madre me ha pedido que te llamara para decirte que prefiere no verte en el funeral.

–¿Que prefiere no verme? Pero...

–Vamos a enviar un coche con una niñera que hemos contratado para que recoja a Pearl y la traiga a casa –añadió con firmeza.

–¿Qué...?

–Mi madre dice que la hija de Paul y Ruby ha de estar con sus abuelos, y no con la egoísta de su tía, de manera que tus obligaciones han terminado. Puedes volver a tu vida de placeres sin preocuparte. Éstas han sido las palabras exactas de mi madre. Que Pearl esté preparada a las tres en punto.

Yo no podía articular palabra. Una oleada de frío ascendió desde la base de mi espina dorsal hasta mi cabeza y atenazó mi cuello como los dedos de una bruja que procurara estrangularme.

–¿Lo has entendido? –preguntó Toby.

–Tú...

–¿Sí?

–No... podéis... llevaros a... Pearl –dije. Me esforcé por dilatar mis pulmones y aspirar un poco de aire–. Tu madre sabe que no es posible.

–¿Qué tonterías estás diciendo? Claro que podemos. ¿No crees que una abuela tiene más derechos sobre una nieta que una tía?

–¡No! –grité–. No dejaré que os llevéis a Pearl.

–Creo que poco tienes que decir al respecto, Gisselle. Espero que no acrecientes nuestro dolor. Si hay alguien que todavía no te desprecia, acabará haciéndolo.

–Tu madre sabe que no puede hacer esto. Lo sabe. Díselo. ¡Díselo! –chillé.

–Bien, le repetiré lo que has dicho, pero el coche llegará a las tres en punto. Adiós –dijo Toby, y la comunicación se cortó.

–¡No! –chillé.

Telefoneé a Beau.

–Voy a casa ahora mismo –dijo, después de que yo le contara entre sollozos lo que Gladys Tate me exigía.

–A esto se refería cuando dijo que yo sufriría el doble que Paul. Es su forma de vengarse.

–Mantén la calma. Ahora mismo voy.

Colgué, pero no logré calmarme. Entré en el estudio y paseé de un lado a otro, mientras repasaba las posibilidades. Cuando por fin llegó Beau pensé que habían transcurrido horas, aunque sólo había tardado unos minutos. Entró a toda prisa en el estudio, me abrazó y nos sentamos. No podía dejar de temblar. Mis dientes castañeteaban.

–Todo saldrá bien –me dijo Beau–. Se está echando un farol. Intenta angustiarte porque ella está muy triste. Se dará cuenta de lo que hace y lo olvidará.

–Pero, Beau… todo el mundo piensa que soy Gisselle. ¡Han enterrado a Ruby!

–Todo saldrá bien –repitió él, pero no con tanta seguridad como antes.

–Nacimos en una cabaña de los pantanos, no en un hospital de Nueva Orleans, donde toman las huellas dactilares de los bebés para identificarlos con facilidad después. Paul era mi marido y proclamó a los cuatro vientos que yo estaba enferma y moribunda. Asistió a mi funeral y luego murió, o se suicidó. –Estrujé las manos de Beau entre las mías y le miré fijamente–. Tú mismo dijiste que había fingido muy bien ser Gisselle, y todo el mundo cree que lo soy. ¡Incluso tus padres!

–Si lo que está en juego es Pearl, diremos la verdad a las autoridades, te lo prometo. Nadie nos arrebatará a nuestra hija. Nadie.

Apretó mis manos y la determinación se transparentó en su cara. Mi corazón se calmó.

—Toby dijo que llegaría un coche a las tres con una niñera.

—Yo me ocuparé de ello. No te acerques a la puerta principal.

Asentí.

—¡Pearl! —exclamé de repente—. ¿Dónde está?

—Tranquila. ¿Dónde podría estar, sino con la señora Ferrier? No la asustes, Ruby.

—Sí, tienes razón. No debo asustar a la niña, pero quiero que esté arriba cuando lleguen.

—De acuerdo, pero mantén la calma.

—Sí.

Respiré hondo y salí en busca de la señora Ferrier. Le ordené, sin entrar en detalles, que llevara a la niña a la casa y la retuviera en su habitación. Después me reuní con Beau en el comedor, pero no pude comer nada. Apenas fui capaz de beber un poco de agua. Pasadas las dos Beau me pidió que subiera y me quedara con la señora Ferrier y Pearl. Estaba muerta de miedo, pero mantuve la compostura y me ocupé de Pearl.

Poco antes de las tres oí sonar el timbre de la puerta y el corazón saltó en mi pecho. Salí al rellano y escuché. Beau ya había dicho a Aubrey que él abriría la puerta. Yo no quería que Beau supiera que estaba escuchando, de modo que me refugié en las sombras cuando miró hacia lo alto de la escalera, antes de abrir.

Un hombre trajeado y una niñera uniformada estaban esperando.

—¿Sí? —preguntó Beau, afectando displicencia.

—Me llamo Martin Bell —dijo el hombre—. Soy abogado y represento a los Tate. El señor y la señora Tate nos han enviado para recoger a su nieta.

—Su nieta no va a ir a ningún sitio —replicó Beau con firmeza—. Está donde debe estar, y aquí se quedará.

—¿Se niega a devolverles su nieta? —preguntó Martin Bell, atónito. Por lo visto le habían dicho que era una misión muy sencilla. Debía de pensar que iba a ganar dinero con suma facilidad.

—Me niego a entregarles a nuestra hija, en efecto —dijo Beau.

—Perdón. ¿Su hija? Esto es un poco confuso. —Martin Bell miró a la niñera, que parecía igual de perpleja—. ¿No es la niña la hija de Paul y Ruby Tate?

—No —contestó Beau—, y Gladys Tate lo sabe. Le ha hecho perder el tiempo, pero no tema por sus honorarios. Buenos días.

Beau cerró la puerta ante sus caras sorprendidas. Esperó unos momentos. Después se acercó a la ventana y miró al exterior para asegurarse de que se marchaban. Cuando se dio la vuelta, me vio en lo alto de la escalera.

—¿Has estado ahí todo el rato? —preguntó.

—Sí, Beau.

—Por lo tanto me has oído. Dije la verdad y les he echado. Cuando Gladys se entere dará marcha atrás y nos dejará en paz. Tranquilízate. Todo ha terminado.

Asentí y le dediqué una sonrisa esperanzada. Beau subió la escalera y me abrazó. Después los dos fuimos a ver a Pearl. Estaba sentada en el suelo de la que en otro tiempo había sido mi habitación, y coloreaba animales en un libro titulado *Una visita al zoo*.

—Mira, mamá.

Señaló y gruñó como un tigre. La señora Ferrier rió.

—Imita a todos los animales —dijo—. Nunca había visto a una niña tan buena imitadora.

Beau rodeó mis hombros con sus brazos y yo me recliné contra él. Era mi roca, mi columna de acero. Poco a poco, a medida que el día transcurría, mi nerviosismo disminuía y mi estómago se estabilizaba. Estaba muerta de hambre cuando nos sentamos a cenar.

Aquella noche, en la cama, hablamos durante casi una hora antes de cerrar los ojos.

–Lamento no haber podido ir al funeral de Paul –dije.

–Lo sé, pero dadas las circunstancias es mejor que no hayamos ido. Gladys Tate habría creado una situación insoportable.

–Aun así, cuando haya pasado el tiempo necesario, me gustaría visitar la tumba, Beau.

–Por supuesto.

Seguimos hablando. Beau sugirió planes para el futuro.

–Podemos construir una casa nueva en unos terrenos que tenemos en las afueras de la ciudad –dijo.

–Tal vez sería conveniente.

Sus descripciones de nuestras posibilidades me llenaron de esperanza, y gracias a ello pude dormir.

Cuando me desperté por la mañana había recobrado parte de las fuerzas. Hice planes para volver a pintar y decidí comprar ropa nueva, que se adaptara más a mi personalidad. Ahora que había ahuyentado a todas las amigas de Gisselle y nos proponíamos empezar de cero, gozaba de libertad para volver a ser yo misma y despedirme de Gisselle. Aquellas perspectivas me fascinaban.

Sostuvimos una animada conversación durante el desayuno. Teníamos muchos planes. La abuela Catherine siempre decía que el mejor remedio para la pena era tener las manos ocupadas.

Después de desayunar Beau subió al cuarto de baño y yo fui a la cocina para hablar con la señora Swann acerca de la cena. Me senté a observar cómo preparaba el pollo a la Rochambeau.

Mientras hablaba, la señora Swann manipulaba platos y sartenes, por eso no oí el timbre de la puerta, y me quedé sorprendida cuando Aubrey apareció para decirme que habían llegado unos caballeros.

—Son policías —añadió.

—¿Qué? ¿Policías?

—Sí, madame.

El corazón me dio un vuelco.

—¿Dónde está Pearl? —me apresuré a preguntar.

—En el cuarto de jugar con la señora Ferrier, madame. Acaban de subir.

—¿Y el señor Andreas?

—Creo que sigue arriba, madame.

—Vaya a buscarle, por favor, Aubrey. Deprisa.

—Muy bien, madame.

La señora Swann me estaba mirando con curiosidad.

—¿Problemas? —preguntó.

—No lo sé, no lo sé —murmuré, y dejé que mis pies me condujeran poco a poco hasta la puerta. Beau apareció en la escalera cuando yo entré en el vestíbulo y vi al abogado Martin Bell y a otro hombre en la puerta.

—¿Qué significa esto? —gritó Beau, y bajó corriendo.

—¿Señor y señora Andreas? —preguntó el hombre que estaba junto a Martin Bell. Vi a la niñera del día anterior y a otro hombre detrás de ellos.

Beau llegó a la puerta antes que yo.

—¿Sí?

—Soy William Rogers, socio mayoritario de Rogers, Bell y Stanley. Como ya sabe por la visita anterior del señor Bell, representamos al señor y la señora Tate, de Terrebonne Parish. Obra en nuestro poder una orden judicial para devolver a la niña Pearl Tate a sus abuelos —dijo, y tendió a Beau un documento—. Está firmado por el juez y ha de ejecutarse.

—Beau… —dije. Me acalló con un ademán mientras leía.

—Esto no es cierto —indicó—. Madame Tate no es la abuela de la niña.

—Eso lo decidirá el tribunal, señor Andreas. Entretanto la orden judicial debe cumplirse. —Señaló el documento con un movimiento de la cabeza—. Tiene derecho a la custodia.

—Pero nosotros no somos sus tíos, somos sus padres —insistió Beau.

—El juez sostiene otra cosa. Los padres de la niña han fallecido y los abuelos, por lo tanto, son los tutores legales. Espero que no se produzca una escena desagradable, por el bien de la niña.

En cuanto dijo esto, el policía que estaba detrás se colocó a su lado. Beau les miró, y luego se volvió hacia mí.

—¡No! —chillé, y retrocedí—. No se la pueden llevar. ¡No pueden!

—Traen una orden judicial. Pero sólo será temporal —dijo Beau—. Voy a llamar a nuestros abogados ahora mismo. Tenemos a los mejores abogados de Nueva Orleans.

—Las actuaciones judiciales han de desarrollarse en Terrebonne Parish —dijo William Rogers—, la residencia legal de la niña; pero si ustedes tienen a los mejores abogados, ya lo sabrán —añadió el hombre, muy complacido por su sarcasmo.

—Beau... —dije con voz temblorosa. Se acercó a mí para abrazarme, pero yo retrocedí aún más—. No. No.

—Le aseguro, madame, que esta orden judicial se cumplirá. Si de veras quiere a esa niña será mejor que obedezca sin oponer resistencia.

—Ruby...

—¡Me lo prometiste, Beau! ¡No! —chillé. Le pegué en el pecho con mis puños. Me agarró las muñecas.

—La recuperaremos —dijo.

—No puedo —contesté, y sacudí la cabeza—. No puedo.

Mis piernas cedieron y Beau me sostuvo.

—Por favor —dijo, y se volvió hacia los abogados, el policía y la niñera—, concédannos diez minutos para preparar a la niña.

El señor Rogers asintió y Beau me llevó en sus brazos escalera arriba, mientras derramaba palabras de consuelo en mis oídos.

—Será muy desagradable si oponemos resistencia física —me aseguró—. En cuanto expliquemos quiénes somos, todo terminará. Ya lo verás.

—Pero, Beau, tú dijiste que esto no pasaría.

—¿Cómo iba a saber que era tan malvada? Debe de estar loca. ¿Con qué clase de hombre está casada que le permite hacer esto?

—Un hombre culpable —dije. Miré hacia la puerta del cuarto de jugar de Pearl—. Oh, Beau, quedará aterrorizada.

—Hasta que llegue a Cypress Woods. Conoce a todos los criados y todos...

—Pero no la llevan a Cypress Woods. La llevan con los Tate.

Beau suspiró y meneó la cabeza cuando comprendió el significado de mis palabras.

—Sería capaz de matarla —susurró—. Sería capaz de estrangularla con mis propias manos.

—Es que ya está muerta. Murió con Paul. Nos enfrentamos a una mujer que ha perdido todos sus sentimientos, excepto el deseo de venganza. Y mi hija ha de ir a vivir con ella.

—¿Quieres que me ocupe yo? —preguntó Beau, y movió la cabeza en dirección al cuarto de juegos.

—No, vayamos juntos, para tranquilizarla todo lo posible.

Entramos y explicamos a la señora Ferrier que la niña iba a casa de sus abuelos. Beau pensaba que era lo mejor, de momento. Pearl conocía a los Tate como sus abuelos, de modo que reprimí las lágrimas y sonriente le dije que iba a ver a sus abuelos, Gladys y Octavious.

—Una señora muy simpática te llevará con ellos.

Pearl me miró con curiosidad. Casi parecía darse

cuenta del engaño. No ofreció resistencia hasta que la bajamos y la depositamos en el asiento posterior de la limusina, junto a la niñera. Cuando me alejé de la puerta comprendió que yo no iba a ir y empezó a gritar. La niñera intentó consolarla.

–Vámonos –dijo el señor Rogers al chófer. Los dos abogados entraron en el coche y cerraron la puerta, pero aun así oí los chillidos de Pearl.

Cuando la limusina se alejaba la niña se soltó de la niñera y apretó su carita contra el cristal de la ventanilla trasera. Vi el miedo y el tormento que reflejaba su cara y leí mi nombre en sus labios. En cuanto el coche desapareció mis piernas cedieron y me desplomé, sin que Beau tuviera tiempo de impedir que me golpeara contra las baldosas y me sumiera en el consuelo de las tinieblas.

16

TODO ESTÁ PERDIDO

–Bien –dijo Polk, después de que Beau contara la historia–, es un asunto bastante complicado. Mucho –añadió, y movió la cabeza para subrayar su afirmación, de forma que sus mejillas y la doble papada se agitaron. Se reclinó en su enorme butaca de cuero negro y enlazó los dedos.

Beau estaba sentado a mi lado y me asía una mano; con la otra yo aferraba el brazo de caoba de la butaca como si temiera derrumbarme sobre la alfombra marrón oscuro de aquel despacho en la séptima planta del edificio. Los ventanales que había detrás del escritorio de Polk daban al río, con una amplia vista de los barcos que entraban y salían del puerto de Nueva Orleans.

Me mordí el labio inferior y contuve la respiración mientras el abogado meditaba. Estaba tan inmóvil que tuve miedo de que fuera a dormirse. En el despacho sólo se oía el tictac del diminuto reloj de péndulo que colgaba sobre un estante a nuestra izquierda.

–¿Dice que no existe partida de nacimiento? –preguntó por fin, y levantó los ojos. El resto de él, sus cien kilos de peso, permanecieron inmóviles en la butaca, con la chaqueta arrugada en los hombros. Llevaba una corbata marrón con pintas amarillas.

–No. Como ya he dicho, las gemelas nacieron en los pantanos, sin ayuda de médicos ni hospitales.

–Mi abuela era una *traiteur,* mejor que cualquier médico –dije.

–¿*Traiteur*?

–Una sanadora cajun –explicó Beau.

Polk asintió y desvió los ojos hacia mí un momento. Después se inclinó hacia adelante y enlazó las manos sobre la mesa.

–Exigiremos cuanto antes una audiencia de custodia. En esta situación se llevará a cabo como si fuera un juicio. Lo primero será encontrar una forma legal de que sea reconocida como Ruby. Una vez logrado esto, usted testificará que es el padre de la niña.

–Por supuesto. –Beau sonrió y apretó mi mano.

–Ahora enfrentémonos con los hechos. –Polk extendió la mano hacia una caja y extrajo un grueso habano–. Usted –me señaló con el cigarro– y su hermana gemela, Gisselle, eran tan parecidas que pudo llevar a cabo el cambio de identidades, ¿no es cierto?

–Hasta los hoyuelos de las mejillas –dijo Beau.

–¿Color de ojos, color del pelo, tez, altura, peso? –recitó el señor Polk. Beau y yo asentimos.

–Puede que hubiera unos kilos de diferencia entre ellas, pero nada que saltara a la vista –dijo Beau.

–¿Cicatrices? –preguntó el señor Polk, y enarcó las cejas esperanzado.

Negué con la cabeza.

–No tengo ninguna, y mi hermana tampoco las tenía, aunque sufrió un grave accidente de coche y estuvo impedida una temporada.

–¿Un accidente de coche grave? ¿Aquí, en Nueva Orleans?

–Sí.

—Entonces estuvo ingresada un tiempo en un hospital. Bien. Habrá un historial médico y muestras de su sangre. Quizá tengan un grupo sanguíneo diferente. En ese caso todo estaría solucionado. Un amigo mío –continuó, hablando con su encendedor– me dice que dentro de unos años, mediante el ADN, se podrá identificar al padre de un niño. Pero aún faltan algunos años.

—¡Entonces ya será demasiado tarde! –gemí.

El hombre asintió y encendió su puro. Se reclinó para enviar una nube de humo hacia el techo.

—Tal vez hicieron radiografías. ¿Se rompió algún hueso en el accidente?

—No –dije–. Sufrió contusiones y la conmoción afectó la espina dorsal, pero sanó y pudo caminar de nuevo.

—Humm –dijo Polk–. No sé si podría verse por rayos X. Tendríamos que someterla a algunas radiografías, y luego encontrar a un experto capaz de testificar que no hay indicios de un trauma.

Mi rostro se iluminó.

—Iré al hospital para hacerme las radiografías.

—Sí –dijo Beau.

Polk meneó la cabeza.

—Ellos también podrían encontrar a un experto, el cual afirmaría que los rayos X no captan daños residuales si el problema se curó. Investigaré el expediente en el hospital y pediré consejo a alguno de mis amigos médicos.

—Ruby tuvo un hijo. Gisselle no –intervino Beau–. Creo que un examen…

—¿Puede demostrar que Gisselle no tuvo hijos, sin la menor duda? –preguntó Polk.

—¿Perdón?

—Gisselle está muerta y enterrada. ¿Cómo vamos a examinarla? Habría que exhumar el cadáver. ¿Qué pasaría si Gisselle hubiera quedado embarazada y luego sufrido un aborto?

–Tiene razón, Beau. Yo no pondría la mano en el fuego –dije.

–Esto es muy extraño. Muy extraño –murmuró Polk–. Logró convencer a la gente de que era su hermana gemela, y lo hizo tan bien que todos sus conocidos la creyeron, ¿verdad?

–Por lo que sabemos, sí.

–¿Y la familia de Paul Tate creyó que habían enterrado a Ruby Tate?

–Sí –dije.

–¿Se expidió un certificado de defunción a su nombre?

–Sí –contesté, y tragué saliva. Los vívidos recuerdos del funeral volvieron a mí.

Polk sacudió la cabeza y meditó un momento.

–¿Y el médico que trató a Gisselle de la encefalitis? –preguntó–. Sabía que estaba tratando a Gisselle y no a Ruby, ¿verdad?

–Pero no podemos contar con él –dijo Beau–. Llegué a un acuerdo con él. En cualquier caso, sería su ruina, ¿no?, por haber participado en la conspiración.

–Sin duda. Colaboró en un fraude. ¿Podemos llamar a alguno de los criados?

–Bien…, tal como lo hicimos, el médico y yo…

–No sabían lo que pasaba, ¿verdad?

–Pero no serían unos testigos maravillosos. La pareja alemana no habla inglés demasiado bien, y mi cocinera no vio nada. La doncella es una mujer tímida, incapaz de jurar nada.

–Por ahí no vamos bien –dijo Polk–. Déjenme pensar. Peculiar, muy peculiar. ¡Registros dentales! –exclamó–. ¿Cómo están sus dientes?

–Perfectos. Nunca he tenido caries ni me han extraído una muela.

354

–¿Y Gisselle?

–Por lo que yo sé –dijo Beau–, igual. Gozaba de una salud excelente, pese al estilo de vida que llevaba.

–Buenos genes –comentó Polk–, pero ambas gozaron de las mismas ventajas genéticas.

¿No habría forma de determinar nuestras identidades a satisfacción del juez?, me pregunté frenéticamente.

–¿Qué me dice de nuestras firmas?

–Sí –dijo Beau–. Ruby siempre tuvo una caligrafía más bonita.

–Se puede recurrir a la caligrafía –dijo Polk con cierto tono nasal–, pero no es concluyente. Tendremos que depender de la opinión de expertos, y puede que ellos traigan a su propio experto para llegar hasta el fondo de una posible falsificación. Ha ocurrido en otras ocasiones. Además, la gente tiene tendencia a creer que los gemelos pueden imitarse mutuamente a la perfección. Me gustaría contar con algo más.

–¿Qué te parece Louis? –sugirió Beau–. Dijiste que te reconoció.

–¿Louis? –preguntó Polk.

–Louis es una persona a la que conocí cuando Gisselle y yo íbamos a un colegio de Baton Rouge. Es un músico que acaba de dar un concierto en Nueva Orleans.

–Entiendo.

–Cuando le conocí, era ciego. Pero ahora ve.

–¿Ciego? La verdad, señor –se volvió hacia Beau–, ¿quiere que haga subir al estrado de los testigos a un hombre que estuvo ciego?

–¡Pero él notó la diferencia! –exclamé.

–Tal vez a su satisfacción, pero ¿y a la del juez?

Otra decepción. Mi corazón daba saltos y lágrimas de frustración se agolpaban en mis ojos.

–Escuche –dijo Beau, y volvió a apretar mi mano–, ¿qué motivo podríamos tener para que Gisselle fingiera ser Ruby? Todo el mundo que conocía a Gisselle sabía lo egoísta que era. No querría conseguir la custodia de una niña y ser responsable de su educación.

Polk meditó un momento. Hizo girar su butaca y miró hacia la ventana.

–Haré el papel de abogado del diablo –declaró, sin dejar de mirar el río. Después se volvió con brusquedad y me apuntó con el puro–. ¿Ha dicho que su marido, Paul, heredó tierras ricas en petróleo?

–Sí.

–¿Y le construyó una mansión rodeada de hermosos parajes?

–Sí, pero…

–¿Y posee pozos de petróleo que le reportan enormes beneficios?

Tragué saliva con dificultad. Beau y yo intercambiamos una mirada.

–Pero, señor, estamos lejos de ser mendigos. Ruby heredó una pequeña cantidad, un negocio rentable y…

–Señor Andreas, tiene a mano la posibilidad de heredar una inmensa fortuna, que no cesará de crecer. No estamos hablando de una minucia.

–¿Y la niña? –preguntó Beau, desesperado–. Conoce a su madre.

–Es una niña, usted lo ha dicho. Ni se me ocurriría presentarla como testigo en un tribunal. Estoy seguro de que se aterrorizaría.

–No, no podemos hacer eso, Beau –intervine–. Jamás.

Polk se reclinó en su butaca.

–Déjenme que investigue en los registros del hospital, que hable con algunos médicos. Les comunicaré el resultado de mis pesquisas.

–¿Cuánto tiempo tardará?

–No se puede hacer de la noche a la mañana, señora –replicó el hombre con franqueza.

–Pero mi niña… Oh, Beau.

–¿Ha pensado en la posibilidad de ir a hablar con la
señora Tate? Tal vez ha sido un acto de rabia impulsiva,
y ya ha tenido tiempo de reflexionar –sugirió Polk–.
Simplificaría las cosas. –Se inclinó hacia adelante–. Sin
prejuzgar acerca de sus motivos, creo que usted podría
ofrecerle ciertos derechos sobre el petróleo…

–Sí –contesté, y la esperanza volvió a mi corazón.

Beau asintió.

–Podría volverla loca que Ruby heredara Cypress
Woods y su petróleo –dijo–. Tal vez deberíamos hablar
con ella, pero entretanto…

–Yo iniciaré mis investigaciones sobre el tema –concluyó Polk. Se levantó y dejó su cigarro en el cenicero
antes de estrechar la mano de Beau–. ¿Sabe el material
para chismes que los periódicos van a tener con esto?

–Lo sabemos. –Beau me miró–. Estamos preparados
para todo, siempre que recuperemos a Pearl.

–Muy bien. Buena suerte con la señora Tate –dijo
Polk, y nos marchamos.

–Me siento tan débil, Beau, tan débil y asustada
–musité cuando nos encaminábamos hacia nuestro
coche.

–No puedes presentarte ante esa mujer mientras sigas con ese estado de ánimo, Ruby. Vamos a comer algo
para que recuperes fuerzas. Hay que ser optimistas y
enérgicos. Apóyate en mí siempre que sea necesario.
Todo ha sido por mi culpa. La idea partió de mí.

–No puedes culparte a ti solo, Beau. Sé lo que hice
y quería hacerlo. Tendría que haberlo pensado dos veces antes de oponerme al destino.

Mientras el coche rodaba ensayé las cosas que deseaba decir. No tenía hambre cuando nos detuvimos a
comer, pero Beau insistió en que llenara mi estómago.

Guié a Beau hacia la residencia de los Tate. Era una de las casas más grandes de la zona de Houma, con tres plantas y columnas jónicas. Tenía catorce habitaciones y un enorme salón. Gladys Tate estaba orgullosa de la decoración de su hogar, y hasta que Paul construyó Cypress Woods, la mujer poseía la mejor mansión de la zona.

Cuando llegamos el cielo tenía un tono ceniciento y el aire estaba cargado de humedad. Reinaba el silencio, como el que debe existir en el ojo del huracán. Las hojas de los árboles colgaban fláccidas y los pájaros se habían refugiado en las frondas.

—Mantengamos la calma —me aconsejó Beau.

Asentí, pero tenía un nudo en la garganta. Subimos la escalinata y Beau golpeó con la aldaba. Experimenté la sensación de recibir el impacto en el pecho. Momentos después la puerta se abrió con fuerza, como si el viento la hubiera empujado. Toby se plantó ante nosotros. Iba vestida de negro, con el pelo recogido hacia atrás. Tenía el rostro pálido y desencajado.

—¿Qué quieres? —preguntó.

—Hemos venido para hablar con tus padres —dijo Beau.

—No están de humor para hablar con vosotros. Estamos en pleno duelo y venís a causarnos más problemas.

—Hay algunos terribles malentendidos que hemos de solucionar —insistió Beau—, por el bien de la niña, sobre todo.

Toby me miró. Algo en mi cara la turbó y relajó los hombros.

—¿Cómo está Pearl? —pregunté.

—Bien. Se encuentra bien. Ahora está con Jeanne.

—¿No está aquí?

—No, pero lo estará.

—Por favor —rogó Beau—. Hemos de hablar unos minutos con tus padres.

Toby reflexionó unos momentos, y luego nos dejó pasar.

—Voy a ver si quieren hablar con vosotros. Esperad en el estudio. —Se alejó por el pasillo en dirección a la escalera.

Beau y yo entramos en el estudio, pobremente iluminado por una lámpara en una esquina. Encendí una lámpara Tiffany colocada junto al canapé y me senté enseguida, porque mis piernas flaqueaban.

—Deja que empiece yo la conversación con Gladys —dijo Beau.

Esperamos. Pasó un rato. Dejé que mis ojos vagaran y mi mirada se detuvo bruscamente en el retrato de Paul que colgaba sobre la repisa de la chimenea. Lo había hecho yo tiempo atrás. Gladys Tate lo había colgado en lugar del retrato de ella con Octavious. Me dije que era un buen trabajo. Paul parecía lleno de vida, con los vivarachos ojos azules y la suave sonrisa que distendía su boca. Irradiaba una perversa satisfacción, desafiante, vengativo. No podía mirar el cuadro sin que mi corazón se acelerara.

Oímos pasos, y un momento después apareció Toby, sola. Mi corazón dio un vuelco. Gladys no iba a recibirnos.

—Mi madre bajará, pero mi padre no puede ver a nadie. Siéntate —le dijo a Beau—. Tardará un rato. En este momento no está para visitas —añadió con amargura.

Beau se sentó a mi lado, obediente. Toby nos miró un momento.

—¿Por qué sois tan obstinados? Mi madre necesita a la niña a su lado más que nunca. Sois muy crueles al obligarnos a acudir a los tribunales. —Se volvió hacia Beau—. Cabía esperar algo así de ella, pero pensaba que tú eras más compasivo, más maduro.

—Toby —dije—, no soy quien piensas que soy.

Lanzó una risita despectiva.

–Sé exactamente quién eres. ¿O crees que en esta casa hay gente como tú, egoísta y presuntuosa, que no se preocupa por nadie?

–Pero...

Beau apoyó la mano sobre mi brazo. Vi que me imploraba silencio con la mirada. Me tragué las palabras y cerré los ojos. Toby dio media vuelta y se marchó.

–Ya lo comprenderá –susurró Beau.

Diez minutos más tarde oímos los tacones de Gladys Tate resonar en la escalera; cada paso era un disparo contra mi corazón. Nuestras miradas se clavaron en la puerta hasta que apareció, alta y tétrica en su vestido negro, el cabello tan echado hacia atrás como el de Toby. Tenía los labios exangües, las mejillas pálidas, pero sus ojos eran brillantes y febriles.

–¿Qué quieres? –preguntó, y me atravesó con la mirada.

Beau se levantó.

–Señora Tate, hemos venido para tratar de razonar con usted, para intentar que comprenda por qué hicimos lo que hicimos.

–¿Comprender? –Sonrió con frialdad–. Es muy fácil de comprender. Sois de esas personas que sólo se preocupan de sí mismas, y si infligís terribles dolores y sufrimientos en vuestra búsqueda de la felicidad, ¿qué más da?

Me miró con odio antes de sentarse en la silla de respaldo alto como una reina, las manos enlazadas en el regazo, el cuello y los hombros rígidos.

–Yo soy el principal culpable, no Ruby –continuó Beau–. Hace años... dejé a Ruby embarazada de Pearl, pero fui cobarde y permití que mis padres me enviaran a Europa. La madrastra de Ruby intentó que abortara en una clínica de mala muerte, para mantenerlo todo en secreto, pero Ruby huyó y regresó al *bayou*.

–Ojalá no lo hubiera hecho –escupió Gladys Tate.

–Sí, pero lo hizo –dijo Beau, indiferente a su animosidad–. Para bien o para mal, su hijo ofreció un hogar a Ruby y Pearl.

–Fue para mal. Mira dónde está ahora –replicó la mujer. Un escalofrío recorrió mi espina dorsal.

–Como sabe –dijo Beau con paciencia–, el suyo no fue un matrimonio auténtico. El tiempo pasó. Yo maduré y comprendí mis errores, pero ya era demasiado tarde. Entretanto reanudé mi relación con la hermana gemela de Ruby, pensando que también habría madurado. Me equivoqué, pero ésa es otra historia.

Gladys resopló.

–Su hijo –prosiguió Beau– sabía lo mucho que Ruby y yo nos queríamos aún, y sabía que Pearl era nuestra hija, mi hija. Era un buen hombre y quiso que Ruby fuera feliz.

–Y ella se aprovechó de su bondad –acusó Gladys. Agitó el aire con su largo índice.

–No, Gladys, yo…

–No intentes negar lo que hiciste a mi hijo. –Sus labios temblaron–. Mi hijo –gimió–. Yo era la niña de sus ojos. El sol salía y se ponía en mi felicidad, no en la tuya. Incluso cuando le estabas hechizando en el *bayou* venía a hablar conmigo, quería estar conmigo. Mantuvimos una relación maravillosa, un amor maravilloso entre nosotros, pero tú le alejaste de mí.

Comprendí que no existía odio semejante al nacido del amor traicionado. Por eso exigía venganza.

–Yo no hice eso, Gladys –musité–. Intenté disuadirle de continuar nuestra relación. Incluso le revelé que éramos hermanos.

–Sí, lo hiciste, y creaste un abismo entre él y yo. Supo que yo no era su verdadera madre. ¿No crees que eso cambió las cosas?

–No quería decírselo. No me correspondía a mí decirlo –exclamé, y recordé las advertencias de la abuela

Catherine acerca de provocar cualquier alejamiento entre una madre cajun y su hijo–. Pero no se puede construir un amor sobre cimientos de mentiras. Usted y su marido tendrían que haberle dicho la verdad.

La mujer se encogió.

–¿Qué verdad? Yo fui su madre hasta que tú apareciste. Él me quería –gimoteó–. Ésa era toda la verdad que necesitábamos… amor.

Sobrevino el silencio. Gladys dominó su dolor y cerró los ojos.

Beau decidió intervenir.

–Su hijo, al darse cuenta del amor que existía entre Ruby y yo, accedió a ayudarnos para que estuviéramos juntos. Cuando Gisselle cayó gravemente enferma, se prestó voluntario a acogerla y fingir que era Ruby, para que Ruby pudiera convertirse en Gisselle y viviéramos como marido y mujer.

La mujer abrió los ojos y rió de una forma que me heló la sangre.

–Lo sé, pero también sé que tenía pocas alternativas. Ella debió amenazarle con revelar al mundo que no era mi hijo.

–Yo nunca…

–Ahora serías capaz de decir cualquier cosa, de modo que no lo intentes.

–Señora –dijo Beau, y dio un paso adelante–. Lo que está hecho, hecho está. Paul nos ayudó. Quería que viviéramos con nuestra hija y fuéramos felices. Lo que usted está haciendo ahora es contrariar los deseos de Paul.

La mujer miró a Beau un momento, y la poca cordura que le quedaba pareció desvanecerse.

–Mi pobre nieta ya no tiene padres. Su madre fue enterrada y su padre reposa a su lado.

–Señora Tate, ¿por qué nos obliga a acudir a los tribunales y provocar más sufrimientos a todo el mundo?

Estoy seguro de que en este momento desea paz y tranquilidad, y su familia…

La mujer volvió sus ojos oscuros hacia el retrato de Paul, y su brillo maníaco se suavizó.

—Hago esto por mi hijo —dijo, y miró el retrato con algo más que amor de madre—. Mirad cómo sonríe, lo guapo y feliz que es. Pearl crecerá aquí, bajo este retrato. Al menos tendrá eso. Tú —apuntó de nuevo en mi dirección su largo y delgado dedo— le robaste todo, incluso su vida.

Beau me miró desesperado, y luego se volvió hacia ella.

—Señora Tate, si es una cuestión de herencia, estamos dispuestos a firmar cualquier documento.

—¿Qué…? —La mujer se levantó como impulsada por un resorte—. ¿Crees que todo esto es una cuestión de dinero? Mi hijo ha muerto. —Cuadró los hombros y se humedeció los labios—. Esta discusión ha terminado. Quiero que salgáis de nuestra casa y de nuestras vidas.

—No lo conseguirá. Un juez…

—Tengo abogados. Habla con ellos. —Me sonrió con frialdad—. Adoptaste la apariencia de tu hermana y te deslizaste en su corazón. Ahora quédate ahí —me maldijo, y salió del estudio.

Un dolor lacerante me atravesó el pecho.

—¡Beau!

—Vámonos —dijo—. Se ha vuelto loca. El juez se dará cuenta. Vámonos, Ruby.

Extendió la mano. Tuve la sensación de flotar.

Antes de salir volví a mirar el retrato de Paul. Su expresión satisfecha derramó sobre mi corazón una oscuridad que ni mil días de sol conseguirían disipar.

Después de regresar a Nueva Orleans me desplomé y dormí hasta bien entrada la mañana. Beau me despertó para decirme que Polk acababa de llamar.

—¿Y...?

Me incorporé con el corazón acelerado.

—Las noticias no son buenas. Los expertos le han dicho que todo es idéntico en los gemelos, el grupo sanguíneo e incluso el tamaño de los órganos. El médico que trató a Gisselle afirma que en las radiografías no aparecerá nada. No podemos confiar en que los datos médicos establezcan con claridad las identidades.

»En cuanto a mi paternidad, como dijo Polk, esa clase de análisis aún no están perfeccionados.

—¿Qué haremos?

—Ya ha solicitado una audiencia y tenemos fecha para acudir a los tribunales. Contaremos nuestra historia, utilizaremos las muestras de caligrafía. También quiere aprovechar tu talento artístico. Polk nos ha preparado unos documentos para que los firmemos, en los cuales renunciamos a cualquier derecho sobre las propiedades de Paul, para así eliminar un móvil. Quizá sea suficiente.

—¿Y si no, Beau?

—No pensemos en lo peor.

Pero lo peor estaba al acecho. Beau intentó zambullirse en el trabajo, pero yo sólo podía dormir y vagar de habitación en habitación. Apenas cuarenta y ocho horas después de que Polk hubiera presentado nuestra solicitud en los juzgados, empezamos a recibir llamadas de periodistas. Ninguno reveló sus fuentes, pero para nosotros era evidente que la sed de venganza de Gladys Tate era insaciable y había filtrado la historia a la prensa. Salió en primera plana. «¡Una gemela afirma que su hermana está enterrada en su tumba! Se avecina una batalla por la custodia.»

Dimos instrucciones a Aubrey para no ser molestados por las llamadas. No veríamos a nadie ni contestaríamos preguntas. Hasta la audiencia quedé prisionera en mi propia casa.

Aquel día, con las piernas temblorosas, me aferré al brazo de Beau cuando bajamos la escalera para entrar en el coche y dirigirnos al palacio de justicia de Terrebonne Parish. Era uno de esos días nublados en que el sol asoma esporádicamente, arroja unos cuantos rayos y luego deja el mundo en tinieblas. Reflejaba mi estado de ánimo, que oscilaba entre la esperanza y el más negro pesimismo.

Polk nos estaba esperando. La historia había despertado mucha curiosidad. Lancé una rápida mirada a la muchedumbre de curiosos y vi a algunos amigos de la abuela Catherine. Les sonreí, pero estaban perplejos, y temerosos de devolverme la sonrisa. Me sentí como una extraña. ¿Cómo iba a explicarles el intercambio de identidades? ¿Lo entenderían?

Fuimos los primeros en sentarnos. Después, con la previsible puesta en escena, entró Gladys Tate. Aún iba vestida de luto. Caminó colgada del brazo de Octavious con grandes dificultades, para demostrar al mundo que la habíamos arrastrado a aquella horrible audiencia en las circunstancias más infortunadas. No llevaba maquillaje, así que parecía pálida y enferma, la más débil de las dos a los ojos del juez. Octavious mantenía la cabeza gacha, y no nos miró ni una sola vez.

Toby, Jeanne y James, su marido, entraron detrás de Gladys y nos miraron con hosquedad. Sus abogados, William Rogers y Martin Bell, los guiaron hasta sus asientos. Tenían un aspecto formidable con sus abultados maletines y trajes oscuros. El juez entró y todo el mundo ocupó su asiento.

El juez se llamaba Hilliard Barrow, y Polk nos había dicho que tenía fama de cáustico, impaciente y severo. Era un hombre alto y delgado, de facciones duras, ojos hundidos y oscuros, cejas pobladas, nariz larga y huesuda y boca fina que parecía una vieja herida cuando apretaba los labios. Tenía el cabello entrecano, con bastantes entradas, de forma que la coronilla brillaba bajo las luces de la sala. Dos manos largas de dedos huesudos sobresalían de las mangas de su toga negra.

—Por lo general —empezó— esta sala está relativamente vacía durante estos procedimientos. Quiero avisar a los espectadores que no pienso tolerar conversaciones, ni sonidos de aprobación o desaprobación. El bienestar de una niña está en juego, no la venta de periódicos y revistas del corazón.

Hizo una pausa para escudriñar a la multitud, como buscando la menor señal de insubordinación. Me estremecí. Parecía un hombre desprovisto de sentimientos, pero con prejuicios acerca de la gente rica de Nueva Orleans.

El alguacil leyó nuestra solicitud, y luego el juez Barrow volvió su dura y penetrante mirada hacia Polk.

—Exponga el caso —dijo.

—Sí, señoría. Quiero empezar llamando al señor Beau Andreas.

El juez asintió y Beau apretó mi mano. Se levantó. Todas las miradas se clavaron en él cuando avanzó con paso seguro hasta el estrado de los testigos. Juró y se sentó.

—Señor Andreas, como preámbulo a nuestra exposición, ¿quiere decir al tribunal con sus propias palabras por qué, cómo y cuándo usted y Ruby Tate llevaron a cabo el cambio de identidades entre Ruby y Gisselle Andreas, que era entonces su esposa?

—Protesto, señoría —dijo Williams—. Ha de ser el tribunal quien decida si esta mujer es Ruby Tate.

El juez hizo una mueca.

—Señor Williams, aquí no hay ningún jurado al que impresionar. Creo que soy capaz de comprender la cuestión que nos ocupa sin dejarme influir por insinuaciones. Por favor, señor, procedamos con celeridad.

—Sí, señoría.

Williams se sentó.

Mis ojos se abrieron de par en par. Tal vez tendríamos un juicio justo, a fin de cuentas.

Beau empezó a relatar nuestra historia. No se oía ni el menor sonido. Nadie tosió o carraspeó, y cuando Beau terminó un silencio aún más profundo reinó en la sala. Era como si todo el mundo se hubiera quedado estupefacto. Cuando me volví y miré alrededor, vi que todos los ojos estaban fijos en mí. Beau había expuesto muy bien la historia, y muchas personas empezaban a preguntarse por qué no podía ser cierta. Sentí que mis esperanzas renacían.

Williams se levantó.

–Sólo unas pocas preguntas, señoría.

–Adelante –dijo el juez.

–Señor Andreas, acaba de decir que a su esposa le diagnosticaron encefalitis mientras se encontraba en su finca. ¿El diagnóstico lo emitió un médico?

–Sí.

–Ese médico sabía que estaba examinando a Gisselle, ¿verdad? –Beau miró a Polk–. Entonces ¿por qué no le ha traído para testificar?

Beau no contestó.

–¿Señor Andreas…? –apremió el juez.

–Yo…

–Señoría –intervino Polk–, como las gemelas eran idénticas pensamos que el médico no podía ser un testigo de valor. He estado investigando el historial médico de las gemelas, y debemos admitir que gemelas idénticas comparten tantas características fisiológicas que es prácticamente imposible utilizar datos médicos para identificarlas.

–¿No tiene registros médicos que presentar? –preguntó el juez Barrow.

–No, señor.

–Entonces ¿con qué pruebas de peso pretende apoyar esta historia, señor?

–En este momento estamos preparados para presentar muestras de caligrafía, gracias a las cuales se podrá diferenciar a una gemela de otra. Proceden de textos escolares y documentos legales.

Polk se acercó al juez y presentó las pruebas.

El juez Barrow les echó un vistazo.

–He de contar con un experto para analizarlas, por supuesto.

–Nos gustaría reservarnos el derecho de someterlas a nuestros expertos, señoría –dijo Williams.

–Por supuesto –contestó el juez. Dejó las muestras a un lado–. ¿Alguna pregunta más para el señor Andreas?

–Sí –dijo Williams, y se interpuso entre Beau y yo–. Señor, afirma usted que Paul Tate, una vez enterado de este descabellado plan, accedió a albergar a la gemela enferma en su casa y fingir que era su mujer.

–Exacto.

–¿Puede decir al tribunal por qué lo hizo?

–Paul Tate quería a Ruby y deseaba que fuera feliz. Sabía que Pearl era mi hija y quería que viviéramos con nuestra hija.

Gladys Tate emitió un gruñido tan sonoro que todos se volvieron en su dirección. Había cerrado los ojos y apoyado la cabeza en el hombro de Octavious.

Octavious susurró algo al oído de Gladys y los ojos de ésta se abrieron. Irguió el torso con esfuerzo. Después indicó con un gesto que se encontraba bien.

–Está diciendo al tribunal –continuó Williams– que el señor Tate acogió de buen grado a su cuñada, y luego fingió que era su mujer hasta tal punto que cuando murió cayó en una profunda depresión que, a la postre, le causó la muerte. ¿Hizo todo esto para que Ruby viviera feliz con otro hombre? ¿Es lo que quiere que este tribunal crea?

–Es la verdad –dijo Beau.

La sonrisa de Williams se hizo más amplia.

–No hay más preguntas, señoría.

El juez dijo a Beau que podía retirarse. Parecía muy sombrío y preocupado cuando se sentó a mi lado.

–Ruby –dijo Polk.

Asentí y me llamó a declarar. Respiré hondo y caminé hacia el estrado de los testigos con los ojos casi cerrados. Después de jurar me dije que debía ser fuerte por el bien de Pearl.

–Diga su nombre auténtico, por favor –me instó Polk.

–Mi nombre legal es Ruby Tate.

–Ya ha oído la historia del señor Andreas. ¿Hay algo en ella con lo que no esté de acuerdo?

–No. Todo es cierto.

–¿Habló del cambio de identidades con su marido, Paul, y él accedió a participar en el plan?

–Sí. Yo no quería que se implicara tanto, pero él insistió.

–Cuéntenos el nacimiento de su hija.

Describí ese acontecimiento, en el que Paul, durante la tormenta, ayudó en el parto. Polk repasó a continuación algunos hechos destacados de mi vida, sucesos de interés en el colegio de Greenwood, personas a las que yo había conocido y algunos de mis logros. Después hizo una seña y desde el fondo de la sala un ayudante trajo un caballete, lápices y un cuaderno de dibujo.

Williams saltó de su asiento en cuanto comprendió lo que Polk quería demostrar.

–Protesto, señoría.

–Señor Polk, ¿qué se propone hacer? –preguntó el juez.

–Había muchas diferencias entre las gemelas, señoría, y reconocemos que sería difícil objetivarlas, pero es posible con una, la habilidad de Ruby para dibujar y pintar. Ha exhibido cuadros en galerías de Nueva Orleans y...

—Señoría —interrumpió Williams—, si esta mujer sabe dibujar o no es irrelevante, pues nunca se ha establecido que Gisselle Andreas no supiera hacerlo.

—Está en lo cierto, señor Polk —dijo el juez—. Lo único que va a demostrar es que esta mujer posee talento artístico.

Polk emitió un suspiro de frustración.

—Pero, señoría, nunca ha habido pruebas de que Gisselle Andreas…

El juez meneó la cabeza.

—Está haciendo perder el tiempo al tribunal, señor. Haga el favor de continuar con su testigo, o aportar nuevas pruebas, o llamar a otros testigos. ¿Ha terminado con éste?

—Sí, señoría —repuso Polk, muy contrariado.

—¿Señor Williams?

—Algunas preguntas sin importancia —declaró con sarcasmo—. Señora Andreas, usted afirma que se casó con Paul Tate, aunque estaba enamorada de Beau Andreas. ¿Por qué se casó con el señor Tate?

—Yo… estaba sola y él quería proporcionarme un hogar, a mí y a mi hija.

—La mayoría de los maridos desean proporcionar un hogar a sus esposas e hijos. ¿La quería?

—Oh, sí.

—¿Usted le quería?

—Yo…

—¿Sí o no?

—Sí, pero…

—¿Pero qué, señora?

—Era un amor diferente, una amistad, como… —Quería decir «como hermanos», pero después de mirar a Gladys y Octavious no pude hacerlo—. Una clase diferente de amor.

—Eran marido y mujer, ¿verdad? Ha dicho que se casaron por la iglesia.

–Sí.

El abogado entornó los ojos.

–¿Tuvo relaciones… románticas con el señor Andreas mientras estuvo casada con el señor Tate?

–Sí –contesté, y algunos miembros del público lanzaron una exclamación ahogada y sacudieron la cabeza.

–¿Su marido lo sabía?

–Sí.

–Lo sabía y lo toleraba. No sólo lo toleraba, sino que accedió a acoger a su hermana moribunda y fingir que era usted, para que fuera feliz. –Giró en redondo y se dirigió al público, tanto como al juez–. ¿Y luego le deprimió tanto su muerte que se ahogó en el pantano? ¿Ésta es la historia que usted y el señor Andreas quieren que todo el mundo acepte?

–Sí –exclamé–. Es la verdad.

Williams miró al juez y torció la comisura de su boca.

–No hay más preguntas, señoría.

–Puede bajar, señora –dijo el juez. Pero no podía tenerme en pie. Mi espalda y mis piernas parecían haberse convertido en jalea. Cerré los ojos.

–Ruby –llamó Beau.

–¿Se encuentra bien, señora? –preguntó el juez.

Negué con la cabeza. Mi corazón latía a tal velocidad que apenas podía respirar. Sentí que la sangre abandonaba mi rostro. Cuando abrí los ojos Beau cogía mi mano y sobre mi frente había un paño húmedo. Comprendí que me había desmayado.

–¿Puedes andar, Ruby? –preguntó Beau.

Asentí.

–Habrá un breve descanso –dijo el juez, y golpeó la mesa con el martillo. Tuve la sensación de que lo había descargado sobre mi corazón.

17

EL SOL ENTRE LAS NUBES

Durante el receso, Beau y yo fuimos conducidos a una sala de espera, donde había un pequeño sofá. Me tendí en él, mientras Polk iba a llamar a su oficina. Su expresión era seria y preocupada. Pensé que nos culpaba de haberle metido en aquella situación.

—Beau, hemos quedado en ridículo, ¿verdad? —pregunté contrita—. El abogado de los Tate nos ha hecho aparecer como mentirosos.

—No. La gente nos ha creído. Lo vi en sus caras. Además, en cuanto comparen tu caligrafía con la de Gisselle y analicen...

—Encontrarán a un experto que llegará a conclusiones diferentes. Ya lo sabes. Ella está decidida a herirnos, Beau. No reparará en gastos. ¡Sería capaz de utilizar toda la fortuna de Paul para destruirnos!

—Tómatelo con calma, Ruby. Por favor.

Los dos nos volvimos cuando la puerta se abrió y entró Jeanne. Por un momento nadie habló. Ella mantuvo la puerta entreabierta a su espalda, como si fuera a cambiar de opinión y salir huyendo de la habitación de un momento a otro.

—Jeanne —dije, y me incorporé—. Entra, por favor.

Me miró con ojos húmedos.

—Ya no sé qué creer —dijo, y sacudió la cabeza—. Mi madre jura que tú y Beau no sois más que unos mentirosos.

—No, Jeanne. No estamos mintiendo. ¿Recuerdas cuando viniste a verme y sostuvimos aquella charla tan agradable, antes de casarte? ¿Recuerdas que no estabas segura de casarte con James?

Sus ojos se ensancharon; luego los entornó.

—Ruby habría podido decírtelo.

Negué con la cabeza.

—Escucha...

—Y aunque seas Ruby, no sé cómo pudiste herir a mi hermano de esa forma.

—Jeanne, no entiendes nada. Nunca tuve la intención de hacer daño a Paul, nunca. Le quería.

—¿Cómo puedes decir eso con él aquí delante? —preguntó, señalando con la barbilla a Beau.

—El amor que había entre Paul y yo era diferente, Jeanne.

Ella me estudió con atención. Sentí que sus ojos hurgaban en mi interior.

—No sé. No sé qué creer. Pero he venido a decirte que si eres Ruby e hiciste todo eso, siento pena por ti.

—¡Jeanne!

Se volvió y salió a toda prisa.

—¿Lo ves? —dijo Beau, sonriente—. Tiene dudas. En el fondo sabe que eres Ruby.

—Eso espero, pero me siento fatal. Tendría que haberme dado cuenta de a cuánta gente iba a herir.

Beau me abrazó, y luego me trajo un vaso de agua. Mientras lo bebía, Polk regresó, con aspecto aún más desalentado.

—¿Qué pasa? —preguntó Beau.

—Me acaban de dar malas noticias. Tienen un testigo sorpresa.

–¿Quién? –pregunté, mientras mi mente analizaba las posibilidades.

–Aún no sé quién es, pero me han dicho que puede ser decisivo a su favor. ¿Hay algo que todavía no me hayan dicho?

–No –repuso Beau–. No hemos ocultado nada. Y todo cuanto le hemos dicho es verdad.

El abogado asintió con aire escéptico.

–Es hora de volver –dijo.

Me costó muchísimo volver. Me sentía como un espécimen bajo un microscopio. Todo el mundo tenía la vista clavada en nosotros. Las amigas de la abuela Catherine seguían todos mis movimientos.

Ocupamos nuestros sitios. Gladys Tate ya se había sentado, con el rostro impenetrable. Octavious miraba el vacío ante sí. Jeanne susurró algo a Toby, y las hermanas de Paul me dirigieron miradas airadas. Momentos después entró el juez Barrow y se hizo el silencio en la sala.

–Señor Polk –dijo–, ¿está preparado para continuar?

–Sí, señoría.

Nuestro abogado se levantó con los documentos relacionados con la herencia que habíamos firmado.

–Señoría, mis clientes reconocen que sus motivos para intentar recuperar la custodia de Pearl Tate podrían interpretarse erróneamente. Para evitarlo han renunciado a todos los derechos relacionados con cualquier herencia que tenga que ver con las propiedades de Paul Marcus Tate.

Avanzó y entregó los documentos al juez, que los miró y luego indicó con la cabeza a Williams que se acercara. El abogado examinó los documentos.

–Hemos de estudiarlos, señoría, pero –dijo, con la confianza de alguien que ha previsto una jugada– aunque sean satisfactorios, no eliminan la posibilidad de que estos dos impostores se apoderen de la fortuna

Tate. La niña, cuya custodia tratan de conseguir here-
daría una inmensa fortuna.

El juez se volvió hacia Polk.

—Señoría, mis clientes sólo quieren demostrar que el
padre natural de Pearl Tate es Beau Andreas. No recla-
marían la herencia del señor Tate.

El juez asintió. Era como contemplar una partida de
ajedrez, cuyo vencedor se quedaría con mi adorada
Pearl.

—¿Tiene más pruebas que presentar, señor Polk, o
más testigos?

—No, señoría.

—¿Señor Williams?

—Sí, señoría.

Polk volvió a su asiento y Williams se acercó a su
mesa para conferenciar con su socio un momento, antes
de llamar al testigo.

—Llamamos al señor Bruce Bristow al estrado.

—¡Bruce! —exclamé. Beau sacudió la cabeza, atónito.

—¿No es el marido de su madrastra? —preguntó
Polk.

—Sí, pero... ya no tenemos nada que ver con él...
—explicó Beau.

Las puertas del fondo se abrieron y Bruce avanzó
por el pasillo, con una sonrisa de gato de Cheshire en
sus labios cuando nos miró.

—Le habrá hecho una oferta, habrá comprado su
testimonio —dije a Polk.

—¿Qué clase de testimonio puede prestar este
hombre?

—Dirá cualquier cosa, incluso bajo juramento —afirmó Beau, y miró encolerizado a Bruce.

Bruce juró y se sentó en la silla de los testigos.
Williams se acercó.

—Diga su nombre por favor.

—Bruce Bristow.

—¿Estuvo casado con la ahora fallecida madrastra de Ruby y Gisselle Dumas?

—En efecto.

—¿Desde cuándo conoce a las gemelas?

—Desde hace mucho tiempo. —Me miró y sonrió—. Años. Estuve empleado con los señores Dumas durante ocho años, antes de la muerte del señor Dumas.

—¿Después de lo cual se casó con Daphne Dumas y se convirtió, a todos los efectos prácticos, en el padrastro de las gemelas Gisselle y Ruby?

—Exacto.

—¿Las conocía bien?

—Muy bien. Íntimamente.

—Como único padre vivo de las gemelas, ¿puede asegurar al tribunal que es capaz de distinguirlas?

—Por supuesto. Gisselle —dijo, y volvió a mirarme— tiene una personalidad… ¿cómo le diría…?, más sofisticada. Ruby era más inocente, tímida, de hablar reposado.

—¿Está ahora, y ha estado hace poco, envuelto en algunos problemas legales con los actuales propietarios de Empresas Dumas, Beau y Gisselle Andreas?

—Sí, señor. Me echaron de la empresa. Después de años de servicios devotos, decidieron hacer valer un ridículo acuerdo prenupcial entre mi difunta esposa y yo. Me echaron a la calle, me convirtieron en un mendigo.

—Está mintiendo —susurró Beau a Polk.

—Tendría que haberme hablado de él —replicó el abogado—. Le pregunté si había más cosas.

—¿Quién iba a suponer que Gladys Tate le localizaría?

—Lo más probable —dije— es que él la haya localizado a ella, Beau. Para vengarse.

—Esa mujer que ve sentada ante usted, señor —dijo Williams, y se volvió hacia mí—, ¿participó en ello?

–Sí. Fui a suplicarle hace poco y me echó de la que había sido mi casa.

–Entonces –concluyó Williams con una sonrisa de satisfacción–, no era una mujer tímida e inocente.

–En absoluto –dijo Bruce; sonrió ampliamente y miró al juez, que volvió sus ojos escrutadores hacia mí.

–De todos modos, señor, imagino que para una gemela es fácil fingir que es su hermana –señaló Williams–. Pudo interpretar un guión bien preparado y decir lo conveniente para convencerle de que era su hermana.

–Supongo que sí –contestó Bruce.

Me pregunté por qué nos concedía Williams el beneficio de la duda.

–Entonces ¿por qué está tan seguro de que discutió con Gisselle y no con Ruby?

–Me avergüenza decirlo.

–Tengo que preguntárselo, señor. El futuro de una niña está en juego, por no mencionar una fortuna cuantiosa.

Bruce asintió, respiró hondo y levantó la vista, como si buscara la aprobación de un ángel.

–En otro tiempo me dejé seducir por mi hijastra Gisselle.

Se oyó una ahogada exclamación colectiva.

–Como he dicho, era muy sofisticada y mundana –añadió Bruce.

–¿Lo sabía alguien, señor?

–No. No estaba muy orgulloso de ello.

–Pero ¿esta mujer lo sabía? –Williams me señaló.

–Sí. Lo sacó a colación durante nuestra discusión y amenazó con utilizarlo contra mí si me resistía a los esfuerzos de ella y su marido por despedirme. Dadas las circunstancias pensé que era mejor retirarme y empezar mi vida de nuevo.

»No obstante –miró a la señora Tate–, cuando me enteré de lo que estaban maquinando tuve que cumplir con mi deber, pese a las consecuencias para mi reputación.

—¿Está diciendo al tribunal, bajo juramento, que esta mujer que se ha presentado como Ruby Tate conocía detalles íntimos de su relación con Gisselle, detalles que sólo Gisselle podía conocer?

—Exacto —dijo Bruce, y se reclinó en su asiento, satisfecho.

—Le obligamos a alejarse —susurró Beau a Polk— porque Daphne y él cometieron graves irregularidades en la empresa.

—¿Está dispuesto a revelarlo? —preguntó Polk.

Beau me miró.

—Sí. Haremos cualquier cosa.

Beau empezó a escribir algunas preguntas para Polk.

—No tengo más preguntas para el testigo, señoría —dijo Williams. Volvió a su asiento y me sonrió con frialdad.

—Señor Polk, ¿desea interrogar a este testigo?

—Sí, señoría. Si me permite un momento —añadió, mientras Beau terminaba sus notas. Polk las examinó y se levantó—. Señor Bristow, ¿por qué no recurrió a la justicia por su despido de Empresas Dumas?

—Ya lo he dicho… Existía un infortunado contrato prematrimonial, y mi hijastra Gisselle me chantajeó.

—¿Está seguro de que su renuncia no tuvo nada que ver con las actividades financieras realizadas por usted y Daphne Dumas?

—Sí.

—¿Está dispuesto a que este tribunal examine esos negocios?

Bruce rebulló un poco en su asiento.

—No hice nada incorrecto.

—¿No ha venido para vengarse por su despido?

—No. He venido para decir la verdad.

–¿No perdió recientemente una propiedad comercial en Nueva Orleans a causa de un procedimiento ejecutivo hipotecario?

–Sí.

–Ha perdido considerables ingresos y todo un estilo de vida, ¿no?

–Ahora tengo un buen trabajo.

–En el que no gana ni la cuarta parte de lo que ingresaba antes de que le echaran de Empresas Dumas, ¿verdad?

–El dinero no lo es todo.

–¿Ya ha superado sus problemas con el alcohol?

–Protesto, señoría –dijo Williams–. Los problemas personales del señor Bristow no tienen nada que ver con este testimonio.

–Tienen mucho que ver si confía en recuperarse económicamente y si es un alcohólico que necesita dinero para su vicio –dijo Polk.

–¿Está acusando a mi cliente de sobornar a este hombre? –exclamó Williams.

–Ya basta –dijo el juez–. Se acepta la protesta. Señor Polk, ¿tiene alguna otra pregunta relacionada con el tema que nos ocupa?

Polk pensó un momento y después negó con la cabeza.

–No, señoría –dijo.

–Estupendo. Gracias, señor Bristow. Puede retirarse. ¿Señor Williams?

–Me gustaría llamar a la señora Tate al estrado, señoría.

Gladys Tate se levantó lentamente, como si un enorme peso la agobiara. Se secó los ojos con un pañuelo de seda beige, suspiró y se encaminó al estrado. Miré a Octavious. Como casi durante toda la audiencia, seguía con la cabeza gacha.

Después de jurar Gladys se acomodó en la silla de

los testigos como alguien que se sumerge en un baño caliente. Cerró los ojos y apretó la mano derecha contra el corazón. Williams esperó a que se serenara. Cuando miré hacia el público vi que casi todos sentían pena por ella. Sus ojos reflejaban compasión y simpatía.

–¿Es usted Gladys Tate, madre del recientemente fallecido Paul Marcus Tate? –preguntó Williams. La mujer cerró los ojos de nuevo–. Lo siento, señora Tate. Sé lo fresca que está la herida, pero debo preguntarlo.

–Sí –contestó la mujer–. Soy la madre de Paul Tate.

No me miró.

–¿Estaba muy unida a su hijo, señora?

–Mucho. Antes de que Paul se casara creo que no pasó un día sin que nos viéramos. Además de madre e hijo éramos muy buenos amigos.

–¿Su hijo confiaba en usted?

–Absolutamente. Nunca nos ocultamos nada.

–Eso es mentira –susurré.

Polk enarcó las cejas. Beau se volvió hacia mí. Sus ojos me alentaron a decir la verdad a Polk. Confiaba en no tener que hacerlo. Me parecía una traición a Paul.

–¿Le comentó alguna vez el complicado plan urdido para el intercambio de identidad entre su mujer y la señora Andreas, después de que sufriera la encefalitis?

–No. Paul amaba a Ruby y era un joven muy orgulloso, además de religioso. No entregaría la mujer que amaba a otro hombre sólo para que pudiera ser feliz viviendo en pecado. Se casó con Ruby por la iglesia después de comprender que era lo más correcto. Recuerdo cuando me dijo que iba a hacerlo. Me disgustaba que se hubiera convertido en padre de una niña nacida fuera del matrimonio, por supuesto, pero me complació saber que deseaba hacer lo moralmente correcto.

–No estaba complacida –murmuré–. Le convirtió en un desdichado. Le...

–Shhh –me reconvino Polk. Daba la impresión de que estaba fascinado, como todo el mundo, con la historia y no quisiera perderse un detalle.

–Y de hecho, después de casarse, usted, su marido y sus hijas aceptaron a Ruby y Pearl como miembros de la familia, ¿no es así?

–Sí. Celebramos cenas familiares. Incluso la ayudé a decorar su casa. Habría hecho cualquier cosa para que mi hijo fuera feliz y siguiera unido a mí. Idolatraba a la niña. Tiene su cara, sus ojos, su pelo. Verlos pasear juntos por el jardín o por los canales llenaba mi corazón de alegría.

–Por lo tanto no le cabe la menor duda de que Pearl es su hija, ¿verdad?

–Ninguna en absoluto.

–¿Nunca le dijo él lo contrario?

–No. ¿Por qué se habría casado con una mujer embarazada de otro?

Varias cabezas asintieron.

–Durante la enfermedad de Ruby Tate, ¿lo visitó usted?

–Sí.

–¿Alguna vez le insinuó que estaba preocupado por la hermana de su mujer y no por su mujer?

–No. Al contrario, y como puede testificar cualquier persona que haya visto a mi hijo durante aquel período, su dolor alcanzó tales extremos que se encerró en sí mismo. Descuidó su trabajo y se dio a la bebida. Vivía en una depresión constante. Me partió el corazón.

–¿Por qué no ingresó a su mujer en un hospital?

–No soportaba estar lejos de ella. No se separaba de su lado.

–¿Por qué pidió usted al juez una orden que le permitiera recuperar a su nieta?

–Esa gente –dijo Gladys Tate, escupiendo las palabras hacia nosotros– se negó a devolverme a Pearl. Echaron a mi abogado y a una niñera de su casa. Y todo eso mientras yo lloraba la horrible muerte de mi hijo, mi pequeño…

Estalló en sollozos. Williams se apresuró a ofrecerle un pañuelo.

–Lo siento –gimió la mujer.

–Tranquilícese. No se apresure, señora.

Gladys se secó las mejillas.

–¿Se encuentra bien, señora Tate? –preguntó el juez Barrow.

–Sí –contestó la mujer con un hilo de voz. El juez indicó a Williams que podía continuar.

–El señor y la señora Andreas fueron hace poco a su casa, ¿no es cierto?

La mujer nos traspasó con la mirada.

–Sí, es cierto.

–¿Qué querían?

–Querían hacer un trato. Me ofrecieron el cincuenta por ciento de las propiedades de mi hijo si renunciaba a esta audiencia y les entregaba a Pearl.

–¿Qué? –exclamó Beau.

–¡Está mintiendo! –grité.

El juez utilizó su maza.

–Les he avisado. Nada de escándalos.

–Pero…

–Cállese –me ordenó Polk.

Me hundí en la silla con las mejillas encendidas de rabia. ¿Es que no había límites para su sed de venganza?

–¿Qué pasó después, señora? –prosiguió Williams.

–Me negué, por supuesto, y me amenazaron con llevarme a los tribunales, como han hecho.

–No tengo más preguntas, señoría –dijo Williams.

El juez miró a Polk con dureza.

–¿Desea hacer alguna pregunta a la testigo?

–No, señoría.

–¿Qué...? –exclamé–. Oblíguela a retirar esas mentiras.

–No. Es mejor deshacerse de ella. Se ha ganado las simpatías de todo el mundo. Hasta las del juez –señaló Polk.

Williams ayudó a Gladys a levantarse y la acompañó hasta su silla. Algunas personas lloraban sin disimulos.

–Hoy no recuperará a su hija, si es que alguna vez lo consigue –masculló Polk.

–Oh, Beau –gemí–. Va a ganar. Será una abuela horrible. No quiere a Pearl. Sabe que Pearl no es la hija de Paul.

–¿Señor Williams? –dijo el juez.

–No hay más testigos ni pruebas, señoría –contestó el abogado con aire satisfecho.

Polk se reclinó en su asiento, con las manos sobre el estómago y el rostro sombrío. Miré a Gladys, que se estaba preparando para marcharse victoriosa. Octavious aún seguía con la mirada clavada en la mesa.

–Llame a un testigo más, señor Polk –dije, desesperada.

–¿A quién?

Beau me cogió la mano. Nos miramos a los ojos y leí su asentimiento. Me volví hacia nuestro abogado.

–Llame a un testigo más. Yo le diré lo que debe preguntar. Llame a Octavious al estrado.

–¡Hágalo! –ordenó Beau con firmeza.

Polk se levantó, inseguro, vacilante.

–¿Señor Polk? –preguntó el juez.

–Tenemos un testigo más, señoría.

El juez pareció disgustado.

–Muy bien –dijo–. Terminemos de una vez. Llame a su último testigo –añadió, subrayando «último».

–Llamamos al señor Tate al estrado.

Una oleada de asombro sacudió a la concurrencia.

Escribí febrilmente en un trozo de papel. El juez utilizó su mazo y traspasó con la mirada a los presentes, que callaron al instante. Nadie quería ser expulsado de la sala. Octavious, estupefacto al oír su nombre, alzó la cabeza poco a poco y miró en derredor, como si acabara de darse cuenta de dónde estaba. Williams se inclinó para susurrarle algo antes de que se levantara. Entregué mis preguntas a Polk, que las examinó deprisa y luego me dirigió una mirada penetrante.

—Señora —advirtió—, si esto no es cierto, perderá todas las simpatías que aún le puedan quedar.

—Aquí ya no queda ninguna —replicó Beau.

—Es la verdad —dije.

Octavious caminó lentamente hacia el estrado, con la cabeza gacha. Cuando juró, apenas se le oyó. Se sentó tan desmañadamente que estuvo a punto de caer al suelo. Polk titubeó, se encogió de hombros y avanzó.

—Señor Tate, después de que su hijo propusiera matrimonio a Ruby Dumas, ¿visitó usted a Ruby Dumas y le pidió que se negara?

Octavious miró a Gladys, y luego bajó la vista.

—¿Señor? —dijo Polk.

—Sí, lo hice.

—¿Por qué?

—Pensaba que Paul no estaba maduro para casarse. Acababa de iniciar su negocio petrolífero y había terminado de construir su casa.

—Parece un excelente momento para pensar en el matrimonio —adujo Polk—. ¿No había otra razón para pedir a Ruby Dumas que rechazara la propuesta?

Octavious miró de nuevo a Gladys.

—Sabía que a mi mujer no le gustaba la idea.

—Pero su mujer acaba de manifestar su satisfacción por el hecho de que Paul hiciera lo correcto, y ha declarado que aceptó por completo a Ruby Dumas en la familia. ¿No era así, señor?

—Ella aceptó, sí.

—¿Pero no de buen grado? —Antes de que Octavious pudiera contestar, Polk se apresuró a continuar—. ¿Creía usted que su hijo Paul era el padre del bebé?

—Yo... pensé que era posible, sí.

—Sin embargo, visitó a Ruby Dumas para pedirle que no se casara con su hijo.

Octavious no contestó.

—¿Le dijo Paul que Pearl era su hija?

—Él... dijo que quería cuidar de Ruby y Pearl.

—Pero nunca dijo que Pearl era su hija, ¿verdad, señor?

—A mí no.

—¿Pero sí a su mujer, que después se lo comunicó a usted? ¿Fue así?

—Sí, sí.

—Entonces ¿por qué pensaba usted que no estaba haciendo lo correcto?

—No he dicho eso.

—Pero ha admitido que no deseaba ese matrimonio. La verdad, señor, todo esto es muy confuso. ¿No existía otro motivo, un motivo más grave?

Octavious volvió la cabeza lentamente hacia mí y nuestros ojos se encontraron. Le rogué con los míos que dijera la verdad, pese a los efectos destructores que podía tener esa verdad.

—No sé a qué se refiere —contestó.

—Por favor —grité—. Di la verdad, por favor.

El juez descargó su mazo.

—Por la memoria de Paul —añadí. Octavious se encogió y sus labios temblaron.

—Ya es suficiente, señora. La avisé...

—Sí —admitió Octavious en voz baja—. Había otro motivo.

—¡Octavious! —chilló Gladys Tate. El juez dio un respingo, sobresaltado por el grito.

–¿No cree que ya ha llegado el momento de revelar ese motivo, señor Tate? –preguntó nuestro abogado con voz solemne.

Octavious asintió. Miró a Gladys de nuevo.

–Lo siento –dijo–. No puedo más. Te debo mucho, pero lo que haces no está bien, querida mía. Estoy cansado de esconderme tras una mentira y no puedo arrebatar una hija a su madre.

Gladys sollozó. Los cuellos se estiraron para ver cómo la consolaban sus hijas.

–¿Quiere decir al tribunal cuál era ese otro motivo? –preguntó Polk.

–Hace mucho tiempo, sucumbí a una tentación y cometí adulterio.

El público contuvo el aliento.

–¿Y?

–Como resultado, nació mi hijo. –Octavious alzó la cabeza y me miró–. Mi hijo y Ruby Dumas...

–¿Señor...?

–Son hijos de la misma madre –confesó.

Se desató el caos. El mazo del juez apenas se oía en medio del alboroto. Gladys Tate se desmayó y Octavious sepultó la cabeza entre las manos.

–Señoría –dijo Polk–, creo que sería lo mejor para todos los implicados terminar esta audiencia en su despacho.

El juez meditó, y luego asintió.

–Veré a los abogados de ambas partes en mi despacho.

Se levantó. Octavious no se había movido en la silla. Me acerqué rápidamente a él. Cuando alzó la cabeza, sus mejillas estaban bañadas en lágrimas.

–Gracias –dije.

–Lamento todo lo que he hecho.

–Lo sé. Creo que ahora encontrarás la paz.

Beau se acercó y me abrazó. Después me condujo

afuera. Me mordí las uñas mientras esperábamos ante el despacho del juez Barrow. Los abogados de los Tate fueron los primeros en salir, con semblante impenetrable. Ni siquiera nos miraron.

Por fin Polk salió y nos dijo que el juez quería vernos a solas.

—¿Qué ha decidido? —pregunté.

—Entren, por favor.

Me aferré al brazo de Beau, por temor a desplomarme de un momento a otro. Si nos íbamos a marchar sin nuestra hija...

En su despacho, despojado de la indumentaria oficial, el juez Barrow parecía un abuelo vivaracho. Nos indicó con un ademán que nos sentáramos en el canapé. Después se quitó las gafas y se inclinó hacia adelante.

—No hará falta que diga que ésta ha sido la audiencia de custodia más peculiar de toda mi carrera. Creo que ahora ya sabemos la verdad. No estoy aquí para distribuir culpabilidades. Parte de lo sucedido fue provocado por los acontecimientos que escaparon a su control, pero hay toda clase de fraudes, éticos y morales, y usted sabe cuáles ha cometido.

—Sí —dije, con la voz temblorosa llena de remordimientos.

—Mi instinto me dice que los motivos de sus acciones fueron buenos, motivos de amor, y el hecho de que pusiera en peligro su reputación y su fortuna al decir la verdad en el tribunal habla a su favor.

»Pero el estado me pide que juzgue si han de tener o no la custodia de esa niña y encargarse de su bienestar y educación moral, o si sería mejor para ella ser asignada a una institución estatal, hasta encontrarle un hogar adecuado.

—Señoría... —empecé, dispuesta a recitar una docena de promesas, pero el juez levantó la mano.

–He tomado mi decisión, y nada conseguirá que la cambie –dijo con firmeza. Entonces sonrió–. Espero que me inviten a la boda.

Lancé una exclamación de alegría, pero el juez Barrow se puso serio de nuevo.

–Puede y debe volver a ser usted misma, señora.

Las lágrimas inundaron mi rostro. Abracé a Beau.

–He dado la orden de que su hija le sea devuelta. Las ramificaciones legales de su anterior matrimonio, la aclaración de las identidades… todo eso lo dejo en manos de sus abogados.

–Gracias, señoría –dije. Beau le estrechó la mano y salimos del despacho.

Polk nos estaba esperando en el pasillo.

–Debo confesar que abrigaba dudas respecto a la veracidad de su historia –me dijo–. Estoy muy contento por usted. Buena suerte.

Salimos a esperar el coche que nos traería a Pearl. Aún había personas rezagadas que habían asistido a la audiencia comentando los acontecimientos. Vi a la señora Thibodeau, una vieja amiga de la abuela Catherine. Le costaba andar, pero avanzó cojeando hacia nosotros y tomó mi mano.

–Sabía que eras tú –dijo–. Me dije que la nieta de Catherine Landry bien podía tener una gemela, pero había vivido casi toda su vida con Catherine y poseía su temple. Miré tu cara en la sala y vi a tu abuela, y comprendí que todo saldría bien.

–Gracias, señora Thibodeau.

–Dios te bendiga, hija, y no nos olvides.

–No lo haré. Volveremos –prometí. Me abrazó y la vi alejarse, entristecida por el recuerdo de mi abuela cuando iba con sus amigas a la iglesia.

El sol apareció entre las nubes y nos bañó con su luz cuando llegó el coche con Pearl. La niñera abrió la puerta y la ayudó a bajar. En cuanto Pearl me vio sus ojos se iluminaron.

–¡Mamá! –gritó.

Era la mejor palabra del mundo. Nada podía llenar más mi corazón de alegría. Cubrí de besos la cara de Pearl y luego la apreté contra mí. Beau rodeó mis hombros con sus brazos. La gente que había a nuestro alrededor nos contemplaba sonriendo.

Cuando nos alejábamos del palacio de justicia vi la limusina de los Tate. Las ventanillas estaban oscuras, pero cuando la luz del sol aumentó de intensidad la silueta de la señora Tate se delineó con toda claridad. Parecía una figura de piedra.

Sentí pena por ella, aunque había cometido muchas maldades. Lo había perdido todo, mucho más que la venganza. Su vida ilusoria se había roto en mil pedazos, como porcelana. Se dirigía hacia un tiempo de su vida más oscuro, más tormentoso. Recé para que ella y Octavious encontraran una paz que las mentiras habían destrozado.

–Vamos a casa –dijo Beau.

Aquellas palabras nunca habían significado tanto para mí.

–Pero haremos un alto –dije. Él no preguntó dónde.

Un poco más tarde estaba de pie frente a la lápida de la abuela Catherine.

Una verdadera *traiteur* tiene un espíritu peculiar, pensé. Se rezaga para velar por los seres queridos que ha dejado atrás. El espíritu de la abuela Catherine seguía allí. Lo pude sentir, muy cerca. La brisa se transformó en sus susurros, sus caricias.

Sonreí y alcé la vista hacia el cielo azul veteado de finas nubes. La señora Thibodeau tenía razón, me dije. La abuela había estado conmigo aquel día. Besé mis dedos y toqué la lápida, y luego volví al coche con Beau y mi querida Pearl.

Mientras nos alejábamos miré por la ventanilla y vi un halcón sobre la rama de un ciprés. Nos observó, alzó el vuelo y revoloteó un rato alrededor de nosotros antes de adentrarse en el *bayou*.

–Adiós, Paul –musité. Pero volveré, pensé. Volveré.

EPILOGO

EPÍLOGO

Mi sueño de una boda por todo lo alto aún no iba a convertirse en realidad. El revuelo causado por la audiencia aún continuaba cuando regresamos a Nueva Orleans. Beau pensó que sería mejor para nosotros celebrar una ceremonia sencilla, lejos del alboroto, y como sus padres no se lo tomaron del todo mal no tuve otro remedio que acceder.

Discutimos durante varios días si teníamos que vender la casa de Gardens District y construir otra nueva en las afueras de Nueva Orleans. Por fin llegamos a la misma conclusión: éramos felices con nuestros criados y no encontraríamos un paraje más hermoso. En lugar de mudarnos me embarqué en la tarea de volver a decorar, tirar cosas, sustituir cortinas, colgaduras, alfombras e incluso algunos muebles. Era como si estuviera poseída por un frenesí cuyo objetivo era purificar la casa y borrar todas las huellas de mi madrastra.

Conservé todas las cosas que papá había apreciado y no cambié nada de la habitación que había pertenecido a tío Jean. Quedó como un altar en su recuerdo, algo que a papá le habría gustado. Guardé todas las cosas que aún olían a Daphne en el desván, y sepulté ropas, joyas, fotos y recuerdos en enormes baúles. Después reuní las cosas de Gisselle y las di a organizaciones caritativas.

Con las habitaciones pintadas de nuevo, cortinas nuevas en las ventanas y cambios en la decoración, la casa se adecuó a mi personalidad y la de Beau. Aún había recuerdos que se aferraban como telarañas, por supuesto, pero creíamos que el tiempo era el mejor aspirador, y esos recuerdos perturbadores serían algún día vagos e insignificantes.

Después de hacer lo que quería con la casa, concentré mis energías en mi trabajo artístico. Uno de los primeros cuadros que pinté fue el de una joven sentada en un sofá con una niña recién nacida en el regazo. El decorado que las rodeaba recordaba el de nuestra casa en Gardens District. Cuando Beau vio el cuadro dijo que había hecho mi autorretrato. Unas semanas más tarde desperté con síntomas de estar embarazada y comprendí que la inspiración había surgido de una certeza íntima.

Beau juraba que yo poseía algunos de los poderes de *traiteur* de mi abuela.

–¿Y por qué no? –decía–. Tu gente cree que el poder se hereda, ¿verdad?

–Nunca he sentido algo parecido, Beau, y nunca he soñado con curar gente. No poseo esa clase de penetración mística.

Asintió y pensó un momento.

–A veces, cuando estoy con Pearl y balbucea en su lenguaje infantil, advierto que se concentra, y de repente su cara aparenta más edad. ¿Sientes eso cuando estás con ella?

–Sí, pero no te lo he dicho por temor a que te rieras de mí.

–No me estoy riendo. Estoy intrigado. Hasta ha cautivado a mis padres. Mi madre trata de no demostrarlo, pero no puede evitar mimarla, y mi padre…, cuando está con ella es como si hubiera vuelto a la infancia.

–Sabe conquistarlos.

–A todo el mundo. Creo que hechiza. Ya está. Lo he dicho. No se lo digas a los amigos. –Me reí–. Dentro de nada me encontrarás creyendo en aquellos rituales vudú que tú y Nina Jackson practicabais.

–No debes descartarlo.

Beau sonrió, pero en mi noveno mes me sorprendió con un regalo maravilloso. Había localizado a Nina y la trajo a casa.

–Tengo una visita sorpresa para ti –anunció Beau al entrar.

–¿Quién?

Entonces Nina apareció en la puerta. No parecía mucho mayor, aunque tenía el cabello completamente gris.

–¡Nina! –Me puse en pie con un esfuerzo. Me sentía como un hipopótamo saliendo del pantano. Nos abrazamos.

–Estás muy grande –dijo Nina–. Y a punto. Lo veo en tus ojos.

–Oh, Nina, ¿dónde has estado?

–Viajando un poco arriba y abajo. Nina se ha retirado. Vivo con mi hermana.

Se sentó y hablamos durante una hora. Le enseñé a Pearl y alabó su belleza. Afirmó que en su opinión era una niña especial. Después dijo que encendería una vela azul por mi nuevo hijo, para que tuviera éxito y para mantenerlo protegido.

–No falta mucho –predijo. Introdujo la mano en el bolsillo y sacó un trozo de alcanfor para que lo llevara sobre el pecho–. Mantendrá a los gérmenes alejados de ti y del niño.

Le prometí que lo llevaría, incluso en el hospital.

–Por favor, no actúes como una extraña. Ven a vernos de nuevo, Nina.

–Tenlo por seguro.

–Nina, ¿crees que la cólera que arrojé al viento cuando fui a ver a Mama Dede contigo por lo de Gisselle se ha disipado ya?

–Se ha disipado de tu corazón, hija. Eso es lo que importa.

Nos abrazamos y Beau la acompañó a su casa.

–Ha sido un regalo maravilloso, Beau –le dije cuando volvió–. Gracias.

–Veo que ha dejado algo. –Miraba el trozo de alcanfor que colgaba de mi cuello–. Ya me lo figuraba. A decir verdad, esperaba que lo hiciera. No hay que correr riesgos.

Los dos nos reímos.

Cuatro días después empezó el parto. Fue duro, incluso más que el de Pearl. Beau estuvo a mi lado continuamente, incluso en la sala de partos. Cogió mi mano y me animó a respirar rítmicamente. Creo que notaba incluso cada punzada de dolor que yo sentía, porque le veía encogerse. Por fin rompí aguas y el niño empezó a entrar en este mundo.

–¡Es un chico! –anunció el médico, y luego exclamó–: ¡Esperen!

Los ojos de Beau se dilataron.

–¡Otro chico! ¡Gemelos! Lo sospechaba –dijo el médico–. Uno ocultaba al otro, cubría los latidos de su corazón con los suyos. ¡Felicidades!

Las enfermeras acogieron en sus brazos a dos niños rubios de ojos azules.

–No vamos a regalar ninguno –bromeó Beau–. No se preocupen.

Gemelos. Rogué que se quisieran desde el primer día.

Pearl se quedó estupefacta con la noticia de que no

iba a tener un hermanito sino dos. Nuestra primera tarea era elegir los nombres.

–Deberíamos llamar al segundo Jean –dijo Beau.

–Oh, Beau, yo también lo he pensado, pero…

–Pero ¿qué? –Sonrió–. Ya te lo dije. Ahora soy un creyente. Estaba escrito.

Tal vez, pensé, tal vez.

Beau tenía a un fotógrafo en casa el día que volvimos con los gemelos. Nos tomó fotos a los cinco. Ya éramos una pequeña familia. Contratamos a una niñera para que nos ayudara con los gemelos al principio, pero Beau pensó que deberíamos conservarla más tiempo.

–No quiero que abandones tu pintura –insistió.

–Nada es más importante que mis hijos, Beau. Mi pintura tendrá que esperar.

Quería estar cerca de mis hijos para asegurarme de que aprendían a quererse y respetarse mutuamente. Beau lo comprendió.

Una semana después de volver del hospital, estaba sentada en los jardines, relajada y entregada a la lectura. Pearl se encontraba arriba, en la nueva habitación de los niños, intrigada y fascinada por sus dos hermanitos.

–Perdón, señora. –Era Aubrey–. Acaba de llegar esto para usted.

–Gracias, Aubrey.

Cogí el sobre. Cuando vi que era de Jeanne, me recliné en la silla y lo abrí con dedos temblorosos. En el interior había una fotografía y una nota.

> Querida Ruby:
> Mi madre insistió en que tiráramos todo aquello que nos hiciera recordarte. No pude decidirme a tirar esto. Creo que a Paul le habría gustado que lo tuvieras.
>
> JEANNE.

Miré la foto. No recordaba quién la había tomado, quizá uno de los amigos del colegio de Paul. En la imagen estábamos Paul y yo bailando en el salón Fais do do. Había sido mi primera cita auténtica, antes de averiguar la verdad sobre nosotros. Nuestro aspecto era joven, inocente y esperanzado. Ante nosotros sólo había felicidad y amor.

No me di cuenta de que estaba llorando hasta que una lágrima cayó sobre la fotografía.

—¡Mamá! —Pearl gritaba desde el patio. Me volví y la vi correr hacia mí, seguida de Beau—. ¡Me han mirado! ¡Pierre y Jean! ¡Los dos me han mirado y han sonreído!

Me sequé a toda prisa los restos de lágrimas y escondí la fotografía y la nota entre las páginas del libro.

—Lo han hecho —dijo Beau—. Lo he visto con mis propios ojos.

—Me alegro, cariño. Tus hermanos siempre te querrán.

—Ven, mamá. Vamos a verlos. Vamos —me urgió, y tiró de mi mano.

—Ya lo haré, cariño. Dentro de un momento.

Beau me miró.

—¿Te encuentras bien? —preguntó.

—Sí. —Sonreí—. Me encuentro bien.

—Vámonos, princesa. Dejemos a mamá descansar un poco más, ¿de acuerdo? Luego vendrá.

—¿Vendrás, mamá?

—Te lo prometo, cariño.

Beau formó las palabras «Te quiero» con los labios y volvió con Pearl a la casa.

Seguí sentada. A lo lejos una nube con forma de piragua surcaba el cielo azul, y creí oír a la abuela Catherine que susurraba en la brisa y me insuflaba esperanza.